唐宋诗词名家精品类编

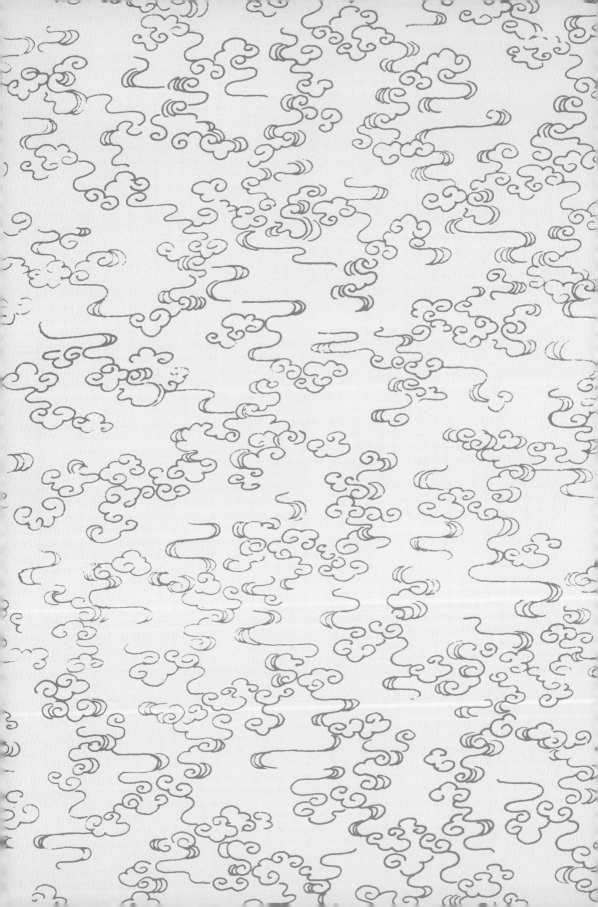

陆游集

但悲不见九州同

陈祖美 主编 高利华 编著

河南文艺出版社

图书在版编目（CIP）数据

但悲不见九州同：陆游集/高利华编著. —郑州：河
南文艺出版社，2015.7（2020.4重印）
（唐宋诗词名家精品类编）
ISBN 978-7-5559-0194-5

Ⅰ.①但… Ⅱ.①高… Ⅲ.①宋词-选集 Ⅳ.①
I222.844.2

中国版本图书馆 CIP 数据核字（2014）第 295715 号

出版发行　河南文艺出版社
本社地址　郑州市郑东新区祥盛街 27 号 C 座 5 楼
邮政编码　450018
承印单位　河南瑞之光印刷股份有限公司
经销单位　新华书店
开　　本　700 毫米×1000 毫米　1/16
印　　张　22.25
字　　数　358 000
版　　次　2015 年 7 月第 1 版
印　　次　2020 年 4 月第 5 次印刷
定　　价　45.00 元

印厂地址　河南省武陟县产业集聚区东区（詹店镇）泰安路
邮政编码　454950　　电话　0391-2527860

陆游，浙江绍兴人，是南宋著名的爱国者，被誉为「亘古男儿」，是有着特殊人格魅力的诗人。生逢北宋灭亡之际，他从小受爱国思想影响，曾立下「上马击狂胡，下马草军书」的志向。绍兴年间，应礼部试，因「喜论恢复」为秦桧所黜。孝宗时，赐进士出身，步入仕途。中年入蜀，曾投身于四川宣抚使王炎所在的南郑军队。因始终主张对金作战，反对主和、屡受统治集团的压制和排斥。晚年退居家乡农村，但收复之念至死不渝，并在诗中大力表现自强不息的尚武精神。陆游是我国文学史上创作最宏富的作家之一。一生除留下9300余首诗和140多首词外，尚涉足于散文创作和史书撰述。诗是陆游平生之绝诣，殊多脍炙人口篇什，并以近万首的规模雄居两宋诗坛榜首，表现了他执著的爱国热情、丰富的人生情趣和深沉的爱情体验。其作品题材深广充实，感情真挚动人，风格多姿多彩，极具想象力和浪漫情调。亦工词，兼有纤丽与雄慨的风格。著有《剑南诗稿》《渭南文集》等。

总　序

⊙陈祖美

　　"一树春风千万枝,嫩于金色软于丝。"白居易描绘春日柳条迎风摇曳之态的名句,无形中似乎也道出了唐宋诗词千姿百态的风姿。从公元第一个千年的中后期到第二个千年的末期,在这一千三四百年的历史长河中,唐宋诗词作为人类精神文明的乳汁,她哺育和熏陶过多少人,她的魅力又使多少人为之倾倒,恐怕谁也无法数计。

　　然而,有一个事实却为人熟知,这就是在唐宋诗词作家中,特别是其中的名家如李白、杜甫、李商隐、杜牧、温庭筠、李煜、柳永、苏轼、周邦彦、李清照、陆游、辛弃疾等,且不说在他们生前身后所担荷的痛苦或所受到的物议和攻讦"罄竹难书",更令人难以思议的是,在 21 世纪的钟声即将敲响之际,竟发生过这样一件事:

　　这得追溯到 1998 年的国庆佳节前夕。那是一个不似春光胜似春光的金秋时节,四五十位专家学者从四面八方来到河南——唐代诗人李商隐的家乡,出席李商隐学术研究会第四届年会。由于东道主把此事作为一种文化建设对待,更由于成果斐然的诸位李商隐研究专家的莅临,此次年会的成功和人们的热诚是不言而喻的。但作为本套丛书最初的编撰契机,却是出人意料的:由于对李商隐的全盘否定和极力攻伐所引发的一种怅触——那仿佛是一位挺面善的老人,他历数李商隐种种"罪愆"的具体词句一时想不起了,大意则说李商隐是"教唆犯"。他不但自己坚决不读李商隐,也严令其子女远离这个"教唆犯",因此他的孩子都很有出息。听了这番话,有位大学女教师娓娓道出了她心目中的李商隐,而她的话代表了在座多数人的心声。不必再对那位老人反唇相讥,听了这位女教师的一席话,是非曲直更加泾渭分明。尽管这样,上述那种离奇的话,还是值得深思和认真对待的。

刚迈出这个会场的门槛，时任河南文艺出版社编辑的王国钦先生叫住了我，以商量的口气询问：能否尽快搞一本深入浅出而又雅俗共赏的李商隐诗歌类编，以消除由于其作品内容幽深和文字障碍等所造成的对其不应有的误解，甚至曲解……联想到上述那位老人莫名其妙的激愤情绪，王国钦先生的这一建议，显然既是出自编辑出版人员的职业敏感，更是一种难能可贵的社会责任心。人非木石，对这种公益之举岂有无动于衷之理！后来听说，王国钦还想约请那位堪称李商隐知音的女教师撰写一本《走近李商隐》。这更说明作为编辑出版者的良苦用心，并进而激发了笔者的积极性和应有的责任感。

当我回京后复函明确告知愿意参与此事时，随之得到了王国钦大致这样的回音：一两本书难成气候，出版社领导采纳了王国钦以及发行科同人的倡议，计划力争搞成一套丛书，并将之命名为"唐宋诗词名家精品类编"。而且，还随信寄来了较为详细的丛书策划方案。方案显示：丛书除包括唐代的大李杜、小李杜和宋代的柳、苏、李、辛八卷作品集以外，唐、宋各选一本其他著名诗家词人的精品合集。整套丛书一共十本，每本约三十万字。我当即表示很赞赏这一策划，除建议将李清照换成陆游外，无其他异议。而换掉李清照，并不是因为她的作品达不到精品的档次（相反她的各类作品中精品比例比谁都大），只是因为她在中、晚年遭逢乱世，流寓中大部分著作佚失得无影无踪。后人陆续辑得的十多首诗和比较可靠的约五十首词，即使都算作精品，也很难编撰成一本约三十万字的书稿。当然，要是将评析部分写成两三千言的长文，字数达标是不成问题的。但是这样做，一则太长的文字不尽符合丛书"点评"的体例，二则主要是担心不合乎当今和未来读者的口味与需求。而号称"六十年间万首诗"的陆游，人呼"小太白"，其作品总和万数有余，古今无双，选择的余地非常大，容易保质保量。

双方很快达成了共识。在这里，我愿意负责地告诉读者："唐宋诗词名品类编"丛书，以创意新颖、方便读者为宗旨。所谓创意新颖，是指本丛书既不排除"别裁"式的分类方法，更知难而进地在全面吃透作品内容的基础上，从"题材"方面分门别类。类似的分类，以往只在有关唐人绝句等方面的多人选集中见到过，像这样既兼顾体裁又着眼于题材的分类，尚属前所未有。本丛书还在每类相同题材的若干作品中，均以画龙点睛的诗句作为小标题，每本书则以该作家作品中的最为警策之句加以命名，于是就有了《黄河之水天上来·李白集》《每依北斗望京华·杜甫集》等一连串或气势不凡或动人情愫的书名。从每集作者作品中选取一句最恰如其分的诗句,用作该集的书名——这一创意本身,无形中体现了出版社对"唐宋诗词名家精品类编"丛书的一种极为独到而又相当可取的策划思路。对整套丛书来说,则力求做到"以其昭昭使人昭昭",也就是说,同类精品都有哪些可以一目了然。由此所派生的本丛书其他方面的特点和适用之处,则在每一本书中都不难发现。

原先没有想到的是,出版社嘱我担任整套丛书的主编并撰写总序。对此,我曾经再三谢辞。直到最后同意忝于此事,其间经历了一个不算短的过程,延缓了编撰时间,使出版社在策划之际尚得风气之先的这套丛书,耽搁了一段时间优势。为了顾及一定的时间效益,我于酷暑炎夏中攻苦食淡,最终亦可谓尽力而为了!

最重要的是选择和约请每一集作品的撰稿人。

丛书的第一本是大李(白),其编撰者林东海先生,早在20世纪七八十年代就沿着李白的足迹进行过考察。这对深入研究李白、了解其诗歌的写作背景及题旨等,洵为得天独厚之优势。20世纪80年代问世的《诗人李白》(日文版)及近期关于李白的新著,无不体现出林东海对这位"谪仙人"研究的深湛造诣。因而编撰"唐宋诗词名家精品类编"丛书中的李白集,对林东海来说是轻车熟路、手到擒来之事;而对读者来说,则将有幸读到一本质量上乘的好书!

至于小李(商隐)诗歌编撰者黄世中先生,我在20世纪90年代初于天涯海角与其谋面之前,已有多年的文笔之交,而且主要是谈及李商隐。仅我拜读过的黄世中有关玉溪生的论著已臻两位数。他对人们所感兴趣的李商隐无题诗尤其研究有素,对李商隐著作的每种版本乃至每一首诗几乎无不耳熟能详,其家传和经眼的有关李义山的典籍,几乎难有与之相埒者。因此由黄世中承担本丛书的李商隐集,可谓厚积薄发,定能如大家所预期的那样,以深入浅出之作,引导人们沿着正确的途径走近李商隐,从思想性和艺术性两方面,说明其独特的价值之所在,从而向广大读者奉献一餐美味而富含营养的精神食粮。

人们所称"小李杜"中的小杜,指的是《樊川文集》的作者杜牧。关于杜牧诗歌的精品类编,之所以约请胡可先先生编撰,是因为早在他到南京师范大学做博士后之前的1993年,就已有专著《杜牧研究丛稿》出版,可谓对杜牧研究有素。同时,笔者自然也联想到曾经拜读过的胡可先的一系列功力颇深的论文。如他提供给中国唐代文学学会第九届年会的关于"甘露之变"与晚唐文学的论文,其中既有惊心动魄之笔,亦有细致入微之文。特别是其中把"甘露之变"对文人心态的影响,以及晚唐诗歌之被目为"衰世之音"的原因所在,剖析得很有说服力。"甘露之变"时,杜牧刚过而立之年。稔悉这一政治和文学背景的胡可先,对杜牧诗歌进行注释和评点自然易近腠理,能于深邃之中探得其诗歌之内涵,弘扬其精华,同时也就消除了人们对杜牧的某种片面理解。

丛书的宋代名家中,柳永的年辈最高,但对其生平事迹和作品系年,后人都曾有重大误解。而浙江大学文学院的吴熊和先生,对此曾做过令人深信不疑的考证和厘定。柳永集的编撰者陶然先生,自然会承祧其业师的这些重大的学术成果,贯穿于自己的编著之中,从而撰成一本甄误出新之作。再者,陶然虽说是这套丛书十位编著者中最年轻的一位,但他有着相当机智精练的语言功底。无论其何种著作,行文中总是既以流丽多姿的现代语汇为主,又不时可见精粹的文言成分,其用语既富表现力,又令人颇感雅洁可读。同时,他作为年轻的文学博士,在其撰著中很善于运用新颖的科学论析方法,兼具宏观把握和微观剖析两方面的优长。表现在此著中,既有对词学源流的总体把握,又能对柳永诗词做出中肯可信的注释和评析。

苏轼是古往今来文学家中最具魅力的人物。选评苏轼诗词精品的陶文鹏先生,则是名声在外的多才多艺之辈。在他相继撰写、出版的多种论著中,有不少是关于苏轼诗词方面的,堪称是东坡难得的知音之一。以其不久前结项的"国家社会科学基金项目"——《中国古代山水诗史》一书为例,关于苏轼的章节就写得特别全面深透。其中不仅有定性分析,还有相当精确的定量分析。在其他各种论著中,陶文鹏不仅对两千六百余首苏轼诗中的精品有所论列,对三百余首东坡词的代表作亦时有画龙点睛之评。在这样的基础上所撰成的本丛书苏轼集,更不时可见出新之笔。比如,书中引述"苏轼诗词创作同步说",以及对《念奴娇·赤壁怀古》中的"故国神游"等句的新解,都体现了苏轼研究的最新学术成果。

从编著者的组成来看,这套丛书最突出的特点是较多女性编著者的参与。人数虽然只有宋红、高利华、邓红梅、陈祖美四位,男女编著者的比例只是三比二,与"半边天"的比例还有些距离。但是请君试想:迄今为止,在有关古典文学作品的类似规模的丛书中,有哪一套书的女编著者或作者能占到这样大的比重?

在这里需要说明的是,编撰本丛书的初衷和着眼点,绝不是单纯地追求女作者的人头优势,主要还是在不抱任何性别偏见的前提下,使每位撰著者的才华和实力得以平等展现!

不妨先从宋红先生说起。她从北大中文系毕业来到人民文学出版社古典文学编辑室不多久,就主持编辑了一本《〈诗经〉鉴赏集》。我在撰写其中《〈邶风·谷风〉绅绎》一文的过程中,宋红在关于泾渭孰清孰浊的问题上提出了很好的建议。后来这篇标题为《借萚菲之采,诉弃妇之怨》的拙文,竟得到一些读者的由衷鼓励,这与宋红的建议有着密不可分的联系。她的才华在相当大的学术范围内几乎是有口皆碑的,这自然也与她所处的学术环境有关。以 20 世纪 80 年代初在出版界出现的"鉴赏热"为例,她所在的古典文学编辑室及时推出了规模可观、社会效益甚好的《中国古典文学鉴赏丛刊》。特别是较早出版的关于唐宋词、汉魏六朝诗歌和《诗经》等鉴赏集,对这一持续了约二十年之久的"鉴赏热",起了很好的导向作用。这期间,宋红在编、撰结合中得到了很实际的锻炼。所以,此次她在编撰本丛书杜甫集这一难度颇大的书稿时,一直是胸有成竹,甚至发现和纠正了研治杜诗的权威仇兆鳌等人的不少疏误。这种学术勇气和责任心是极为难能可贵的。

生在绍兴、长在绍兴的高利华先生,她喝的不仅是当年陆游喝过的镜湖水,而且与这位"亘古男儿一放翁"还有一种特殊的缘分——在她从杭大毕业回到绍兴任教不久,即参与筹办纪念陆游八百六十周年诞辰大型学术活动。这是她逐步走近陆游的一个难得的良好开端。此后每五年举办一次的同类学术活动,自然都少不了她这位陆游研究者的热心参与。直到今天,在她担负着绍兴文理学院中文系极为繁重的教学任务和该校学报执行主编的同时,她的身影还不时出现在陆游的三山故里及沈氏名园之中,进行实地考察、拍照,仿佛仍在时时谛听着陆游的创作心声……这一切,对于高利华正确地解读陆游均有着难以替代的重要作用。体现在她所选评的本丛书陆游集中,尤其值得一提的是,在"灯暗无人说断肠"一类中,她是把《钗头凤》作为陆游与其前妻唐婉彼此唱和的爱情悲剧之章收入的。这一点是有争议的。假如她一味按照自己的观点解读此词,无疑是片面的。好在高利华把这首词的有关"本事"及关于女主人翁是唐婉还是蜀妓的历代不同见解,在简短的文字中胪述得清清爽爽,洵可作为有关《钗头凤》词的一篇作品接受史和学术研究史来读。仅就这一点,没有对陆游研究的相应功力和对这位爱国诗人的一颗赤诚之心,是难以做到的。

　　人们如果很欣赏哪位演员的表演才华,往往夸赞说某某浑身都是戏。我初次与邓红梅先生在一次学术会议上谋面时,就明显地感觉到她浑身都透着活力。等到听了她的发言、看了她关于辛弃疾的文章之后,便感到这种活力远不止表现在触目所见的外形上,更洋溢于其智能、业绩之中。所以在考虑辛弃疾集的编著者时,我便自然而然地想到了这位从江南来到辛弃疾故乡的、极富活力的女博士。当笔者与邓红梅在电话里初谈此事时,她二话没说,仿佛是不假思索地说:"我将写出一个与众不同的辛弃疾!"果然不负所望,她很快将辛弃疾六百余首词中的佳作按题材分为主战爱国词和政治感慨词等十一类,从而把人称"词中之龙"的辛弃疾,由人及词全面深刻地做了一番透视与解剖。这样,即使原先是"稼轩词"的陌路人,读了邓红梅的这一编著,沿着她所开辟的这十多条路径往前走,肯定会离辛弃疾其人其词越来越近,并从中获得自己所渴望的高品位的精神享受。

　　然而令人痛心的是应了那句"文章憎命达"的谶语,红梅竟在其春秋尚富的2012年离开了我们,我和不少熟悉她的文友都为之痛楚不堪!在她逝世两周年之际,"唐宋诗词名家精品类编"丛书(共十卷)得以重新修订出版。此系每位编撰者有所期待的良机,然而九泉之下的红梅对于她所编撰的辛弃疾集则无缘加以厘定。忝为这套丛书的主编,我有义务联手责编王国钦先生代替红梅料理她的这一学术后事。所以我在肠癌手术尚未痊愈的情况下,通校了辛弃疾集,从而深感红梅堪称辛稼轩的异代知音!她对每一首辛词的"点评"之深湛精到,令我不胜服膺。对于红梅出色"点评"的内容要旨,我未加任何改动。对于我在此次通校中所发现的问题,大致分以下两种情况:一是个别漏校或笔误,诸如"蛾眉"误作"娥眉","吟赏"误作"饮赏","疏"误为"书","金国"误为"全国","谕"误为"喻","询"误作"讯"等,径作改正。二是对于"惟"与"唯",想必红梅曾和我一样理解为此二字必须严格区分,就连"唯一"也必须写作"惟一";"唯"只用于"唯心""唯物"等少数哲学词汇,其他均写作"惟"。然而在红梅去世后问世的《通用规范汉字字典》(商务印书馆,2013 版)"惟"的第二义项与"唯"是相同的。所以我此次通校过的唐代合集和辛弃疾集中所用合乎《通用规范汉字字典》规定的"惟"字义项,都没有改动。

　　上述未经本人审阅的作者"小传",鉴于笔者了解情况不尽全面,表述又不见得很准确，所以不一定完全得到"传主们"的首肯。但是有一点，即使他们不予认可笔者也要坚持：这就是他们均为治学严谨的饱学或好学之士，对于唐宋诗词的研究尤为擅长。不具备这方面的优势，所撰书稿很容易误人子弟。因为不论是唐诗宋词或唐词宋诗，其老版本都曾存有各种谬误。即使一些很有影响、极受欢迎的选本，当初由于各种条件的限制，也都存在着种种不足之处。没有相应的学识，没有严谨的态度，不加深究，就很难发现问题，很容易以讹传讹。

本丛书的所有编撰者，在这方面都是可以信赖的。而他们的另一共同点是，大都具有与古代诗词名家发生共鸣的文学创作才能。仅就笔者经眼之作来说，比如林东海的《登戏马台》诗云：

> 当年戏马上高台，犹忆乌骓舞步开。
>
> 九里狂沙怜赤剑，八千热血恨黄埃。
>
> 时来竖子功名立，运去英雄霸业摧。
>
> 回首楚宫空胜迹，云龙山外鹤鸣哀。

此系诗人于彭城（今江苏徐州）凭吊项羽之作，其用事、用典何等妙合自然，感慨又何等遥深，早被旧体诗词的行家里手赞为"诗风沉郁，颇似杜少陵之抑扬顿挫"。笔者所拜读过的林东海的其他诗作还有七绝《过邯郸学步桥》、七律《吊白少傅坟》《马嵬坡怀古》等，也都是思覃律精，足见功力之深。

在黄世中只有十五六岁时，他就曾有感于一出南戏对陆游、唐琬爱情悲剧表现之不足，遂写了一个自己心目中的陆唐情深的南音剧本，且作词、谱曲一气呵成，后来又把陆唐之恋编成了电影文学剧本。当他将这一剧本寄到上海海燕电影制片厂后，不久就收到该厂回复的长信，希望他对剧本做一些加工修改以期拍摄。同时，黄世中还把剧本寄奉郭老（沫若）和朱东润先生求教，并很快收到了郭老和朱先生加以鼓励的亲笔回信。笔者不仅细读过黄世中所写的历史小说和颇具规模的散文集，还亲耳聆听过其具有南昆韵味的自弹、自唱、自度之曲，其文艺才能可见一斑。

陶文鹏是新诗、旧诗俱爱，而且几乎是张口就来，出口成章。例如他的一首七律《晚云》：

岁月催人近六旬，经霜瘦竹尚精神。

胸中故土青山秀，梦里童年琐事真。

伏枥犹思腾万里，挥毫最喜绘三春。

何须采菊东篱下，乐在凭栏对晚云。

    此外，陶文鹏还有一副高亢嘹亮的歌喉，每次在学术会议上总是属于最为活跃的一族。多年来，他一肩双挑，编撰兼及，硕果累累。当然，这一次他将再度奉送给读者一个惊喜。

    宋红谙悉音律，对旧体诗词的写作堪称得心应手。其长篇五古《咪咪歌》，把她的宠物猫咪写得活灵活现，想必谁读了都得为之捧腹不迭。此诗被识者誉为："神机流动，天真自露。猫犹人也，可恼亦复可爱，以其野性存焉。"

    在20世纪60年代出生的那辈人中，旧体诗词的爱好者已不多见，擅长者更是凤毛麟角，而毕业于河南大学中文系的王国钦却对此情有独钟。20世纪90年代初，他曾写过一首题为《桂林赴上海机上偶得》的七律，诗云：

关山万里路何迢？鹏鸟腾飞上九霄。

云海涛惊心海广，航空技越悟空高。

却思尘世多喧扰，莫道洪荒不寂寥。

笑瞰人间藏碧水，乾坤一点画中瞧。

    此诗为老一代著名诗人所看重并为之精心评点："……首联设问，引出壮志凌云；颔联设比，胸怀何其广大；颈联表现一种复杂的矛盾心理；尾联化大为小，小中见大，表现了作者对人间的无限依恋与热爱。作者融天上人间、喜乐忧烦、神话科技于一诗，别具情趣，也别有一种超乎时空的磅礴之气。"王国钦在诗词兼擅的基础上，还从1987年至今摸索、创造出一种新的诗歌形式——度词、新词，并得到当代诗词界人士的广泛称赏。当初他来京商谈丛书编选的诸项事宜时，我因为手上稿事过多等缘故，希望与他一同主编丛书。他诚恳地说：自己可以多承担一些具体的编辑工作，主编还是由社外专家担任，所以只承担了宋代合集的任务。之所以再三邀他负责宋代合集的编选，也正是由于他对宋词的偏爱和对词体发展的不懈努力。

20世纪90年代初,中州古籍出版社曾出版、再版过一本享誉海内外的《当代诗词点评》。在这本厚达六百七十多页的选集中,所有编著者均按长幼顺序排列。排头是何香凝,而高利华是其中最年轻的女编著者——在当时也是旧体诗词界最为年轻的新生代。此书选收了高利华的《浣溪沙·夜出遇雨》《菩萨蛮·雨过索溪向晚戏水》等篇,行家认为其词善于将"陈句融化,别出新意,既富造诣,又见慧心"。其《八声甘州·八月十八观钱江潮》有句云:"叹放翁、秋风铁马,误几回、报国占鳌头。休瞧我,凭栏杆处,欲看吴钩。"此作更被知音者推为:"上片写景,是何等气势!下片怀古,是何等襟期!山阴多奇女子,信哉!"

　　笔者之所以对丛书编著者们如此着意介绍,既不同于孟子所云"知人论世",也与胡仔所谓"知人料事"不尽相同。这里似乎略同于学术领域的"资格论证"和文化消费中的"品牌意识",或者说借重上述诸位的专长和才华,以增加读者对这套丛书的信任感,在假货无孔不入的情势下使精神消费者能够放心。虽说人们对某种"品牌"的喜爱和信任程度,最终要靠"品牌"本身的质量说话;虽然即使声势浩大的"广告",最终也不见能抵得过下自成蹊的"桃李"的魅力,但是还有一种"话不说不明,木不钻不透"的更为通俗和适用的道理——被埋在地下的夜明珠人们尚且看不到它的光芒,而一个新问世的"品牌",多少也需要自我"表白"一番的。

　　本套丛书初版于2002年8月,之后已陆续重印多次。随着时间的推移,虽然丛书在封面设计、版式设计及印刷质量等方面略显不尽人意之外,但在内容的编选和点评方面却依然值得肯定。因此,丛书的本次重印,除由编选者对内容进行了个别的修订、勘误之外,还由出版社对封面、版式进行了重新设计,将印刷质量进一步提高。同时,本着"把辛苦留给自己,把方便提供给读者"的编辑初衷,丛书又在一些体例方面做了进一步规范。比如对于词牌、词题在目录或引述时的表述方式,无论是在学术界或是在出版界,并无明确而统一的规范形式,所以不同的编选者就不可避免地出现了不同的表述。而这对于一套丛书来说,就出现了体例上不统一的问题。经过多方的交流、咨询和讨论,出版社在修订时提出了统一规范的建议,笔者认为十分必要。

　　具体来说,规范之前的一般表述形式大约分为三种情况:(一)原作既有词牌又有词题:"词牌·词题",如周邦彦《少年游·感旧》;(二)原作只有词牌却无词题:"词牌",如秦观《鹊桥仙》;(三)原作只有词牌却无词题:"词牌(本词首句)",如秦观《鹊桥仙》(纤云弄巧)。

本次规范之后,实际上是把第二、第三种无词题的情况合并为了一种形式,也就是说把原作无词题的情况统一都表述为"词牌(本词首句)",如姜夔《暗香》(旧时月色)。进行这样的规范,起码有这样两点好处:(一)对现在并不太了解古典诗词(尤其是词)表现格式的读者来说,能够将有无词题的作品进行一目了然的区分;(二)对于一般读者和研究者来说,方便对同一作者同一词牌的多首作品进行准确表述及辩识。而出版社的这些建议和规范,恰恰是丛书初衷的自觉践行。作为本套丛书的主编,笔者当然表示尊重和欢迎。

一言以蔽之,这套丛书的最大特点和长处是策划独到、思路新颖,它仿佛为每位编选者提供了一双崭新的"鞋子"。穿上这双"新鞋",是去"走世界"还是到唐宋诗词名人家里"串门子",抑或是像"脚著谢公屐"似的爬山登高,那就该是因编选者各自不同的"心气"而有所不同的事情了。但我可以夸口的是:他们全都没有"穿新鞋走老路"!

初稿于 1999 年 10 月,北京

改定于 1999 年 12 月,郑州—北京

厘定于 2015 年元月,北京

目　录

梅香如故·为爱名花抵死狂

军中足迹·远游无处不销魂

故土小园·柳暗花明又一村

听雨忆人·小楼一夜听春雨

父德子贤·家祭无忘告乃翁

前　言

　　陆游(1125—1210)字务观,号放翁,越州山阴(今浙江绍兴)人,是宋代著名的大诗人。陆游之著名,除了文学实绩外,还有许多伴随着他文学事业使后人啧啧称羡的地方。

　　首先,陆游是被誉为“亘古男儿”有着特殊人格魅力的诗人。他是南宋诗坛上的爱国者、主战派,一生以恢复中原为己任,并在诗歌中大力表现尚武精神。清人梁启超在读陆游诗后,深为此种精神所感动,喟然叹道:“诗界千年靡靡风,兵魂销尽国魂空。集中十九从军乐,亘古男儿一放翁。”[①]说陆游是亘古以来诗界称得上男子汉、伟丈夫的一类人物。此种评价是无以复加的,足可说明诗人在国人心目中的崇高地位。

　　其二,陆游又是我国文学史上创作最丰富的作家之一。他一生除留下9300余首诗和140多首词外,还涉足于散文创作和史书撰述,《入蜀记》、《老学庵笔记》、《南唐书》都是知名度很高的著作。《渭南文集》文备众体,其散文的成就远在苏洵、苏辙等人之上,足可列于唐宋大家之列;诗歌更是陆游平生之绝诣,诸多脍炙人口篇章,并以近万首的规模雄居两宋诗坛榜首。

　　其三,陆游之广为人知,还缘于在他身上曾演绎了一幕刻骨铭心的爱情悲剧;在他身后留下了一组以沈园为背景、反映他和前妻唐氏爱情故事的情诗——沈园诗。清人陈衍在《宋诗精华录》曾这样评沈园诗:“无此绝等伤心之事,亦无此绝等伤心之诗。就百年论,谁愿有此事;就千秋论,不可无此诗。”沈园诗不但是我国诗歌史上著名的言情佳作,而且可推为宋诗孤本的爱情绝唱。

　　除此而外,陆游的人生经历也有许多带有时代特征、富有传奇色彩的地方让人感喟。他生于南北宋之交,一生经历高宗、孝宗、光宗、宁宗四朝,创作横亘南宋前期诗坛,并且与南宋政治气候息息相关。我们解读陆游,不啻开启了一扇了解南宋文坛和政坛风云的窗口。

陆游的出生富神秘色彩。他生在淮河的一条船上,呱呱落地时,船外正值狂风急雨、惊涛骇浪,动荡的环境为他的人生拉开了独特的序幕——不久,即是"靖康之变"。诗人的整个青少年时代是在丧乱中度过的。诗人儿时在家,亲见当时士大夫言及国事"或裂眦嚼齿,或流涕痛哭"②,深受感触,自小即怀忧国之思,决心志扫胡尘。正当陆游踌躇满志想建功立业时,却受到了以秦桧为代表的投降势力的压抑与摈斥。陆游29岁赴临安锁厅试,名列第一,适逢秦桧之孙秦埙屈居其后,遂为秦桧所嫉恨;又因陆游喜论恢复中原,在次年的礼部试中即遭黜落。直到秦桧死后,陆游才得以出仕。孝宗即位之初有恢复中原之心,陆游颇受重视,并以"力学有闻,议论剀切"③赐受进士出身,一度在枢密院供职,为北伐起草《代二府与夏国主书》和《蜡弹省札》两文。然而,由于符离败役,孝宗一朝从此不再提"恢复"二字,陆游也因主战而被贬出都。旋以"交结台谏,鼓唱是非,力说张浚用兵"④的罪名罢官回乡,一弃就是五年。

陆游在故乡镜湖边筑室赋闲,原以为一生与事业无缘。谁料年届半百的陆游,却再一次面临着人生转机。乾道六年,46岁的他因贫出仕,万里入蜀,应当时枢密使兼四川宣抚使王炎之召,以干办公事兼检法官的身份入幕南郑,从此走上了得以张扬平生习气的抗金前线。南郑是南宋西北边防重地,朝廷此时调王炎为四川宣抚使,本寓巩固西北边防的意思。王炎上任后广招幕宾,把宣抚司从利州(四川广元)徙于兴元府(南郑),靠近秦陇,种种迹象都摆出恢复中原的跃跃姿态。陆游在军中很受鼓舞,并亲履川陕前线考察形势,向王炎献策,"以为经略中原必自长安始,取长安必自陇右始"⑤。朝廷此际只想求稳以图保全,王炎的作为非但无功,反而引起猜忌。陆游赴幕的当年秋天,王炎即被召还临安终身不用,征西军幕也作鸟兽散。陆游带着一腔遗恨"细雨骑驴入剑门",从此结束了他"铁马秋风大散关"的雄快生活。他离开南郑是不得已的,忧愤与不甘最终坦荡无遗地反映在蜀播迁宦游的诗歌之中。陆游在南郑前线仅八个月,却为他留下了终身难忘的追忆和取之不尽的诗料;九年川陕生活的实感,使他永远怀抱着"曾经沧海"的感慨。

陆游奉召东归后,由于弄权的曾觌、王汴之流当道,他又被排挤出朝,先后在福建建州、江西抚州、浙江严州等地任职,至65岁因"嘲咏风月"罪被斥归故里,前后十余年间凡三遭黜落,投闲居其大半,坎壈不遇可见一斑。从入蜀到东归,是陆游一生创作最重要的时期,朝廷和、战消长的政治背景和诗人宦途沉浮的感慨均反映在诗中。诗人63岁在严州任上第一次汇刻了诗稿,特以《剑南诗稿》命名,以示对中年川陕生活的珍视。

陆游从65岁退居故里到85岁去世,期间除曾去临安做一年史官外,一直在家乡山阴镜湖农村赋闲。由于生活环境的改变,晚年诗歌创作的重心也日渐转移到对乡居平淡生活的描写上。但报国之志、忧国之心,未尝因野处老迈而丝毫减衰。开禧北伐前,陆游从大局出发,力排众议支持韩侂胄对金用兵,还幻想自己化为一匹"一闻战鼓意气生,犹能为国平燕赵"(《老马行》)的老马。至于临殁前的《示儿》一诗,其生前之愿、死后之心更让人深深感动。他是带着"死前恨不见中原"的遗恨离世的,但其的一生却给后世留下了异常宝贵的精神财富。

清赵翼在《瓯北诗话》中说"放翁诗凡三变",即少工藻绘,中务宏肆,晚造沉淡。从现存的诗稿看,除少工藻绘的特点不明显外,其他两点基本符合陆游创作的进境。陆早年师从曾几,私淑吕本中学习江西诗法。现入蜀前诗仅存百余首,大都精粹隽拔,清新可读。中期存诗2500余首,成就最显,是典型的放翁诗风的代表,也是诗稿中最精华、最有特色的部分。晚年退居山阴农村,创作最丰,存诗达6600多首,创作重心有所迁移,诗风归于平淡,显示出陆游诗的另一种风味。

在陆游诗歌的解读中,有几个问题必须引起读者的注意。

一是关于陆游诗歌的自评与他评问题。

对于自身的创作情况,陆游晚年有许多自评其诗总结性的言论,如"束发初学诗,妄意薄风雅。中年困忧患,聊欲希屈贾。宁知竟卤莽,所得才土苴……"(《入秋游山赋诗略无阙日戏作五字七言》之一),诗人在与儿辈论一些诗的得失时,对早年的诗基本持否定态度,有时对中年的创作也不满意,只有对晚年的诗颇为自爱,说"诗到无人爱处工"(《明日复理梦中意作》),而作品的实际情况并不尽然。陆游存世的《剑南诗稿》共计85卷,分前后两次刊刻。第一次严州任上刊刻的20卷系他亲自校定。后65卷是他儿子陆子虡在他身后汇刻的。《剑南诗稿》的前20卷,收录的都是早、中年时期的诗作,诗人同时代的周必大、杨万里、朱熹等人当初读到并普遍看好的就是严州所刻的前20卷本诗稿。恰恰是这2500多首诗,使他获得了"小李白"[6]、"不蹑江西篱下迹,远追李杜与翱翔"[7]、

"在今当推为第一流"⑧、"笔力回斡甚善,非他人所及"⑨的巨大声誉。明清两代论者在极力推重陆游诗艺"模写事情俱透脱"⑩、"不窘、不狭、不纤,独能出奇无穷"⑪、"真朴处多,雕镂处少"⑫的同时,评价的微词也不绝于耳。常常出在"及观全集后,前意顿减"⑬,或恨"蹊径太熟"⑭上,以为放翁诗粗率不耐看。沈德潜《说诗晬语》分析,造成此种口实的原因是"诗篇太多,不暇持择",是为持平之论。放翁创作周期长,自称"六十年间万首诗"作品繁富在宋代诗人中是不多的。但必须辨析的是,这种简单的重复,主要出在晚年近七千首诗的创作上。陆游严州任上所刻的 20 卷诗,自我把关很严,对 63 岁之前的作品已作了严格的汰选,留下的大都是精彩可读的篇章。现存《诗稿》三分之二强的作品,均是诗人退居山阴农村 20 年间的创作,里面虽不乏妙手偶得的佳章,如对爱国之志至死不渝的抒发、对农村风物的细腻生动描写、对前妻缠绵悱恻的爱恋,并伴有精彩的关于创作的评论。但无可否认,后期诗存在不少平庸、随意、轻率的作品,如怀旧一类诗境的重见复出,句式、典故的熟滥⑮等。诗人要在满眼桑麻、缺少新变的生活中酝酿激情、发掘诗意固然不易,而选者要在数千首的日课诗中选出精粹的篇章,似乎更有从严删斫的必要。宋代印刷业发达,作品在自然流传中淘汰的可能性已小,所以宋人自觉的删诗,不啻是一种明智之举。陆游原有这方面的意识,退居后,也许是老年人的心态,对自己晚年的东西特别珍视,后数十卷在编定时"朱黄涂擤","亲加校定"⑯,再也没有当年大刀阔斧删汰的勇气。这求全之心,反而留为口实,也是诗人始料未及的。因此,我们对陆游自评其诗的某些言辞有必要持审慎态度。诗人钟爱晚作,并不止一次地推举自赏,这只能看作是诗人晚年审美评价的主观感觉,不能成为后人评价其诗的客观依据。

和陶渊明、杜甫的身前寂寞不同,陆游在生前就享有盛誉。时人以尤袤、杨万里、范成大、陆游并称,视陆游为"中兴之冠"⑰,被推为南渡诗坛稳操牛耳者。对陆游诗中的主流创作,即引人注目的爱国诗歌,在当时就引起了足够的重视。郑师尹在为《剑南诗稿》初版作序时就点到放翁诗"忠愤感激,忧思深远"的特点。杨万里说陆游"重寻子美行程旧,尽拾灵均怨句新"⑱,罗大经《鹤林玉露》云陆诗"多豪丽语,言征伐恢复事"。即使在明朝中叶前后七子高呼"诗必盛唐"之际,陆游还是被推为"广大教化主"⑲,受到士大夫重视。这个视为"诗魂"的主体精神,在民族危难深重的关头,更多的人是从陆游诗歌中汲取了自强不息的精神力量。然而,这一部分爱国抒情诗,在整部《剑南诗稿》近万首作品中的实际数量和所占的比重,不是特别多,远远不敌他的闲适诗,却能给人以"集中十九从军乐"的深刻印象。这说明一种精神和与之相应的篇章,有时并不需要绝对的量化,关键在于感发的强度、真切的程度、持久的魅力。正如纪昀所言:"此种诗(指《书愤》)是陆游不可磨处。集中有此,如屋有柱,如人有骨。"[20]这些诗,不论在整部诗稿中的数量比例多少,将永远是陆游诗的脊梁。古代论者在感动此种精神的同时,在选诗评论方面,却呈现出另一种光景。由于这类诗常集中在知名度较高的几首名篇中,为人所共知。所以,一些选家在选辑陆游诗歌时,为体现选本的特色,避免复出,对这类诗歌反而言之甚少或者约略不言了。不少选家往往"略其感激豪宕沉郁深婉之作,惟取其流连光景"[21]的诗歌。包括深受陆游的精神感召的宋代诗人刘克庄、元代方回,都喜欢摘章截句,激赏诸如"重帘不卷留香久,古砚微凹聚墨多"等,以至于有的读者以为陆游只是"苏州一老清客"[22]——这是一种倾向。另一种倾向则是,一些论者因为有感于陆游盛名,于是求之过深。在选辑评点陆游作品时,殊多留意于圭璧之瑕可供臧否之处,还特别胪列了陆游诗中重见复出和稠叠句法加以针砭,放大诗人贪多务得、出手率尔的疏误。陆游晚年诗,瑕瑜互杂,不暇剪除荡涤,这是事实。但正如唐诗之美,《全唐诗》未必首首精湛一样,我们看陆游,也应持辩证的眼光。陆游诗的艺术成就,固不像贺裳所言"才具无多,意境不远,惟善写眼前景物而音节琅然可听"[23],诗作繁富有所复出,不应成为全盘否定陆游的理由。陆游诗是经得起删选的,在诗稿中立意与诗艺双馨的作品,比比皆是。其名篇与文学史上任何一位大家相比,均毫不逊色,正如四库馆臣所言:"安可以选者之误,并集矢于作者哉!"[24]

二是对陆游诗歌的艺术个性和艺术独创性的理解。

与古人指摘其出手率尔、句式重复不同,今人对陆游的评论主要集中在对陆游精神的高度肯定和对陆诗缺乏艺术独创性、不够含蓄深婉方面。文学的问题,最终还应回到文学本体的探讨上来,这是文学批评的成熟和深化。

关于艺术个性,我认为必须结合作家的具体情况加以考察,不应有划一的标尺。诗人个性风格的形成,既有其外在的因素,也有其内在的性格基础。特别是抒情诗人,个性的差异,是形成不同风格的一个最根本的要素。以前我们探讨陆游的创作风格时,比较重视外在因素,比如说有据可循的诗学渊源、师承、境遇、交游,等等,而对诗人个性气质解析往往比较忽略。其实,创作风貌的不同,很大程度上是诗人精神气质的个性差异造成的。辛弃疾、陆游基本上是同一时代的人，文学成就不相上下，其面目大不一样。范成大和陆游唱和最多，两人有蜀中一段密切的交往，诗风之异，也如同人面，这不能不说是个性在起作用。陆游并不缺少艺术个性，恰恰相反，他那以热烈而坦然为标志的艺术特色，正是他独特性格的体现。与祖、父辈持重、恭厚、稳重的个性不同，陆游实属多血质外向型性格的人。他性格中有许多"极端"的因素，如对酒能歌、爱花欲狂，性好奇险、我行我素，有较强的表现欲。诸多方面都似唐代的李白，其用世之心的迫切与执著，又远甚于李白。陆游有远瞩政治的能力，并以史才武略自信自期，却不谙身边的仕途风云，缺少谋身的能力。太多的文人诗人气质，使他能够在艺术创作领域内纵横驰骋，在梦境醉歌中大显身手，却在现实生活中捉襟见肘，动辄得咎。他的性格不适合那个畸形局促的时代，朱熹说"恐只是不合作此好诗，罚令不得做好官也"⑤。确实，陆游政治上的单纯和热情，是成就他诗歌浪漫情调必不可少的因素。

陆游与辛弃疾相比，在政治理想和恢复中原的意念方面，有着同样强烈和持久的信念。陆游初不愿成为一个诗人，正如辛弃疾未料自己竟成一位词家一样，文学上的建树实非他们的本愿，都是事功落空后的产物。也就是说，陆、辛的诗词内容，并不存在多大的"说什么"的差异，关键是"怎样说"的问题。两人因个性的差异，手段自是不同。辛是一个有谋略、有手段，在实践方面可以建立事功且有权变的英雄人物，他的武略文才可以从他壮岁深入金营、只身擒缚叛将张安国、组建飞虎军和《美芹十论》论奏中得到证实。当壮志落空后，他便把平生的胆识与谋略手段全部用到了词的写作中，这固然是一种艺术需要，同时也包含着政治上的一份压抑。在词中往往用曲笔、典实、景物为抒情手段，幽折多变，盘旋激荡，不作直接叙写，赋壮词而不乏曲折含蕴之美，故能独树一帜。与辛弃疾相比，陆游只能算是一个热情而单纯的诗人，无论是处世还是创作，都表现出这方面的特点，易感、率直、透明、真挚，与辛弃疾有意敛藏不同，不加讳饰的性情流露以及沛然勃发的盛气，成了陆游艺术创作的特征。性格与诗歌互为表里的创作，使陆游触处皆发，热情真挚而顿挫不足，这也是单纯浪漫个性使然。陆游能在经历了两次北伐失败、屡遭谗毁摈斥、放废农村整整20年以后，对朝廷北伐仍怀抱幻想，临殁时尚留下"王师北定中原日，家祭无忘告乃翁"(《示儿》)的遗愿，这正是诗人赤子情怀的表现。

在诗歌史上,原有许多本色的创作,如屈原作品中高洁好修的向往追求,陶潜诗的任真自适,李白的狂放飘逸,杜甫的忠爱缠绵等,他们笔下的题材和内容,都是一种与生命、性情、襟怀相结合的本色流露,而不仅仅如一般诗人只凭才情技巧"作诗"。才情与技巧可以有一时动人的篇章,但这仅是偶然的灵感,只有以生命本色作诗,才具有足以感发人心的巨大震撼力,这正是伟大作家与一般作家的区别所在。陆游就是这么一个用生命本色谱写诗篇并用整个一生来践诺伟大志向的杰出人物。陆游从江西诗法入门,应该是懂得艺术的谋略之道的,但江西诗法显然与他束缚不住的个性有不谐之处,所以他在创作中有意无意地在回避这种谋略而追求袒露和率真。陆游是性情中人,他的诗大都率性而发,直书其事略少含蓄,这确是情之所至,是他个人也无法控制的一种情感。鲁迅曾说,陆游是南宋"慷慨党"[26]中的一个,还说情绪正烈时不宜作诗,锋芒太露能将诗美杀掉,这是出于对艺术的理性思考。鲁迅的冷峻深刻,原不是放翁所有;而放翁的热烈浪漫,也不是鲁迅所长。陆游的一些抒情诗,绝大多数是在情绪激烈时写下的。他不加讳饰的性情披露,至情至性的抒发,大到对国家民族的爱,小到私情玩好,都是那么率真天然。连丰富的阅历、坎坷的遭遇也未能改变这种与生俱来的秉性和特质。他的爱国述志诗是真情的流露,貌似飘然出世的"渔歌菱唱",一直被认为是有悖情志"消极"之作,我以为也是放翁性情的写照,是一种明眼可见的政治牢骚,一种单纯执著性格之人的偏激。钱钟书《谈艺录》中说"猖急之人作风不能尽变为澄淡,豪迈之笔性不能尽变为谨严"。陆游性格外向,快人快语,心中积郁既多,发而成诗,于是大气磅礴,沛然而来。虽然在艺术手段晦明变化的运用上,可能稍逊于苏、辛,但自有一股激荡于诗、充塞于天地之间的浩然正气,这正是放翁诗发扬踔厉处。

三是关于陆游诗歌的再评价问题。

陆游的作品,一直是后人关注的热点。从南宋到清末,就有280余家论者对他有书面评骘[27]。20世纪的古典文学研究领域,对陆游作品的关注程度更甚于古人。

20世纪前50年,由于国家民族正处于生死存亡的关头,陆游诗中的忧患意识和强烈的爱国情感深深感动了有责任感的中国人。在后50年,陆游作品的研究依然是古典文学研究中的一方重镇。即使在五六十年代乃至"文革"期间,一直不受重视、门庭冷落的宋诗研究领域中,陆游诗歌研究一枝独秀的现象也是殊为罕见的。这一是缘于陆游的诗中爱国思想比较突出,刚好趋合了当时特别强调的文学社会意识形态功用的批评标准;二是因为陆游诗中确实有让人感动并能使人产生共鸣的地方。毛泽东并不喜欢宋诗,但他却十分激赏陆游的作品,还模仿作"仿陆放翁诗"。在这种背景下,有关陆游的一些基础性研究也得以全面启动、顺利开展。像齐治平的《陆游传论》,欧小牧的《陆游年谱》,朱东润的《陆游传》、《陆游研究》,孔凡礼、齐治平的《古典文学研究资料汇编·陆游卷》等成果,都是那时起步并奠定的基础。那个时期,国内高校影响较大的中国文学史教材,均以完整的章节和较大的篇幅,给陆游以充分的评价,影响波及甚远。总之,陆游的影响,已不仅仅局限于文学批评领域,有时已超越了文学的范畴上升为一种精神感召。在意识形态领域中,他甚至具有独特的社会地位。

　　20世纪的后20年,是文学批评的自觉时期。以往研究中只讲唯物史观和社会学批评的现象,得到了根本的转变。文学自身的审美特征受到重视,文学研究的方法和视野大为拓展。宋代文学研究全面铺开呈多元发展的趋势,陆游研究也得以长足的进展,出了不少有分量的研究成果。与前时期比较,多有发挥与创见。然而,随着研究的进一步深化和学术界重写文学史呼声的日益高涨,一些以往由于"左"的影响没有被充分评价的古代作家,陆续被重新提出讨论;一些本来没有给予应有地位的诗人,他们的艺术价值也逐步得到充分的发掘和确认。以前,当别的作家不同程度地受冷遇的时候,陆游却受到特别关注与青睐,其文学地位自不待言;问题是当别的作家的文学成就被一一重新确认并且给予较高评价时,陆游的文学地位是否将面临着新的评估和新的挑战。于是,在一些研究中,有的论者开始对陆游的文学地位和创作成就提出一些看法和质疑。除上面提出的关于艺术个性和独创性问题外,诸如陆游研究是否尚存空间,陆游与同时代其他作家相比究竟应处什么位置,在新的批评格局中如何重新认识陆游诗的价值,等等。

　　我以为这种质疑和思考是正常的。确实,陆游研究到了现在这样的程度,每进一步都实属不易。由于最近20年研究的积累,一般性的问题论者都涉及到了。今后想有大的突破,则有赖于材料的发现和视角方法论上的突破。比如说杜甫研究,本以为宋以来千家注杜,已臻极致,但后来在这一领域里还出了那么多成果,取得了许多新的进展。可见,只要作家作品的价值存在着开掘的可能,那么相关的研究将永远有发展的空间。

关于陆游的文学地位，虽然说批评者心里都有不同的尺度和标准，但真正起决定作用的还是被评价的作家作品本身的存在价值。对同一位作家，由于评价标准与角度的不同，被评价者的地位有上下波动、消长震荡是属正常现象，在短时段里没有必要作刻意的确认。在陆游的评价中，之所以出现这样那样的质疑和看法，可能与以往过于强化陆游的主流创作有关。特别突出陆游的爱国诗章和认识价值，无意之中就会忽略其余。钱钟书说，陆游诗还有熨帖出日常生活滋味的一面，这一面似乎一直没有引起足够的重视。论及陆游只强调了作为爱国者的陆游，淡化了作为一个诗人的陆游，以至于一个如此多彩的诗人，给人的印象却是面目单纯、情趣索然的模式化人物，这委实是对诗人诗作的一种误读。陆游的爱国诗章固然写得动情且引人注目，但除了这些诗，陆游的集子里尚有许多富有意味的诗章，比如沈园情愫、酒诗醉歌、道家养生、咏物品题、山水纪游、童稚情趣、田园节候、风土民俗、谈诗论艺、游仙纪梦、酬唱赠答、咏史怀古，等等。陆游绝非有人指摘的只知一味叫嚣的诗人，他的生活是多姿多彩的，有很多文人士大夫的情趣；他又是一个有着丰富情感并且善发的人，而这一切又缘于他易感的气质。与这样的人结交，你不必怀有机心，选读他的一些作品，恰如直面放翁的五彩人生。《剑南诗稿》洋洋近万首诗，"譬之深山大泽，包含者多"[⑳]。题材涉及之广，元方回《瀛奎律髓》已剖分为20余类列于唐诗之后，这种分类虽过于庞杂牵强，但也说明诗稿包罗之富，与只守"半亩之宫，一木一石，可屈指计数，而顾欲以此傲彼"[㉑]之类的诗人，自是两种风范。陆诗如深山大泽，蕴涵甚丰，有意探索的人，均可在其中找到一份与自己心境相谐的自得。因此，对陆诗题材的开掘是一件很有意义的事。

陆游一生精力在诗，与诗所取得的瞩目成就相比，他自己对词常有夷然不屑之意。尽管如此，在当时还是被人看好。"其激昂慷慨者，稼轩不能过；飘逸高妙者，与陈简斋、朱希真相颉颃；流丽绵密者，欲出晏叔原、贺方回之上。"[㉒]这番话自有过誉之处，却概括了放翁词的三类题材风格。陆词现存140多首，主要集中在抒怀、恋情、隐逸三类题材。其中抒怀词约有20余首，抒发类似诗歌一样的抱负襟怀，笔法率直遒劲，最能代表放翁习气，可看作南宋辛派爱国词的羽翼。恋情词约50首，多是早、中年所作，或描写一时感遇，或有所寄意，名声最大的当推《钗头凤》。陆游隐逸词近70首，几占总数一半，大都作于罢职闲居情绪低落时，有超尘拔俗之想。但更多的是"嗟时人谁识放翁"的牢骚，与述怀词抒发的幽愤互为表里，不宜轻觑，值得深究。

本书共选评陆游诗词190首，分9类，也仅仅是陆游众多诗词作品中的一小部分。注诗说诗之难，陆游自己深有体会。当年范成大曾敦促陆游为苏轼诗集作注，陆游不敢注苏诗。以陆游这样的饱学之士，况谨谢不能，今天为陆游诗词选注点评，心里确有惶恐之感。好在前人对陆游作品的基础研究资料非常丰厚，如钱仲联的《剑南诗稿校注》，夏承焘、吴熊和的《放翁词编年笺注》，于北山的《陆游年谱》等，都是足以借鉴的研究成果。其他富有特色的选本、赏析集也提供了良好的范例。本书试图转换视角，从陆游诗词的题材入手，分门别类，选录足以代表陆诗各类题材的优秀作品，除突出陆游主体风格外，充分展示陆游创作的丰富性和在题材领域中引人注目的实绩。在注评方面，除酌加注释外，重在发现各类诗词的意境旨趣，引申触类，适当地旁及探讨同类作品之间的轩轾，开阔视野，为爱好陆游作品的读者提供谈艺论诗之助。固不敢强作解人，只算是我对于这位素所敬慕的乡贤献上的一瓣心香吧。

[注释]

①梁启超《饮冰室文集》卷45《读陆放翁集》其一。

②《渭南文集》卷31《跋傅给事帖》。

③④⑤⑨《宋史·本传》。

⑥罗大经《鹤林玉露》卷4引周必大言。

⑦姜特立《梅山续稿》卷2《陆严州惠剑外集》。

⑧朱熹《朱子大全集》卷64《答巩仲至》。

⑩袁宗道《白苏斋诗集》卷5《偶得放翁集快读数日志喜因效其语》。

⑪朱陵选《剑南诗选》汪琬序。

⑫王士禛《带经堂诗话》卷1《品藻》。

⑬㉓贺裳《载酒园诗话》卷5《陆游》。

⑭查慎行《初白庵诗评》卷下评《瀛奎律髓》陆诗语。

⑮钱仲联校注《剑南诗稿》后六册的许多典故，均用参见法。

⑯陆子虞《剑南诗稿跋》。

⑰陈振孙《直斋书录解题》卷18。

⑱杨万里《诚斋集》卷2《跋陆务观剑南诗稿二首》之一。

⑲王世贞《艺苑卮言》。

⑳《瀛奎律髓》卷32忠愤类纪昀批语。

㉑㉔《四库全书总目提要》卷160《剑南诗稿》。

㉒阎若璩《潜邱札记》卷4。

㉕朱熹《朱子大全集》卷34《答徐载叔庚》。

㉖鲁迅《准风月谈·豪语的折扣》。

㉗据孔凡礼、齐治平编纂的《中国古典文学研究资料汇编·陆游卷》。

㉘㉙《宋四名家诗钞》周之麟《放翁诗钞序》。

㉚刘克庄《后村诗话》前集卷4。

寸心如丹

位卑未敢忘忧国

灌 园

少携一剑行天下,晚落空村学灌园。

交旧凋零身老病,轮囷肝胆与谁论①?

[注释]

①轮囷(qūn 逡):树根盘曲的样子,这里有郁结的意思。

[点评]

理想与现实的冲突一直是诗人笔下最动情的主题。

这首灌园诗,写于淳熙八年(1181)陆游罢官回家时。短短四句,通过强烈鲜明的形象对比,表达了诗人"心在天山,身老沧州"的郁闷和悲慨。

"少携一剑"是陆游年轻时的自我写照。陆游早年攻读兵书,志在用世。中年从军南郑"自期谈笑扫胡尘"(《追忆征西幕中旧事》),北望中原豪气如山,是一个胸怀经纶天下、北定中原大志的豪杰之士。而谁又想到豪杰功业未成,到头来流落荒村"却从邻父学春耕"(《小园》),与田父野老一样以灌园度日!诗人这样说,倒不是看不起农村劳动和农民生活,关键是陆游志不在此,怀抱不同。诗人早就立下"上马击狂胡"的雄心壮志,他的人生理想是效力北伐、敢为国殇。而今事与愿违,投老荒村,学习灌园务农,恰似当年的辛稼轩"都将万字平戎策,换取东家种树书"(辛弃疾《鹧鸪天》),一腔爱国热情,都被和戎投降政策所断送。"收身死向农桑社,何止明明两世人!"(《追忆征西幕中旧事》)陆游、辛弃疾等人的人生悲剧,是南宋社会的悲剧,在当时就很有典型意义。

"携剑"与"灌园",本是两种不同气质、不同方向的人生目标和生存方式。

两者志趣不同,追求各异,是一对不能相提并论的矛盾。而现实却让它们发生在同一个人身上,并且这对矛盾又交织于"交旧凋零身老病"的典型环境之中,使这个形象的写照更具有震撼人心的悲剧力量。

军中杂歌

秦人万里筑长城,不如壮士守北平。

晓来碛中雪一丈①,洗尽膻腥春草生②。

渔阳女儿美如花③,春风楼上学琵琶。

如今便死知无恨,不属番家属汉家。

[注释]

①碛(qì戚):沙石。

②膻腥:羊臊臭,指胡虏。

③渔阳:地名,在今河北蓟县。

[点评]

  这两首绝句作于淳熙十五年(1188)五月陆游在山阴闲居时。江南五月正值梅雨季节,三山一带久雨阴湿,田地泥泞,陂泽皆满。诗人杜门不出,困守在家以赋诗解闷。这组《军中杂歌》诗题下原有八首,每一首无一例外地以歌咏军中胜利为快事,感情饱满,格调明快,笔触轻松,与门外沉闷阴郁的梅雨天气恰好形成了有趣的对比。

"秦人万里筑长城"一首原列其二。这首歌赞颂了壮士守边的英雄气概,把壮士看作比"万里长城"更牢不可破的坚强堡垒。诗中"壮士"原指汉朝名将李广,因他曾驻守右北平而名扬边塞,致使敌人不敢进犯。诗人借用其事,旨在说明如果有李将军那样的壮士守卫边塞,就不用筑长城来抵御外敌侵略了。下面"晓来"两句,以一场大雪覆盖胡沙,抚平侵略者留下的战争创伤,等待来年春草苗生,抒发诗人对和平和新生活的渴望。

　　"渔阳女儿美如花"一首原列第七。这首诗构思新颖,画面生动而富有诗意:诗描述胜利后,美丽如花的姑娘们,迎着明媚的春光在楼上学弹琵琶。她们无忧无虑,脸上的神情幸福而满足!她们的生活欢乐而祥和!因为她们终于回到故国母亲的怀抱,即便死去,也是毫无遗憾了。诗人通过渔阳女儿的神情与心声,表达了沦陷区人民希望和平回归祖国的强烈愿望。

　　这两首绝句都立足想象,一写壮士斗志,一写女儿情怀,形象生动各臻其妙,但主题是一致的,那就是恢复大业能带来真正和平幸福的新生活。

塞上曲

老矣犹思万里行,翩然上马始身轻①。

玉关去路心如铁②,把酒何妨听渭城③。

[注释]

①翩然:形容动作轻捷。

②玉关:玉门关。

③渭城:指王维的《渭城曲》。

[点评]

　　题为《塞上曲》的组诗,作于淳熙十五年(1188)秋诗人任满小住山阴期间。原题共有四首,都是歌颂许国从军、想象王师北伐的内容,这是第四首,侧重于抒写诗人的个人情怀和抱负。

　　"老矣"两句写自己年龄虽大,但身手不凡,志在万里。写这首诗时,陆游年已六十有四。在一般人看来,确实可算"老矣"。但陆游这个人生性好强,他打心底里不肯轻易服输,更不甘服老。为了证明自己尚有立功报国的实力,他跃身上马,动作麻利、敏捷、轻快。"犹思万里行"意思是说还想从军北伐,奔赴万里之外的边疆立功安邦。这两句用动作描写,生动地刻画了一个年事已高但英气犹存的老战士形象,其行状身姿宛在眼前。

　　"玉关"两句反映诗人刚烈豪迈的个性。"玉关"位于阳关的西北,从空间距离上讲,比阳关更为遥远,唐人就有"春风不度玉门关"的哀怨。而诗人一心想奔赴比阳关更远的玉门关一试身手,说自己去意已定,心如铁石,不可动摇。离别的时候,不妨喝喝酒、听听著名的"渭城"之歌。《渭城曲》是唐朝诗人王维创作的一首送别友人的离歌,其中最后两句"劝君更尽一杯酒,西出阳关无故人",充满了依恋不舍的伤感之情,曾打动过许多离别之人的心,使《渭城曲》几乎成了离歌的代词。刘禹锡的"旧人惟有何戡在,更与殷勤唱渭城",白居易的"相逢且莫辞推醉,听唱阳关第四声"等诗,都表达了类似的伤感情调。唐人视阳关为绝远畏途,因此在歌咏这首诗的时候心里不免感到十分怅惘忧伤,这大概与原创者的精神气质有关。陆游一向喜欢粗犷豪壮的边地生活,把能出塞当作人生最大的理想和安慰。他在不少诗中都尽情地歌颂过赴边的乐趣,视跨鞍马上、驰骋疆场为前缘,并说自己"闭塞车中定怅然"(《书事》),根本不习惯也不愿意过清贵悠闲的生活。基于这样的思想性格基础,他当然不会以远出玉门关为苦。"把酒何妨听渭城",变消沉低徊为轻快昂扬,一反古人的伤感情调,凸现出诗人的英雄气概和不同寻常的个性风采。

秋夜将晓出篱门迎凉有感

三万里河东入海①,五千仞岳上摩天②。

遗民泪尽胡尘里,南望王师又一年。

[注释]

①河:黄河。
②仞(rèn 刃):古时以八尺为仞。岳:此指西岳华山。

[点评]

诗从时光的流逝写起。"三万里河"滚滚东流,使人想到孔子在黄河边的感喟:"逝者如斯夫,不舍昼夜!"是的,从"靖康之变"到作者写诗的绍熙三年(1192)已将近七十年。时光匆匆而过,而中原的大好河山仍沦落在金人的铁蹄之下,恢复无望,怎能不让人心潮起伏?

陆游热爱祖国,盼望中国统一。诗中的黄河和华山,是他日夜所梦想见到的,"三万里河"和"五千仞岳",代表着沦陷的故国河山。他在另一首《寒夜歌》中也念念不忘:"三万里之黄河入东海,五千仞之太华摩苍旻。坐令此地没胡虏,两京宫阙悲荆榛!"诗人的心总是和中原河山血肉相关,与中原人民心息相通。所以,他能设身处地的为中原父老着想,体会他们的处境和心愿。"遗民"二句,从对方着笔,写遗民含泪南望王师,盼望国家统一。"南望王师又一年",一个"又"字,包含着诗人无限的忧愤与同情。陆游在稍后的《夜读范至能〈揽辔录〉》一首诗中更进一层写出了自己的沉痛之由。中原父老不知道南宋统治集团内部打击迫害抗金势力,所以至今心存希望。如果他们知道南宋朝廷根本不思恢复,又当是何等的失望、痛心!

陆游在垂暮之年,穷居山阴偏僻的山村里,秋夜难眠,想的不是个人的荣辱利害;他心念北伐,寤寐辗转,半夜起来在篱门外迎着料峭的寒风,孤独的身影在展望中原时黯然伤怀,怆然涕下。诗人的爱国情思,已渗入到日常生活的点滴之中。读这样的诗作,怎不让人对这位老诗人肃然起敬!

夜读范至能《揽辔录》①

公卿有党排宗泽②,帷幄无人用岳飞③。

遗老不应知此恨,亦逢汉节解沾衣。

[注释]

①本诗原题为:《夜读范至能〈揽辔录〉,言中原父老见使者多挥涕,感其事作绝句》。范至能:范成大,字至能,孝宗乾道六年(1170)曾出使金国,回来写了一本笔记《揽辔录》,叙说出使中原见闻。
②宗泽:抗金主战名将,忠勇爱国,被主和派排挤,抱恨而死。
③帷幄:军帐。岳飞:抗金名将,后被主和奸相秦桧以"莫须有"罪名陷害致死。

[点评]

这首诗是绍熙三年(1192)冬,陆游在山阴农村偶然读到范成大出使金国时的日记《揽辔录》,有感于中原父老痴情恋国的情感而写。诗一针见血地点破了南宋朝廷不能收复中原的深层原因:"公卿有党排宗泽,帷幄无人用岳飞。"投降派当道,爱国志士惨遭迫害,统治者推行的是和戎政策,一代爱国志士只能抱恨终天,这就是陆游眼见的现实。但这一切怎能向中原父老诉说交待?"遗老不应知此恨","不应"两字既是诗人内心痛苦的回避,不忍心让中原父老了解南宋统治者自坏长城、自甘屈辱的现实,怕浇灭他们心头依然燃烧的希望之火,又体现了诗人对遗民无比同情和对投降派的无比愤恨。遗民尽管不知这残酷的政治内幕,但一见到南来的使节,已是潸然涕下,感慨不已。诗人在此退一步写尚且如此,倘若进一步联想又当如何?诗至此戛然而止,留下无穷的深意,见于言外。

这首小诗有感而发,秉笔直书,劲直激昂,陈述有力,联想深刻,句句牵心。如与后面的《追感往事》一诗参读,就更能认清南宋统治集团色厉内荏、丑陋无比的面目与本质。

追感往事

诸公可叹善谋身,误国当时岂一秦①?
不望夷吾出江左②,新亭对泣亦无人③!

[注释]

①秦:秦桧。
②夷吾:管仲的号。江左:指长江下游地区。
③新亭对泣:东晋南渡后,中原相继沦陷,过江士大夫们相聚新亭(在今南京),感叹山河之异,相对哭泣,惟有王导以为哭泣无济于事,当戮力抗战,克复神州。

[点评]

这首以议论见长的绝句,作于嘉泰元年(1201)春天,诗题下原有五首,此为其五。诗人以极其痛心的口吻痛斥了投降派祸国殃民的行径,有如投枪匕首,语锋犀利,直刺朝中一切主张和戎卖国的奸臣贼子和善于为自己打算的文武官吏。

诗从"当年"落笔,紧扣题意追忆了高宗绍兴年间"诸公"出于私利、主张屈服求和的往事。"诸公"在这儿指高宗时丞相黄潜善、汪伯彦之流,他们专权谋私,嫉害忠良,先后排挤爱国将领李纲、宗泽等抗金志士。尔后又有秦桧弄权,大肆推行投降政策,残杀岳飞,卖国求荣。秦桧执相期间,一手遮天,对凡有恢复言论的人一概加以排挤黜落。一时朝野上下乌烟瘴气,终于订下了丧权辱国的绍兴和议。每年向金贡献白银、黄金、绢帛、丝绸……秦桧死后,他的党羽"祖述余说,力持和议,以窃据相位者尚数人"(《宋史·秦桧传》)。陆游在此用"误国当时岂一秦",来强调当年朝中奸臣当道、误国殃民的历史事实,其中当然也隐含着对最高统治者偏安的不满。"不望夷吾"二句,是感慨今天的政治局面,其沉痛之至,与不堪回首的往事相比,有过之而无不及。诗人忿恨地说,现在的江左已找不到像管仲那样的大政治家,或者像东晋时王导那样的热血志士。东晋退守江左时,尚有很多士大夫为国事而忧伤,现在连一个为国事忧虑痛苦的人也没有了!王导的一番话,代表着不甘沦亡者的心声,所以当时有人就把王导比作江左的管仲,而王导后来任相后,确实也为当政者做出很大贡献。陆游感今怀昔,不胜怅然。从绍兴和议、隆兴和议到诗人写诗时,已历半个多世纪。一方面,金人在中原的土地上扎根盘踞已成事实;另一方面,南宋小朝廷麻木苟安,"暖风熏得游人醉,直把杭州作汴州。"早已忘记了中原的大好河山和沦陷区人民"忍死望恢复"的殷切期望与呼唤。诸公谋身有方,新亭对泣无人,历史和现实同样令人沮丧失望。追感往事,面对现实,诗人对投降派和投降政策无比痛恨,在诗中严厉抨击,骂尽朝中一切误国的权贵们,表达了一个爱国志士强烈而鲜明的政治立场。

这首小诗发扬了宋诗善于议论、长于议论的特点,抓住一点深入开掘,笔锋凌厉,文势咄咄逼人。对当时麻木的世人,不啻是一声醒世的惊雷。

病起书怀

病骨支离纱帽宽①,孤臣万里客江干。

位卑未敢忘忧国,事定犹须待阖棺②。

天地神灵扶庙社③,京华父老望和銮④。

出师一表通今古⑤,夜半挑灯更细看。

[注释]

①支离:衰弱瘦损的样子。
②阖(hé 合)棺:即盖棺,指人死以后。
③庙社:此代指国家。
④和銮:古代天子的车马所悬挂的两种铃铛。此指皇帝的车驾。
⑤出师一表:诸葛亮率军伐魏临行前向蜀后主刘禅进的奏表,后人称《出师表》。

[点评]

  陆游的律诗中常常有那么一些动人心弦、照亮全篇的诗句,令整首诗熠熠生色,通体发光。如"位卑未敢忘忧国"者,虽极朴实敦厚,却具有笼罩全篇、震撼人心的力量。

  诗是淳熙三年(1176)诗人被免去参议官后写下的。诗人落职之后,移居成都城西南的浣花村,一病就是二十多天。一个被无端革职的诗人孤独地客居江边,在精神和肉体受到双重挫伤时,仍丢不开国事,心里想的是北方父老南望王师的情形,半夜难眠挑灯细看的是充满献身之念的《出师表》。这种境界,怎能不让人刮目相看？诸葛亮一生鞠躬尽瘁、死而后已的悲壮激烈，使诗人为之肝胆俱热。诗人在灯下一遍遍地摩挲细看，心潮涌动。就在诗人为《出师表》的精神深深感动之时，我们却也为陆游位卑不忘忧国的精神深深地震撼了。

无论从哪个角度看，陆游和当年诸葛亮所处的外部环境都截然不同，不能相提并论。诸葛亮位极人臣，德高望重，身怀三顾之恩，肩负托孤之重。处于这样特殊的位置，从主观或客观方面都别无选择、义无反顾地必须承担起北伐曹魏、统一中原的大任。他的《出师表》可以说是情理所必然。陆游则不同，作为一个爱国志士，他也怀抱着为国献身的强烈愿望，却并不为统治集团所顾念。在大半生所经历的仕途生涯中，尽管职低位卑，却一再遭到投降势力的排斥和打击，在南宋的官僚集团中，根本就没有立足之地。诗人常以诗鼓吹抗战，批评现实，抒发忠愤之气，更为偏安的小朝廷所不容。令人诧异的是，诗人居然能于这样窘迫尴尬的处境中，不知自忧，反以《出师表》自期自许，心里依然担负着国家兴亡的伟大责任。不在其位亦谋其责，知其不可而为之——仅这一精神品质，也堪许"亘古男儿"了。

这首诗从衰病起笔，以挑灯夜读《出师表》结束，所表现的是百折不挠的精神和永不磨灭的意志。其中"位卑"句犹如漫漫长夜中的一盏心灯，不但使诗歌思想生辉，而且令这首七律警策精粹，艺术境界全出。

夜泊水村

腰间羽箭久凋零，太息燕然未勒铭①。

老子犹堪绝大漠②，诸君何至泣新亭？

一身报国有万死，双鬓向人无再青。

记取江湖泊船处,卧闻新雁落寒汀。

[注释]

①燕然未勒铭:指没有建立勋业。东汉车骑将军窦宪北击匈奴胜利后,曾在燕然山刻石记功。
②老子:老夫,陆游自指。绝大漠:汉武帝时卫青和霍去病率兵越过大沙漠,打击匈奴单于。绝:横渡。

[点评]

　　这首七言律诗作于淳熙九年(1182)陆游罢任后闲居山阴期间。一个秋日的夜晚,陆游夜深后仍难以入眠。卧听北方新雁栖落沙洲的声音,触动了诗人的创作欲望。

　　诗采用倒卷帘法,从感慨写起,首联慨叹自己功业未就已远离战场。诗人"太息"的不仅是燕然未勒的结果,更是根本就没有勒功远征的机会。"羽箭久凋零"的"久"字,是他远离南郑军幕整整十年最切实的心理感受。人生有几个十年可供凋零?颔联承"久"而发,说自己虽则老矣,但壮心未灭,仍能像当年的卫青、霍去病那样率兵横越沙漠,而不会像新亭对泣缺乏斗志的士大夫一样去徒然悲泣。在此,"老子"与"诸君"对举,用两个历史典故推出现实生活中两种不同的人生作为和处世态度:一种是积极进取、自强不息;一种是悲观失望、于事无补。一正一侧,展示出爱国诗人的伟大气魄和务实精神。颈联笔锋陡转,由高亢激越转为悲凉幽愤,有如《书愤》中"塞上长城空自许,镜中衰鬓已先斑"的深沉感叹。诗人夜泊水村,闻雁伤怀,最后一联反扣题意,和盘托出兴感之由,使前面的感情抒发一一着陆,言无虚发。

　　这首题为《夜泊水村》的律诗,初览题意,似应描写悠闲的乡居生活。但诗人出人意表,起笔突兀,却言从军情怀。承、转两联高潮迭起,波澜有加。最后以景结情,章法错落有致。古人有"文顺诗倒"之说,这首诗倒卷珠帘,构思新颖,给人以深刻的印象。

　　更值得一提的是,作为一首七言律诗,诗人在语言的锻炼上下了深厚功夫。诗不但语言形象,对仗自然工整,而且使事用典,熨帖切意。特别是在抒情写志的过程中,因为有深厚的文化作为感情的依托和凭借,语言就显得更富有深意和张力。无怪乎后人称这类诗"著句既遒","通体浑成,不愧南渡称首者"(潘德舆《养一斋诗话》);"率多胸臆,兼有骨气,可为南渡君臣慨然太息"(《唐宋诗醇》)。

书　愤

早岁那知世事艰,中原北望气如山。

楼船夜雪瓜洲渡[①],铁马秋风大散关[②]。

塞上长城空自许[③],镜中衰鬓已先斑。

出师一表真名世,千载谁堪伯仲间[④]。

[注释]

①楼船:战船。瓜洲渡:在今江苏邗江瓜洲镇,位于长江北岸,与镇江隔江相对。
②大散关:在陕西宝鸡西南。宋金西北以此为界,是边防重地。
③塞上长城:南朝刘宋卫国名将檀道济曾自称"万里长城",陆游在此自比。
④伯仲:兄弟,此有比肩并称的意思。

[点评]

　　这首被清人推为陆游七律压卷之作的名篇,写于淳熙十三年(1186)诗人在野时。陆游自江西抚州任上被黜落免官后,一直在故乡山阴闲居,至此已进入第六个年头。由于长期的投闲置散,致使诗人内心非常压抑苦闷。北伐夙愿未了,志士收身农桑,忧愤郁积心头,日深难平。许多感触都猬集交织在一起,融成一股蓄势欲喷的地火,在诗人心头激荡。这股潜流蓄势既久感慨又深,终于在一个料峭的早春,不失时机地从诗人笔底喷薄而出。短短五十六个字,道尽陆游一生之忧愤感慨。

诗的前三联出笔如椽,概言一生作为遭际。首联畅抒少年豪气:早岁如初生之犊,北望中原豪气冲天,志欲灭胡,哪里知道行路艰难、世事艰险!孟子说"志者气之帅,气者志之充",气是志在行动事业上的表现。在爱国之志的驱动下,诗人中年积极投身北伐,其壮举令人刮目相看。"楼船"句渲染诗人任镇江通判时,瓜洲一带遭遇的北伐气氛,"铁马"句则回忆南郑惊心动魄的军旅生活。这两句紧承"如山",写中年事业,取象壮浪,气势雄健,境界开阔,充满激情,可看作他终生心期的事业写照。颈联转写眼前感慨:诗人曾以捍卫国家、扬威边地的名将檀道济自期,现在看来这种理想已经落空;而镜中自看,两鬓斑白,一事无成。这一联突出理想与现实的矛盾。"空"、"已"两字下得沉痛、悲怆,是"愤"之所由,"愤"之所结,"愤"之所在。由此切入,再深入体会陆游用典,我们还可以联系到典故外隐含的事实:刘宋名将檀道济功大德高,最后被宋文帝所杀。临刑前,檀道济愤怒地痛斥"乃坏汝万里长城"!自坏长城,历来是爱国志士最痛心、最不愿意看到的事实。而南宋在对金问题的处理上,自坏长城的做法岂止一二?且不说岳飞横遭杀戮、宗泽被排斥致死、王炎东召后遭诬被贬,就是陆游自己也因"力说张浚用兵"而屡遭投降派无情打击,并被冠以各种各样的罪名弹劾、排挤出朝,黜落归乡。《灌园》一诗简直可以作为这联诗的注解:英雄失志投闲的寂寞与愤世之情尽在其中。如果是一般人书愤,可能会就此打住,徒"愤"而已。陆游书愤的可贵在于"愤"而不哀,愤中反而能骤然发力,充分显示出笔底功夫。"出师"一联,既是设问又是自许,通过对诸葛亮力行北伐、鞠躬尽瘁精神的礼赞,讽刺鞭挞南宋的投降政策。至此,诗人个人雄略未得施展的积愤,对当时无人主持北伐、国威不振的忧愤,两种感情在末句会合,使诗人所书之"愤"具有更深刻的时代精神和广泛的社会意义。结句大气包举,饶有兴会,"绝无鼓衰力竭之态"(《瓯北诗话》),不愧是大家手笔。

这首七言律诗悲歌慷慨,气韵沉雄,包容性大,概括性强,是陆游所有以《书愤》为题的七律中最富有个性的一首。诗作的认识价值已不须赘言,诗的艺术价值也令人瞩目。观其整体,固然高妙,即使于一联一句求之,也不乏惊人之处。如"中原北望气如山"写生形象,"楼船夜雪瓜洲渡,铁马秋风大散关"一联的用典对仗,意象镕铸以及这联景语在整首抒情诗中精心构筑,都是令人拍案称绝

的。故清人纪昀(晓岚)指出："此种诗是放翁不可磨处。集中有此,如屋有柱,如人有骨。"(《瀛奎律髓刊误》)

书　叹

少年志欲扫胡尘,至老宁知不少伸。

览镜已悲身潦倒,横戈空觉胆轮囷[1]。

生无鲍叔能相知[2],死有要离与卜邻[3]。

回望不须揩病眼,长安冠剑几番新[4]。

[注释]

[1]轮囷:见《灌园》注。

[2]鲍叔:春秋时齐国大夫,与管仲交好,荐为相。管仲尝叹道:"生我者父母,知我者鲍叔。"

[3]要离:春秋时吴国刺客。为吴王谋刺在卫的公子庆忌,他自请断臂杀妻,假装与吴有仇,得以亲近庆忌而将他刺死。为报答庆忌的义气,最后他亦自杀在江陵。

[4]"长安"句:古颜"闻长安乐,则出门而西笑"。长安,在此喻代临安。冠剑:指官员服饰。这两句是说自己出门不忍向西观望,都城里当又换过几番官员了。

[点评]

这是绍熙四年(1193)陆游六十九岁那年七月,在山阴写的一首七律感怀诗,集中阐发了诗人志向落空的愤慨和对世事变幻的感叹。

首联直抒胸臆，"少年志欲扫胡尘"是他一生不可磨灭精神的写照。"至老宁知不少伸"是引发书叹原因：少年志向的高远宏伟与至老不得舒展的落魄境遇形成对比，勾勒出一个志士悲剧性的生命轨迹，令人惋叹。

颔联伸足"不少伸"三字之意，通过览镜的动作暗示年岁已老，双鬓斑白，身世潦倒。"横戈"表明自己志在披甲执锐，效力北伐，但徒有一副肝胆，胸中郁勃之气难平。

颈联进而诉说自己生不逢时的苦闷和死也要壮烈的决心。诗人不愿意做一个默默无闻、形同蝼蚁、于世无益的人。生既然不能舒展志向怀抱，死也要死得轰轰烈烈。

这个想法，诗人素来就有。早在乾道九年，诗人就写过一篇题为《言怀》的述志诗："捐躯诚有地，贾勇先三军。不然赍恨死，犹冀扬清芬。愿乞一棺地，葬近要离坟。"直接表达身先士卒、为国捐躯的决心，和这首七律中所怀抱的爱国热情与牺牲精神是完全一致、一脉相承的。

尾联冷眼静观当朝权贵的明争暗斗、政治舞台的风云变幻，笔触斡旋有力。

这首诗纯写我感我叹，表面上无一字触及和戎政策，但字里行间都充溢着对现实对政治的无情批判。少抱壮志，至老不伸，北伐无成，恢复无期。诗人感慨生不逢时，于是一再表示，死也要了却复仇心愿。特别是收尾两句，诗人冷眼观世，看到"长安冠剑几番新"，感叹当朝权贵争权夺利、钩心斗角、党同伐异，早已置北伐恢复大业于脑后。旧僚新贵相继登场，他们面目虽异，但诗人不须揩眼，就可看清他们拥有的共同本质。

诗以议论见长，起句直抒怀抱很有气势，结处收势顿挫，沉稳有力。惟有颈联转折处，抒情过于直白，略嫌率露，成为白璧之瑕。但就整首诗的起结和气势而言，仍不失为一首感情真切、激昂慷慨的爱国诗篇。

秋波媚

七月十六日晚,登高兴亭,望长安南山①

　　秋到边城角声哀,烽火照高台。悲歌击筑②,凭高酹酒③,此兴悠哉!　　多情谁似南山月,特地暮云开。灞桥烟柳④,曲江池馆⑤,应待人来。

[注释]

①高兴亭:在南郑(今汉中)内城西北,正对终南山。
②筑:古代的一种乐器。
③酹(lèi 泪)酒:以酒洒地祭奠。
④灞桥:在长安(今西安)城东的灞水上,是古代士人送别之处。
⑤曲江:在长安东南,是唐代文人游览聚会的胜地。

[点评]

　　在宋代的边塞词中,难得有这样乐观高昂的格调。陆游这首在西北边防前线即兴吟就的词,不惟给他的从军之乐平添了无限风光,也为宋代边塞词补上了亮丽的一笔。

　　唐代有一些专门从事边塞诗创作的诗人,后人把他们归为边塞诗派,如高适、岑参。宋代虽没有边塞词派,但也不乏以边塞生活为题材的词作,如范仲淹的《渔家傲·塞下秋来风景异》,黄庭坚的《水调歌头·落日塞垣路》,辛弃疾的《水调歌头·落日塞尘起》、《鹧鸪天·壮岁旌旗拥万夫》等,或直接以边塞生活为题材，或忆昔怀旧，抒发赴边立功的抱负感慨，从不同的侧面表现出宋代边塞之作一个比较明显的感情基调和时代气氛，那就是始终充溢着"燕然未勒"、"壮志未酬"的悲慨，笼罩着凄凄惨惨、悲凉压抑的气氛。这种典型倾向，当然也包括陆游很多代表作，如《汉宫春·羽箭雕弓》、《夜游宫·记梦寄师伯浑》、《谢春池·壮岁从戎》等，都有从军不果、抱负不能实现的悲凉心情，是一曲曲激越、凄怆、失意的悲歌。宋代边塞词多危苦之言、凄怆之景，这是一个不争的事实，而《秋波媚》则是这一类词的例外。

这首词是在特定心境下写的。乾道八年（1172），陆游在南郑王炎幕中任职。王炎是主战派，上任后励精图治，把宣抚司从利州（四川广元）徙至兴元府（陕西南郑），靠近西北前线，以便控制秦陇。陆游置身其中如鲸入海，从心底里感受到从未有过的激动与亢奋。在一个初秋的傍晚，他登上南郑内城西北的高兴亭，遥望汉唐故都长安和终南山，等待着从大散关、骆谷关传来的平安烽火。眼前景象仿佛预示着胜利在望，诗人不禁豪情勃发，高歌一曲，以乐观昂扬的情绪表明了他对北伐的信心。词上片以抒情见长，浩气逼人。下片以写景取胜，意味深长。多情的明月高悬在终南山上空，驱散了黑夜的阴霾。词人眼前豁然一亮，仿佛看到长安城边的"灞桥烟柳"、"曲江池馆"正在向他招手，等待词人的到来。这几句用拟人的手法，移情于物，赋南山明月、灞桥烟柳、曲江池馆以人的感情。江山有意，景物含情，人心所归，道出了作者收复长安、收复中原的乐观心情。

陆游词中有两种笔法：一种以诗笔为词，多慷慨质直之情，少委曲含蕴之美，所以王国维说陆游有的词"有气而乏韵"；另一种笔法则比较注意词的特质，颇具顿挫含蕴之致。如《秋波媚》者，上半阕意象雄壮。"边城"、"烽火"、"高台"气氛慷慨热烈，下半阕"南山月"、"暮云"、"烟柳"、"曲江池馆"形成了另一种蕴藉多情的氛围。词人一腔豪情壮怀一转为曲折幽深，豪放婉曲相间，很有词味。

汉宫春

初自南郑来成都作

羽箭雕弓,忆呼鹰古垒,截虎平川。吹笛暮归野帐^①,雪压青毡^②。淋漓醉墨,看龙蛇、飞落蛮笺^③。人误许,诗情将略,一时才气超然。　　何事又作南来?看重阳药市^④,元夕灯山。花时万人乐处,欹帽垂鞭^⑤。闻歌感旧,尚时时流涕樽前^⑥。君记取,封侯事在^⑦,功名不信由天。

[注释]

①笛:一种管乐器。

②毡:毡帐。

③蛮笺:蜀笺,唐宋时产于四川的彩色纸张。

④药市:据《老学庵笔记》,成都九月九日有药材集市。

⑤欹(qī 期)帽垂鞭:歪带着帽,垂着马鞭,从容而过。

⑥樽前:酒杯前。

⑦封侯:用《后汉书·班超传》事。班超少有大志,尝投笔叹道:"大丈夫因立功异域,以取封侯,安能久事笔砚间乎?"后来果然立大功,封定远侯。

[点评]

乾道八年(1172)岁暮,陆游从南郑前线调回到四川成都,心里很不得已,就好像一个鼓足勇气披锐执戈、正准备冲锋杀敌的战士被迫从战场撤回,一场排演日久的剧目刚刚拉开序幕却被告知必须停止上演一样,难免使人愕然、怅惘、遗憾!

陆游在南郑王炎幕中,曾经有过一段十分惬怀的生活。他在诗中写道"生长江湖狎钓船,跨鞍塞上亦前缘"(《书事》),自觉与塞上有缘。事实确也是这样:他一入南郑前线,就被川陕一带雄伟险要的山川形势所吸引。他景慕川陕一带雄豪的民风,喜欢紧张、热烈而刺激的军中生活,特别是川陕前线自觉的恢复热情。尤其令人感动振奋的是,自称"投笔书生从来有,从军乐事世间无"的他,在南郑似乎找到了张扬平生习气的最佳舞台。然而,正当陆游情绪高涨地准备直接参加北伐战斗时,主帅王炎被召,一时间幕中僚友四散。"渭水岐山不出兵,却携琴剑锦官城。"(《即事》)陆游也从气氛热烈的前线,退至花团锦簇的大后方成都。从军不到一年,"执戈王前驱"、"上马击狂胡"的人生理想即被击得粉碎。

这首词当是乾道九年(1173)陆游调回成都后不久的感怀之作。词上下两片今昔对比,泾渭分明。上片是对南郑军旅生活充满深情的回忆。词人在南郑的时间尽管不到一年,但许多事却是终生难忘的,有的竟成为他一生回味不尽的诗料。词只是截取了三个典型的生活片断加以表现。第一组画面生动再现自己在军幕时弯弓射雕、呼鹰刺虎的壮举。"羽箭雕弓",刻画了作为战士的外在形象。"呼鹰古垒,截虎平川"是作者在诗词中屡屡提起的豪举,凡十余见。如"云埋废苑呼鹰处,雪暗荒郊射虎天。"(《书事》)"去年射虎南山秋,夜归急雪满貂裘。"(《三月十七日夜醉中作》)"昔者戍梁益,寝饭鞍马间……挺剑刺乳虎,血溅貂裘殷。"(《怀昔》)挺身刺虎是他军旅生活中一个突出镜头,亦可视作气吞狂虏的一种精神象征,是力量和勇气的自我检阅。行猎时有这等壮举,说明陆游身手非凡,完全有跃马疆场的实力。军中生活是豪放悲壮的,同时也是艰苦刺激的。第二组画面写行军露宿,在一片清笳声中,战士露营夜宿,帐外则是一片白雪笼野、冰封天地。艰苦的环境可以衬托词人坚定无畏的许国之心,也最能磨砺人的意志,劳其筋骨方见英雄本色。下面"淋漓醉墨"句则挥洒自如,写得潇洒尽兴!作者最擅草书,醉中落笔如龙蛇飞舞,洋洋洒洒,笔墨所至,酣畅淋漓。一个才气横溢、诗意纵横的浪漫诗人形象如在面前!至此,三幅画面武略文才尽摄笔底。过片处"人误许"虚晃一笔,"诗情将略,才气超然"才是对三组镜头的最好总结。

下片开笔就发浩叹，"何事"句包含着陆游对从军不果的愤慨与责问。成都的繁华舒适生活，重阳药市，元宵灯火，还有万头簇拥的花市，虽则喧嚣热闹，但这种闲散的生活只能使人消沉。词人身置其间"欹帽垂鞭"，倍感颓唐无聊，对酒闻歌，黯然伤神，不复再有淋漓之笔、超然之气了。词人心里只有一个念头，就是像当年胸怀大志的班超一样，趁有生之年奔赴边塞驰骋疆场，在马背上获得功名。大丈夫不屈服命运的安排，不信功名由天定，这就是陆游的个性！

从这首词当中，我们可以看出陆游的人生目标非常明确："平生万里心，执戈王前驱。"陆游有大量的作品都表明他怀抱的人生志向是尚武从军、敢为国殇。他的素志是从军习武，直接为恢复大业摇旗呐喊，冲锋陷阵。在未入蜀时，他就投诗参政梁克家，希望奋其所长。在南郑王炎幕中，他终于找到了实践抱负的人生感觉：戎装英姿，腾身刺虎，随军夜宿露营，倚马起草兵书。这一切都使他感到从未有过的兴奋和刺激，这才是个性回归的人生舞台。而生活偏要违背个性，活生生地让他离开心爱的人生舞台，让他到歌舞升平、繁华锦簇的锦官城里，做一名无所事事的闲散小官，他怎能不"时时流涕樽前"？

陆游一些描写壮志不酬的作品写得都极其出色。因为感情真挚源自内心，所以出手自然举重若轻。只须寥寥数笔，就能产生情景相生、深挚动人的艺术效果。后人评这类词"雄慨处似东坡"、"超爽处似稼轩"（杨慎）。有时虽然表达得不够蕴藉，但情之所至，本无暇遮掩，坦诚不隔，直接向人披露诗人那一颗悲怆受伤的心，亦有一种独特的感人力量。

诉衷情

当年万里觅封侯，匹马戍梁州①。关河梦断何处②？尘暗旧貂裘。　　胡未灭，鬓先秋，泪空流。此生谁料，心在天山，身老沧洲③。

[注释]

①梁州:此指南郑。
②关河:关口与河防。
③沧洲:水边之地,此代指隐者所居之处。

[点评]

　　陆游的词是不编年的,许多词作只能以文本所暗示的信息来判断大致的写作时段。从这首提供的意象揣摩,当作于淳熙十六年(1189)词人罢归山阴之后。作者在词中以眼前的生活来返照当年,自然带有无限的感慨。

　　陆游是责任感很强的一类文人。他忧国伤时,希望能通过个人的奔走呼号和不懈努力,来唤起人们的北伐意识,洗雪国耻,重振他心目中大宋王朝的雄风。无论从哪个角度考察,陆游都称得上是一个襟怀坦荡的志士。尽管他在抒发爱国热情中,屡屡以"封侯"自许,像《夜游宫·记梦寄师伯浑》的"自许封侯在万里"、《汉宫春·初自南郑来成都作》的"封侯事在,功名不信由天"以及这首词开笔"当年万里觅封侯",都希望自己能像定远侯班超一样建功立业,实现平生抱负。这样的反复陈述,会给人一个错觉:似乎陆游功名之念很重。如果真这样看,就误读了陆游。设想一下,在南宋这样一个积贫积弱的社会中,连半壁江山都在风雨飘摇之中,有谁真能像当年的班超一样"立功异域",在马背上博取功名事业? 在陆游年轻时,民族英雄岳飞被无辜杀害,抗金名将宗泽大呼过河而气绝。陆游自幼熟读兵书、谙熟历史,他怎不清楚"觅封侯"可能带来的不测后果! 他在诗词中屡屡借用《后汉书·班超传》中的典故,一方面是出于他对大丈夫毅然投笔从戎壮举的激赏,更重要的是借班超故事激励自己的意志,坚定恢复中原的信念。当年"觅封侯"是男儿的天性,是时代对每一位有责任感的仁人志士的感召。陆游曾说过这样的话:"功名在子何殊我,惟恨无人快著鞭。"意思是说只要有人快马加鞭促进抗金北伐,谁建立功业都一样,可见诗人的胸怀是宽广的、崇高的。他牵心的不是个人的功名能否成就,而是没有人著鞭参赞北伐,完成统一祖国的大业。所以在这首词中,我们可以把"当年觅封侯"与他在南郑前线参加抗金斗争、奔走梁益间的戎马守边生活联系起来,这种说法就显得真切可感了。当年是"匹马戍梁州",今天又是怎样一副光景呢?"尘暗旧貂裘!"时间跳跃过渡十分自然。当年戍梁州时穿的战袍,东归后已久弃不用,早已积满尘垢黯淡无光了!

上片四句是从时间跨度上落笔,突出当年与今天的反差。下片四句则偏重从空间距离上对比,突出理想与现实的矛盾。"胡未灭,鬓先秋,泪空流"三个短句,一字一顿,诉说一生心事。"心在天山,身老沧洲"是一幅四言对句,八个字对比鲜明,概括了两种不同的生活场景与生活结局,也是诗人一生中不可调和的矛盾与苦闷所在。

陆游的一生总是充满了各种矛盾与遗憾。现实与理想,眼前与过去,愿望与实际,梦境与醒后,包括生活的、事业的、人生的、爱情的种种方面。这些强烈的反差对比,常常是词人抒情时最动人的题材。它能激荡感情,构成冲突,掀起波澜,是激动人心最强烈的外在因素。加上作者如泣如诉的真诚剖白,使这一类作品更具震撼人心的魅力。这首词,也是同类主题中最富典型意义的名篇之一。

谢池春

壮岁从戎,曾是气吞残虏。阵云高,狼烽夜举①。朱颜青鬓,拥雕弓西戍。笑儒冠自来多误②。　　功名梦断,却泛扁舟吴楚③。漫悲歌、伤怀吊古。烟波无际,望秦关何处④?叹流年又成虚度!

[注释]

①狼烽:古代边境报警的烽火用狼粪燃烧,故称。

②儒冠:读书人所戴的帽子,借指书生。

③吴楚:泛指江南一带。

④秦关:指函谷关,在今河南灵宝西南。

[点评]

　　陆游中年从军南郑,前后虽只八个月时间,从事的也是以文职为主的幕僚工作,却从中体验到从未有过的振奋与豪情。对于一个从小就立下收复失土宏伟目标的诗人来说,军中生活在他一生中意义是巨大的,价值是无可替代的。所以当他不得不离开为之动情的前线时,他就把这一段生活深深地收藏在心灵和记忆的宝库之中。当一遍遍反复地阅读回味时,这些生活就成为他后来诗歌创作取之不尽、歌之不竭的题材,并激励着他一生的思想和创作。这首词也是从回忆"壮岁从戎"落笔的,写得悲怆而有气势。

　　词作于陆游罢归山阴赋闲农村以后。根据同调连章的第三首开篇"七十衰翁"云云,当是古稀之年的作品。诗人的豪情似乎未与年岁俱老,在字里行间时时流露出烈士暮年永不衰竭的政治热情。词上片重提中年豪举,是因为不甘于今天的平庸无为。想当年从军南郑、西戍边关是何等的壮快:词以"阵云"、"烽火"为背景,勾勒出拥戈西戍时气吞残虏、雄姿英发的自我形象,强化记忆中最美好壮丽的事业,为过片处的反跌作情绪上的蓄势。下片悲歌感今,不胜慨叹。词人身处江湖,远不是"摇首出红尘"的烟波钓徒。他未忘国忧,在扁舟烟波之间还时时遥望秦关汉苑,表现出对国事的关怀,这就使"功名梦断"、"流年虚度"等慨叹,包含了更深刻的历史背景和社会内涵,比一般仅仅以抒写个人感情苦闷的词作,更富有感人的力量。

　　整首词以爱国之情贯穿始终,上片激昂下片悲凉,过片处"笑儒冠自来多误"一句,承上启下,是词情关衔处。壮年高亢激越的政治热情与岁月风尘也无法磨损的精神相映衬,构成了词作风骨铮铮的崇高境界。当年的雄姿英发与晚年的苦闷压抑作对比,表达出词作中千折百回的悲剧意义。

夜读兵书

孤灯耿霜夕①,穷山读兵书②。

平生万里心,执戈王前驱③。

战死士所有,耻复守妻孥④。

成功亦邂逅⑤,逆料政自疏⑥。

陂泽号饥鸿⑦,岁月欺贫儒。

叹息镜中面,安得长肤腴⑧。

[注释]

①耿:照明。

②穷山:深山,此指云门山,陆游之父陆宰在此建有别业。

③执戈:拿起武器。前驱,在前面奔走。这句是用《诗经·卫风·伯兮》"伯也执戈,为王前驱"之意。

④妻孥(nú 奴):妻子儿女。

⑤邂逅(xiè hòu 谢后):偶然遇到。

⑥逆料:预料。政:同"正"。疏:迂阔。

⑦陂(bēi 卑)泽:低洼积水处,喻艰苦的处境。

⑧长肤腴:皮肤丰满滋润,永不衰老。

[点评]

众所周知,宋代社会风气是重文轻武,士大夫多崇尚儒雅,把习文修身看做是安身立命的根本。特别是北宋,尚文风气尤其盛行,习武之人则往往被人轻觑。像北宋著名词家贺铸年轻时近侠,任武职没有出路,经人推荐后才转为文职,但终因任侠尚气之性不改,郁郁不得志。北宋沦陷后,外族入侵,大敌当前,朝廷本应习武图强,呼唤武治以恢复中原。但由于统治者信奉苟安政策,一些有将帅之才的爱国志士和习武之人实际上仍处于投闲状态,根本没有得到真正的重视。

陆游生于危亡,民族蒙受的兵燹丧乱使他深切地感受到习武的重要。他从小爱读兵书,一方面源于他个人的秉性,另一方面也源于家学熏陶,祖上深谙兵法,家中有许多这类藏书。他的祖父陆佃管过武学,懂得孙武、吴起兵法,对兵书颇有研究并有著述。陆游早年读兵书、学军法、习剑术、练武功,常以有史才武略自期,十分注意培养自己武治方面的能力。这首作于会稽云门山草堂的《夜读兵书》诗,就是他年轻时期尚武精神和爱国思想的集中体现。

诗描述了这样一个场景:一个深秋的夜晚,在云门山深处的别业内,有一位年轻人正专心致志地挑灯研读兵书。他的眼神是那么的专注,他的神态又是那么的忘我投入,荒僻的山野四周已是万籁俱寂,惟有窗前孤灯独明,烛照着一颗年轻的忧时爱国之心。手捧兵书,诗人的思想异常兴奋,情绪也显得特别激昂。他幻想着也像古人那样"执戈王前驱",冲锋在前,奔赴国难。"平生万里心"以下六句,是抒发由读兵书而引发的志向和情怀。诗人以为战死沙场、为国捐躯原是男儿本色,虽死犹生;而顾念家室、踌躇不前,守在家里不管国事,是最可耻的。成功虽属偶然,但战士是不计得失的。对功名事业能否成功预先考虑得太多,反而显得迂阔而不切合实际。这六句诗的一番自白,剖露出他作为一个爱国志士、热血青年的炽热情怀,大有"男儿何不带吴钩,收取关山五十州"奋然向前的丈夫气概。这种强烈的报国之心和献身精神,读了令人振奋;他对功名坦诚的看法,读了使人感动。

诗的最后四句是写直面现实后的苦闷。正当诗人慷慨赴国、壮怀激烈之际,荒野中突然传来了饥鸿的悲号声,这声音显得特别凄凉刺耳。诗人以饥鸿来比喻饥民,暗示现实生活的触目惊心。金人的大举入侵使人民流离失所,挣扎在饥饿和贫困之中。此时诗人眼前仿佛又呈现出早年遭丧乱时奔走流离的场景。岁月在无情地流逝,这种苦难的感受却一刻也没有淡忘!一想到这一切,他就无法安生。心里感觉到岁月好像故意在欺负人似的,让人空怀抱负、虚生白发!"贫儒"是作者自指,自嘲仍是一介书生布衣。古人有"达则兼济天下,穷则独善其身"的人生信条,陆游此时尚未步入仕途,显然是属于"穷"的时候。但侠士的天性使他无法忘却现实远离政治而袖手旁观。"饥鸿"之声,时时触动着诗人的心,使他"叹息肠中热",情不自禁地为之动容,为之忧心,为之憔悴。"叹息镜中面,安得长肤腴"这种忧时劳心,与他晚年"身为野老已无责,路见流民总动心"的责任感是一脉相通的。

陆游写这首诗时,已经历了人生的两大挫折。一是来自仕途的打击:陆游二十九岁时,赴临安锁厅试,名列第一,因触犯了权臣秦桧的私利,而被秦桧黜落,初试锋芒就遭到了投降派的无情打击,这件事对他触动很大。二是个人婚姻的不幸:与唐氏有情人难成眷属,抱憾终生,也时时触动他敏感善良的心。然而这一切毕竟都过去了,并没能消磨陆游的精神意志。仕途的挫折,使他更清楚地认清了投降派的丑恶嘴脸,决心与它势不两立。爱情婚姻的伤痛,使他索性暂时抛开儿女情长,舍身忘家投入到他所崇尚的事业中去。这首诗就是在这样一种背景下写就的。诗中如"平生万里心,执戈王前驱。战死士所有,耻复守妻孥"、"岁月欺贫儒"等句子,包涵着诗人很深的人生体验,有许多感触,是诗人用坎坷不遇的生活换来的。

陆游早年从江西诗人曾幾学诗。曾幾擅长古体,陆游也承其衣钵,深得章法严整之妙,而气韵沉雄豪迈更有出蓝之胜。诗从夜读兵书入笔,写心明志,把自己壮志之难伸与人民的饥寒苦难生活结合起来写,昭示出南宋社会的弊端,使作品更有深度。

投梁参政①

浮生无根株,志士惜浪死②。

鸡鸣何预人,推枕中夕起③。

游也本无奇,腰折百僚底④。

流离鬓成丝,悲咤泪如洗⑤。

残年走巴峡⑥,辛苦为斗米⑦。

远冲三伏热⑧,前指九月水⑨。

回首长安城,未忍便万里。

袖诗叩东府⑩,再拜求望履⑪。

平生实易足,名幸污黄纸⑫。

但忧死无闻,功不挂青史。

颇闻匈奴乱,天意殄蛇豕⑬。

何时嫖姚师⑭,大刷渭桥耻⑮?

士各奋所长,儒生未宜鄙。

覆毡草军书,不畏寒堕指⑯。

[注释]

①梁参政:指梁克家,字叔子,泉州亚江人。乾道六年他任参政知事,官职仅次于宰相。

②浪死:白白死去,无所作为。

③"鸡鸣"二句:用《晋书·祖逖传》祖逖半夜闻鸡起舞发奋自励的故事。意思是说:鸡鸣原与人事无关,但志士听到以后,推枕起舞,苦练本领,意在刻苦自励有所作为。预:干预。中夕:半夜。

④百僚:百官。

⑤悲咤(zhà诈):悲叹。

⑥巴峡:长江自巫山至巴东一段为巴峡。

⑦斗米:指俸禄微薄。

⑧三伏:一年中最热的时节,俗称初伏、中伏、末伏三伏。

⑨九月水:长江九月是落水季节,舟行艰难,此是作者估计水路到夔州的大约时

间。

⑩东府:指中书省,即参知政事的衙门。

⑪望履:古代求见长官的谦词。

⑫黄纸:古代考核官吏才干德行,登记存档上报书写的专用纸。

⑬殄(tiǎn 腆):灭绝。蛇豕:与上文的"匈奴",均借指金人。

⑭嫖姚:汉武帝时霍去病为嫖姚将军,曾跟随大将军卫青率军击溃匈奴,屡立战功。

⑮渭桥耻:唐代宗时,吐蕃曾入侵西渭桥,代宗奔陕州。后郭子仪率军击退吐蕃,收复失地,洗雪国耻。这里借指宋靖康之耻。渭桥:此指陕西咸阳东的西渭桥。

⑯"覆毡"二句:用西魏陈元康随高欢攻打胡部刘蠡升的故事。陈元康不畏天寒地冻,大雪纷飞,在举起的毡子下挥笔起草军书,笔端未冻,就写满了好几张纸,用此事,以示不畏艰苦。

[点评]

　　这首书信体诗,是乾道六年(1170)陆游赴夔州任前途经临安写给当朝参政知事梁克家的一首述怀诗。句句诗从肺腑中道出,吐露了发奋自励、希望能在抗金战斗中有所作为的强烈愿望。

　　诗分三层表述。第一层八句,先言志士壮岁虚度的苦闷。陆游自乾道二年因"力说张浚用兵"被罢免职以来,一直卜居在镜湖之畔的草庐中无所作为。这对于一个正值壮年又满怀报国理想的志士来说,该有多么失意痛苦!"志士惜浪死"而"流离鬓成丝"是诗人所万万不甘心的。所以他以当年的祖逖为榜样,在逆境中不忘发奋自励,磨炼自己的斗志,有所期待。这八句中,前四句述志,故而慷慨;后四句写实,因而悲凉。

　　第二层"残年走巴峡"八句,叙说了去国赴任时复杂的心情。陆游被闲置五年后,在贫病交迫中,突然起用为夔州通判,将远行万里赴任,心里是很矛盾的。他对长江边上这座危孤之城怀有太多的心理印象:"凄凉黄魔宫,峭绝白帝庙。又尝闻此邦,野陋可嘲诮。"(《将赴官夔府书怀》)当年杜甫曾困守在这座落日孤城之中流离无依,"每依北斗望京华"(《秋兴》)。而自己将"远冲三伏热,前指九月水",万里奔波到这座充满凄凉气氛的地方去任职,心里当然万分惆怅。他在诗中坦率地说明,此次出仕实为生计所迫,所以还未赴任就"回首长安城",对京都临安表现出依依不舍的感情。诗人上诗梁参政,则是为了表达更迫切的心愿。第二层写得低回细腻,诗人的心态历历可感。"再拜"句自然衔接,承上启下,转入第三层。

第三层十二句很重要,是投诗主旨所在,也是理解陆游言怀深意的关键。在这十二句中,诗人意欲表达两方面的意思。一是答谢朝廷不弃之恩,说自己"名幸污黄纸",又被起用感到很欣慰,这是场面上的套话,也是投诗时必要的礼数。"但忧死无闻"到最后,是第二方面意思,这才是作者所要表达的真正意图。陆游的用世之心很切,他为自己设计的人生目标也异常明确。"残年走巴峡,辛苦为斗米。"做一个地方闲官,远非诗人的志向,他最希望能任职中枢赞襄大计,或军前执戈草檄,直接参加军事工作有所作为。"覆毡草军书,不畏寒堕指"两句,是他决心效力军前的生动写照。对我们理解第二层中复杂的赴任心理很有帮助。诗人对远涉巴峡万里奔波心存惆怅,并不是畏惧路途的辛苦劳顿,而是此行在诗人看来并非志愿所待。诗中虽无一字明言这种事实,但后面的抒写已明确无误地表明,诗人并不是一个留恋家园惧怕艰苦环境的人。他此次赴任之所以犹豫矛盾,是因为他对自己寄寓了更大、更明确的希望。这些,我们从诗人入蜀后的生活中,即可得到最好的印证。

这首五言古体诗以慷慨发轫,中间迂回曲折,最后激昂奋发,诗情跌宕起伏,深曲动人,抒发了诗人报国无门的悲痛与为国献身的精神。其情率真坦白,其志坚定可嘉,是诗人入蜀前思想真实而深刻的一次解剖。

太　息①

太息重太息,吾行无终极②。

冰霜迫残岁③,鸟兽号落日。

秋砧满孤村^④，枯叶拥破驿^⑤。

白头乡万里，堕此虎豹宅。

道边新食人，膏血染草棘。

平生铁石心，忘家思报国。

即今冒九死^⑥，家国两无益。

中原久丧乱，志士泪横臆^⑦。

切勿轻书生，上马能击贼^⑧。

[注释]

①太息:叹息。

②终极:完结。

③迫残岁:逼近年终岁末。

④秋砧(zhēn 针):秋天的捣衣声。

⑤拥:堆满。

⑥九死:无数次死亡的危险。

⑦臆(yì 亿):胸前。

⑧"上马"句:用《魏书·傅永传》"上马能击贼,下马作露布(文书)"语,说明自己才兼文武。

[点评]

乾道八年(1172)秋天,诗人到阆中视察,途经青山铺时写下了这首诗。诗下原有自注:"宿青山铺作。"青山铺位于四川昭化至阆中的路上,诗人叙述了驿中夜宿时的所见所感。

诗一共十八句,分三个层次。前两句承题旨总起,定下感伤的情调。次八句写青山铺一带萧瑟的自然环境和战乱时代山村荒芜凄清、满目衰败的景象。诗人取"冰霜"、"落日"、"孤村"、"枯叶"、"破驿"等衰飒之象,又以"鸟兽"悲号、"虎豹"食人、"膏血"遍地等惨不忍睹事件穿插描写,极力渲染青山铺一带的阴森冷落,为下面诗人引发浩叹作情绪上的铺垫。这种手法,很像李白《蜀道难》

"但见悲鸟号古木,雄飞雌从绕林间。又闻子规啼夜月,愁空山"一段的赋写。所不同的是,李白用笔多虚,为情设景,陆游用笔偏实,情景相因相生。后八句即景抒情,抒发了舍身忘家、一心报国但理想不得实现的悲哀。特别是最后二句,透露出诗人未被重用的苦闷,与题意丝丝相扣,道出了诗人之所以太息的缘由。

　　整首诗取景衰飒,下笔凝重,情绪感伤愤懑,与诗人在南郑期间的其他诗作和后来的大量追忆诗相比,情调风格很不一样。可能与当时有感于"会从金鼓从天下,却用关中作本根"等一系列建议未被王炎采用而心情落寞有关。再加上身处羁旅,在特定的环境中,很容易诱发类似伤感的情绪。陆游南郑期间写的诗留下的不多,有的说是落水而佚,有的说是可能因涉嫌与王炎的关系而自删。这首诗能幸存下来,大概因为情绪比较个体化,且是抒发不能遇合的伤感的缘故。

宝剑吟①

幽人枕宝剑②,殷殷夜有声③。

人言剑化龙④,直恐兴风霆⑤。

不然愤狂虏,慨然思遐征⑥。

取酒起酹剑⑦,至宝当潜形。

岂无知君者,时来自施行⑧。

一匣有余地,胡为鸣不平⑨?

[注释]

①吟:是诗歌名称之一。

②幽人:隐居的人。

③殷殷:拟声词,此处形容雷声。

④剑化龙:相传晋人张华叫雷焕替他寻找宝剑,雷焕找到一对,一名龙泉,一名太阿。雷焕送一剑给张华,自己留佩一剑。后来张华、雷焕相继离世,两剑遂化为两条蛟龙入水,长数丈,波浪惊沸,光彩照水。

⑤风霆:风雷。

⑥遐征:远征。

⑦酹(lèi 累)剑:把酒洒在地上祭剑。

⑧"时来"句:时机一到自然可以施展所长。

⑨胡为:即"为胡",为什么。

[点评]

托物起兴,以剑喻人,是这首诗给人最强烈的印象。

陆游这首咏宝剑的名篇作于乾道九年(1173)九月嘉州任上。陆游嘉州任上写过许多抒情诗,在艺术形式上除了直接抒发胸怀抱负外,还用醉歌、记梦、咏物等多种形式,诉说壮志难酬的激愤之情,这首宝剑诗就是他在嘉州期间写下的一首著名的咏物之作。

诗表层凸现的是两个形象,一是宝剑,二是幽人。毫无疑问,宝剑是诗人着力歌颂最耀眼的主体形象。"幽人"所枕的宝剑,看来不是等闲之物,因为一到夜晚,它总在匣中殷殷作响,发出雷鸣般的声响。诗人一开篇就抛出了一个很有意思的话题吸引读者的注意,让人感到蹊跷新奇。接下去两句是"幽人"揣摩宝剑作声的原因。古人有宝剑化龙的神话传说,这匣中的剑,是否也像晋人张华、雷焕所佩的龙泉和太阿剑一样想遁身入水,化为蛟龙,鼓起风雷掀起漫天的波涛?要不然是痛恨狂妄敌人的侵犯而想奋然远征,建立不朽的功勋?至此,宝剑形象已清晰可感,跃然纸上。

面对着宝剑殷殷不断的呼声,幽人愀然心悸,正襟危坐,"取酒起酹剑",劝它不要太露锋芒。幽人当然识得宝剑的价值,"至宝"是幽人对宝剑的评价。但他以为越是名气大的宝物,就愈要收敛光芒深藏不露,否则会招惹麻烦。这把困锁在剑匣中的宝剑,不就是一个显例吗?平庸的人们不喜欢宝剑显形于世锋芒毕露,所以幽人只有劝慰宝剑暂时不要过于冲动,要"潜行"等待时机,在时机成熟的那天奋然出击,施展所长。这句话既是慰剑,也是慰人。在这里,隐居待时的幽人和被困匣中的宝剑难道不是面临着同样的现实?所以,幽人在此以"知君者"自居,当非虚言。至于最后二句"一匣有余地,胡为鸣不平"?直可视为幽人自问自诘的牢骚之言。这句诗以反语下笔,一方面照应篇首题旨,使诗首尾相应,结构完整;另一方面接过宝剑铿然作声的话题,进一步发泄生不逢时、郁愤难平的牢骚,"一匣有余地"带着明显怨愤和讽刺的意味,是作者刻意点化的一笔。

　　这首诗形象鲜明,构思独特,很有机巧。诗中宝剑和幽人两种形象是作者内心外化的两个窗口,殷殷作响的宝剑可看作诗人性格的还原。幽人形象可看作诗人面对现实无奈的一种表现。这两类形象并置在同一首诗中,让他们同病相怜,互相交流,其实是诗人矛盾苦闷心情有步骤、有层次的展示。宝剑的铿然之声,说明诗人内心不甘寂寞,有强烈的欲望,想摆脱环境的束缚去实现自我。幽人以酒祭剑,劝慰宝剑敛光潜形,这是诗人从现实出发,所操持的抚慰灵魂、安顿身心的文人守身之道,就像白居易在贬谪之后奉身而退,为雾豹、为瞑鸿一样。其实陆游心灵的创伤,岂是儒家守身之道所能安抚得了的!诗结尾处的反诘,正说明云龙之志非匣中余地所能周旋,祭剑之词显得多么苍白无力、难以自慰!宝剑的主体形象压倒一切,以剑喻人,充分展示了陆游个性的特殊风采。

观大散关图有感

上马击狂胡,下马草军书。

二十抱此志,五十犹癯儒①。

大散陈仓间②,山川郁盘纡③。

劲气钟义士④,可与共壮图。

坡陀咸阳城⑤,秦汉之故都。

王气浮夕霭,宫室生春芜。

安得从王师,汛扫迎皇舆。

黄河与函谷,四海通舟车。

士马发燕赵⑥,布帛来青徐⑦。

先当营七庙⑧,次第画九衢⑨。

偏师缚可汗⑩,倾都观受俘。

上寿大安宫⑪,复如正观初⑫。

丈夫毕此愿,死与蝼蚁殊。

志大浩无期,醉胆空满躯。

[注释]

①癯(qú 渠)儒:清瘦的书生。癯:瘦。

②陈仓:地名,在今陕西省宝鸡市南。

③郁盘纡:形容山势盘旋迂回。

④钟:汇集凝聚。

⑤坡陀(tuó 陀):险阻不平的样子。咸阳:秦都,在今陕西省咸阳市。

⑥士马:偏义复词,指马。燕赵:战国国名。此指代黄河以北的北方地区。

⑦青徐:古州名,青州,在今山东。徐州,在今江苏和安徽的北部。

⑧七庙:天子的祖庙有七个,故称。

⑨九衢:许多四通八达的道路。九:为虚数。

⑩偏师:指军队的一部分,以别于主力。可汗(kè hán 克寒):这里指代金主。

⑪大安宫:唐代官名,这里借指宋宫。

⑫正观:即贞观,唐太宗年号(627—649)。宋人避讳改"贞"为"正"。

[点评]

　　陆游真不愧是一个热情澎湃、敏而善发的诗人。一张普通的大散关地图,也能唤起如此强烈的创作冲动。俯仰之间，即写下这洋洋洒洒五古二十八句的著名长诗，这难道不是他情动于中、心有郁结的一种表现？

陆游对大散关一带有着特殊的感情。他在诗中曾多次提到这个西北重镇的名字，如在南郑写的《归次汉中境上》诗有"良时恐作他年恨，大散关头又一秋"的隐忧。离开南郑后，在蜀州任上《观长安城图》诗又提到"三秦父老应惆怅，不见王师出散关"的遗憾。晚年归居山阴故里，赋《书愤》重提"楼船夜雪瓜洲渡，铁马秋风大散关"从军散关的情形。垂老之年在《追忆征西幕时旧事》诗中"大散关头北望秦，自期谈笑扫胡尘"，也一再念及当年北望中原的豪情。在陆游的眼里，大散关不仅仅是西边北防的重镇，宋金两国的边界，更重要的，大散关是实现他平生志愿的舞台，实施他经略中原思想的根据地。陆游到南郑的重大收获之一是经过几个月的实地踏看考察，确立了"经略中原必自长安始，取长安必自陇右始"的战略思想。由于随之而来急剧的时局变化，这个思想一直没有贯彻实施的可能，为此深致遗憾。难怪诗人在蜀州任上重见大散关的地图，便情不自已、感慨万千。此时，他关注的已不是一张单纯的大散关地图，所深情凝视的是倾他毕生心神的人生舞台。所以，观大散关地图后引发的第一层感慨就是失志的悲哀。

"上马击狂胡，下马草军书"两句，化用《魏书·傅永传》中高祖赞许傅修期的话。诗人以此自期自况，为自己确定一个终生奋斗的目标。然而，"二十"已立志，"五十犹癯儒"（诗人写这首诗时，实际年龄还只四十九岁，此举成数），一个行将半百的志士，依然是一介寒儒，其愤懑和压抑的感受是不难想见的。这四句开宗明志，所述字字感人，是作者发自肺腑的心声，所以经常为后人引用。诗人对个人的不幸遭际点到即止，没有做过多的抒发，而是敛气自郁，把眼神投注到大散关的地图上来。

中间二十句，是本诗的主体部分，首先描绘大散关一带有利的地理形势和良好的人事氛围。大散关一带山川郁勃，人民忠勇爱国，可与共图恢复大业，这是恢复的基础。"坡陁"以下四句，想象秦汉故都沦陷后荒芜凄凉的景象，似乎在呼唤王师光复，是为恢复的条件和可能。"安得从王师"以下十二句，想象王师从大散关出兵恢复国土后的繁荣景象，是为恢复实施的经过和美好的结局。从出师、胜利、受降、重建家园到恢复太平盛世景象，想象丰富连贯，感情充沛，下笔有声有色，生动反映了诗人久藏于心的爱国热情和生活理想，从正面提出设想，为南宋统治者描绘了一幅光辉灿烂的前景图。从诗中描述的图景看,诗人不但要实现抗击敌人、统一祖国的理想,而且还希望重建后的祖国,要像贞观时代那样政治清明,人尽其才,天下兴盛。这种向往,其实是对现实生活缺憾的一种弥补。中间主体部分,诗人表述得很有层次,从恢复的可能性、必要性写起,进而过渡到实现宏伟理想的彼岸,像登山之阶,一步一步地向高处攀登。诗人在幻想的兴奋中,终于登上了理想的峰巅,感情奔放,充满自信。诗最后四句告诉读者:志向虽宏伟远大,却只是癯儒醉后徒然的满怀雄心、纸上谈兵而已。现实是无奈的,也是无望实现的。一个"空"字,把读者的思路从想象挽回到现实,作者以极其清醒的目光表达了他对现实的总结与批判。

这首诗既有理性的首尾分析阐述,又有主体部分浪漫丰富的设想,是思想内容的现实主义与创作方法的浪漫主义的有机结合。诗人选取观看地图为切入口,驰骋想象,借题发挥,寄托爱国情志,表达恢复理想。这种手法在《剑南诗稿》中有不同程度的表现。直到诗人七十二岁的一天,偶尔从书架上抽得一卷中原地图,诗人还写下了"行年七十初心在,偶然舆图泪自倾"这样伤感的诗句,可见诗人的用情是多么执著专注。

当然,从艺术表现手法讲,求变求新是创作的源头活水,重复出现同样范式的诗并不是好事。正因为如此,这首嘉州任上的第一首观图诗,就弥足珍视了。

山南行①

我行山南已三日,如绳大道东西出。

平川沃野望不尽,麦陇青青桑郁郁。

地近函秦气俗豪②,秋千蹴鞠分朋曹③。

苜蓿连云马蹄健④,杨柳夹道车声高。

古来历历兴亡处,举目山川尚如故。

将军坛上冷云低⑤,丞相祠前春日暮⑥。

国家四纪失中原⑦,师出江淮未易吞。

会看金鼓从天下⑧,却用关中作本根⑨。

[注释]

①山南:南郑(今陕西汉中)在终南山之南,故称山南。行:歌行。

②函秦:古时秦国在现在的陕西、甘肃一带,有函谷关之险要故称函秦。

③蹴鞠(cù jú 促菊):踢球。

④苜蓿:俗名金花菜,是马的好饲料。连云:形容一望无际。

⑤将军坛:指南郑城南汉高祖拜韩信为大将时筑的拜将坛。

⑥丞相祠:指蜀汉丞相诸葛亮的祠庙。

⑦四纪:十二年为一纪,宋自"靖康之变"到陆游作此诗时,中原沦落已近四十八年。

⑧金鼓:铜制成的战鼓。从天下:从天上落下,形容声势之大。

⑨关中:指函谷关与陇关之间的地方。本根:根据地。

[点评]

乾道八年(1172),陆游因四川宣抚使王炎的邀请,入征西大幕任干办公事兼检法官。这对陆游来说,无疑是实现理想的一次很好的机会。于是他即刻从夔州出发,途经万川、梁山军、邻水、岳池、广安、利州直抵南郑。这首诗就是初抵南郑时写的。诗人以极其高亢激越的笔调,抒发了他初到南郑时对川陕山川形势的激赏和对有幸投身军幕的兴奋与欣喜。

诗分四个层次,逐层展开。

南郑在地理形势上一向处于咽喉锁钥地位。它北瞰关中,南蔽巴蜀,东达襄邓,西控秦陇,历来是兵家必争之地。南渡后,南郑更成为西北国防的前线。这里有雄关沃野、如绳大道,虽也经历了兵燹战乱,但经过一段时间的恢复经营,已是麦陇青青,桑林郁郁,呈现出通都大邑、平畴沃野、物产富庶、丰收在望的景象。"我行山南"四句即点出了此时南郑特有的地理优势。

接着诗人表达了对此地民风雄豪的景慕。一方山水养育一方人士,造就一方民风。南郑地近函秦,有险关要隘、千里沃野,地势险峻,景象开阔。我军兵强马壮,粮草充足,民风尚武,一派热烈的战地氛围。他和同僚们一起酣宴打球、阅马纵博、习武图强,山川形势的险要和军中生活的刺激,足使诗人快慰平生。此种气氛是诗人在暖风熏人、一派歌舞升平的江南偏安之地所从未感受到的。因此,高山流水,如见知音,心情特别兴奋激动,诗人下笔也就酣畅淋漓、挥洒自如了。

"古来历历"以下四句又为一层。诗人在此转笔于历史兴亡的感慨,想要说明山南历来是历史风云的舞台,有多少英雄人物在这里上演了惊世骇俗的人生剧目:当年韩信在此拜将,率大军击败项羽,为汉室奠定了基业。诸葛亮为统一天下,在汉中苦心经营,六出祁山,北伐中原建立了不朽的功勋,这些都给诗人一个积极的昭示:这一带确实是南宋建立不朽基业的根据地。以此为本根,北上中原恢复失土有望告成。诗的最后四句,几乎是理所当然地推出了他心中最直觉的观点:"会看金鼓从天下,却用关中作本根。"诗人通过对山南地理、物质形势、民风民俗、尚武习气的考察,再结合历史兴亡的教训,提出"经略中原必自长安始,取长安必自陇右始"(《宋史·陆游传》)的策略,应该说是周密慎重的,与当时征西幕中的北伐形势基本上步调一致。只不过陆游过于直率的表白,触动了和戎者敏感的神经,致使主帅王炎处于两难境地。这一点,从王炎不久即被卸任遭诬可以得到明证。

这首七言歌行取材新颖,气象恢宏,颇得江山之助。苏轼说:"太史公行天下,周览四海名山大川,与燕赵间豪俊交游,故其文疏荡,颇有奇气。"陆游中年从军,入幕南郑,眼界开阔,生活丰富充实,豪气陡生,《山南行》可看作是他诗风转变的一个标志。

金错刀行①

黄金错刀白玉装,夜穿窗扉出光芒。

丈夫五十功未立,提刀独立顾八荒②。

京华结交尽奇士③,意气相期共生死。

千年史策耻无名④,一片丹心报天子。

尔来从军天汉滨⑤,南山晓雪玉嶙峋⑥。

呜呼!楚虽三户能亡秦⑦,岂有堂堂中国空无人!

[注释]

①金错刀:一种用黄金镶镀、白石嵌柄的名贵宝刀。

②八荒:八方荒远之地。这里指四海九州。

③京华:京都。

④史策:史册。

⑤尔来:近来。天汉滨:汉水傍,指汉中。

⑥嶙峋(lín xún 林寻):山石重叠不平的样子。

⑦"楚虽三户"句:战国时,楚国受秦国的欺凌,楚怀王被扣留客死秦国。楚人喊出"楚虽三户,亡秦必楚"的口号,说即使楚国只剩下几户人家,也要报仇灭秦。诗人引用这句话,以示抗金的决心。

[点评]

陆游向往从军生活,对沙场、战鼓、宝刀、利剑自然拥有一份特殊的感情。在陆游诗中,宝刀常常作为爱国情志抒发时活生生的道具意象出现:"少携一剑行天下"(《灌园》)、"壮士抚剑精神生"(《深秋》),刀剑已成为他表现爱国情志不可或缺的一种手段和外物凭托。他对宝刀意象的调遣运用,显得十分得心应手。

这首歌咏黄金错刀的诗,非徒然为咏刀而作,实际上是一首借物言志的著名抒情诗。作者借物起兴,先极力渲染赞美黄金错刀的雕饰名贵和锋刃的光彩逼人。然后笔锋陡转,直接推出宝刀主人五十功名未立、"提刀独立顾八荒"壮志不遂的生动形象。宝刀既然是壮士杀敌的武器,拥有这样稀罕名贵的宝刀理应物尽其用,让它在沙场上一试锋芒,尽显神威。然而,诗中的金错刀也是一把失意的宝刀,尽管它精美绝伦,寒光四溢,但自从它跟随宝刀主人以后,也就与主人失意的命运紧紧联系在一起了。诗人报国无门,提刀独立,置身广漠的天地之间,四顾慨然。"含笑看吴钩"本是英雄气概的象征,辛弃疾在建康赏心亭前的"落日楼头,断鸿声里",也"把吴钩看了"(《水龙吟》)。但这种"看",已是徒然而"看",与陆游"提刀独立"四顾八荒的失意情怀,当是心意相通,如出一辙,抒发的都是有志者竟不成的悲愤。这种苦闷都需要宣泄、剖白。辛弃疾连用三个典故,拍遍栏干,一吐壮志难酬的满腔怨恨,还请天涯沦落的红巾翠袖为他拭擦英雄之泪,抑塞郁愤之情,百炼之后催化为绕指之柔,深婉不露。陆游这首诗则感情激愤,"京华"以下八句,一方面回顾当年京都结交奇士壮举,一方面重申近来从军南郑的豪情,风风火火,感情一路迸发,直至"呜呼!楚虽三户能亡秦,岂有堂堂中国空无人"大声疾呼,情感如奔涌呼啸而来的开闸之水,势不可挡。结尾处如响雷震耳,真能立顽起懦、惊世骇俗,一扫原先失意感叹之情,表达了诗人抗金复国一往无前的豪情。

这首诗情绪激昂,感情充沛。有人曾讥评这一类诗多"粗鲁叫嚣"流于空泛,我却不这么看。一首诗如能做到格高、情真、味厚三者兼备,固然最好。但作为一首单一的诗,必有某一方面的侧重。像陆游这一类抒情诗,作者注重的就是感情真实的投入,情是他的生命。他一味地抒发,有时虽不大注意手法的变化运用,一如大丈夫见客,大踏步向前走去,不会作态。但坦坦荡荡、直性表白,不也是真情的一种披露吗?

胡无人①

须如猬毛磔②,面如紫石棱③。

丈夫出门无万里,风云之会立可乘④。

追奔露宿青海月,夺城夜蹋黄河冰。

铁衣度碛雨飒飒⑤,战鼓上陇雷凭凭⑥。

三更穷虏送降款⑦,天明积甲如丘陵。

中华初识汗血马⑧,东夷再贡霜毛鹰⑨。

群阴伏,太阳升。胡无人,宋中兴。

丈夫报主有如此,笑人白首篷窗灯。

[注释]

①胡无人:古乐府诗篇名。

②猬(wèi 谓):刺猬。磔(zhé 哲):直立张开的样子。

③棱(léng 楞):瘦劲的样子。

④风云之会:《易·系辞》曰:"云从龙,风从虎。"龙得云而升天,虎长啸而风起。
风和云的遇合,是千载难逢的机会。

⑤碛(qì 戚):沙石。飒飒:风雨之声。

⑥陇:山名,在陕西甘肃交界处。凭凭:象声词,形容雷的声音。

⑦降款:投降的文书。

⑧汗血马:一种日行千里的良马。

⑨霜毛鹰:白鹰,性勇猛,唐时新罗、扶余等国的进贡物。

[点评]

　　陆游嘉州任上的许多诗作,写得都十分感人。像这首《胡无人》的创作,既没有梦的诱发,也没有酒的兴奋,仅凭乐府诗题望文兴感,便展开了对胜利的积极设想。报国心之殷切,真是触处皆发。

　　这首诗在《诗稿》中几乎和另一首诗《闻虏乱有感》是同时写下的。《闻虏乱》在前,《胡无人》继后。因为听说金人近来发生内乱,传来自相残杀的消息。诗人兴奋之余,执著地以为这正是南宋反击的大好机会,但朝廷根本没有北伐的迹象。眼看就要坐失良机,诗人自诉"秋风抚剑泪汍澜",不禁深感惋惜。这是诗人不愿意接受的事实,于是他还是沿着自己的思维方式,顺着虏乱这一条线索,积极地延伸思路,不失时机地塑造出一个武艺超群的大丈夫形象,让他奔赴战场,一举歼灭金人,从而实现复国兴邦的宏伟理想。这种想象简直与儿童失意时天真的补偿幻觉相差无几,意欲从失望中捡回一份心理补偿,本身带有浓浓的虚幻性和英雄主义色彩,是痴人之梦。但作者却是认真的,描写时一丝不苟。既有生动传神的肖像描写:想象中的英雄人物,胡须像张开的刺猬,面容如棱角分明的紫石,威严慑人。又有气势磅礴的战斗场面描写:追奔露宿、踏冰夺城、铁甲度沙、闻鼓上陇等等,都写得气势逼真,使人振奋。胜利场面的描述更是诗人心中上演千百遍的事情,所以写来得心应手。面对胜利,诗人纵情放歌:"群阴伏,太阳升。胡无人,宋中兴。"诗最后二句,以英雄为国立功的可贵可嘉,反衬书生老死寒窗的可笑可悲,以极清醒的语言,最终使这出幻想胜利的喜剧,蒙上了人生悲剧的阴影。

秋　声

人言悲秋难为情^①,我喜枕上闻秋声。

快鹰下鞲爪觜健^②,壮士抚剑精神生。

我亦奋迅起衰病,唾手便有擒胡兴^③。

弦开雁落诗亦成,笔力未饶弓力劲^④。

五原草枯苜蓿空^⑤,青海萧萧风卷蓬。

草罢捷书重上马,却从銮驾下辽东^⑥。

[注释]

①难为情:难以控制感情。

②鞲(gōu 沟):臂套,这里指猎者给鹰栖息的臂套。下鞲:指鹰扑向猎物。觜(zuǐ 嘴):鸟嘴。

③唾手:比喻极容易办到。

④未饶:不亚于。

⑤五原:汉郡名,治所在今内蒙古包头西北。苜蓿:见《山南行》注。

⑥銮驾:皇帝的车驾。辽东:今辽宁东南部地区。

[点评]

"何处合成愁,离人心上秋。"在古典诗歌中,凡是因秋起兴的作品,总不免给人以肃杀飘零之感。且不说宋玉《九辩》中"悲哉,秋之为气也!草木摇落而变衰"的文弱书生浩叹,就是威武一世的汉武帝刘彻,面对自然节序的推移,一曲《秋风辞》也写得感伤不已。由此可见,"人言悲秋难为情"业已成为古人在秋天抒情的一种总的思维定式。

陆游在这首诗却一反古人悲秋的情调,一开始就对秋天表示出莫大的热情:"我喜枕上闻秋声。"诗人喜闻秋声,况且又在卧床小病之中。如此着笔,生面别开,这正是作者诗情别具之处。

西风袅袅,木叶纷飞,寒气凛冽,山川萧条。面对着这客观存在的空旷之景,杜甫《秋兴》中感受到的是"草木凋伤"、"气象萧森",欧阳修《秋声赋》中描绘的也不外乎"惨淡"之色、"凄切"之声。凡此种种,诗人一律以"人言"概之。至于"我"为什么"喜闻"秋声,诗人一举推出一联意象鲜明、富有生机活力的对仗句,向读者传达他对于秋的感受。在诗人看来,草木摇落,天地空旷,正是围猎的好时节。秋天,兵强马壮,粮草充裕,正是战士出征杀敌的好时机。"快鹰下韝爪觜健,壮士抚剑精神生。"前者着墨于物,写猛鹰扑猎,身手敏捷;后者落笔于人,写勇士抚剑,豪气倍增。一物一人,意象互喻,两者相形,气韵生动。仅此一联,就使整首诗境界全出,熠熠生辉。下面"我亦"句照应"枕上"之意。至于"弦开雁落诗亦成,笔力未饶弓力劲",是说比古人倚马可待更令人叹止的是,就在一声响箭之中雁落之时,诗人已脱口成章,赋就诗篇。诗人自言笔力不让弓力。如果问陆游的箭法弓力如何,我们还不敢妄自猜测。至于笔下功夫,只要回看"快鹰"、"壮士"一联,就知此话当非纯粹的自诩之词。诗人确实出手不凡,才力超群。这六句是闻秋声引发的豪情壮举。行文至此,诗人似乎意犹未尽。最后四句,陆游已不满足于"擒胡兴",索性直接奔赴"五原"、"青海",跃上马背跟从皇帝的车驾,在茫茫的秋空下腾身远行,征讨辽东的敌人去了。

全诗以秋声为抒情线索,浮想联翩,思路清晰,反响热烈,给人的感受是触处都抹杀不了"豪情"两字。亘古男儿的英雄本色,在秋声秋景的映衬中更加鲜明可感。

剑客行

我友剑客非常人，袖中青蛇生细鳞^①。

腾空顷刻已千里，手决风云惊鬼神^②。

荆轲专诸何足数^③，正昼入燕诛逆虏。

一身独报万国仇，归告昌陵泪如雨^④。

[注释]

①青蛇：喻宝剑。

②手决：用手推开。

③荆轲：战国时燕国刺客，负命前去刺杀秦王，未遂后被杀。专诸：春秋时吴国的刺客，为吴公子去刺王僚。

④昌陵：永昌陵，宋太祖的陵墓。

[点评]

　　陆游一向喜欢塑造武艺超群、特力不凡的英雄形象，如《金错刀》中"提刀独立顾八荒"的斗士，《胡无人》中"鬓如猬毛磔，面如紫石棱"、"追奔露宿青海月，夺城夜踏黄河冰"大获全胜的勇士，《对酒叹》中"千金轻掷重意气，百舍孤征赴然喏"式的大丈夫。这首淳熙三年（1176）作于成都的《剑客行》中"正昼入燕诛逆虏"、"一身独报万国仇"的剑客，也是诗人崇尚心期的一类骑士形象。诗人笔下的英雄，又大凡具备这样的性格品格：豪侠不群，慷慨重义，勇武过人；他们常常是独往独来，一身担当复国重任。尽管他们面目各不相同，但都具有一颗相同的赤诚之心。这首诗中的剑客,他一生的风云事业就是为了"归告昌陵",洗刷靖康之耻。这一类诗,多系想象夸张。撩开所有炫目的帷纱,我们不难看到诗人自身的影子和理想追求在诗中的种种投影。

关山月①

和戎诏下十五年②,将军不战空临边。

朱门沉沉按歌舞③,厩马肥死弓断弦④。

戍楼刁斗催落月⑤,三十从军今白发。

笛里谁知壮士心,沙头空照征人骨。

中原干戈古亦闻⑥,岂有逆胡传子孙!

遗民忍死望恢复⑦,几处今宵垂泪痕。

[注释]

①关山月:汉乐府《横吹曲》名之一。
②和戎诏:指隆兴二年(1164)宋孝宗赵眘(shèn 渗)下诏与金人签订的"隆兴和议"。
③沉沉:幽深的样子。按:演奏。
④厩(jiù 救):马棚。
⑤戍楼:边防守望的岗楼。刁斗:军中打更用的东西。
⑥干戈:指战争。
⑦忍死:不忍死。屈辱活着。

[点评]

　　和戎是南宋统治者对金屈膝的一贯政策。自从隆兴元年符离一战失败后，统治者就急着向金求和，并签订了卖国苟安的和约，从此也不敢再提"北伐"二字。文恬武嬉，苟且偷安，岁月就这样年复一年地逝去。当和戎进入第十五个年头（淳熙四年1177）时，爱国诗人双鬓已被催白。回首往事，不胜感慨。这年春天，诗人寓居成都，用乐府旧题一口气写了《关山月》、《出塞曲》、《战城南》三首诗，一吐忧国伤时的愤慨。

　　《关山月》是这组乐府诗中的第一首。汉唐的《关山月》多写月下场景，陆游这首诗也不例外，集中描写了月下三组镜头。第一组是月下将军：南宋的军队本来就缺乏实战能力，再加上统治者不思用兵，将军守边不战，无所事事，整日在高楼大院里观赏歌舞。马棚里的战马因长久不到沙场作战而肥死，弓也因多年废弃而断了弦。这一切让人触目惊心！战马不是战死沙场，而是死于马厩，弓不开张自断其弦，这简直是对南宋军队的莫大讽刺！"戍楼"以下四句描述的是第二组画面：月下守边的士兵，在边关无聊地打发日子，刁斗声中战士头发都熬白了，而他们所怀抱的一腔报国之志，有谁能真正理解？他们之中有的抱憾终生，暴尸沙场。在这几句诗中，作者对战士的遭遇充满了深切的同情和悲悯，同时也有他同病相怜的一掬伤心之泪。最后四句是对月下中原遗民脸部泪眼的特写：陆游仿佛看到中原父老忍辱吞声、翘首盼望王师恢复的消息。他们心怀故国，对月伤情，不甘沦为亡国奴；含泪忍死，等着祖国统一的那一天。月下这一个个伤感的场景，都因和戎诏而起，又因和戎诏而黯淡凄恻。由此可见，第一句实是贯穿全诗脉络的主脑，也是决定整首诗情感的基点。是和戎诏葬送了恢复事业，使月下包括诗人在内的志士抱恨终生。

　　这首诗不惟感情强烈，在艺术构思上也很有新意。天上高悬一轮明月，月下三组别样的镜头：将军守边不战，战士老死疆场，遗民忍气吞声。多角度的整合，组成了一个完整的画面，来表现一个鲜明的主题：和戎诏是不得人心的，它违背广大人民的意愿，只能给国家及民族带来灾难。

　　诗一共十二句，每四句一转韵，又采用平仄相间的手法，使声韵节奏抑扬顿挫，铿然有金石之声，适合表达作者慷慨悲怀。

出塞曲^①

佩刀一刺山为开,壮士大呼城为摧。

三军甲马不知数,但见动地银山来。

长戈逐虎祁连山^②,马前曳来血丹臆^③。

却回射雁鸭绿江^④,箭飞雁起连云黑。

清泉茂草下程时^⑤,野帐牛酒争淋漓。

不学京都贵公子,唾壶麈尾事儿嬉^⑥。

[注释]

①出塞曲:汉乐府《横吹曲》名。

②祁连山:山名,此泛指西北边境山地。

③曳:拖。

④鸭绿江:江名,此泛指东北江河。

⑤下程:途中休息。

⑥唾壶:痰壶。麈(zhǔ 柱)尾:尘拂。

[点评]

　　《出塞曲》是"乐府三部曲"中的第二部,和《关山月》作于同时。与《关山月》的惨痛与压抑不同,《出塞曲》开始表现出对郁闷现实的积极反动,是蓄势后的感情勃发。诗人开篇便扬眉吐气,大肆渲染壮士开山摧城的神威,一吐长期以来郁结于胸中的逼仄之气。在寂寞中,奏响了积极幻想的第二部歌曲。

诗极力渲染的是诗人跃马疆塞的豪纵之气。诗人笔下的主人公,拥兵塞外,越山攻城,打虎射雁,痛快豪饮。诗在意象的设置和纷至迭呈之间,想要表现的是一种纵情豪放的英雄本色,其中,当然也包含着对当年南郑前线军旅生活的深情追忆。手法多变形象夸张,从西北的祁连山,直驱写到东北的鸭绿江,纵横千里,只在回首之间。身手之敏捷利索,空间形象转换之疾速,让人叹为观止。这也许就是典型的放翁思维跳跃法:当读者还在惊叹西边陲逐虎射雁的身法时,诗人笔下的壮士已在清泉茂草之间下马憩息,尽情享受"八百里分麾下炙"之美味,痛快淋漓地饮之啖之了。

《出塞曲》描述的是诗人心所向往的男儿事业。他认为这种豪迈的军旅生活,比那些京城贵公子闭门室中、以尘拂击壶的清闲日子更有意义。这首诗不但形象地凸现了诗人心期的生活方式,还尽情地讽刺了南宋达官贵人不恤国事、苟且享乐的行为,并对这种寄生生活表现了极大的轻蔑。诗虽以想象豪阔开篇,并极尽夸张之能事,但在结尾处仍归于现实,表现出强烈的批判精神。

战城南①

王师出城南,尘头暗城北②。

五军战马如错绣③,出入变化不可测。

逆胡欺天负中国,虎狼虽猛那胜德?

马前嗢咿争乞降④,满地纵横投剑戟。

将军驻坡拥黄旗⑤,遣骑传令勿自疑。

诏书许汝以不死,股栗何为汗如洗⑥!

[注释]

①战城南:汉乐府《鼓吹曲》中铙歌十八曲之一。

②尘头:尘土。

③错绣:花纹交错的刺绣。此形容军队阵容变化之高妙。

④喔咿(wā yī 袜衣):摹声词,形容金人说话的声音。

⑤黄旗:宋军将旗。

⑥股栗:两腿发抖。

[点评]

　　《战城南》也是以乐府旧题抒写的一首从军边塞诗,是"幻想三部曲"的第三部。三部曲中《关山月》的写作多植根于现实生活,用月下场景反映"隆兴和议"后南宋不战苟安造成的痛心事实;《战城南》《出塞曲》的内容则与现实相距甚远,纯写意想中出塞杀敌、复仇得胜的场面,是奏响在诗人幻觉之中的胜利凯歌。

　　与《出塞曲》重在表现豪迈声威气概不同,《战城南》描述的是与敌人正面交锋令人兴奋不已的一连串幻景:王师统帅的五军兵马声势浩大地奔赴战场。沿途所至,但见尘土飞扬,战斗十分激烈。敌人如虎如狼,却也无法抵抗我大宋军队的凌厉攻势和威德,除了投降便别无退路。前面六句笔墨省净,交代战斗形势和经过,为下面乞降场面描写作铺垫。后半首写金人乞降,诗人笔调显得特别精彩生动:金兵在军前嚷着"喔喔咿咿"难以听懂的话,要求饶命投降,他们的武器乱七八糟地丢弃在地上。南宋的将军在军旗的映衬下上坡受降,还派出骑兵传令赦免降敌的死罪。尽管如此,那些被俘的金兵还是半信半疑,吓得魂不附体,两腿发抖,汗流如洗。诗人形象思维的水平可谓超群过人,最后用"诏书许汝以不死,股栗何为汗如洗"反问作结,不忘添上富有机趣的一笔,以讽刺金人色厉内荏的本质,想象丰富而幽默。

　　汉乐府《战城南》原是一曲战士死难的挽歌,很悲凉。李白也写过《战城南》,但那是非战之作。陆游选用乐府旧题来写胜利,本身是对传统意识和失败现实的一种积极挑战。这种精神在投降派当道、士气不振的南宋社会中,显得尤其可嘉。

弋阳道中遇大雪①

我行江郊暮犹进,大雪塞空迷远近。

壮哉组练从天来②,人间有此堂堂阵?

少年颇爱军中乐,跌宕不耐微官缚③。

凭鞍寓目一怅然④,思为君王扫河洛。

夜听簌簌窗纸鸣,恰似铁马相磨声。

起倾斗酒歌《出塞》⑤,弹压胸中十万兵⑥。

[注释]

①弋(yì 艺)阳:地名,今属江西。

②组练:组甲练袍的简称,为古代军士所穿的服装。此代指军队。因组和练都是白色的,所以用以比喻大雪。

③跌宕(dàng 荡):放纵不羁。

④寓目:眺望。

⑤出塞:即《出塞曲》,汉乐府横吹曲名之一,多写征戍从军之事。

⑥弹压:镇压。

[点评]

陆游真是一个感情丰富易感易发的诗人。赴任途中偶遇的一场大雪,不但没有使他视为畏途,居然还能激发起他高歌出塞的一腔豪兴,也算是一位性情中人。

历来文人对雪十分钟爱关注。陆游之前，就有许多诗人留下了咏雪的名篇名句，如"柳絮因风起"、"撒盐空中"、"晚霰飞银砾"、"千树万树梨花开"等，有动态的比拟、静美的摹写，形象生动富有美感，反映出作者不同的审美目光和艺术趣味，均给人留下很深的印象。陆游在这首诗中，则把纷纷扬扬的江郊大雪，比作从天而降的军士："壮哉组练从天来，人间有此堂堂阵？"这铺天盖地而来的大雪，仿佛是一队队穿着白衣白甲从天而降的神兵，人世间怎会有如此强大壮观的阵容？用"组练"喻雪，出人意表，也很有奇趣。言前人未言，诚属新奇。但这一比况出自陆游之口，我们又觉得事属情理，是完全可以理解的。

陆游中年时在南郑梁益间曾经有过将近一年的从军生活。他春日抵达南郑，秋冬时节调离前线。在以后漫长的岁月中，陆游每每回忆南郑从戎的壮举，大多都与雪景有关。像六十二岁在严州时写的《雪中忽起从戎之兴戏作》："三尺马鞭装白玉，雪中画字草军书。"晚年归居山阴故里作《春日登小台西望》："散关驿近柳迎马，骆谷雪深风裂面。"《追忆征西幕中旧事》："小猎南山雪未消，绣旗斜卷玉骢骄"等等。还有两首刚离南郑赴成都时写下的词《汉宫春》："吹笛暮归野帐，雪压青毡。"《夜游宫》："雪晓清笳乱起。"前词写雪地野营，后一首虽然是记述梦境，但毕竟都直接与南郑军旅生活相关。淳熙元年（1174），陆游在蜀州时还了一首《蒸暑思梁州述怀》诗，有"季秋岭谷浩积雪"之句，说明梁益一带天气异常，九月份山谷里就积雪，这给盛暑中的陆游以阵阵凉意，从而激起了他向往从军的欲望。从这些诗中我们可以看到，雪的意象与诗人引以自豪的军旅生活已密不可分，无怪诗人弋阳途中一见飞雪就豪兴陡起，胸中涌动十万甲兵，顿时化为不可抑制"思为君王扫河洛"的伟大志向，以至于晚上簌簌作响的窗纸声都变成了铁马兵戈撞击的声音。

这首诗从写雪起兴，中间直抒胸臆，结尾重申理想与现实的矛盾，结构层次清晰，意脉分明。诗人雪中激起的一腔忠愤之意，酝酿后最终无处着落，于是只有举酒痛饮，纵声高歌，借唱《出塞曲》来强抑胸中涌动的愤懑之情。

梁启超在《读陆放翁诗集》时曾有这样几句诗："辜负胸中十万兵，百无聊赖以诗鸣。谁怜爱国千行泪，说到胡尘意不平。"如果拿来点评陆游这首诗，可以说字字精当，诗人倘若在天有知，一定会感到无限安慰，并把梁公引为不可多得的异代知音！

陇头水^①

陇头十月天雨霜^②，壮士夜挽绿沉枪。

卧闻陇水思故乡，三更起坐泪数行。

我语壮士勉自强，男儿堕地志四方。

裹尸马革固其常^③，岂若妇女不下堂^④？

生逢和亲最可伤，岁辇金絮输胡羌^⑤。

夜视太白收光芒^⑥，报国欲死无战场。

[注释]

①陇头水：乐府诗题，属横吹曲辞。

②陇头：地名，在今陕西陇县西北。

③裹尸马革：指战死疆场，献身国家。语出《后汉书·马援传》："大丈夫当死于疆场，以马革裹尸还葬耳。"

④妇女不下堂：语出《春秋》襄公三十年《谷梁传》："妇人之义，傅母不在，宵不下堂。"这里指女子谨小慎微，拘泥受约束。

⑤辇(niǎn 捻)：用车运载。胡羌：借指金人。

⑥太白：即金星，古代星象中有太白主战的说法，是兵戎军事的象征。

[点评]

　　乐府歌辞《陇头水》是乐府横吹曲辞中最哀婉凄绝的曲调之一。古乐府《陇头歌辞》唱道："陇头流水，流离山下。念吾一身，飘然旷野。""陇头流水，鸣声幽咽。遥望秦川,心肝断绝。"郭茂倩《乐府诗集》所录从汉谣到唐诗,陇头水流淌在诗人笔端的无一例外都是呜咽伤感的断肠之声。梁元帝有"衔悲别陇头,故乡迷远近"之句,初唐四杰之一的卢照邻也有类似的感触。"关河别去水,沙塞断归肠。"陇头水千古不堪闻,它是那么的凄厉伤情,以致每过陇头之时"征人塞耳马不行"(王建诗),"驻马听之双泪流"(王维诗)。乐府旧题集体无意识的积淀,使《陇头水》笼罩着一层忧伤凄迷的怀思气氛。正是在历史氛围的导示下,陆游也开始了他的吟唱。

头四句写陇头守边壮士寒夜思乡的情景。陇头十月天气异常寒冷,守边战士抚枪兴叹,卧听陇头水声,勾起怀乡之情无法入眠,"三更起坐"潸然泪下。这四句在取材立意方面基本上承乐府旧题而来,内容上与汉唐乐府同类诗保持一致,刻画出一个守边战士寒夜怀乡的心理活动。

"我语"四句的承接,使原本单向的情感流露变成了双向的思想交流,并引出戏剧性的情节与对话。当"我"看到战士如此伤感时,忍不住想勉励他:男儿当自强不息,志在四方,在沙场上应勇往直前。即使战死在疆场,用马革裹尸还葬也是光荣的、值得的。怎么能像妇女那样足不出户,围着小家庭转?这里"男儿堕地志四方"和"裹尸马革固其常"二句是正面激励。"岂若妇女不下堂"则采用反讽的手法,对上面壮士三更起坐,有泪轻弹似有微辞,略致不满。也就是说,把壮士之泪单纯地理解为属于个人的思乡怀土的情绪表现,那到底是不是这么回事,请看战士的表白。

"生逢"四句用战士回答的语气,慷慨陈词剖白心迹,以返照前意,深化主题。原来最使战士伤心弹泪的不是那撩人乡愁的陇头水,而是战士"生逢和亲"的时代悲哀。和亲使国家民族,特别是守边的战士失去了最宝贵的自信与尊严。南宋政府屈辱投降,在短短的几十年间,就先后与金人签订了两个丧权辱国的和议。"绍兴和议"规定每年向金缴纳白银二十五万两,绢二十五万匹。"隆兴和议"向金人屈膝称叔,自称侄国。陇头水,你有没有听到战士深沉的倾诉?不眠的战士正仰望着天空,看到主战的太白星黯淡无光,不禁仰天长啸:苍天呀!我是多么想紧握心爱的绿沉枪奋勇杀敌,洗雪国耻,但哪儿才是我"马革裹尸"的战场!壮士"报国欲死无战场"是对朝廷"和亲"、"岁輋金絮"投降政治的愤怒控诉和批判!

这首乐府诗虽也是以闻陇头水起笔,全诗笼罩着一种伤感失意的情怀,但悲凉中含慷慨,忧伤中带激愤,立意也与前人乐府有所不同。乡思已不是主要内容,忧国伤时的主题更接近《关山月》等一批爱国诗。尤其值得一提的是,其中的主体形象刻画非常成功。他要抗争呐喊,要控诉卖国和亲,在呼唤英雄用武的战场! 诗中战士的性格内涵十分丰富深刻,对他的刻画也很有层次,经历了由表及里、逐层发掘的过程。诗人先叙表象再介入议论,后点破主题,欲扬先抑,首尾呼应,中有异峰突起,使情节对话一波三折跌宕多姿,人物性格立体丰满。在写作上又继承了古乐府"感于哀乐,缘事而发"的优良传统,截取一个典型事例,融叙事、议论、抒情为一体,更好地表现了作者深邃的爱国之情。

老马行

老马虺𬯎依晚照①,自计岂堪三品料②?

玉鞭金络付梦想,瘦稗枯萁空咀嚼③。

中原蝗旱胡运衰,王师北伐方传诏。

一闻战鼓意气生,犹能为国平燕赵④。

[注释]

①虺𬯎(huī tuí 灰颓):马有病的样子。

②三品料:北汉刘旻战败时独骑黄骝马逃命,回太原后为此马饰以黄金玉笼鞭,以三品官的待遇饲养。料:饲料。

③瘦稗(bài 败)枯萁:指粗恶的下等饲料。咀嚼(jǔ jiáo 举教):嚼。

④燕赵:古国名,指今山西、河南、河北一带。此代指沦陷的中原。

[点评]

　　南宋自绍兴、隆兴和议以来,一直向金岁贡厚币,卑躬称侄,致使一代爱国志士在朝廷的和戎声中抱恨终生。如张孝祥、张元干、胡铨、陈亮等抗金主战人士,都没能等到开禧北伐的那一日而相继谢世。陆游享年较高,在有生之年能看到朝廷再一次兴师北伐。作为一个老战士,他眼看苦盼了整整四十几年的北伐愿望又要实现,怎能不欣喜万分积极声援支持? 此诗写于开禧二年(1206)宋王室正式向金宣战那一年的八月。尽管诗人已是八十二岁的高龄,但他依然忘情投入,还把自己幻想成一匹久经沙场的老马,准备效力军前为北伐贡献最后的力量。

　　诗运用了中国传统的比兴寄托手法,托物言志,即景抒怀。前半首描述老马粗草恶食、衰病凄凉的晚景:在夕照的映衬之下,我们仿佛看到一匹老马正艰难地咀嚼着干草枯萁,并发出声声叹息,这幅画面其实就是诗人困顿晚景的真实写照。从"中原北望气如山"的少年志士,到眼前这匹尪羸衰迈但一闻战鼓"犹能为国平燕赵"的伏枥老骥;从力说张浚用兵的隆兴北伐,到力排众议支持韩侂胄宣战的开禧北伐,陆游走过的路是极其坎坷不平的,所受的遭遇也正如这匹被人菲薄、遭人冷遇的老马。但他并不以个人仕宦的得失为怀,还是一如既往地关注着时代风云变幻。当他听说"胡运衰"、"王师北伐"的消息后,抑制不住心底的激动——诗的后半首集中刻画了老马内在的品格意志精神面貌。一匹衰病的老马,一闻战鼓号令就忘却身上所有的衰病创痛,立即精神抖擞,跃跃欲试,意气倍增。战鼓声中,这匹遭人冷落的老马终于焕发出烈士暮年生命中最耀眼的光彩。英雄的本色,壮士的情怀,在这首诗中得到了最好的印证。

　　陆游晚年,不以衰贫为念,反以老马自喻,不忘国事,自言"耄年肝胆尚轮囷"(《观邸报感怀》),"壮心未与年俱老,死去犹能作鬼雄"(《书愤》),表示愿意奔赴国难为国尽瘁,死而后已。有这首诗在前、《示儿》诗殿后,我们更能深切地体会到诗人暮年为国开张的胸胆!

感事六言

老去转无饱计,醉来暂豁忧端。

双鬓多年作雪,寸心至死如丹。

[点评]

这首六言诗写于嘉定元年(1208)夏天,陆游八十四岁时。

开禧北伐失败后,以史弥远为代表的卖国贼抓住北伐丧师的机会,联络上下左右投降势力,制造了谋杀韩侂胄、镇压抗金势力的事件,并与金订立了屈辱的"开禧和议"。陆游因当时支持韩侂胄北伐而备受打击,致使在野的诗人因此落职失去半俸,生活更加贫困。面对投降势力的迫害,诗人没有屈服,"双鬓多年作雪,寸心至死如丹"正是他晚年心迹的生动写照。

这首六言诗,作者以充沛的感情、饱含正气的笔触、铿锵有力的字节,一字一顿,抒发了他对事业的执著无悔和贫贱不移永不衰竭的爱国之情。

梦里关山

铁马冰河入梦来

癸丑七月二十七夜，梦游华岳庙^①

驿树秋风急，关城暮角悲。

平生忠愤意，来拜华山祠。

[注释]

①癸丑：1193 年是干支癸丑年。华岳庙：即华山祠，在陕西华阴县南的华山上。

[点评]

　　陆游一生行旅的足迹遍布虽广，却从未到过淮河以北的中原地区。这虽然是特定的形势限制了他的足践中原的权利，但谁也无法束缚他梦中直奔中原的身影。他梦游过长安、洛阳、太行、塞上等中原的许多地方，并且都有诗记录："恍然白苎入长安"，"梦中犹看洛阳花"，"忽梦行军太行路"，"十万全师入晋阳"。这首小诗则是记录梦游华岳庙时的情景和感慨。

　　陆游在写诗前后的一段时间里闲居山阴农村，心里一直很寂寞郁愤，感慨"少年志欲扫胡尘，至老宁知不少伸"，想着"何由亲奉平戎诏，蹴踏关中建帝都"。正是在这种意识的驱动之下，陆游在梦中很自然地踏上了拜谒华岳庙的旅途。

　　诗的前两句叙途中所见，秋风怒号，暮角悲鸣。这个景铺设得肃穆凄清，为下面作者拜谒华岳庙定下感情基调。后两句直抒其情，写得沉郁顿挫，感慨万千！诗人为什么不去别的地方拜祭，偏要到华岳祠？这里隐含着一则典故：唐代大将李靖在攻破突厥、吐谷浑收复失土建立功勋后，曾到华岳庙拜祭华岳神。这一壮举，对陆游来说，无疑是极有吸引力的。他心期着有那么一天，也能像李靖一样大功告成到华山祭神。于是，梦就成就了他醒时无法了却的心愿。特别是"平生忠愤意"一句，带着明显的人生慨叹：华山一带，至今仍沦落在金人的铁蹄之下。诗人的"塞上长城"徒然自许，忠愤之气填膺，"平生"一句道尽诗人平生之心事。

这绝不是一首普普通通的梦中记游诗，它是诗人心中块垒郁勃难平的又一次呈现。

记　梦

梦里都忘困晚途^①，纵横草疏论迁都^②。

不知尽挽银河水，洗得平生习气无？

［注释］

①晚途：晚年。
②草疏：起草奏章。

［点评］

南宋建都临安，陆游很不以为然。早在隆兴元年（1163），陆游任枢密院编修官兼类圣所检讨官时，就向中书省和枢密院建议以建康（今南京）为都。他认为："江左自吴以来，未有舍建康他都者。""车驾驻跸临安，出于权宜，本非定都。"（见《上二府论都邑札子》）以为朝廷如要恢复河山，应该以建康为建都之本，建立不拔之基，然后向北推进，这是收复国土的第一步。陆游这个见解，从战略高度为南宋当局如何克复失土提供了切实可行的思路。这种见解，也代表着广大主战派爱国志士的强烈意愿。然而，由于种种原因，他的建都方略最终没有被心存芥蒂、患恐金症的南宋当局所重视。陆游对此十分遗憾,并一直耿耿于怀,这首记梦诗,披露的就是诗人现实中未了的心愿。

诗作于乾道七年(1171),陆游赴夔州通判任的次年正月,作诗时的心境也比较特殊。此时陆游入蜀安家未稳,将近半年的旅途劳顿,奔走异乡"辛苦为斗米"的感叹,以及到任后萧条闲散的冷清生活,曾使他心境一度偃塞低迷。自谓"困晚途",有自嘲的意味。诗人此时不过四十七岁,这种迟暮嗟老,是陆游夔州任上精神抑闷的写照,道出了作为冷官在现实中的不如意。然而,陆游一向自信自负,并不是一个甘于寂寞的人。即使受挫,他的思想都会不失时机地迸发出来。

诗从梦境入笔,摆脱令人沮丧的现实,在幻觉的驱使下向我们展示了一个神采飞扬、意气风发的自我形象。梦中的诗人健笔纵横、慷慨陈词,胸有成竹地提出迁都建康的主张。"纵横草疏"四字,极有具象感,活脱脱地勾勒出陆游当年指点江山、议论国事、积极进取的情状。一个有政治主见、充满着参政意识和民族责任感的诗人形象宛在目前。紧接着两句是写梦后感慨,以设问反诘的方式以侧求正,颇耐人寻味。梦中是平生习气的充分张扬。梦醒后在世俗弥漫的和戎声中,会不会磨损诗人充满棱角的个性?答案当然是不言自明的。梦境,是诗人不甘寂寞个性和坚定不移迁都主张的再一次宣称。

诗以七言绝句的短小体式,包涵如此深厚的社会见解,而且叙事抒情一气流注,写得神完气足。在夔州期间宦途萧瑟之际做这么一个意气高扬的梦,这一切,不知是否得力于诗人连银河之水也无法冲洗的"平生习气"?

绝 句①

桐阴清润雨余天,檐铎摇风破昼眠。

梦到画堂人不见,一双轻燕蹴筝弦②。

[注释]

①本诗原题为:《夏日昼寝,梦游一院,阒然无人。帘影满堂,惟燕蹴筝弦有声。觉而闻铁铎风响璆然,殆所梦也邪?因得绝句》。阒(qù 去)然:形容静寂无声的样子。璆(qiú 求)然:玉器撞击的声音。

②蹴(cù 促):踢踏,这里是弹拨的意思。

[点评]

这首诗作于淳熙七年(1180)夏天抚州任上,和《梦从大驾亲征》诗几乎作于同时。但无论是梦境还是梦象,都相去甚远。诗所呈现的格调,风格也迥然有别。

这首绝句,叙说了午睡间的一场轻梦。

江南五月,酥雨润沐,梧桐清发,正是困人天气。诗人昼寝,不觉做了一个非常美丽的梦。梦中诗人恍惚来到心上人所居之处——画堂。但环顾四周,辗转之间不见伊人倩影,只听得一双轻燕在筝弦上跳跃,不时发出清越撩耳的声音。诗人猛然醒来,犹觉余音荡漾。睁眼寻声觅梦,原来是风吹檐铎,正发出丁丁零零的声音。

这个梦看似平淡无奇,其实饶有意蕴。它透露的是深埋在诗人心底的一份忆念,"画堂人"无疑是一位色艺俱佳、秀媚灵慧又畅晓音律的佳人。惟其如此,风摇檐铎,一个偶然的外物触动,才会诱发出诗人"双燕蹴筝"的美妙梦象。轻燕蹴筝,不就是丽人纤纤玉手在筝弦上盈盈弹拨的一种奇特改装?由于诗人心中拥有无比爱怜之印象,因而梦象也就特别迷离动人。

这首短诗,语言清新婉丽,笔调轻盈飘忽,别具一种柔美深秀的情致。诗虽然没有明示"画堂人"身份,但从渲染的氛围看,似乎在追忆一段温馨和鸣的生活,与沈园怀人诗格调相似。

频夜梦至南郑小益之间①,慨然感怀

客枕梦游何处所？梁州西北上危台②。

雪云不隔平安火③,一点遥从骆谷来④。

[注释]

①南郑小益:陆游从军的地名。南郑:见前注。小益:在今四川省广元市。

②危台:高台,高楼,此指高兴亭。

③平安火:唐制,每三十里置一烽侯,每日初夜举烽火一炬以报平安,称为平安火。

④骆谷:指骆谷关,通梁州。

[点评]

　　陆游记梦诗中,有相当一部分作品是叙述对往日生活的回忆。如"梦里都忘困晚途,纵横草疏论迁都",是再论迁都主张;"梦里都忘两鬓残,恍然白苎入长安",是青年时初到临安应试经历的改装;"忽梦行军太行道"以及"春风小陌锦城西,翠箔珠帘客意迷"等,都是对壮年入幕从军生活的追忆。诗人愈到晚年,怀旧之心愈强烈,追述往事的篇目愈多。有的是直接记录追忆的事件与感慨,有的则因梦而间接表现。材料之翔实详尽,为我们多侧面地认识陆游生平经历,提供了十分形象可感的素材,有时简直可补《剑南诗稿》彼时创作的空白。

　　这首梦诗叙说的是陆游在醒时也经常向人游说的一个军旅生活片断:在山南冒雪登城观塞上烽火。这一经历,已深深地烙在诗人心目中,并以为是南郑期间最富刺激、最有意义的壮举之一,所以屡屡见于笔端。如《诗稿》卷八《夜读唐诸人诗,多赋烽火者,因记在山南时登城观塞上传烽,追赋一首》中回忆梁州登城看烽火:"月黑望愈明,雨急灭复见。初疑云罅星,又似山际电。"

这首记梦绝句,只摄取一则梦象,即在梁州西北的高兴亭上,冒雪观看平安烽火。述梦事件集中,画面单纯清晰,与通常记梦诗渲染的朦胧气氛不同,说明诗人脑海里印象之深。即使是梦境之中,这种视角感受也"雪云不隔",历历可见。平安火是边塞安定的标志,陆游在"梦从大驾亲征,尽复汉唐故地"的记梦诗中,也有过对平安火的关注:"苜蓿峰前尽亭障,平安火在交河上。"借以反映胜利后边防巩固所呈现出来的和平景象,与本诗最后二句"雪云不隔平安火,一点遥从骆谷来"寄意相同。这一点遥从骆谷关传来的"星星之火",曾点燃过陆游心中的希望,给了他信心和"以关中为根本"纵横天下的伟大设想。可惜自从王炎东调后,蜀中少再有人提出北伐之事。陆游在南郑小益前线写的一些重要作品(大概有一百多首),也莫名其妙地在望云滩落水而佚。笔者一直怀疑其中大有蹊跷和难言的隐衷。好在陆游经常有记梦诗追忆,所以我们也只能借梦境想见一二了。

十一月四日风雨大作

僵卧孤村不自哀①,尚思为国戍轮台②。

夜阑卧听风吹雨,铁马冰河入梦来。

[注释]

①僵卧孤村:困居在孤村。
②轮台:古地名,在今新疆境内。这里泛指边塞。

[点评]

　　这是一个狂风大雨催成的英雄梦!

　　绍熙三年(1192),六十八岁的诗人困居在江南的一个偏僻小山村。但心中仍时时挂念着北伐收复失土的事,想着如何为国出力。于是,他在一个风雨大作的夜晚酣然入梦,梦见自己铁马英姿,驰骋在中原的战场上。夜阑时分窗外的风雨之声,都化作梦境中沙场厮杀的场面。诗人虽没有具体描述军戎场景,但梦象本身的暗示,已足令人想见诗人平生之心愿。

　　陆游从小就立下了北定中原为国效力的志向,但由于朝廷腐败,苟且偏安于江南,不思图进,终使这位诗人报国欲死无战场,一代爱国志士就这样老死于农桑间。这不仅是陆游个人的悲哀,更是南宋王朝的悲剧。陆游的可贵在于能在逆境中始终保持昂扬的斗志和王师北定的信念:尽管僵卧荒村,但志在千里,至老不忘"王师北定中原日",梦中仍慨然赴边,跃马沙场。诗中的梦象实是他平日心意所致,也是他中年南郑军旅生活的一种无意识显现。

　　梦境多来自心念。同是外物的刺激触动,不同的心境会有不同的梦象。黄庭坚在马啮豆其声中午睡,感觉是"梦成风雨浪翻江",说明他江湖念重。陆游在风雨声中入梦,梦见铁马冰河,是因为他许国情深。"夜听簌簌窗纸鸣,恰似铁马相磨声。""忽闻雨掠篷窗过,犹作当时铁马看。"陆游诗中这一类句子特别多,日常生活中的些微刺激,都有可能使陆游突发奔赴沙场的奇想。这种一触即发的梦象,弥补了他生活中太多的遗憾,是诗人精神生活的依托和补偿。

　　这首诗下笔浓重粗犷,场面恢宏,颇有豪迈之气。在表现手法上也显得痛快淋漓:狂风暴雨和铁马冰河两种意象声势壮浪,为表现诗人的慷慨情怀增色不少。

记 梦

少日飞扬翰墨场①,忆曾上疏动高皇②。

宁知老作功名想③,十万全师入晋阳④。

老来百事不关身,北陌东阡一幅巾⑤。

忽梦行军太行路⑥,不惟无想亦无因。

[注释]

①翰墨场:指文坛。
②高皇:宋高宗赵构。
③功名:指抗金事业。
④晋阳:中原地名,在今山西太原。
⑤幅巾:包头的布,古人不戴帽时所用。
⑥太行:山名,在山西。

[点评]

    这两首梦诗写于开禧北伐前夕。已是八十一岁高龄的陆游,此时穷居山乡,生活过得非常艰辛,家中常常断炊,生计朝不保夕。但这些在陆游看来似乎都无关紧要,生活中的琐事烦恼,他都放得下,并总以超然的态度对待。他说"饥肠雷动寻常事"(《贫甚戏作绝句》),忍饥挨饿时,居然还在东窗之下,奉和陶渊明的《乞食》诗!"老来百事不关身"说的就是这种淡然处事的心境。但惟有一件事未能使他终身释怀的,那就是抗金事业。

　　陆游是一个责任感很强的诗人,对恢复大业有着强烈的愿望。这种愿望,已成为陆游生活中不可或缺的主题和"情意结",并经常以无意识的方式在诗歌中反复出现。陆游有许多梦诗,仅以"记梦"为题的诗就为数可观。赵翼《瓯北诗话》中说:"人生安得有许多梦,此必有诗无题,遂托之于梦耳。"赵翼对陆游梦诗的信实程度表示怀疑不是没有道理,关键是没有充分认知陆游的精神特点和心理活动规律。梦的一般功用是通过产生那种能够细微地重建整个心理平衡的梦的材料,来恢复人们内心的必要平衡,是心理构造中无意识和显意识的互补。陆游一生向往从戎,但现实却安排他在故乡灌园,理想与现实的矛盾,需要心理补偿。诗中这个从军梦"不惟无想亦无因",说明是潜意识在起作用。诗人白天身着布衣幅巾,来往于阡陌田间,俨然是一个乡间老农模样;夜梦中戎装英姿,行军于太行晋阳之间,方见其英雄本色。诗用"百事不关身"烘托"一事关心",先抑后扬,使诗歌波澜迭起,饶有境界。

　　陆游的这个梦,使我们看到了貌似平淡萧散外表下,那颗滚烫炽热的爱国之心!

梦中行荷花万顷中

天风无际路茫茫,老作月王风露郎。

只把千樽为月俸,为嫌铜臭杂花香。

[点评]

　　关于这首记梦诗,宋人魏庆之在《诗人玉屑》中曾引录了这样一件事:嘉泰年间,陆游做了一个神奇的梦,梦见一位老朋友对他说:"我现在身为镜湖的莲花博士,是新任命的官。我将要离开,请你暂且代替我的职位,每月千壶酒的俸禄是很不错的。"梦醒后,陆游感到好奇,就用诗把这事件给记了下来:"白首归修汗简书,每因囊粟叹侏儒。不知月给千壶酒,得似莲花博士无?"事隔七年,陆游谢世前,又梦到万顷荷花中,似乎去赴七年前旧梦中老朋友之约。这首诗是《剑南诗稿》中最末的第二首诗,与临终绝句《示儿》诗紧紧相连。可见做这个梦时,陆游已在病中,从梦中描述的光景看,也极似人将离世前的幻觉,美好而绚丽。

如果宋人记载并非牵强的话,那么这个梦真是很有点巧合,可入诗料。旧梦相隔七年,居然还能接着做,而且在茫茫云路之间,似乎真有神奇的力量在召唤诗人入主镜湖,做个管领万顷碧荷的"莲花博士"。看来陆游对这个位置一直心存好感,所以梦中也就欣然接受了"月王风露郎"的头衔。他喜欢荷花的清香,欣赏荷花污泥不染的纯洁品格,这与诗人高洁的操守是何其相似! 以千樽美酒为月俸,少了一分世俗仕途名利的铜臭气息,表明诗人对追求金钱利禄之辈的厌恶和鄙视。如此方正的品格,足以驳斥《宋史》"不全晚节"的清讯。无独有偶,与陆游同时代的女词人李清照生前也曾蒙受过无根之谤。当她谢世以后,人们却把她当作品格清高的荷花神来供奉礼敬。读了陆游的这首诗,我们仿佛也看到万顷碧波之上诗人款款远去的高大身影。他的清梦,他的人格,将和他所管领的荷花一样永远流芳后世。

夜游宫

记梦,寄师伯浑①

雪晓清笳乱起。梦游处,不知何地。铁骑无声望似水。想关河,雁门西②,青海际③。　　睡觉寒灯里。漏声断④,月斜窗纸。自许封侯在万里。有谁知,鬓虽残,心未死!

[注释]

①师伯浑:四川眉山隐士。
②雁门:雁门关,宋与辽夏的边界。雁门西属辽夏。
③青海:湖名,在今青海省,宋时属吐蕃辖地。
④漏:古代计时的漏壶。

[点评]

　　号称"天下伟人"的四川名士师伯浑,是一个个性特立的人。陆游和他相识,纯属偶然。但心仪名士,广交奇友,却是陆游在蜀中生活的一个重要部分。
　　乾道九年(1173)夏,陆游赴嘉州(今四川乐山)任途经眉山,结识了师伯浑。两人意气相投,一见如故并引为知己。淳熙元年(1174)春,陆游离开嘉州,师伯浑在青衣江上为他送行。此后,常有诗文往返,这首词当作于青衣江上别后的四年间。淳熙四年(1177)师伯浑卒。
　　词从虚处落笔,上片渲染梦中景象,先声夺人。在一片辽阔的雪原上,陡然响起的胡笳声,一下子吸引了诗人的注意力。是王师出征前吹响的号角,还是两军相遇时激战的军声?诗人一时之间难以确认到底置身何方,足践何处。"雪晓"句是虚景实写,突出梦中场景的逼真,所闻所感的真切。"梦游处,不知何地"来反扣题意,点明梦境的恍惚迷离和乍然置身其间的惊奇与迟疑。这一切景象,陡然而来,不作铺垫,没有暗示,缺少过渡,全无人事交代。就在乍惊乍幻之间,马上又衔接上另一幅情态全异的画面:只见千军万马悄然无声地如潮水般涌来。这里作者特别清晰地点明"无声"场面的寂静整肃,与上面"清笳乱起"形成对照。"乱起"强调胡笳陡然响起、声声不断、响彻云天的效果。"铁骑无声"写骑兵在雪中衔枚前进、军容严整的样子。"似水"是诗人爱用的比喻,并在梦境中常常出现。这里用"望似水",来描述所见骑兵队伍如无声的潮流汹涌向前、不见首尾的视觉印象。至此为止,诗人已把梦中的听觉视觉两方面的刺激传达了出来。下面"想关河"三句,是对"梦游处,不知何地"的进一步坐实。这支清晓疾速行军的部队将奔赴哪里呢?"雁门西,青海际"原是指北宋与北方少数民族的边界,此时久已沦陷,这里诗人举以指代西北边陲战场,让梦游的地点具体化。梦的指向,也就是作者心意指向。陆游希望北定中原,克复失土,眼前不就是梦寐以求的战场?诗人在梦境之中,虽然只作客观的陈述,似乎没有透露出更多的情感体验方面的信息。但读词至此,读者还是可以体会到诗人置身其间的激情。

下片抒发醒后感慨,多激愤之词。梦境虽好,但毕竟短暂虚幻。梦中激发人心的场面一旦醒来,更反衬出现实中的失望与怅然。在清冷的月光下、寒灯里,更残漏断,涌上心头的是无言的凄凉和酸楚。寒灯、漏断、月斜与上片的清笳、铁骑、关河,两种场景、两种气氛前后映照。词人情不自堪,无限感慨,如鲠在喉,不吐不快,终于逼出下文:"自许封侯在万里。有谁知,鬓虽残,心未死。"如果说前面作者尚能比较客观地叙述梦境和梦醒所见的话,那么这两句作者显然再也无法抑制心中的失望与痛苦,一变笔法,改用直接淋漓之笔,宣泄感情,向朋友一吐积郁在心头的愤恨!"有谁知"是本词的关捩紧要处,必须细加体会。

陆游有感于金瓯沉陆,抗金复国之志一直很炽烈。尽管他用各种方式反复申诉,但现实中却少有人真正领会他内心赤诚的情怀。早年在临安慷慨述论迁都,不被重视;中年入幕南郑,屡进治军强兵之策,手泽未干,却被调到成都。生活中就有这样悖反人情的现象:从戎之心越迫切炽热,身离前线的空间距离愈遥远,而梦上沙场的欲念反而越活跃强烈,不可遏制。

陆游向师伯浑诉说梦境心事,恰似辛弃疾赋壮词《破阵子》寄陈亮一样,都是诉说"无人会"的英雄落寞苦衷。两人都有抱负梦想,但均被残酷的现实所葬送。一个是"可怜白发生",坦陈了辛弃疾对现实清醒而痛苦的认识;一个是"鬓虽残,心未死",披露了不肯向现实低头、壮志不移的信念。读了都让人扼腕三叹!

初秋梦故山，觉而有作

犬吠舍前后，月明村东西。

岸草蛩乱号^①，庭树鸟已栖。

我仆城中还，担头有悬鸡。

小儿劝我饮，村酒拆赤泥。

我醉不自觉，颓然葛巾低。

著书笑蒙庄^②，茗艼物自齐^③。

[注释]

①蛩（qióng 穷）：蟋蟀。

②蒙庄：庄子，战国时哲学家，曾做过蒙地方的漆园吏，著有《庄子》。"齐物论"是他的基本观点。

③茗艼：即酩酊，大醉的样子。

[点评]

　　这首记梦诗作于淳熙六年（1179）七月建安任上。题下原有四首，这是其中的第二首。诗描绘了梦入故园时的生活情景，如身临其境，画面尤其逼真亲切，真可谓心从此地驰去，诗从故山飞来。

　　一个初秋的夜晚，诗人悄然入梦。他踏着皎洁的月光，回到了久别的故乡镜湖三山。这里有他熟悉的田园和精心营造的茅庐。诗开始四句，描述回村时的见闻。家犬在欢迎诗人的到来，河畔草丛中的啼蛩高高低低地唱着，宛如随意的田园乐章,听了使人倍感亲切。"犬吠"与"月明"句,"岸草"与"庭树"句对偶排列,一动一静,两相呼应。以犬吠、蛩啼之声划破秋夜山村的宁静,写月光下村庄、庭树、栖鸟的安泰和平。整幅画面动静结合,富有生机,充溢着诱人的乡土情韵。前四句写梦中故山景色悦人,下面四句则叙家乡人事可嘉。"我仆"从城里捎鸡回来,"小儿"殷勤奉觞劝酒,诗人在亲情慰藉中乐陶陶地醉了。于是忘却了烦恼,忘却了一切。煞尾两句,道出醉后物我两忘、逍遥自得的心境,收笔自然含婉。

陆游从四川东归不久,即被遣往福建任福建路常平茶盐公事。赴任之前,他只在山阴故庐小住月余,就匆匆直抵建安任所。建安任上宦情淡薄,生活寂寥,陆游很不适应。无聊之余,接连写了许多感怀蜀中军旅生活和留恋山阴故土的诗,感叹"登临独恨非吾土"(《绿净亭晚兴》)。这组梦故山的诗,是"觉而有作",就不免带有建安任上的感慨。梦中的故山愈美,梦醒后的感慨就愈深。这首记梦诗文理自然,思路清晰,意境优美,笔墨含情,不尽之意尽见言外。

二月一日夜梦

梦里遇奇士,高楼酣且歌。

霸图轻管乐①,王道探丘轲②。

大指如符券③,微瑕互琢磨。

相知殊恨晚,所得不胜多。

胜算观天定,精忠压虏和。

真当起莘渭④,何止复关河⑤。

阵法参奇正^⑥,戎旃相荡摩^⑦。

觉来空雨泣^⑧,壮志已蹉跎。

[注释]

①管乐:管仲和乐毅,古代贤臣,曾辅佐明君一统天下,成就霸业。

②丘轲:孔丘和孟轲,古代圣人,主张仁政王道。

③大指:即大旨,宗旨。符券:古代双方各执一半的凭证,双方合一为准信。

④起莘渭:指起用莘野的伊尹和钓于渭水的吕望。伊尹和吕望都是古代能人贤臣,本隐居草野,延为重臣后都建立功业。

⑤关河:本指潼关、黄河,这里泛指沦陷区。

⑥"阵法"句:意思是古代用兵布阵之法有奇有正,需要探讨。

⑦戎旃(zhān 占):军旗。

⑧雨泣:泪如雨下。

[点评]

　　这首诗作于开禧二年(1206),朝廷将对金宣战,战事已迫在眉睫。陆游此时情绪异常激昂,不仅密切关注着北伐的动向,频频梦见自己"重铠奋雕戈"(《异梦》),直接执戈披锐上前线冲锋陷阵,还把自己幻化成一匹"一闻战鼓意气生,犹能为国平燕赵"的老马和文韬武略俱备、能安邦定天下的奇士。开禧北伐毕竟是诗人有生之年有望北定中原的最后一搏,他怎能不魂牵梦绕?

　　早春二月严寒未退,诗人夜梦之中已是热血沸腾。"梦里遇奇士,高楼酣且歌。"诗人遇到的奇士,能酣酒能狂歌,而且能文能武,才压管仲、乐毅,文敌孔子、孟轲。他有超人的本领,王道也懂,霸道也行,无所不能,这是一奇。令人惊喜的是,这位奇士的人生宗旨,竟然与诗人不谋而合。"大指如符券"形容宗旨见解像古人各执一半作凭信的符一样吻合,这是二奇。两人相见恨晚,通过切磋交流,诗人发现这位奇士居然也有一腔热血和精忠报国之心,这是三奇。如能用这样的人,就好像从莘野起用了伊尹、从渭水边请到了姜太公吕望一样,那么收复关河的事自然不在话下。诗人梦中思路一贯而下,从遇奇士到赏奇士再到用奇士,最后奇士仿佛已为所用,挂帅军前演示阵法。只见军旗飘扬,阵法多变,指挥若定,令人目不暇接……梦至此戛然而止。结尾两句,抒发醒后壮志落空、暮年蹉跎的感喟。

掩卷而思,不难发现,陆游梦中所写的奇士,正是他自己的影子。陆游一向自信自期有史才武略,在枢密院和入蜀入幕时都曾进过治军强兵之计,这些表明诗人有很强的参政意识和敏锐的政治目光。陆游很想有成就,但他的自期与自负"惟恨无人粗见知",难怪乎一梦醒来,挥泪如雨。

这首记梦诗结构别致很有特色。诗一共五言十六句,一韵到底。一般的诗歌常以四句或八句为节,如后面《梦范参政》诗,前八句写梦中,后八句写梦醒,布局十分平衡。这首梦奇士诗则不然,章法上又颇有"奇"的特点。前十四句都是梦中自期自信,纵谈天下,气吞山河。最后两句写觉来感慨,凄然难堪。这种布局方式,初一看似乎很不平衡,其实正是前面大量的哄抬之盛,最后二句反跌才深,有横扫千军之力,如醍醐灌顶使人彻悟。此种写法与白居易新乐府诗《轻肥》、辛弃疾词《破阵子》等名篇,在谋篇布局上有异曲同工之妙!

九月十六日夜①

杀气昏昏横塞上,东并黄河开玉帐②。

昼飞羽檄下列城③,夜脱貂裘抚降将④。

将军枥上汗血马⑤,猛士腰间虎文帐⑥。

阶前白刃明如霜,门外长戟森相向。

朔风卷地吹急雪,转盼玉花深一丈⑦。

谁言铁衣冷彻骨?感义怀恩如挟纩⑧。

腥臊窟穴一洗空^⑨，太行北岳元无恙^⑩。

更呼斗酒作长歌，要遣健儿天山唱^⑪。

[注释]

①本诗原题为:《九月十六日夜,梦驻军河外,遣使招降诸城,觉而有作》。河外:黄河以外,这里指黄河以北地区。

②并:傍。玉帐:主帅的军帐。

③羽檄(xí席):亦名羽书,指紧急的军事文书。

④貂裘:貂皮袍子。

⑤枥:马厩。

⑥虎文韔(chàng唱):画有虎纹的弓套。韔:弓袋。

⑦转盼:转眼间。玉花:雪花。

⑧如挟纩(kuàng矿):如同披着丝棉衣一样温暖。纩:丝绵。

⑨腥臊窟穴:是对金人居住之地的蔑称。

⑩太行北岳:太行山和北岳恒山。太行山在山西高原和河北平原间。恒山在河北西北部,此指沦陷区。

⑪天山:在新疆境内。这里借指边塞。

[点评]

　　1173年夏,陆游摄知嘉州。入秋,即主持嘉州大阅,内心从戎的意识,又一次被激发起来。同年九月十六日,即写下这首著名的记梦诗。

　　"汉嘉山水邦,岑公曾所寓。"嘉州是唐代著名边塞诗人岑参曾经做过刺史的地方。陆游在诗中,曾不止一次地表达过对这位前辈诗人的景慕。一则是对岑参边塞诗的欣赏和推重,再则是对岑参所生活的盛唐社会的艳羡。所以,面对这么一方有着历史文化渊源的山水,陆游一连写出一诗一词(《夜游宫》词见前)两篇梦中从戎的浪漫之作,可以说是对盛唐时代精神的一种积极感召。

　　这首诗着力渲染的是这么一个摄人心神的梦中场景:我军在黄河以北的地区摆开了声势浩大的战场,边塞之上顿时弥漫着浓浓的战争硝烟。诗人开篇用"杀气昏昏"来渲染战斗气氛,以咆哮的黄河作为战场背景。一个"横"字铺展开战斗的画卷，它牵引着读者的目光，一下子进入到气势恢宏的军旅行列，从而去感受呼吸战斗的气氛。这样开笔，极有声势，读了令人心悸，使人兴奋。接着诗人以十分简略而形象的两句诗，结束了"招降"一战的全过程。昼飞羽檄，夜抚降将。昼夜之间，强虏闻风归降，我军大获全胜，这里诗人用一联对仗句，把两幅画面并置在一起，相映成趣。一幅是白天攻城野战，一幅是夜晚安抚降将，前者尽显我军气势神勇，后者可见主帅胸怀谋略。特别是后者的细节描写，诗中虽然没有写降将在身披尚留主帅体温的貂裘时感动的情状，但读者不难想象：在这巨大的心理攻势之下，催人泪下的感人场面。古人云，攻城先攻心。运筹帷幄才能决胜千里，恩威并施才能使之心悦诚服。寥寥数笔，陆游就使心中威武之师、仁义之师的形象矗立在纸上。这四句是集中描写"驻军河外"招抚降将的场面。对此，诗人用笔极简洁省净。只要稍留意，就会发现这首梦诗的重头戏并非"招降"事实本身，而是顺利招降的原因。于是，诗人就把更多的笔墨留给了补叙的后八句诗——描述我军将士精神风采的部分。

陆游从小熟读兵书，心目中自然有着理想的将士形象。"汗血马"、"虎文帐"当然是衬托将帅猛士英武神威形象的道具；还有"阶前"、"门外"森然林立的兵刃剑戟，更能显示出士兵的威风凛凛、英气逼人和将军指挥若定、治军有方的气度。这四句叙述军幕阵容，多从实处落笔，从外物的烘托方面塑造将士形象。"朔风"以下四句，则从虚处着色。"胡天八月即飞雪。"(岑参《白雪歌送武判官归京》)塞北的战场是很艰苦的，气候恶劣变化无常，转眼之间，狂风呼啸，积雪蔽野，奇冷无比。诗人虽没有到过塞北，但他却从岑参的边塞诗中领略过"将军角弓不得控，都护铁衣冷难著"的绝域气候。面对着这样恶劣的外部环境，梦境中的将士却毫不畏惧。相反，艰苦的环境，更显示出英雄本色。因为他们的心是热乎乎的，血在沸腾。作者在这里引用了一个典故："感义怀恩如挟纩。"据《左传·宣公十二年》记载：楚国军队遇寒，楚王亲自巡视三军，并加以慰问，军士深受感动，如同穿了丝棉衣一样温暖，于是士气大振。主帅的爱护和体恤，能激发士兵们"提携玉龙为君死"(李贺诗句)的斗志和激情。陆游心目中的将军与士兵是充满人情味的。有了这样的将士，还有什么不能克服的困难？还有什么不可攻克的城池？可见，陆游非常重视战争中人的因素，他的补叙正说明人的因素是战斗取得胜利的关键！诗人梦中的王师之所以能在昼夜之间所向披靡，战无不胜，无非帅贤兵勇，上下齐心。这就是诗人理想中应有的形象，寄托着他对南宋军队深切的期望。

　　陆游不过是一介书生，纵有"报国欲死"的一腔热血，但妥协主和的大环境，使他最终没能实现人生理想。不得已，他才把收复失土的热望托付给梦境。"梦里不知身是客，一晌贪欢。"（李煜《浪淘沙》）这本身是十分可悲的！尽管这首诗写得境界开阔，气势非凡。

五月十一日夜且半①

天宝胡兵陷两京②，北庭安西无汉营③。

五百年间置不问④，圣主下诏初亲征。

熊罴百万从銮驾⑤，故地不劳传檄下⑥。

筑城绝塞进新图，排仗行宫宣大赦。

冈峦极目汉山川，文书初用淳熙年。

驾前六军错锦绣⑦，秋风鼓角声满天。

苜蓿峰前尽亭障⑧，平安火在交河上⑨。

凉州女儿满高楼，梳头已学京都样。

[注释]

①本诗原题为：《五月十一日夜且半，梦从大驾亲征，尽复汉唐故地，见城邑人物繁丽，云：西凉府也。喜甚，马上作长句，未终篇而觉，乃足成之》。西凉府：在今甘肃武威县，汉唐时称凉州，宋初为西凉府，后沦落于西夏。

②天宝句：指天宝十四载（755）安禄山起兵反唐，先后攻陷东京洛阳和西京长安

事。天宝:唐玄宗年号。

③北庭安西:唐时设置的两个都护府名,治所分别在今新疆的吉木萨尔县和吐鲁番市西。唐贞元六年(790),都陷于吐蕃。

④五百年:自唐天宝十四载(755)下距作诗时淳熙七年(1180)有四百多年,诗中举其成数。

⑤熊黑(pí 皮):熊类猛兽,借喻猛士。

⑥下:收复。

⑦六军:古制,天子有六军。

⑧首蓿峰:山峰名,在今甘肃、新疆交界处。亭障:古代边塞的军事堡垒。

⑨交河:在今新疆吐鲁番市西,是安西都护府的治所。

[点评]

陆游的梦诗大致有两类。一类是梦中成像,梦醒之后,把梦所经历的一些片断通过艺术构思连接起来,用诗追述梦象,抒发感慨。比如像前面"初秋梦故山"就是"觉而有作"。另一类则是在梦境之中就诗兴大发,即兴赋就诗篇,醒来后,把梦中所写完整地记录下来,稍加补缀,赋就一首精彩的诗歌。这类诗完全得益于梦中灵感刺激。这首"梦从大驾亲征"的记梦诗,典型地代表了后一类记梦诗的题材类型和创作特点。

据陆游诗题暗示,这首诗当为梦中马背上作,未终篇而觉,醒后足成。诗人在诗中向我们描述了一场极其壮观的王师凯旋美梦:有大驾亲征的声势,行宫排仗宣赦的场景,驾前六军欢呼胜利的场面等。当然,最引人注目的是尾联表现的细节:"凉州女儿满高楼,梳头已学京都样。"梦赋予他大胆设想的灵感和传神写照的画面,画面形态逼真,使这首浪漫神奇的梦中佳作始终洋溢着真切感人的生活气息。

陆游做了一生的恢复梦,他的内心常被一种梦中的生活和生活的梦想相互渗透的感觉占据着。梦产生的心理上的快感,补偿了他生活中的缺憾。毋庸讳言,陆游诗中描写的一切,如王师所向披靡,我方大获全胜,收复失土抚边安夷等种种,都严重偏离了现实生活的轨迹。因为陆游一生从未见到过胜利,他所见到的不外乎失败、投降、屈辱、求和。陆游至死都还在呼唤"王师北定中原日",呼唤胜利的到来,这不能不说是陆游精神的感人之处。

陆游一生主战,梦想着随大驾亲征,跃马疆场,克复山河。每每提到北伐,他都意气倍增、精神振奋。陆游之所以主战,是因为他从小饱尝金人侵略的丧乱之苦。如果不把侵略者赶出中原,在金人的铁蹄之下是不可能安生的。他的主战,是想用正义的战争结束侵略战争,使广大人民过上和平安宁的日子。正如诗中描述的凉州姑娘们能自由自在地生活,用京都最时髦流行的发式尽情地打扮自己。

　　因此,诗人一些描述战争胜利的记梦诗,都不作兵戎相接厮杀场面的正面描写。即使是气势恢宏的战斗场面,陆游笔下从来没有唐代边塞诗"千刀万剑一夜杀,平明流血浸空城"式的惨不忍睹的血腥画面,代之以"故地不劳传檄下"、"夜脱貂裘抚降将"、"排仗行宫宣大赦"等博大仁爱的胸怀。可见,诗人所注重的并不是战争本身,而是它所缔造的和平与安定。

　　这首七言古诗写于淳熙七年(1180),距上次嘉州任上驻军河外的梦中凯歌恰好相隔七年。

记　梦

夜梦有客短褐袍①,示我文章杂诗骚。

措辞磊落格力高,浩如怒风驾秋涛。

起伏奔蹴何其豪②,势尽东注浮千艘。

李白杜甫生不遭③,英气死岂埋蓬蒿?

晚唐诸人战虽鏖④,眼暗头白真徒劳!

何许老将拥弓刀,遇敌可使空壁逃。

肃然起敬竖发毛,伏读百过声嘈嘈⑤。

惜未终卷鸡已号,追写尚足惊儿曹⑥。

[注释]

①短褐袍:粗布短袍,形容穿着贫寒。

②起伏奔蹴:形容文章的气势汹涌澎湃,起落不凡。

③不遭:不遇。

④鏖(áo 敖):激烈。

⑤百过:百遍。

⑥儿曹:孩儿们。

[点评]

这首托名《记梦》的七言古诗,实际上是一首雄视古今文坛的论诗之作。

诗作于淳熙十年(1183)九月,陆游奉祠乡里赋闲期间。一个偶然的梦境,表达出诗人鲜明的文学爱憎观念。

陆游有他自己独特的艺术趣味。他比较欣赏格调刚健、豪放雄浑的诗风,也就是梦中寒士出示的文章所具有的艺术品格。陆游夜梦有一个穿着粗布短褐的文士,向他出示了令他惊叹不已的文章。文章"措辞磊落",格调奇高,而且文势汪洋恣肆"浩如怒风驾秋涛"、"势尽东注浮千艘",文情又是"起伏奔蹴",骇世惊俗。这种风格,简直就是李白、杜甫艺术成就和特色的写照。而个中遭遇,也与李杜有着惊人的相似之处。他们都是失意不得志的旷世之才,纵然怀珠抱玉,才华横溢,但坎壈不遇!文学史上"文章憎命达"、"儒冠多误身"的共识使这位穿着短褐粗袍的寒士更具代表性和象征意义。他们生前潦倒不遇,甚至默默无闻。"英气死岂埋蓬蒿",诗人在这句诗中用一个"岂"字,表明历史是不会忘记、更不会埋没人才的,他们优美动人的文章必将在历史的长廊里闪烁发光。诗歌前八句,用形象的语言描述赞美了诗人所崇尚的文风,也表明了诗人对李杜的推重。

诗的后八句,则表达了他对浅薄局促诗风的无情针砭。南渡以后,在日趋衰落的社会环境中,诗歌创作也像晚唐一样格卑气弱,"眼暗头白"地徒劳于雕章琢句,不复再有盛唐李白、杜甫笔下的豪放浑厚之作。陆游有感于诗道衰微,为了重振雄风,倡导诗学李杜,以根除晚唐流弊,自谓"老将拥弓刀",驱逐卑弱、威振文坛,使对手闻风而逃。然而,尽管陆游理论上极力推重,创作中义无反顾地实践,但崇尚雄浑刚健的艺术趣味,与南渡整个诗坛的风气还是格格不入,所谓"文愈自喜,愈不合于世"(《渭南文集》卷十三《上辛给事书》)。他便托诸梦境,以幻觉和梦思再次重申自己的文学主张,呼唤雄健豪迈诗风的回归。所以这首诗除了首尾两联明白无误地告诉读者入梦和梦被晨鸡惊醒外,中间部分几乎都是以极其清晰理性的笔调,谈论他对于文学的鲜明主张。

梦范参政①

梦中不知何岁月,长亭惨淡天飞雪。

酒肉如山鼓吹喧,车马结束有行色。

我起持公不得语,但道不料今遽别②。

平生故人端有几?长号顿足泪迸血。

生存相别尚如此,何况一旦泉壤隔。

欲怀鸡黍病为重③,千里关河阻临穴。

速死从公尚何憾,眼中宁复见此杰?

青灯耿耿山雨寒,援笔诗成心欲裂④。

[注释]

①范参政:范成大官参政,绍熙四年(1193)九月五日卒,距作诗时,已逝一年多。
②遽(jù 具):突然,匆忙。

③"欲怀鸡黍"句:即欲去吊丧。古人吊丧有先在家杀一鸡,并用酒浸晒干的棉絮裹包后,径直拿到丧者的坟茔吊祭的习俗。

④援(yuán 圆)笔:持笔,握笔。

[点评]

这首夜梦亡友范成大的诗,写得声情并茂,催人泪下。

在陆游一生并不得意的仕宦生涯中,范成大可算是一位声气相近、肝胆相见的宦友。淳熙二年(1175),范成大权四川制置使,陆游在范幕下任职。《剑南诗稿》中有不少表现两人友谊交情的唱和诗,可见陆游与范成大之间不仅是下属与上司的关系,更属文字之交、诗坛挚友。陆游在范成大幕中,一直很受礼遇,范成大游宴时,陆游总是被屡屡招邀,宾主席间唱酬一时传为美谈。范陆之间少了一份长官与僚属的礼数,多了一层朋友之间平等无拘的情谊。然而,由于陆游在成都期间与范成大交往不拘礼法,被人嫉恨弹劾,并因此而落职。这件事非但没有影响他与范成大之间的友谊,反给两人留下了深刻难忘的印象。

淳熙四年(1177)夏,范成大奉召入京,陆游一直送范成大到眉州,临别还写《送范舍人还朝》一诗殷殷寄语:"公归上前勉画策,先取关中次河北。""因公并寄千万意,早为神州清虏尘。"希望通过范成大向朝廷倡议北伐,并寄意在朝旧友共同清除胡尘,完成统一中国的大业。

这梦诗前八句幻化的梦境,极似当年与范成大握别时的情形。只是眉州之别是盛夏六月,而梦中长亭遽别是漫天飞雪的隆冬。梦中景象比现实平添出许多惨淡凄恻的气氛,可看作景为情设。长亭路上,天地无光,日色惨淡,飞雪蒙蒙。诗头二句,就为整首诗的感情奠定基调:凄凉而惨淡。所以尽管别筵上有丰盛的筵席和喧闹热烈的伴宴音乐,但"酒肉如山鼓吹喧"却无法冲淡笼罩在离人心头的愁云。筵席未散,车马将行,人要分离,诗人起身握住朋友的手,久久说不出一句安慰壮行的话来,只是反复地说:怎么离别得这样突然!这样匆忙!眼看生平交的朋友一个个将离他而去,不禁悲从中来,难以自抑。于是长歌顿足,眼中流泪,心里滴血!就在诗人肝肠俱裂时,猛然醒来,眼前依然是一灯如豆,耿耿不灭,三更风雨,淅淅沥沥,点点滴滴都敲打在诗人善感的心头。

诗的后八句写梦醒后的伤痛。陆游写这首诗时,范成大已去世一年多。泉壤之隔,使诗人无处诉说。陆游也曾想亲自去坟茔吊祭,无奈老病缠身,更兼万里关河之隔，一时无法了却心愿。"速死"句情绪激动，表达了他对范成大倾盖相交、生死相随的情谊。不然，怎会有"眼中宁复见此杰"？后八句当中，"青灯耿耿山雨寒"一句应引起读者特别注意。虽只七个字，但十分紧要，与上八句中"长亭惨淡天飞雪"遥相呼应，一梦一醒。两幅画面，两种场景，布局得当，各显其情。作者诗思严密，惜墨如金，但又滴水不漏，致密无隙。纵情处，不忘补苴罅漏。这种写法，才是大家手笔。

这首梦诗写于绍熙五年（1194）秋，陆游刚步入古稀之年。事隔两年，也就是宁宗庆元二年（1196）夏，陆游又有一首梦见范成大的诗：《六月二十四日夜分，梦范至能、李知几、尤延之同集江亭。诸公请予赋诗，记江湖之乐。诗成而觉，忘数字而已》谨录于下，可以参看。

露箬霜筠织短篷，飘然来往淡烟中。
偶经菱市寻溪友，却拣萍汀下钓筒。
白菡苕香初过雨，红蜻蜓弱不禁风。
吴中近事君知否？团扇家家画放翁。

沈园鸿影

灯暗无人说断肠

重　阳^①

照江丹叶一林霜,折得黄花更断肠。

商略此时须痛饮^②,细腰宫畔过重阳^③。

[注释]

①重阳:古以旧历九月九日为重阳节。

②商略:商量,准备。

③细腰宫:原指楚故离宫。

[点评]

　　这首哀伤的重阳诗,是乾道九年(1170)诗人入蜀途经江陵塔子矶时写的。要深入理解诗人的隐衷,还必须看看他《入蜀记》中的相关记载:"九日早,谒后土祠……泊塔子矶……求菊花于江上人家,得数枝,芳馥可爱,为之颓然径醉。"诗人缘何要谒后土祠? 又为什么面对芳馥之菊反而黯然伤怀? 这是一个很值得探究的话题。原来,陆游钟爱的前妻唐氏是江陵人,唐氏父亲唐意与陆游母亲为堂兄妹。唐意"建炎初,避兵武当山中,病殁"(《老学庵笔记》)后,唐氏投奔山阴陆家,与陆游结为伉俪。陆游此行入蜀途经细腰宫畔的江陵,心里自然无法平静,谒后土祠是属情理之中。至于他求菊花于江上人家,因为菊花是重阳的当令节物,求菊赏花原不失为文人雅举。问题是诗人手折数枝芳馥可人的菊花,不但没有聊以慰情,反而"更断肠",但求痛饮大醉以遣悲怀,此间却大有深意。原来菊花勾起了他心中的隐痛:诗人在与唐氏夫人结缡之初,曾经拥有一段非常美满的新婚生活。两人情投意合,在菊花盛开的重阳时节采菊缝枕,赋《菊枕诗》记之,深得闺房吟唱之乐。而今又见菊花,而伊人已香消玉殒,怎能不触物伤情,哀感万分?陆游对这段往事的回忆既不能形之于色,又不便诉诸于人,百感之怀无以名状,惟有"颓然径醉",在细腰宫畔独自吞咽这杯生活的苦酒,度过这又一个令人不堪回首的重阳佳节。

这首绝句即景抒情,看似信手,实则用心良苦而细密。"照江丹叶一林霜"是重九登高即目之景,"折得黄花更断肠"句是该诗的关捩。黄花在这里既是重阳节的当令之物,同时又承载着诗人独特的爱情体验与美好的记忆。所以在这个"每逢佳节倍思亲"的重阳佳节,诗人是绝难回避这份无法忘却的伤痛的。诗后面两句,一说痛饮,一点环境。沉醉处,不忘点破特殊处境——细腰宫畔,使这首诗在特殊的环境中更富有特殊的情感意味。

重九怀人是唐宋诗词名家笔下习见的主题。王维的《九月九日忆山东兄弟》、李清照《醉花阴·薄雾浓云愁永昼》,都是这方面的佳作。陆游的重阳诗,正是在这种氛围中开始他低徊哀伤吟唱的。

余年二十时^①

采得黄花作枕囊,曲屏深幌闷幽香^②。
唤回四十三年梦,灯暗无人说断肠。

少日曾题菊枕诗,蠹编残稿锁蛛丝^③。
人间万事消磨尽,只有清香似旧时。

[注释]

①本诗原题为:《余年二十时,尝作〈菊枕诗〉,颇传于人。今秋偶复采菊缝枕囊,

凄然有感》。

②幌:指帷幔床帐。闷(bì 闭):闭门,隐藏。

③蠹(dù 度)编:指被虫蛀的书籍。

[点评]

这两首绝句与《重阳》诗同一归旨,也是睹物思人的佳作。《重阳》诗指事隐约,这两首悼亡之作意味较浓。诗题详备地叙说了兴感之由,直可为《重阳》诗作解。

诗是陆游六十三岁在严州任上写的,回忆的是四十三年前刻骨铭心的一段往事。陆游在二十岁左右时初娶唐氏夫人,婚后生活十分甜蜜温馨。唐氏不但面容姣好,而且颇有藻思,是一个风雅多才的女子。他们仿效诗人陶潜采菊东篱的雅事,在秋天遍求菊花,采集清香,缝制枕囊,沉浸在充满诗意的闺房吟唱中。陆游还为此题写了《菊枕诗》。唐氏无疑是诗中引人注目的生活原型和第一位忠实的欣赏者、唱和者。陆游可能在受到妻子的夸奖后颇为自得,才以诗示人。然而,这首给他带来风雅诗名的《菊枕诗》,并没有成为美满生活的开始,而仅是陆游爱情生活最甜蜜时期的记忆和标志。由于婚后夫妻琴瑟甚和,相爱逾常,一度沉浸在充满诗意的闺房生活之中,这使督教甚严的父母大为不满。出于对儿子的期待,他们不允许他在功名未就之际便沉湎于儿女情长之中。于是,方严古板的翁姑便迁怒于新媳。这一对倾心相爱的有情人就这样被活活拆散。陆不久继娶王氏夫人,唐也改嫁同郡士人,终因不能忘怀,不久便郁郁而逝。

诗人立足今天,神驰往昔,通过今昔时空意象交错的手法,来倾吐"灯暗无人说断肠"的伤痛。四十三年前采菊缝枕、曲屏深幌之间弥漫的幽香给人温馨甜蜜的回忆,但在今天看来已恍若隔世,如梦如幻。清香依然,而人事全非。在昏然的灯下,还有谁来欣赏今日的题寄?凭谁诉说断肠?这份伤悼与苏轼"千里孤坟,无处话凄凉"(《江城子·悼亡妻》)的哀感如出一辙,都表达了满腔凄苦无由诉说的哀感隐痛。

四十三年过去了,人间万事经岁月消磨已面目全非,但诗人对往事的记忆并没有消淡。菊花清香依然,此情长留心间。那首洋溢着诗人少年情怀的《菊枕诗》,在严州再编时虽然最终没有被收入到《剑南诗稿》中去,但我们相信诗人已把它作为最美好、最个人的创作而珍藏于心间了。

沈园^①（二首）

城上斜阳画角哀，沈园非复旧池台。

伤心桥下春波绿，曾是惊鸿照影来^②。

梦断香消四十年^③，沈园柳老不吹绵。

此身行作稽山土^④，犹吊遗踪一泫然^⑤。

[注释]

①沈园：宋时沈姓私家花园，故址在绍兴城南，与禹迹寺仅一桥之隔。

②惊鸿：语出曹植《洛神赋》："其形也，翩若惊鸿。"这里以惊鸿喻指唐氏体态轻盈的绰约之美。

③梦断香消：借指女子亡逝。

④稽山：会稽山，在今浙江绍兴南部山区。

⑤泫（xuàn 眩）然：泪水下滴的样子。

[点评]

  宋诗素以言事说理见长，往往喜欢用词来言情而不愿将一段柔肠诉诸于诗。所以综观宋代的五七言诗，"讲性理或道学的多得惹厌，而写爱情的少得可怜"（钱钟书《宋诗选注》）。在这样的背景下，陆游的沈园诗就显得弥足珍贵了。

  陆游二十岁左右时，娶了表妹唐氏。婚后琴瑟和鸣，夫妻相得，十分恩爱。然而，由于唐氏不容于陆母，终于酿成封建社会"劳燕分飞"的爱情悲剧，陆游被迫休掉了他挚爱的妻子。数年后,由于沈园的再次相逢,陆游不能忘情,题词于沈园之壁。不久唐氏即悒郁而逝,陆游为此终生抱恨。晚年时,每每伤情于沈园,不能自已。这两首绝句,是所有沈园诗中写得最为出色的,流传也特别广。因为陆游把这一份终生难忘的悱恻之情,频频写入以沈园为背景的诗中,所以沈园诗简直就是陆游爱情诗的代名词。

诗写于庆元五年(1199)春,陆游七十五岁时。

第一首侧重绘景,以景寄情。陆游是黄昏时分到沈氏园林的。历尽几十年风风雨雨的沈园,在落日的斜晖中显得特别凄清,再也不见当年全盛时的风采。惟有桥下一汪春波依然翠绿可爱,因为这水中曾留下唐氏临流盼照时的俊美倩影。诗人临水凭吊如见伊人,看了使人哀伤。在此,诗人以"惊鸿"来喻指如洛神一般美丽的前妻,让世人明白:如此美丽活泼的生命,却被无情的社会所吞噬毁灭,这才是人类的巨大悲剧。

第二首以抒情为主。唐氏已去世多年,沈园之景也黯然无光。诗人年事已高,行将就木,本该"当于万事轻"、"妄念消除尽"。但只要一踏上城南之路,一见到沈园熟悉的景色,便禁不住老泪纵横。一个将要化为一抔稽山之土的老人,追怀年轻时的往事,尚不能遏制泫然而下的泪水,可见这一爱情悲剧对诗人一生的伤害有多深!诗前三句蓄势之后,到"泫然"处,便像开闸之水一样,表现得更汹涌激荡了。这一首中的"沈园柳老不吹绵",看似写景,实是衬情:沈园之柳衰败到春风之中也无绵可吹了,树犹如此,人何以堪!这是一层意思。沈园三易其主,固已成为历史遗迹。沈园的柳树也衰到极点,可诗人却无法忘情于沈园、忘情于前妻。天若有情天亦老,而诗人乃是六根俱全的血肉之躯,在将要走尽坎坷失意的人生之路时,将是何等的感受?这又是一层意思。难怪面对心爱人的"遗踪",千种失意、万般委屈一齐涌上心头,只能"惟有泪千行"了。

《沈园》二绝不愧是成功的言情之作。诗中,黄昏凄厉之景、苍颜白发之人与感时伤逝之意三位一体,情景交融,惨目惊世,遂成为我国诗歌史上最优秀的悼亡诗之一。诗歌史上,善言悼亡的诗人都或多或少有过一段不堪回首的伤痛,正如陈衍所言:"无此绝等伤心之事,亦无此绝等伤心之诗。就百年论,谁愿有此事;就千秋论,不可无此诗。"(《宋诗精华录》)然而,每当读这些诗的时候,感叹之余心里总会产生一个强烈的意愿:但愿沈园诗是爱情悲歌中的最后一曲《广陵散》!

春日绝句

桃李吹成九陌尘,客中又过一年春。

余寒漠漠城南路,只见秋千不见人。

[点评]

　　这首绝句写于嘉泰三年(1203)春天,陆游奉召赴朝修孝宗、光宗两朝实录,在临安小住时。时值清明时分,诗人身在客中,但心却系着"余寒漠漠"的"城南路"。每逢"桃李吹成九陌尘"的踏青季节,诗人总情不自禁地触动心中最敏感的心弦,神驰梦绕位于"城南路"的沈氏园林。那儿有着他万分爱恋、与梅花共处的芳魂。眼下虽然无法亲临凭吊,也不忘写诗告慰。诗中"只见秋千不见人",与《十二月二日夜梦游沈氏园亭》中的"只见梅花不见人"当是同一情愫。

十二月二日夜,梦游沈氏园亭

路近城南已怕行,沈家园里更伤情。

香穿客袖梅花在,绿蘸寺桥春水生①。

城南小陌又逢春，只见梅花不见人。

玉骨久成泉下土，墨痕犹锁壁间尘。

[注释]

①蘸(zhàn 占)：淹没，水涨的样子。

[点评]

　　这两首记梦绝句，与其说是记梦，毋宁说是借梦抒情。作者写诗之时尚是寒冬腊月，而梦中的景象，已是春暖花开一派明丽。诗人在梦中踽踽先行，率先步入了一个让人眷恋让人销魂的春天。

　　诗中游春的指向十分明确，梦中以情识路，方位感很强。前后二首绝句都不约而同地提到"城南"一词，这是一条不知走了多少遍的伤情之路。诗人刻骨铭心，所以连梦中也不恍惚。只是离沈园愈近，思念愈深，路愈近而情愈怯。《长恨歌》中白居易为表达李隆基对杨玉环的思念，用"太液芙蓉未央柳"来形容女主人公的雍容姣美。在陆游心目中，唐氏虽则姣美，却是另一种品格。梦中最醒目的意象是梅花，两首绝句都以梅花渲染梦的背景。"香穿客袖梅花在"，"只见梅花不见人"——诗人把唐氏与幽独芬芳、冰清玉洁的梅花联系在一起，以花衬人，可见诗人对唐氏的珍视和赏爱。梅是花中君子，诗人一生爱梅，正如他钟情前妻一样。"自古情钟在吾辈，尊前莫怪泪沾衣"(《别梅》)，对梅对人都万分投入。记梦诗中，唐氏形象与梅是浑然一体的。他用形容梅的语言"冰肌玉骨"来喻代所爱之人，以梅指人，以花定品。

　　在沈园诗中，诗人几乎集中了最美好的语言，对唐氏进行最诚挚的礼赞。有翩若惊鸿、轻盈绰约的沈园诗，芬芳似菊清香宜人的菊枕诗，以及这首清艳如梅、玉骨冰肌的梦游诗等等。诗人用清词丽句摹写唐氏姣美的林下风范，其中虽也不乏华美夸饰之辞，却没有丝毫轻薄之意。所谓情之所钟，熠熠生辉，无怪乎梦中之人会成为美的所在、梅的化身。

夜闻姑恶

学道当于万事轻,可怜力薄未忘情。

孤愁忽起不可耐,风雨溪头姑恶声。

[点评]

　　这首诗写于开禧二年(1206)春,陆游八十二岁高龄时,可看作是诗人对个人感情世界的再一次剖露。

　　陆游在以前的诗中经常提到"姑恶"。《诗稿》中以"姑恶"为题的诗就有六首,语及"姑恶"这一物象的诗更多不胜数。诗人何以对"姑恶"之声特别关心?从题为《夏夜舟中闻水鸟声甚哀,若曰姑恶,感而作诗》可知:"姑恶"本是一种水鸟的叫声,声音拟近"姑恶"。诗人有感于它的哀鸣,想象是一位不堪婆母虐待的少妇,因无子被遣的阴魂所化。这种声音一定十分哀伤,容易触动诗人善感之心。

　　陆游受家门和师门的影响,一生与道亲近,相信老庄、神仙和养生术。特别是政治上受挫、个人不幸时,就把学道当作栖泊身心、安顿性命的所在。陆游晚号"龟堂老人"并以"还婴"名室,都有很浓的道学气息。诗人学道虽勤,但最终未能成"正果",这正是他性情的可贵之处。他毕竟是一个心怀天下、深挚热烈的性情中人。"学道当于万事轻",说的是道家超世拔尘的观念,"万事轻"即不能过于执著认真。而陆游偏偏又是个执著认真的人,所以自感"力浅"没有通泰之定心,特别是容易激动,不能忘情,一个"情"字确实是陆游最具特色的个性。然而,令后人肃然起敬的也就是这个"情"字。三、四两句则照应题意,再次申足"情"字。诗人本拟修道养性、摒弃尘俗,然而听到溪头一声声的"姑恶"哀鸣,于是再也无法定下神来,孤独哀愁使他难以平复心中的感慨,不得不面对令人揪心的现实。

诗以"姑恶"之声起兴,首句蓄势逆接,兴感之由却放在最末。文顺诗倒,这样写很有韵味。诗中的"姑恶"之声,有人以为是以对陆母乖戾的控诉。这样理解,似乎过于坐实。凄然之声所引起的凄然之情,本身是很复杂的。陆游是一个谨守封建伦常的孝子,即便他对母亲有怨恨,也不见得母亲死后多年记恨如此!从众多"姑恶"诗的用意看,伤感的意味是很浓的,其中当然包涵着他对前妻唐氏凄然离世的哀痛,所以一闻姑恶,情不可耐。

城　南

城南亭榭锁闲坊,孤鹤归飞只自伤。

尘渍苔侵数行墨,尔来谁为拂颓墙?

[点评]

这首"城南"诗,是诗人八十二岁秋天重游沈园时写下的,也是沈园悼亡诗之一,带有很浓的感伤色彩。

诗人又一次走上了城南之路,来到已是断墙颓垣沈氏园亭。看到当年手题的墨痕已雨浸苔蚀斑驳模糊,追忆往事,禁不住感慨万千。诗人以孤鹤自比,既有暗用化鹤归来人事全非的慨叹,又有年老孤独形影独立的人生哀伤。这只孤鹤是多么希望在沈氏亭园找到一处栖泊身心、慰藉情感的净土。

故乡的人民最能理解诗人这份心愿。重修后的沈园,亭榭池台焕然一新。以"孤鹤"为名的亭轩,与题诗墙垣面面相对,孤鹤已被簇拥在梅花的环抱之中,当不再流泪,不再孤寂。

春　游

沈家园里花如锦，半是当年识放翁。

也信美人终作土，不堪幽梦太匆匆。

[点评]

　　春游题下原有四首绝句，此是第四首。记录的是诗人嘉定元年(1208)寒食前后的一次比较尽兴的出游。他是乘小舟从城西镜湖三山出发的，遍游城东南二十五里处会稽山麓的禹祠、龙瑞宫，城西南三十里的兰亭，城西北的梅市桥等处，足迹几历故乡稽山镜水的胜景。这次带有回眸告别性质的旅游，本来是挺愉快自得的，前几绝中有"轻舟如叶桨如飞"、"放翁依旧醉春风"之句。但一到沈园就不同了：尽管沈家园里梅花繁丽如锦，诗人一踏进这洒下多少爱和怨的门墙，面对"半是当年识放翁"的梅花，游春之兴顿时都化为伤悼之感。诗人对花，又想起如花一样美丽的唐氏夫人：明知美人已作土，但音容笑貌宛在目前。往事如梦如电，诗人对景不觉感慨人生的短暂匆促。几十年的生死恋情如白驹过隙，一晃而已。这是陆游有生之年为唐氏夫人咏唱的最后一支情歌。第二年冬天，诗人带着未了的情缘溘然谢世了。正如他直到临死还不忘收复中原一样，对前妻的思恋和伤悼都是至死不渝的，已成为他生命中的"情意结"。

　　诸多的沈园诗，使我们看到了封建制度下诗人的悲剧婚姻所造成的终身悒郁和不幸。然而，在这个婚姻悲剧中，受煎熬的远不止陆、唐二人，还有一位方正贤良、与放翁过了半个多世纪贫贱生活、为放翁含辛茹苦养育了六个儿子的王氏夫人。由于没有爱情的婚姻，她生前固然没有得到陆游的爱情，死后陆游也只写过一首《自伤》的诗。除了"白头老鳏哭空堂，不独悼死亦自伤"两句是哭丧外，以后就再也没有半句悼亡的诗了。与沈园诗的缠绵哀绝相比,王氏无言的不幸,难道不是封建制度造成的又一出无辜牺牲者的婚姻悲剧吗?这同样令人同情和深思。

禹迹寺南^①

枫叶初丹槲叶黄,河阳愁鬓怯新霜^②。

林亭感旧空回首,泉路凭谁说断肠!

坏壁醉题尘漠漠,断云幽梦事茫茫。

年来妄念消除尽,回向禅龛一炷香^③。

[注释]

①本诗原题为:《禹迹寺南有沈氏小园,四十年前尝题小阕壁间。偶复一到,而园已易主,刻小阕于石,读之怅然》。禹迹寺:故址在绍兴市沈园之北。陆游年轻时曾从江西诗人曾幾在此读书,今废。
②河阳愁鬓:潘岳曾出为河阳令,伤悼妻室之亡,写过著名的《悼亡诗》三首。
③回向:佛家语,表示皈依佛道的意思。禅龛(kān 刊):佛龛。

[点评]

　　《剑南诗稿》中涉及陆游沈园题壁的诗共有三首,这是最早的一首。据"四十年前尝题小阕壁间"云云,可知沈园题壁的时间是绍熙三年(1192)。上推四十年,即绍兴二十二年(1152)。诗还暗示题壁时前妻唐氏夫人已趋"泉路",沈园也已易主。壁上之词苔尘漠漠,早被好事者刻在石上。这以后,《诗稿》中尚有诗人八十一岁夜梦游沈氏园亭,八十二岁的城南诗两处提到沈园题壁的往事。从这些诗内证的材料看,陆游确实在沈园题壁,怀念的是当年曾游历于沈园水边梅下的一位心爱之人。这首诗写旧地重游的怅然之情,并用"河阳愁鬓"的典故,说明彼时是悼亡曾在沈园留下遗踪而已去世的前妻唐氏夫人(此时继娶的王氏夫人尚健在)。诗有明确的伤悼对象和感伤见证——壁上遗墨,但诗人没有明言题于壁间的"小阕"是哪一首。后人一般以南宋陈鹄《耆旧续闻》和周密《齐东野说》两家笔记的《钗头凤》说为凭。清代学者及近当代的一些词学专家则怀疑陈、周二家笔记的信实程度,认为《钗头凤》词意与唐氏身份不合,未必为沈园题壁词(详见《钗头凤》词点评),这就有了一段公案。

不论壁间所题的"小阕"是哪一首,这一首七言律诗的伤悼意味是极其显明的。诗人在首联描绘秋景的同时,即以丧妻而多情的潘岳自比点明悼亡的题旨。颔、颈两联则详言"河阳愁鬓"、"林亭感旧"和"泉路无凭"的痛苦行状。题壁的墙垣因年代久远而颓坏,壁间的墨痕也苔痕斑斑,然而诗人却情怀依旧,不胜感慨。最后以佛龛前的一炷清香,表达未亡人对逝者的虔诚之感和一往情深。

诗以怅然起兴,以敦厚收尾。此情历久愈深,不用刻意思量,但自然难以忘怀。

钗头凤

红酥手,黄縢酒①。满城春色宫墙柳。东风恶②,欢情薄,一怀愁绪,几年离索③。错、错、错。　　春如旧,人空瘦,泪痕红浥鲛绡透④。桃花落,闲池阁,山盟虽在,锦书难托⑤。莫、莫、莫⑥。

［注释］

①黄縢(téng 腾)酒：即黄封酒，宋时官酿名酒。

②恶：甚，程度副词。

③离索：离散。

④红浥(yì义)：红指红泪，浥指湿润。鲛绡：借指揩眼泪的丝绢。

⑤锦书：指书信。

⑥"莫、莫、莫"句：与上片煞尾处的"错、错、错"是"错莫"一词的分用，意思是落寞，没精打采的样子。

［点评］

　　文学史上一些有浓郁感伤色彩的诗词作品，总特别令人关注。尤其是语涉悲剧爱情、有情人难成眷属的题材，往往更能牵动读者的心。像无名氏的《孔雀东南飞》、白居易的《长恨歌》、陆游的《钗头凤》等，皆属此类题材之中的佼佼者。《孔雀东南飞》是无名氏为焦仲卿妻代言，《长恨歌》是白居易有感于李杨帝妃的爱情遇合写下的一首抒情长诗，惟独这首《钗头凤》，是陆游以个人感情伤痛的直接抒发。词用如怨如慕、如泣如诉的倾吐，嘘唏感叹，无疑更能激起读者强烈的感情共鸣。

　　词采用第一人称抒情的口吻，向读者倾诉了一段不堪回首的感情伤痛。笔调哀怨凄怆，悱恻动人。这首自创格式的新曲，在声情的把握上确实达到了"并茂"的效果。特别是"错、错、错"和"莫、莫、莫"两处三个仄声叠字的运用，更增添了抒情的力度和韵味，的确不失为一首感情投入的言情佳作。然而，历来的读者并不满足于对文本的解读和艺术品赏，除了体会文本所渲染的情调外，最感兴趣的还要算对本事的关注。这种兴趣有时甚至超出了对词内在意象之关注，以至于凡是选引这首词的选家笺注者，都无一例外地必须征引许多相关的背景材料。

　　最早对《钗头凤》进行背景介绍的是南宋陈鹄、周密二家笔记。他们提供了《钗头凤》词是陆游沈园题壁词的说法，并描述了陆游和前妻唐氏沈园相会的情形：陆妻"遣黄封酒果馔通殷勤"。陆游受之怅然，不胜感慨，遂题《钗头凤》词于沈园之壁。虽然二家笔记所记沈园题壁的时间上大有出入，但两家笔记都一致认定《钗头凤》是沈园相会时陆游为前妻唐氏而作。读者因为同情陆游年轻时的婚姻悲剧，而对《钗头凤》词寄予了更多的理解和赏爱。

自清代乾隆以后，开始有学者对《钗头凤》为沈园题壁词的说法表示怀疑。因为清人只表示直觉质疑，没有加以细考，所以并没有引起更多的重视。新中国成立后，词学大师夏承焘先生笺注陆游词时，曾怀疑《钗头凤》为沈园题壁词的可靠性。至20世纪80年代，吴熊和先生才从文本研究的高度，对词提出质疑的理由（《陆游〈钗头凤〉词本事质疑》，见浙江人民出版社1982年版《文学欣赏与评论》），系统阐述了《钗头凤》非沈园题壁词的见解。嗣后，又有周本淳先生《陆游〈钗头凤〉主题辨析》（1985年第6期《江海学刊》）相呼应，提出《钗头凤》非沈园题壁词，该是蜀中偶兴的冶游之作。词开头三句的"红酥手，黄縢酒，满城春色宫墙柳"，暗合"凤州三出"，意指妓女之手纤白，公库多酿美酒，柳树青翠可爱，以"手、酒、柳"所构成的氛围与唐氏身份气质殊难调和为立论之本，再证以宋陈鹄、周密二家笔记多牴牾不足信处，使《钗头凤》为沈园题壁词沿袭几百年的见解受到了冲击。

词本以柔婉深幽见长，是很适合于抒写男女之情的。然而，从陆游平生的议论看来，他好像不太瞧得起这种倚声的文体，在自题《长短句序》中明显地表达出他菲薄这种文体的意思。为长短句作序时还称："今绝笔已数年，念旧作终不可掩，因书其首，以识吾过。"（《渭南文集》卷十四）与致力于诗的编纂不同，陆游对词是很不经意也不重视的。他的词作不编年，这样就给后人研究平添了许多悬案。这首《钗头凤》词即是争论的焦点之一。由于年代久远，缺少第一手资料的实证，关于本事争论可能还将继续下去。

对历史人物陆游诗中就有"死后是非谁管得"之慨叹，没想到八百多年后的今天，陆游也面临着这样的关怀。陆游故里绍兴市洋河弄口的沈氏园内依然梅柳扶疏，孤鹤轩前的一堵粉墙上，也赫然镌刻着陆游的《钗头凤》词和唐氏的和词，供南来北往的游人欣赏，感叹！

浣溪沙

南郑席上

浴罢华清第二汤^①,红绵扑粉玉肌凉。娉婷初试藕丝裳^②。

凤尺裁成猩血色,螭奁熏透麝脐香^③。水亭幽处捧霞觞^④。

[注释]

①华清:华清宫,在骊山上,有温泉十八处。第一汤是御汤,此系借用。

②藕丝裳:藕色的薄罗裳。

③螭(chī 痴)奁:刻有螭形花饰的一种熏炉。螭:传说中像龙一样的动物,头上无角。麝脐香:一种名贵的香料。

④霞觞:名贵的酒杯。

[点评]

　　陆游在理性上对"酒边易晓"歌咏儿女情怀的小歌辞是持否定态度的,但在感情上仍难以割舍对它的赏爱,不免尝试为之。陆游现传的词作中,接近花间词风的言情之作就有二十余首之多,其中不乏"向笙歌锦绣丛中"(《真珠帘》)觅得的即兴之作。如《鹧鸪天·南浦舟中两玉人》、《真珠帘·灯前月下嬉游处》、《采桑子·宝钗楼上妆梳晚》,等等,这些写儿女情态的词,刘克庄以为"流丽绵密者,欲出晏叔原(晏几道)、贺方回(贺铸)之上"(《后村诗话》),有的作品风格几近柳永,这首词可备其中一体。

　　词是作者在乾道八年(1172)南郑宣抚司幕中即席赋就的,记录的是军中酣宴时"宝钗艳舞光照席"(《九月一日夜读诗稿有感走笔作歌》)的一段遇合。词有"浴罢"、"藕丝裳"等语,当是夏日场景。

上片写出浴,下片写奉觞。艳丽夺目的裙衫,扑鼻的芳香,薄如蝉翼的丝裳,以及肌肤的细腻、体态的轻盈,都给人一种强烈的视觉印象。词人以水亭幽静处奉觞对酌作结来点破题意,说明这是席间即兴挥就的一首歌词。这首词体格轻倩,句式工巧,剪红刻翠,纯是词家笔法,写得十分香艳。与李商隐《无题》诗"隔座送钩春酒暖,分曹射覆蜡灯红"的情形虽近,但寄意却有所不同。陆游的词多一分即席的随意和感官的视觉刺激,少一分蕴藉的回味和低回的怀思。因为心境不同,故下笔也就各有轩轾了。

夜游宫

宫词

独夜寒侵翠被。奈幽梦,不成还起。欲写新愁泪溅纸。忆承恩①,叹余生,今至此。　　　蔌蔌灯花坠②。问此际,报人何事?咫尺长门过万里③。恨君心,似危栏④,难久倚。

[注释]

①承恩:宫女受帝皇的宠幸。
②蔌蔌(sù 速):同簌簌。形容灯花落下的样子。
③长门:汉宫名,陈皇后失宠于汉武帝居于长门宫,后代指冷宫。
④危栏:高楼上的栏干。

[点评]

和西方爱情诗只是单纯的恋爱主题不同,中国的爱情诗词常常有独特的比兴寄寓。爱情诗词中如闺怨、宫怨题材,表现的往往是更深一层的人伦关系,如君臣的遇合、个人与国家的关系等,寄托着深厚的政治情怀。陆游一些写儿女之情的作品也分两类。一类如上面所举的直写歌筵酒席、感情遇合的作品占绝对数,另一类是有所托喻的怨情诗,如这首宫怨词。虽只占绝少的份额,但往往写得深婉动人而有韵致。

乾道九年(1173)秋冬时节,陆游从南郑前线调至四川成都,旋至嘉州。他在嘉州任上一连写了《长门怨》、《长信宫词》、《铜雀妓》三首诗,借宫怨以寄托政治上失意的遭遇,命意和这首词极相似。从词意看,这首以失宠妃嫔自比的宫怨词,很可能就作于乾道九年那个对陆游而言显得格外沮丧寒心的冬天。

上片写寒夜独寝难眠的痛苦,围绕着一个"愁"字作层层渲染。先言寂寞冷落,寒夜辗转难眠,心想做个好梦"一晌贪欢",但梦不成。再承"不成"写半夜揽衣而起,欲把新愁付诸笔端,字未写成而眼泪已溅湿了白纸。此愁以泪写就,可见女主人公内心的伤痛。而这份伤情之泪是因往日"承恩"与今天"余生"寂寞相对比而激荡出来的。下片转写心中幽恨,亦由眼前实景说起。灯花向人报喜,女主人公不但毫无喜色,反而更触动了心中的怨情,一种莫名的苦涩涌上心头,以至于视灯花为无端捉弄愁人。意思是说,在这种时候灯花落下,还有什么喜事可报?如今住在近在咫尺的冷宫内,是再也见不到君王的了,心理上的距离何止万里。她叹君心无常,恨命运不公。高楼多悲风,危栏难久倚,这是痛苦的生活给她的最终启示。所以最后三句"恨君心,似危栏,难久倚"冲口而出,怨恨之情溢于言表。有人批评这一类句子"更无一毫含蓄处"(陈廷焯《白雨斋词话》),不够温柔敦厚。殊不知,质言无忌,这正是词人此时心中怨恨决绝之情最个性的表露。这种抒情方式,与辛弃疾的失志怨词《摸鱼儿》"休去倚危栏,斜阳正在,烟柳断肠处"式的景语相比,虽稍逊含蓄蕴藉,但未尝不失为感情凄惨时的一种心声的迸发。

这首带有明显政治寓意的宫怨词写得幽折多情,吞吐呜咽,口吻肖似。既见词人款曲多姿的描摹功夫,又见深沉幽微的比兴大义。在夏承焘、吴熊和在《放翁词编年笺注》前言《论陆游词》中以为:"陆游这首词自悼壮志不酬,也是慨叹王炎的君臣遇合不终。"所言极是。因这年正月,王炎罢枢密使,以观文殿学士提举临安府洞霄宫,自后再不起用。陆游有此感叹,自属情理之中。

上西楼

江头绿,暗红稀,燕交飞。忽到当年行处,恨依依。　　　洒清泪,叹人事,与心违。满酌玉壶花露①,送春归。

[注释]

①花露:酒名,产于真州(治所在今江苏仪征)。

[点评]

这首词的写作年代已不可考,从词意看也为伤春伤情之作。从"燕交飞"等语中看,其中可能还蕴含着放翁的一段遇合。有人把这首词与《风流子·佳人多薄命》(陈廷焯《白雨斋词话》以为是伤其妻之作,夏承焘、吴熊和《放翁词编年笺注》已予驳正)放在一起看,以为可能与放翁伤悼前妻有关,也许这只是一种猜测。

从陆游写儿女情怀的词作看,绝大多数是与"红巾翠袖"有涉。在词人政治失意、仕途坎坷、陷入苦闷境地时,也不乏寄情风月、偎红依翠的创作。以致词人在为自己长短句作序时,颇悔少作,对苏轼词中某些写男女情爱的作品,也表露出夷然不屑的意思,视为游戏笔墨予以否定,尽管他自己也曾写过这一类作品。

《上西楼》(一名《相见欢》)就是这类词中写得比较婉藉清丽的一首。词情景交融,柔情脉脉,别恨依依,虚实相间,独具一种含蓄哀婉、欲说还休的韵致。风格"纤丽处似淮海"(杨慎《词品》),值得一读。

长干行①

裙腰绿如草②,衫色石榴花。

十二学弹筝,十三学琵琶。

宁嫁与商人,夫妇各天涯。

朝朝问水神,夜夜梦三巴③。

聘金虽如山,不愿入侯家。

鄣袖庭花下④,东风吹鬓斜。

[注释]

①长干行:乐府诗题,属杂曲歌辞,多咏江边女子生活。长干:里名,在今南京市。
②裙腰:白居易《杭州春望》:"草绿裙腰一道斜。"
③三巴:指古巴郡、巴东、巴西,在今四川东北部。巴江流经其间,汇入长江。
④鄣(zhàng 仗):同障,遮蔽的意思。

[点评]

　　这首乐府歌辞明显地受到李白同名乐府《长干行》的影响。李白的《长干行》以长干女子的口吻诉说了爱恋、结婚、别离、相思的全过程,依次叙来,曲尽其妙,儿女情怀,历历如绘,深得唐诗丰腴浑成的风韵。陆游此诗,虽从李白诗意中化出,用长干女子的口吻叙说她的婚姻状况,但诗写作的重点已不在如实描写,而是加入了许多说事议论的成分,使诗重心转向翻新立意,更多地体现出宋代爱情诗的特色。

诗除首尾两处描写外,中间部分都采用夹叙夹议的笔法塑造长干女子美丽的形象。这是一位身着绿色罗衣、石榴花裙的漂亮女子,她不但色艺俱佳,而且还是个很有个性、很重感情的人。她鄙视权豪,不为金钱所动,拒绝了侯门的重金礼聘,宁可嫁给一个没有社会地位但自己钟情的商人,忍受着"朝朝问水神,夜夜梦三巴"的离别之苦和牵肠挂肚的相思之情,也不愿身居侯门,与一个没有感情的人相处,表现了长干女子强烈的爱情观念。

诗最后一句描写女主人公站在庭花之下,以袖障额,举目远眺。春风吹乱了她的鬓发,她却浑然不觉。这两句与开篇两句外貌描写相呼应,十分形象生动,使这首爱情诗在标新立异的同时平添了许多情韵。

这首诗笔法近似王安石的《明妃曲》,均以第三人称代言体抒写,有别于他的沈园系列,是继承了古乐府"感于哀乐,缘事而发"的传统,因此有人视作抒怀。然而,不管诗人寄意如何,诗毕竟以言情为本。诗人笔下的女主人公形象活泼生动,撇开任何比附,单纯地看,也不失为一首个性鲜明的爱情诗。

酒醉无言

诗魂恰在醉魄中

夜坐独酌

玉宇沉沉夜向阑,跨空飞阁倚窗寒。

一壶清露来云表,聊为幽人洗肺肝。

[点评]

这首小诗写于淳熙八年(1181)夏天陆游罢职闲居山阴故庐时。在这之前,陆游在仕途上连遭弹劾,不久前又因"不自检饬,所为多越于规矩"的罪名被权僚再次排挤,失去了谋职的机会。诗人心里非常气愤,在乡闲居,借酒浇愁,写下了许多激愤之作。这首饮酒小诗,却是彼时郁愤心情的另一种写照。

玉宇沉沉,夜阑人静,没有月色的夜显得特别昏暗宁静。诗人一人坐在危楼高阁之上,临风把盏,浅斟细酌,独自品味着人生苦涩的滋味。高处不胜寒,又是夜坐独酌,这份孤寂无言的心境,惟天地可以明鉴,惟有杯酒可以相狎。他把杯中之酒看作是来自云表的清露,可以涤怀荡胸,洗清世俗的烦恼愁闷。"幽人",隐者也。诗人以"幽人"自况,本不应该有那么纷繁的"肺肝"之念。惟其品格高洁,却横遭无根之谤,故"幽人"也想借这来自云表的一壶清露,湔洗这不白之冤和满腔愤怒。他要向天地剖白如冰心玉壶般的心怀。后两句诗的意思与王昌龄"洛阳亲友如相问,一片冰心在玉壶"诗意相近,也是心迹双清之词。

与陆游集中其他鲸吸豪饮、狂态毕露的醉歌不同,这首夜坐独酌的小诗显得特别冷静理智。笔法也含蕴有致,别具一种清朗雅洁的风度。

清商怨

葭萌驿作[①]

　　江头日暮痛饮，乍雪晴犹凛。山驿凄凉，灯昏人独寝。　　鸳机新寄断锦[②]。叹往事、不堪重省。梦破南楼，绿云堆一枕[③]。

[注释]

①葭萌驿：在四川昭化县南。
②断锦：原指断织，典出《后汉书·列女传》，此借指半途放弃的意愿。
③绿云：指头发。

[点评]

　　乾道八年（1172）十月，王炎被召，幕僚星散，陆游改除成都府安抚司参议官。十一月词人自南郑赴成都任，途经葭萌驿写下了这首词。词以"痛饮"起拍，抒写了醉后投宿驿站的凄凉情景。

　　上片"日暮"几句点时间、地点、气候、环境，营造氛围，是一般记行词习见的写法，但词人在环境的渲染中特别注意主观感情的渗透。王国维评秦观"可堪孤馆闭春寒，杜鹃声里斜阳暮"是《郴州旅舍》的"有我之景"，因"以我观物，故皆著我之色彩"（《人间词话》）。此词亦复如此。词人触目所见，无不含有凄凉感伤的色彩。陆游在南郑期间，曾多次经过葭萌古驿。诗稿中也有记行诗，惟独这次写得最凄况悲哀。日暮时分，积雪生寒，山驿凄凉，词人感到异常的孤独、寂寞，于是便想借酒驱寒，排遣心中的忧郁和惆怅，所以到江边痛饮大醉。词从"日暮痛饮"过渡到"灯昏独寝"，都有一种借酒浇愁、欲遣不能的悲愤。

下片写醉后独寝时的感慨。用当年"梦破南楼,绿云堆一枕"的美好记忆,与今天"新寄断锦"、恩断义绝的现实相对照描写,使怨愤失落之情更加可感。词人在此借用"比兴"手法,暗指曾经轰轰烈烈的北伐计划终成画饼的失意。正如秦观《踏莎行·郴州旅舍》抒怀那样,将身世之感并入艳情,突出词人的心理感觉,使怨忿之情更加深婉,富有内涵,同时也使得上片发端的无由"痛饮"有了归结。

陆游此次从南郑赴成都是携带家眷同行的。因为心中惆悦,所以词中致力渲染"灯昏人独寝"的孤凉滋味,又用闺情抒写政治失意。这类比兴手法不仅为辛弃疾等爱国词家所惯用,连对词怀有"不屑之意"的陆游居然也乐此不疲。

醉 歌

我饮江楼上,阑干四面空。

手把白玉船①,身游水精宫。

方我吸酒时,江山入胸中。

肺肝生崔嵬②,吐出为长虹。

欲吐辄复吞,颇畏惊儿童③。

乾坤大如许④,无处著此翁⑤。

何当呼青鸾⑥,更驾万里风。

[注释]

①白玉船:指白玉制的酒杯,杯椭圆形,旁有两翼,又名羽觞,杯形似船故称。

②崔嵬:本指山高不平的样子,此指胸中不平。

③儿童:指与儿童一般见识的平庸之人。

④乾坤:天地。

⑤著(zhuó着):安置。此翁:作者自指。

⑥青鸾:传说中凤凰一类的鸟。

[点评]

万景楼位于嘉州城畔的高丘之上,前临大江,四望空阔浩渺。范成大《吴船录》推誉为"西南第一楼"。陆游在代理嘉州知府职务期间,也经常在此"倚遍临江百尺楼"(《次韵师伯浑见寄》)。乾道九年(1173)重阳节,诗人还与朋友在万景楼上览景会饮,并写下了这首登楼醉歌。

这首醉歌写得气魄宏大,境界奇幻。诗人雄踞于百尺高楼之上极目远望,但见四面栏干之外,烟云空阔,浩瀚无际。他手把着白玉酒杯,一边斟饮一边观赏着四围的景色。饮到好处,渐入佳境,心荡神驰。杯在不停地摇晃,给人以一种手扶白玉栏干在水面上浮动的感觉,于是自然地进入"身游水精宫"的幻觉世界。酒至酣畅处,诗人在江楼豪饮鲸吸的已不是杯中之物,而是在吸纳天地间的日月精华。这自然江山的灵气进入诗人胸中,涤荡一切,使人感觉无比清新澄明,胸中豪气也如群峰汇聚,郁勃峥嵘。诗人以江河为饮,以万象为客,大气包举,吞吐八荒,豪气冲天,喷薄之势如虹霓横空出世,足令世间平庸之人惧畏震慑,惊恐万状。这些蝇营于世的凡夫俗子又岂能容忍伟大的存在? 屈原曾经感慨"举世皆浊我独清",因不满于世俗的恶浊,又不愿随波逐流,最终投身湘流,保全了自己高洁的品格。陆游在现实中,面临着同样的困惑,投降势力正占据着要津,哪里有他的立足之地?"此翁"不仅清醒地认识到自己所履之途的凶险,而且更明确地表示自己将不与世俗小人合作,继续保全自己伟岸的浩然之气:呼青鸾,驾万里长风,腾空出世,脱离这个龌龊的尘世——选择了一条与屈原不同的道路。这种愤世超脱之举,与李白的"直挂云帆济沧海"(《行路难》)颇有神似之处,均表示了对世俗的遗弃与鄙薄。

诗因醉增色,以气取胜,刻画酒后醉态十分成功。"手把白玉船,身游水精宫"两句,设喻想象奇幻,醉态颐人。至于后面的"江山入胸中"、"吐出为长虹",更是出语惊人,气象盖世。与诗仙李白在宣州谢朓楼上"俱怀逸兴壮思飞,欲上青天览明月"的醉态,还有鬼才李贺描述秦王饮酒"酒酣喝月使倒行"的狂态相形,各有奇趣,各臻其妙。值得一提的是,这首醉歌所营造的意境,更有才气超逸、气象开阔的特点。诗中的豪言,不仅是因酒醉后思维受到刺激的缘故,重要的是诗人胸中本就涵养着吞吐八荒、神游四极的浩然之气。诗人一直有穷江河之源的气魄,入蜀后,此地之山川相寥,气象万千,浩浩莽莽,非常人所能想见,遂大开眼界。蜀中郁郁森森的原野大川,涵养了他胸中的豪情,开阔了他的创作境界。于是诗风为之一变,雄肆开阔成为蜀中诗的特点。古人评放翁诗最重气象:"放翁之胸中,吐纳众流,浑涵万有,神明变化,融为一气,眼空手阔,肝肺槎枒。容王导辈数百,吞云梦者八九。此乃放翁诗,非诗人所能为者尔。"(杨大鹤《剑南诗钞序》)这首醉歌气势超迈,有往来排拓的境界,风调极似李白的《月下独酌》。音律节奏舒缓,从容不迫,娓娓道来,写得比较舒展。所不同的是,李白的独酌意在表现遗世拔俗的自适与自得,而陆游在醉歌孤傲之中,还是掩饰不住"无处著身"的愤世之情。

江上对酒作

把酒不能饮,苦泪滴酒觞。

醉酒蜀江中,和泪下荆扬①。

楼橹压溢口②,山川蟠武昌。

石头与钟阜③,南望郁苍苍。

戈船破浪飞④,铁骑射日光。

胡来即送死,讵能犯金汤⑤?

汴洛我旧都⑥,燕赵我旧疆。

请书一尺檄,为国平胡羌。

[注释]

①荆扬:荆州和扬州,指长江中下游地区。
②楼橹:本是古代筑在城上的望楼,这里指高大的战船。湓(pén 盆)口:即湓城,在今江西九江,因湓水在此汇入长江而得名。
③石头:山名,南京又名石头城。钟阜(fù 富):钟山。一名紫金山,在南京。
④戈船:战船。
⑤金汤:金城汤池的略称,比喻城池防守牢固。
⑥汴洛:宋的东京开封和西京洛阳。

[点评]

　　陆游在淳熙元年(1174)转任嘉州、蜀州、成都、荣州,人如飘蓬,徒为闲职,一事无成。为此他内心非常苦闷。仅这一年间,以酒为题的抒怀诗就有十几首,其他连类而及的饮酒诗不下数十首。自言:"百年自笑足悲欢,万事聊须付酣畅。有时堆阜起峥嵘,大呼索酒浇使平。"(《饮酒》)这首《江上对酒歌》就是这一年秋天在成都写下的。酒在诗中既是伤感的诱因,又是一条贯穿始终的抒情线索。

　　诗一开始写得非常感伤:"对酒不能饮,苦泪滴酒觞。醉酒蜀江中,和泪下荆扬。"短短二十字中,"酒"凡三现,"泪"洒二次。而且这个"泪"是"苦涩"之泪,滴落在酒杯里,眼泪和杯酒一起融入滚滚的江水之中,东流荆扬。前四句总起,由饮酒而起兴,情动而神伤。

　　中间八句承上而写荆扬一带的山川形势,列举长江沿岸军事重镇武昌、九江、南京等地有利的军事条件。高大的战船镇守在九江口,武昌一带山川相缭,地势险要。金陵的石头和钟山更是虎踞龙盘,郁郁苍苍,这是自然之势。"戈船破浪飞,铁骑射日光"二句,则显示我水师巨大的战斗力。既有江山地利又兼天时人和,为什么不一试锋芒?以此为根本,可打败来犯的金人,直至克复中原。诗人一想到此,顿时心潮澎湃,斗志昂扬,情绪也变低迷为激奋向上。

最后四句表达克复中原的强烈意愿。诗人要草檄一篇,为国平定河山,收回失去的"旧都"和"旧疆"。

这首五言古诗思路连贯,一韵到底,意脉分明。场景由近及远,抒写由景入情。诗人在江上饮酒触景伤怀,动情处泪滴酒杯,杯倾江中。于是眼泪和着杯酒随着东逝的江水,联想到东南形胜,仿佛看到了我军平戎的实力。于是肝肠俱热,酒和泪都化作一腔忠愤之情,报国之志,诗歌就在慷慨赴国中结束全篇。

诗铿锵有力,气势伟岸,对酒作歌,有感伤但不颓废。是酒激发了诗人"壮心未肯成低摧"(《池上醉歌》)的豪情,变低徊感伤为力量信心。读这样的酒诗,读者当然不难体会这位爱国诗人深沉的"醉翁之意"。

醉　歌

读书三万卷,仕宦皆束阁①;

学剑四十年,虏血未染锷②。

不得为长虹,万丈扫寥廓③;

又不为疾风,六月送飞雹。

战马死槽枥④,公卿守和约。

穷边指淮淝⑤,异域视京洛⑥。

于乎此何心⑦,有酒吾忍酌?

平生为衣食,敛版靴两脚⑧。

心虽了是非,口不给唯诺⑨。

如今老且病,鬓秃牙齿落。

仰天少吐气,饿死实差乐⑩。

壮心埋不朽,千载犹可作。

[注释]

①束阁:束之高阁,弃置不用。

②锷(è 轭):剑刃。

③寥廓:指天空。

④槽枥:马槽。

⑤淮淝:淮水和淝水,在安徽。

⑥京洛:开封和洛阳。

⑦于乎:即"呜呼",惊叹词。

⑧敛版:放正朝笏,表示恭敬的姿态。版:即朝笏,古代官员上朝奏事时所执。靴两脚:两脚穿靴。

⑨唯(wěi 委)诺:唯唯诺诺,答应。

⑩差乐:比较快乐。

[点评]

　　陆游有的以醉命题的诗似醉而实非醉。因为诗人在写作时,不但头脑清醒理智,而且抒情的脉络纹理、思路异常清晰连贯,一字一顿,爱憎分明,毫不含糊。所谓醉者,只是凭借酒力,可以更淋漓痛快地发泄心中的愤慨罢了。

　　这首醉歌作于绍熙元年(1190)诗人六十六岁闲居山阴农村时。这年年前,陆游被谏议大夫何澹以"嘲咏风月"的罪名弹劾,斥去礼部郎中兼实录院检讨官的职位,落职回乡,心中一直很憋气。一方面以"风月"名小轩,作诗自嘲以示抗议,另一方面还写了不少述怀诗,这首醉歌可以看作诗人彼时的情绪标本。也许正因为醉意醺然,才能激活诗人被压抑的思维,于是新愁旧怨一齐涌上笔端心头。

　　诗人自言"读书三万卷"、"学剑四十年",但到头来书束之高阁派不上用场,剑连敌人的边都没挨着,更谈不上杀敌复国了。他感叹自己既不能化为长虹廓清天宇,又不能变成疾风给六月的炎夏送来冰雹的清凉。

接着十句写的是诗人对朝政的批判和自己内心冲突的剖析。"战马死槽枥,公卿守和约"两句触目惊心。陆游曾不止一次地感叹:"公卿可叹善谋身,当时误国岂一秦?"痛心朝中大臣只为个人利益打算,明哲保身,闭口不言北伐,谨守丧权辱国的和约,致使"将军不战空临边","厩马肥死弓断弦"(《关山月》)。更为可恶的是,这些靠和约苟安的执政者,竟把淮河、泗水当作边界,把开封、洛阳看作是异域他国,早已把沦陷的中原山河忘得一干二净!诗人一想到此,就呜呼纵叹,气愤得连滴酒也难以下咽!然而,诗人毕竟是一个坦荡的人。他在批判朝政的同时,也勇于直面自己,解剖灵魂,回顾以往"辛苦为斗米"的仕宦生涯,为了衣食他也不得不"敛版靴双脚",过着仰人鼻息、拘束个性的生活。特别是有的时候,心里虽然是非明了,但话到嘴边总是来不及应对,唯诺了事,对自身内心矛盾冲突的深刻剖析,表现了诗人的坦然与理性。这几句有激烈的批判和揭露,又有深刻的反省和回顾。

诗人因指斥时弊而遭免职。然而塞翁失马,焉知非福?眼下落职赋闲既老且病,然终于不用受人拘束看人脸色行事。"羁鸟"复归自然,被束缚的个性得到回归,岂不是一种幸运?虽头童齿豁,总算可以仰天吐气,理直气壮地做人。诗最后部分慷慨激昂,既表现了诗人坚定不移的意志,又表现出他对未来的远见与卓识。

三月十七日夜醉中作

前年脍鲸东海上①,白浪如山寄豪壮。

去年射虎南山秋,夜归急雪满貂裘。

今年摧颓最堪笑②,华发苍颜羞自照③。

谁知得酒尚能狂,脱帽向人时大叫。

逆胡未灭心未平,孤剑床头铿有声。

破驿梦回灯欲死④,打窗风雨正三更。

[注释]

①脍(kuài 快)鲸:细切鲸鱼的肉。

②摧颓:老迈颓唐的样子。

③华发苍颜:形容年老憔悴。

④灯欲死:灯将要熄灭。

[点评]

　　文学史上不乏以善饮著称的诗人:曹植斗酒七步成诗;阮籍酣饮为常,愤世嫉俗;陶渊明归隐东篱,最多酒诗;贺知章金龟换酒,醉后属词,文不加点,挥洒自如。李白更是饮中之杰,是"斗酒诗百篇"的酒仙。这些诗人都才华横溢嗜酒如命,留下了无数令人激赏的诗篇。

　　在宋代诗人中,陆游也算是一个与酒很有缘的人。他生长在黄酒之乡绍兴,青少年时就以豪饮出名,自称"少年欺酒气吐虹,一笑未了千觞空"(《同何元立赏荷花追怀镜湖旧游》),当时因豪情过人、诗酒齐名而被誉为"小李白"。《剑南诗稿》中以酒命名、以醉为题的诗比比皆是,就数量而言绝不少于他的记梦诗作。在陆游笔下,"诗囊"与"酒壶"常常是形影不离、相从相随的,因为"耳熟酒酣诗兴生","遗醉纵横驰笔阵"。酒能助兴,在醉意酣兴中,最能发挥他天才的想像力和过人的才情。

　　这首在成都时写下的醉歌,借酒抒怀无所拘束,淋漓酣畅的笔墨洋溢着壮浪奔腾的激愤,有着平时难以到达的境界——诗显然得力于酒的兴奋。诗人在醉后落笔的刹那间,一生曾经令人兴奋的场景像电光般地一一闪现在他略呈醉态的眼前:前年在东海脍鲸,白浪如山,气势豪壮;去年在南山射虎,深夜归营,雪满戎装;今年摧颓可笑,白发苍颜,自己连镜都懒得照。这一连串的排比句式,在简单平实的陈述中却包含着似真似幻、非真非幻的感觉,这就是醉歌特有的魅力。

在这里,醉态可掬的诗人之所以这般如数家珍似的陈言,只是想让时人明白和了解他曾经拥有的"豪壮"之情和"惊世"之举。他即兴的夸喻和虚拟,无非是想形象地证明他的胆气和魄力,让辉煌的过去和落魄的现实处境构成更大的心理落差和形象对比。在感今怀昔的对比之中发泄心中的不平和愤懑。这三组时空意象所构建的自我形象很有点戏剧意味,读者在此既可艺术地观照陆游走过的历史足迹和眼前实际面临的境遇,又可包涵他胸中理想和现实的种种冲突摩擦。在"前年"、"去年"、"今年"的时间和空间流程中,读者览阅不同面目、情态各异的画面,从而感受体会诗人运笔抒怀时的郁勃之气、跌宕之情。这类笔法看似简拙,实则单纯中隐含机巧。三个排比句式一气奔腾,跳荡相承,势如滚雷。诗人无一字及醉,但醉后气势还是扑面而来。

"谁知得酒"句异军突起,第一次点题就使诗豪兴陡增,狂态毕露。"脱帽向人时大叫"写醉后豪放狂癫之态,只七个字就写活了放翁精神。这是诗人醉中信手泼墨写就的自画像,一个狂放不羁、桀骜不驯的诗人形象在酒后神采毕现。这种狂逸之气、神来之笔得力于酒的催化,确实是可遇而不可求的。诗的最后四句写酒醒梦回后的感慨:醉中虽痛快,梦里虽逍遥,但毕竟是一时的刺激,最终都不得不返回现实,面对清醒。诗人满怀着扫平逆胡收复失地的志向,但最终无以伸展,一如被锁在床头剑匣中的孤剑一样徒然殷殷作声。刚伴随着酒力燃烧起来的希望与豪情,在破驿昏暗欲灭的残灯和三更打窗的风雨声中,显得格外的孤寂无援、悲凉难堪。整首诗运笔至此,狂逸豪放之气已转化为一种抑怒峥嵘的不平。最后对破驿孤灯风雨的场景描写穷形极思,极具顿挫之妙。寓狂态于哀戚凄清之景,摹画有力,一抒到底,有撼动人心的力量。赵翼说:"放翁古今体诗,每结处必有兴会,有意味,绝无鼓衰力竭之态。"(《瓯北诗话》)确实是中的之评。

这首诗感情充沛,笔势纵横。诗人感今抚昔,不胜感慨,借酒抒情,笔势痛快淋漓,气概冲天凌霄。虽是醉中走笔,但章法井然,句式参差可观。开首两联二句一转韵,平仄互转,中间最后都是四句一转韵,也是平仄相间,声情激越,铿锵顿挫,感情大起大落,形象对比强烈,时空跨度大。此种抒情方式真可谓惊天地泣鬼神,堪称放翁七言古诗中的杰构。

对酒叹

镜虽明,不能使丑者妍①;

酒虽美,不能使悲者乐。

男子之生桑弧蓬矢射四方②,古人所怀何磊落!

我欲北临黄河观禹功③,犬羊腥膻尘漠漠;

又欲南适苍梧吊虞舜④,九疑难寻眇联络。

惟有一片心,可受生死托。

千金轻掷重意气,百舍孤征赴然诺⑤。

或携短剑隐红尘,亦入名山烧大药⑥。

儿女何足顾,岁月不贷人⑦。

黑貂十年弊⑧,白发一朝新。

半酣耿耿不自得⑨,清啸长歌裂金石。

曲终四座惨悲风,人人掩泪无人色。

[注释]

①妍(yán 言):美。

②桑弧蓬矢:桑木为弓,蓬梗为箭,射向天地四方。这是古人生子后举行的一种仪式,表示男儿志在四方。

③禹功:指龙门,在山西、陕西交界处,分跨黄河两岸,相传为夏禹治水时所凿。

④苍梧:一名九疑山,在湖南境内,虞舜死后葬于此。

⑤百舍:三十里为一舍,百舍指道路遥远。然诺:承诺。

⑥烧大药:指炼丹药。我国古代道士以炼丹服药求长生不老。

⑦贷:等待。

⑧"黑貂"句:战国时苏秦游说秦王,十年上书不被采用,所带钱资用尽,黑貂袍子穿破。此以苏秦境遇自比,说明入蜀后的不得志。

⑨耿耿:忧愁烦闷的样子。

[点评]

　　陆游在晚年的《疾衰》诗中曾这样诉说他与酒的交情:"百岁光阴半归酒,一生事业略存诗。"酒是他生命中一个举足轻重的要素,诗是他生命的见证,那么酒诗更是他情感生活的一面镜子。在陆游笔下,酒曾是旗鼓,可以鼓励士气激发他爱国杀敌的斗志,又是他表达喜怒哀乐的媒体:梦中获胜时,欢饮一斗高歌一曲,遣天山健儿纵情歌唱;志向落空时,又借酒强抑愤怒,弹压胸中十万甲兵。诗人面对美酒,直如面对一位知交,总是敞开心扉尽情倾诉。《对酒叹》就是诗人失意时对这位"百年知己"的又一次真情诉说。

　　诗写于入蜀的第五个年头。这年,主战的王炎遭诬被罢,宰相虞文允也死了。朝中权贵只知扩植私党,根本不顾国计民生。主持北伐的人越来越少,诗人满怀的愿望眼看就要在蜀中落空。时不我待,壮志难酬,诗人满怀愤慨只能对酒浩叹。

　　诗以极清醒的两个对句开笔,联类而叹,道出借酒浇愁而无法摆脱的内心痛苦。前一句起兴,自然引出后一句的愁绪,并照应题旨,从而体现歌行体诗比兴开篇的写作特色,给人以强烈的情绪感染。

　　作者先诉说自己伟大抱负、远大志向无法实现的苦闷,然后再表明自己坚定的意志以及在现实生活中的尴尬遭遇。中间主体部分诗情激荡,异常亢奋。古人有男儿志在四方的远大抱负,可诗人面临的是一种怎样的现实?"我欲北临黄河观禹功"、"又欲南适苍梧吊虞舜"两句,形象而生动地刻画了他有志不得伸展的内心苦闷,字里行间都蕴含着诗人生不逢时的感慨和对于现实的否定与批判。"惟有"句以下,则表达了诗人不屈的个性和在逆境中生存奋斗的勇气,与前面"男子之生桑弧蓬矢射四方"相呼应,显示了作者坚定的意志和任何外界因素都无法改变磨灭的男儿本色。

当然，从"千金轻掷重意气，百舍孤征赴然诺"和"或携短剑隐红尘，亦入名山烧大药"等句子中，我们也可以看到酒后的意气与冲动，潜意识中对访道任侠的印象和兴趣，流露出他对侠士复国平天下的殷殷希望。然而，希望毕竟是希望。不管醉中是多么豪壮，陆游一回首现实就不胜感慨。诗的最后几句，极力表现了耿耿不得的苦闷情绪。于是饮至半酣，勃然长啸，高歌一曲，声如金石分裂，震惊四座。诗以长啸收尾，犹觉悲音荡漾不绝于耳。

这首醉歌开篇深沉，中间慷慨激越，收尾悲壮有力，一唱三叹，感情起伏很大。诗人为了有力地表达这种感慨，间用参差不齐的句式，在错落中表现不平之气。在叶韵上，基本以入声为主，间以二句平声韵，使之抑扬起伏，声情并茂更富于变化，深得李白七言歌行体诗自由奔放的精髓。

长歌行①

人生不作安期生②，醉入东海骑长鲸。

犹当出作李西平③，手枭逆贼清旧京④。

金印煌煌未入手⑤，白发种种来无情⑥。

成都古寺卧秋晚，落日偏傍僧窗明⑦。

岂其马上破敌手⑧，哦诗长作寒螀鸣⑨？

兴来买尽市桥酒，大车磊落堆长瓶⑩。

哀丝豪竹助剧饮⑪，如巨野受黄河倾⑫。

平时一滴不入口，意气顿使千人惊。

国仇未报壮士老,匣中宝剑夜有声。

何当凯还宴将士,三更雪压飞狐城⑬。

[注释]

①长歌行:乐府古题,相和歌平调七曲之一。

②安期生:古代传说中的仙人,曾卖药东海边,自号抱朴子。

③李西平:唐代李晟(shèng 剩)因平定朱泚(cǐ 此)有功,封西平郡王。

④枭(xiāo 消):斩首。

⑤金印未入手:借指功业未成。煌煌:发光的样子。

⑥种种:头发短的样子。

⑦偏傍:正傍。

⑧岂其:反诘语,难道。其,是语助词,无义。

⑨寒螀(jiāng 将):寒蝉。

⑩磊落:众多而错杂的样子。

⑪哀丝豪竹:指悲凉激越的乐曲。剧饮:痛饮。

⑫巨野:古代大泽,在今山东巨野县东北,汉黄河决口,河水东南冲入巨野泽。

⑬飞狐城:古代关隘名,亦称飞狐关,在今河北涞源县。

[点评]

这是一曲借酒发泄人生苦闷的悲歌。有痛苦牢骚,但不消沉,有愤怒狂放而不失豪壮,是陆游歌行体诗中写得最有气势的作品之一。

淳熙元年(1174),陆游再次来到成都,闲居在多福院的僧舍里,过着"归来炷香卧,窗底看微云"(《雨中出谒归昼卧》)的闲淡生活。僧院环境清幽,借住僧舍读书养性,对一般人来说,也未尝不是一件雅事。陆游年轻时就常在禹迹寺、云门寺等处借读,问题是此时却属另一番心境。诗人在亲历了南郑军幕跨鞍刺虎的壮快生活后,又不得不从前线调回成都,有奔波之苦,无尺寸之功。旋又辗转于蜀州、嘉州、荣州之间,兜了一个大圈子。两年后,又回到成都,借住于多福院。这时,多福院僧舍的晨钟暮鼓再也无法平静陆游焦躁不安的心。他壮快过,所以不想在默默无闻中度过一生,更不甘平庸无为,在无所事事中打发光阴,因此感到失意、郁闷、不堪忍受。他一直在平淡的生活中寻找宣泄的机会，于是饮酒便成了惟一的突破口，借狂饮痛醉，一伸心中郁塞不平之气和怀抱的人生理想。

诗分前后两部分。

前十句非常坦率地宣称他的人生理想和自我期望，其中交织着不遂后的失意与落魄。他认为人生不能像安期生那样飘然出世，就得像李西平那样有所建树。这两种人生价值的生活目标虽相去甚远、截然不同，但都称得上轰轰烈烈、名扬天下。从诗提供的感情倾向看，诗人的选择无疑是后者，是以入世者的积极姿态出现的，但他并无意否定安期生式的人生境界。两者是共存的，是可供选择的两种生存方式，只不过前者于己不合，所以仅作为一种陪衬提出：要么像安期生那样入海骑鲸，隐遁游仙；要么像李西平那样手枭逆贼，青史留名。但现实中的陆游既不能得道成仙，也不见用于世，什么都不是，什么也没有。年过半百，白发丛生，徒然猬居在锦官城的一个古寺僧窗下，面对人生之秋，只能像寒蝉一样作痛苦的悲鸣。一个曾经气吞长虹，又在南郑前线跃马搏虎有过一番壮举的志士，竟落到这种地步，无怪乎异常憋气难堪！

诗以抒怀起兴，又以对胜利的期待收笔。中间虽有牢骚块垒，但终究不掩整首诗积极向上奋发自强的豪气——悲中见豪是这首醉歌的难能之处。

这首七言歌行充分发挥了歌行体诗的特点，大开大合，取象豪迈，气势纵横。后人推为陆游集中的压卷之作，当不为过言。可能梁启超"辜负胸中十万兵，百无聊赖以诗鸣"（《读陆放翁集》）两句诗，更切合陆游此诗的写作心态。在落日虚静的僧窗前，写出这么一篇慷慨激昂的醉歌，本身是一个让人拍案惊奇的奇迹。

题醉中所作草书卷后

胸中磊落藏五兵^①，欲试无路空峥嵘。

酒为旗鼓笔刀槊^②，势从天落银河倾。

端溪石池浓作墨^③，烛光相射飞纵横。

须臾收卷复把酒，如见万里烟尘清。

丈夫身在要有立，逆虏运尽行当平^④。

何时夜出五原塞^⑤，不闻人语闻鞭声。

［注释］

①五兵：古代五种兵器，即戈、殳、戟、酋矛、夷矛。这里指用兵的韬略。

②槊（shuò 朔）：长矛。

③端溪：在端州（今广东省肇庆市）境内，以产石砚著名。世称端砚。石池：石砚。

④行：将要。

⑤五原塞：汉代边界要塞，在今内蒙古自治区五原县境内。

［点评］

    在陆游的诗集中，有许多醉后草书作歌的诗篇。诗人醉后挥毫，神采飞扬。他曾把自己比作擅长酒后泼墨的书癫张旭，无酒不成草，有酒即能歌，酒能"洗我堆阜峥嵘之胸次，写为淋漓放纵之词章"（《醉后草书歌诗戏作》）。诗人还以瘦蛟出海、风樯破浪、宝刀飞舞等比喻，形容醉中遒劲横放的笔势，把自己的醉后草书形容得眼花缭乱、出神入化,以致后人有"不以书名,而草书横绝一时"(赵翼《瓯北诗话》)的印象。这首诗想象更是出奇,诗人以作草喻作战,提气运笔,满纸风云,恰似参加了一场蓄势已久的酣战。

诗从醉后落笔,气势雄放。头两句"胸中磊落藏五兵,欲试无路空峥嵘"口出豪言,写得十分自信豪迈。把自己看作"胸中有数万甲兵"的边帅范仲淹一类的人物,说自己磊落雄阔的胸中也藏着出奇制胜的平戎韬略,只是苦于无法施展才愤愤不平。写这首醉歌时,陆游正在成都范成大幕中任参议官,离开南郑征西军幕已整整四年有余。范成大与陆游私交甚好,但也只是一个安于守成的制置使,除了屡屡招邀陆游一起游宴赏花外,很少赞襄军务。这对欲试锋芒的诗人来说,当然会有一种"空峥嵘"的喟叹。现实生活中平庸无为,一有机会便会化为醉后的肝胆壮烈:"酒为旗鼓笔刀槊,势从天落银河倾。"诗人醉眼蒙眬,捉笔如执刀戈,精神振奋。酒好像是鼓励士气的军旗和战鼓,笔墨顿时化为战场上明晃晃的刀枪,气势如银河从九天而落,又如神兵从天而降。这两句写得奇崛奔放,既写草书又承用兵之喻,展开丰富的想象,不即不离,笔墨回旋有力。"端溪"句轻轻一带,烛光下似在泼墨作草,但"射"、"飞"、"纵横"等动词又分明给人刀光剑影、兵戎相接的动感,让人呼吸到浓浓的战斗气息。"须臾收卷复把酒,如见万里烟尘清",写诗人一会儿收卷把酒,恰似一位运筹帷幄、指挥若定的大将,在审视刚才还烟尘四起的沙场,谈笑间强虏灰飞烟灭,万里疆场又恢复了和平和安宁。诗从开头至此,都采用双线并行、两头齐进的笔法,描述作草与作战两种意象,一显一隐互为映衬,给人以丰富的暗示和旗鼓相当的感觉。最后四句,才由隐而显,一一归结到诗人没齿不忘的北伐主题上来,虽说过于直白,却也是心声的吐露。

这首醉后草书歌,立意高远,气势恢宏,在众多醉草诗中以构思别致、设喻贴切著称。读者既可从中领略其出神入化、奇幻无穷的狂草艺术,又可深切地感受诗人胸中一腔炽热郁勃的磊落正气,不愧有一箭双雕之美。

楼上醉书

丈夫不虚生世间,本意灭虏收河山。

岂知蹭蹬不称意①,八年梁益凋朱颜②。

三更抚枕忽大叫,梦中夺得松亭关③。

中原机会嗟屡失,明日茵席留余潸④。

益州官楼酒如海⑤,我来解旗论日买⑥。

酒酣博簺为欢娱⑦,信手枭卢喝成彩⑧。

牛背烂烂电目光⑨,狂杀自谓元非狂。

故都九庙臣敢忘⑩,祖宗神灵在帝旁!

[注释]

①蹭蹬(cēng dēng 层登):失意潦倒不得志。

②梁益:古州名,此指陕西四川。

③松亭关:在今河北省平泉县界内,是辽金时重要的军事戍守处。

④茵席:坐垫。

⑤官楼:出售官酒的酒楼。宋代对酒实行官家专卖制。

⑥解旗:酒家以悬旗为标志,解下酒旗,说明独揽一天的生意。

⑦博簺(sài 赛):古代棋戏。这里指"樗(chū 初)蒲"戏中五子"骰"而言。

⑧枭卢:古代一种樗蒲戏,以五木为子,名"骰",分上黑下白,刻有枭、卢、雉、犊、塞。以枭为最胜,卢次之,掷子时呼枭卢,希望得彩获胜。

⑨烂烂：明亮的样子,《世说新语》形容王戎"眼烂烂如岩下电"。

⑩故都：指东京开封。九庙：天子祀祖的地方。

[点评]

陆游因酒而得名,被人誉为"小李白",也因酒而得罪,以"恃酒颓放"的"罪名"遭劾落职。

想来酒与诗人是有缘的。因为写诗需要激情,而酒能使人兴奋激动。在半酣半醉之际,人最容易摆脱意识的束缚,使大脑皮层优势兴奋区之外的抑制区也兴奋地运作起来,从而冲破一切显意识的抑制禁锢,达到忘我超我的境界。这种艺术创作感觉,被看作是开启灵感、展现个性的最佳状态。陆游在四川期间,特别钟情于饮酒,自言无酒一日即堪忧,"平生得酒狂无敌"(《无酒叹》),"先生醉后即高歌,千古英雄奈何我?"(《一壶酒》)对酒高歌之时,往往是失意潦倒之时。从某种意义上讲,酒诗醉歌实是他苦闷人生的一种见证。

这首醉歌一共十六句,分两个部分抒发壮志难酬的悲慨。前八句写蜀中八年报国无门的痛苦,作者以三更之梦来反衬现实的无望。后八句写白天的佯狂买醉,来反击攻讦者的讥弹,使人们透过"燕饮颓放"的表象,体会诗人忧国伤时的一片赤诚。无论是上半首的抚枕大叫,梦中夺关,枕席遗泪,还是下半首的豪饮纵博,信手枭卢,目光烂烂,都是蹭蹬不称意的形象化表现。梦后席上之泪和白天杯中之酒,是同一种爱国情绪的两种不同的心灵外化形态。只见其一而不见其二,就未免辜负诗人的一片苦衷了。

陆游的对立面,往往抓住燕饮颓放大做文章,是因为他们怕诗人醉后吐真言,无所顾忌地指摘时弊,揭穿温情脉脉和戎面纱下的投降路线。陆游性格本来就属外向,不会掩饰情绪,饮酒之后更是锋芒有加,咄咄逼人,说一些统治者不中听的话,使执政者甚为尴尬。所以只有指责诗人的"颓放",才足以证明他们"方正"岸然。其实,苟安者醉生梦死沉湎于歌舞升平之中,根本不把国土沦亡、中原痛失放在心上。这些狂溺酒色之徒,与陆游以酒遣愁、枕上挥泪的忧国情怀相比,差别何止天壤?所以,读这一类诗,更应深入领会诗人"嗜酒不为味"的一片衷情。

江楼吹笛饮酒大醉中作

世言九州外，复有大九州①。

此言果不虚，仅可容吾愁。

许愁亦当有许酒②，吾酒酿尽银河流。

酌之万斛玻璃舟③，酺宴五城十二楼④。

天为碧罗幕，月作白玉钩。

织女织庆云⑤，裁成五色裘。

披裘对酒难为客，长揖北辰相献酬⑥。

一饮五百年，一醉三千秋。

却驾白凤骖斑虬⑦，下与麻姑戏玄洲⑧。

锦江吹笛余一念⑨，再过剑南应小留⑩。

[注释]

①"世言"两句：战国齐人邹衍称中国为赤县神州，赤县神州内自有九州。而中国之外，如赤县神州者九，也叫做九州。

②许：如许，这样多的。

③玻璃舟：喻酒杯。

④五城十二楼：传说中神仙居住的地方。

⑤庆云：五色祥云。

⑥相献酬:相互敬酒。

⑦骖(cān 餐)斑虬(qiú 求):用斑白色的虬龙拉车。

⑧麻姑:神话传说中的仙女。玄洲:传说中神仙居住的地方。

⑨锦江吹笛:传说三国时蜀人费祎得道成仙后,骑黄鹤、吹玉笛,往来锦江。

⑩剑南:今四川剑阁以南长江以北一带地方。

[点评]

诗人善醉也善于言醉,他的大多数醉歌都属于悲愤悒郁类型。陆游的醉歌,言愁抒愤一般比较写实,不像李白醉歌那样空灵放逸,惟独这首诗很有太白风味。从虚处下笔,言愁而不点破,夸口游仙,充满幻想神奇的色彩,而又不失自身的风范。

诗横空落笔,从神话传闻写起近似游仙。先言愁之大:这个愁似乎有容积,九州之外再加上大九州的空间仅能容纳他的愁。再由愁言及酒:愁如此之大,酒当然也不是"论日"买所能抵挡,幻想的思路自然而然地引向浩瀚的银河,以银河水酿酒还差强人意。有酒以后,须设宴请客酤饮。于是作者想象以"万斛玻璃舟"作酒杯,在神仙住的"五城十二楼"大摆宴席。"天为碧罗幕,月作白玉钩。"陈设非同凡响,也须从大处着眼。诗人先请织女用五色祥云亲手织就云绮锦罗,再裁制成漂亮的衣服,穿戴整齐后邀请北斗星入席,彼此对酌畅饮。"一饮五百年,一醉三千秋",极尽仙境欢娱。然而,这仅仅是仙境的感觉,如果下视人间,则"更变千年如走马",不知得几回沧海桑田!诗人醉后还驾着虬龙拉引的车悠闲地在天界漫游,还下至传说中麻姑居住的玄洲仙境与之嬉戏。忘情得意处,大有麻姑搔痒的心理感觉。就在诗人正想与传说中的人物一样骑黄鹤、吹玉笛羽化登仙,悠闲欢快地往来于天界时,忽然看到了他所眷恋的现实世界,心中总是难以抹去这样一个念头:那就是再过剑南上空时,一定要在此稍作停留,重温一下锦江江楼上吹笛饮酒的情景。

饮酒这条线索是明的,而情感这条线索相对隐约。除篇首言愁之大以外,中间几乎无一言及愁,给人的印象是诗人在笛声悠扬中步入天庭作欢快的旅行。直到煞尾处才轻轻一点,说即使成仙,亦难以割舍与剑南的尘缘。醉中之言从一个侧面暗示了当时的复杂心境。

写这首诗的时候,陆游在成都已接到了都下八月书报,将移牧叙州(今四川宜宾），成期尚在明年冬。接到任命书后，陆游心情很矛盾：一方面由于久居在外，思归之心甚切，叹息得官后"故里归期愈渺然"（《得都下八月书报蒙恩牧叙州》）；另一方面对剑南确实有一种割舍不断的感情，在去留两难之间陷于"此情可待成追忆，只是当时已茫然"式的困惑之中。事态的发展却出乎陆游意料：第二年（1178）正月，孝宗皇帝"念其久外，趣召东下"，陆游才得以如愿东归。然而事情就是那么矛盾，诗人东归后"心固未尝一日忘蜀也"（陆子虡《剑南诗稿跋》）。其情形于诗发为咏叹，还把平生所得诗稿以"剑南"命名，以示对这一段生活的珍视，这正好应验了他江楼醉酒后的预言。

陆游曾学过道，对神仙境界一直怀有奇想和好感。这首诗用神话传说为素材，发挥奔放的幻想，抒情空灵放逸，是一首别具浪漫色彩的醉歌。

前有樽酒行

绿酒盎盎盈芳樽，清歌袅袅留行云。

美人千金织宝裙，水沉龙脑作燎焚①。

问君胡为惨不乐？四纪妖氛暗幽朔②。

诸人但欲口击贼③，茫茫九原谁可作④。

丈夫可为酒色死？战场横尸胜床第⑤。

华堂乐饮自有时，少待擒胡献天子。

[注释]

①水沉龙脑：两种名贵的熏香名。

②幽朔：泛指沦陷的北方地区。

③口击贼：口头上抗击敌寇。《晋书·朱伺传》江夏太守杨珉与帐下人谈论抗击敌人之事时，只有朱伺沉默不语。问他何以不发一言，他回答说："诸人以舌击贼，伺惟以力耳。"

④九原：九泉，地下。作：这里指死而复生的意思。

⑤第（zǐ子）：竹做的床。

[点评]

　　这首七言歌行体诗，让读者目睹了一场豪华的酒宴。

　　诗写于淳熙六年（1179）五月。陆游在建安（今福建建瓯）任上，留意到当时权豪不念国事，一味贪图酒色的奢靡生活，心中十分忧虑。诗人目睹于此，岂能作袖手状，于是慨然而发。

　　诗依次分三层抒写。头四句用许多艳丽、华美的词藻渲染宴饮场面的宏大豪奢。有"绿酒"、"芳樽"、"沉香"，又有千金"宝裙"做伴，"清歌"撩耳，"美人"侍宴，好不热闹体面！众人皆一醉方休，尽情觅欢，惟有诗人惨然不乐。诗人原也爱酒，他可以借酒浇愁一抒悲愤，但他看不惯这样毫无心肝的酣饮狂欢。中间四句由"不乐"引出"惨然"的原因：中原沉沦，北伐无望，那些嘴上嚷嚷抗战的人，并不见得有什么实际的行动，而那些死去的志士却再也不可能复生了。口头空谈的人，在宴会上才暴露出真实的嘴脸：弹冠相庆，喜形于色，一味淫乐。诗人有感于此，于是在最后四句中提出劝诫，借用《后汉书·马援传》中常常引到的一句自勉的话："男儿要当死于边野，以马革裹尸还葬耳。何能卧床上，在儿女手中耶？"隐劝士大夫不要沉溺酒色。眼下大敌当前，中原尚未恢复，男儿应为国而死，岂能留恋酒色丧失斗志？现在远不是举杯庆贺的时候，等到生擒胡虏胜利的那一天，再"华堂乐饮"还来得及。

　　诗人在《跋花间集》时，曾这样批评南唐君臣的浅酌低唱："方其时，天下岌岌，生民救死不暇，士大夫乃流宕如此，可叹也哉！"这个宴饮场面，不就是南唐士风的重现？南唐与南宋在国势上的确非常相似：都偏安江左为北国附庸，而士大夫游宴之风盛炽。陆游把它摄入诗中，既有讽喻时政、抨击苟安的意思，更有垂戒后世的深意。

草书歌

倾家酿酒三千石^①,闲愁万斛酒不敌。

今朝醉眼烂岩电^②,提笔四顾天地窄。

忽然挥扫不自知,风云入怀天借力。

神龙战野昏雾腥,奇鬼摧山太阴黑^③。

此时驱尽胸中愁,捶床大叫狂堕帻^④。

吴笺蜀素不快人^⑤,付与高堂三丈壁。

[注释]

①倾家酿酒:用家里所有的资财来酿酒。用《晋书·何充传》事,何充善饮,人说见到何充饮"令人欲倾家酿"。
②烂岩电:形容眼光炯炯有神如岩石下的闪电。
③太阴:月亮。
④捶床:手击坐具。床:交椅之类的坐具。帻:头巾。
⑤吴笺蜀素:写字用的吴地产的纸,蜀地产的绢素。

[点评]

　　陆游个性狂放,嗜酒如命,也是一位斗酒诗百篇的人物,他平素最喜欢草书,草书驰骤挥洒,如狂澜奔涌龙蛟飞舞,不受束缚。他作草时,也和张旭一样必须有酒壮色,方酣畅淋漓下笔有神。这首草书歌刻画的就是诗人大醉后挥毫狂书的情态。

五十八岁的诗人落职闲居在山阴农村，一腔郁愤"闲愁万斛"无以名状，只有举杯酬饮。"倾家酿酒三千石，闲愁万斛酒不敌。"先言酒量之大、酒缘之深，后言闲愁之多，极尽夸张之能事。在此，我们除了应体会诗人纵横排宕的气势外，还应特别注意"闲愁"两字的内涵。古代诗人笔下的闲愁是一个很笼统的意象，既有"刻意伤春复伤别"的离愁，又有"一川烟草，满城风絮，梅子黄时雨"式的文人感伤，也有"一江春水向东流"无穷无尽滚滚不息的亡国之恨。陆游下笔向来大气，在写这首诗时，前后有不少诗表露心曲，如"交旧凋零身老病，轮囷肝胆与谁论？"（《灌园》）"莫倚壮图思富贵，英豪何限死山林。"（《夜闻秋风感怀》）"一身报国有万死，双鬓向人无再青。"（《夜泊水村》）从这些表白中，我们不难理解陆游此时的闲愁，是指对北伐无成的忧虑和壮士虚老的悲哀。这种强烈的感伤，使倾家而酿的三千石酒也无法浇灭，所以大醉后即形于草书。诗人提笔四顾，目光如电，风云入怀，但觉天地狭窄。醉后作书，胆粗气豪，目空一切。"神龙战野"，"奇鬼摧山"，想象独特离奇，很有李贺酒诗奇诡的风格。在此用以形容龙蛇夭矫、狂放奇崛的笔势，突出泼墨挥毫时遮天蔽日、昏天黑地的主观印象，极生动有神。笔墨酣畅处诗人索性脱帽露顶，捶床大叫，一如草圣张颠创作兴奋达到高潮时的模样，这淋漓醉墨岂是这小小吴笺蜀素所能容得下的？此时只有将这气吞云梦之势挥扫在高堂三丈壁上，才足以表达他过人的才情和豪兴。诗人醉后泼墨狂书的形象神态，真可写性，更宜入画！

　　诗以气取胜。全诗七言十二句，四句一转韵，如风云入怀一气呵成，很有李白七言歌行的神韵，精神气质也酷似太白《江夏赠韦南凌冰》诗。诗人在用韵上急促逼仄，奇崛危耸，如万丈壁立；苍莽雄健，如黑风挟浪。诗还很见描摹的功夫，"醉眼烂电"、"捶床大叫"等语，醉态可掬，豪气逼人。豪情与狂草相得益彰，快读一遍满纸都是风云。最后诗人泼墨于三丈壁上，如蛟龙出水，更能显示诗内在的热度与力度。

　　关于陆游的草书，诗稿中形象性的自评很多，如"老蔓缠松"、"瘦蛟出海"（《学古》），"昏鸦着壁"、"瘦蛟蟠屈"（《草书歌》）。陆游自称"草书学张颠，行书学杨风"（《暇日弄笔戏书》）。后来也有人评他"笔札精妙，意致高远"（朱熹），"草书横绝一时"（赵翼）。但陆游毕竟不是一个以书法著称的人，从传世的墨迹看，虽有《怀成都十韵》等行草的飘逸遒劲，但大多数作品都是信笔写来，比较随意。特别是陆游诗中最自负的狂草，至今不传，所以也很难评论。钱钟书先生在《谈艺录》中有一段较客观的评价,认为后人对放翁草书的印象,"徒据诗中自夸之语,遂有声闻过情之慕。"从书法评论的角度看,陆游书法可能自具特色,未必至工。但从《草书歌》形象传神超拔欲飞的笔势看,陆游的确不愧是一位笔力扛鼎的书坛大家。

醉倒歌

曩时对酒不敢饮[①],侧睨旁观皆贝锦[②]。

狂言欲发畏客传,一笑未成忧祸稔[③]。

如今醉倒官道边,插花不怕癫狂甚。

行人唤起更嵬昂[④],牧竖扶归犹踔踸[⑤]。

始知人生元自乐,误计作官常懔懔[⑥]。

秋毫得丧何足论,万古兴亡一酣枕。

[注释]

①曩:往昔,从前。

②贝锦:比喻诬陷人的谗言。

③稔(rěn 忍):本指庄稼成熟,此指事情酿成。

④嵬昂:犹嵬峨,醉后摇晃倾斜的样子。

⑤牧竖:牧童。踔踸(chuō chěn 戳踸):一作趻踔,跳着走路。

⑥懔懔:同凛凛,畏惧,害怕。

这首醉歌作于绍熙三年(1192)冬陆游闲居山阴农村期间。

诗人醉后直以质言抒愤。"曩时"在朝中拘若楚囚,动辄得咎;"如今"野处自由放达,疏狂不羁。对比中突出诗人对尔虞我诈官场的不满和对自由天性的追求,疏狂中表现出诗人奇崛横放的个性,也是对所谓"不自检饬,所为多越于规矩"、"嘲咏风月"罪名的一种抗议。

诗的篇章结构很单纯,一昔一今一感叹,别无回旋,近乎朴拙。但其中的情态描写可称一绝:"侧睨旁观","狂言欲发","一笑未成"均形神俱备,音容宛现。至于醉倒后插花狂癫、"嵬昂"欲倾、"踔踸"趋步的样子,更使一个醉翁的形象跃然纸上。在神情描写中亦让人领悟到归去来兮的快乐,羁鸟返林、池鱼归渊的愉悦。醉后虽狂,其言也实,其情亦真,一个愤世者的心声亦全在万古兴亡的酣枕之中。

醉卧松下短歌

披鹿裘,枕白石,醉卧松阴当月夕。

寒藤夭矫学草书①,天风萧森入诗律。

忽然梦上百尺巅,绿毛邂逅巢云仙②。

相携大笑咸阳市③,俯仰尘世三千年。

[注释]

①夭矫:形容屈曲而有气势。

②绿毛:绿颜色的毛发,传说中服食松柏而成仙的人。
③咸阳:秦国的都城,故址在今陕西西安市西北,此代指长安。

[点评]

乾道二年(1166)诗人始卜居山阴镜湖三山时,他在离新宅不远的东岭上,亲手种下了一大片新松。二十七年过去了,诗人在经历了川、陕、闽、赣万里宦游,饱尝人间毁誉后,又回到故乡,醉倒在当年手植而今已是"纵横满地髯龙影"(《秋风》)的松树下听风听涛,并写下了这首醉中短歌。

诗的前四句,写诗人醉卧在松阴下,借着月色看周围的一切,都醉意朦胧。醉眼中的"寒藤"如蟠龙飞动,恰似酒后狂草;山风掠过,松林涛声阵阵,如高声吟唱的诗律。诗人醉卧白石之上、明月之下、松林之中,牢笼万物,以景物赋形,以天籁为声,游目骋怀,朗声高吟,好不抒怀。松下原是隐者的乐园:贾岛"松下问童子"体会到的是仙风道骨;辛弃疾在隐居上饶带湖时也曾亲手种植过松树,面对夹道松林,词人引发的是"检校长身十万松"(《沁园春》)的豪兴;陆游这首诗与辛词相比,少了一份豪气,多了一份逸兴道风。所以,后四句犹如神仙语,忽然从人间梦入百尺之巅,腾身与仙人邂逅,在咸阳城的上空相携大笑,下看沧海桑田瞬息万变。李贺《梦天》诗从月宫俯视人间是"更变千年如走马",陆游笔下的"三千年"亦不过是弹指一挥间。诗人醉后为什么会产生与绿毛仙人相遇的幻觉?原来亦与松树有关。唐人传奇中有这样一则故事:有叫陶太白、尹子虚的二位老人幸遇仙人,仙人赠以万岁松脂、千秋柏子,两人服用后,巢居在华山的莲花峰上,得道成仙。不久颜脸微红,毛发尽绿。陆游自幼熟悉道藏,家中光道书一类就达二千多卷,所以对神仙故事自然稔熟。醉卧在松阴之下,很自然地会梦到游仙,关键是诗人在醉后游仙时,尚不忘与绿毛道士相携到秦汉故都咸阳上空俯仰人世。诗虽没有点破痼寐不忘的情感,但我们可以从诗人其他作品中揣摩他醉梦中的情愫。他在《夜读隐书有感》诗中写道:"平生志慕白云乡,俯仰人间每自伤。"他向往游仙,但总忘不了人世间的几多事业。从少年读书立志到步入仕途立朝论奏,陆游都是儒家仁政思想的积极实践者。而南宋王朝一直没有给他实现理想的机会。这首醉卧松下的七言短歌,其实是他被弹劾落职野处时身心郁结渴望个性张扬的一种写照。故而诗在疏狂沉醉、遗世放达的外貌中,也不忘点化一双俯仰尘世的慧眼。

梅香如故

为爱名花抵死狂

东阳观酴醿^①

福州正月把离杯,已见酴醿压架开^②。

吴地春寒花渐晚,北归一路摘香来。

[注释]

①东阳:县名,今属浙江。
②酴醿:即荼蘼,花名。大朵色白,千瓣而香,常开于暮春。

[点评]

  "酴醿不争春,寂寞开最晚。"(苏轼《酴醿花菩萨泉》)酴醿的开花季节正是百花褪尽的暮春时分,古人有"春到酴醿花事了"的哀叹,而陆游这首酴醿诗却春意盎然,正芬芳吐艳,压架而开,一路散发出袭人的清香。

  宋代咏酴醿的诗很多,或咏其天香,或咏其花容,不一而足。陆游这首诗给人的印象是美好的,他笔下的酴醿花枝繁叶茂,藤身引蔓,花朵累累,压架而开。更兼一帘微风、满座清香,视觉、嗅觉效果极佳。诗人还移情于物,把满怀的欣喜与悦花之情相联系,以"一路摘香"来转达诗人春风得意之状,尤见神采。

花时遍游诸家园^①

为爱名花抵死狂^②,只愁风日损红芳。

绿章夜奏通明殿^③,乞借春阴护海棠。

花阴扫地置清樽,烂醉归时夜已分。

欲睡未成欹倦枕,轮囷帐底见红云^④。

[注释]

①诸家园:此指成都城中燕王宫、碧鸡坊、张园、赵园等以海棠负名的各家花园。

②抵死:格外,分外。宋时口语。

③绿章:上奏神灵书写在绿纸上的表章,又称青词。通明殿:玉皇大帝所在的宫殿。

④轮囷:高大貌。红云:与前面的"红芳"均指海棠。

[点评]

　　陆游一生最钟情两种花,一为梅花,一为海棠。梅花是他故乡绍兴所盛产,海棠则是他生命中的第二故乡四川的名花。因成都诸家名园的海棠曾令诗人如痴如醉,为之倾情,竟乐陶陶地接受了"海棠癫"的雅号。

　　《花时遍游诸家园》十首游春绝句,就是陆游在成都时为海棠而写的组诗。今选取其中两首,诗人爱花欲癫的入迷情态便可见一斑。

　　"为爱名花抵死狂"是其中的第二首,写诗人对海棠痴爱入迷的情状。成都的海棠富艳繁丽,是诗人入蜀前无法想象的。他在南充樊亭初见海棠时,就惊奇于平生未睹的她的绝代芳姿。后到成都看到"成都海棠十万株,繁华盛丽天下无"(《成都行》),更是欣喜欲狂,自称也像恋花的蜂蝶一样"我亦狂走迷西东"(《张园海棠》)。陆游之爱花确实既狂又痴,"抵死狂"即格外的狂,首先表现为他对海棠的格外垂青。陆游诗中有很多吟海棠的篇章,均记录着诗人多情的行踪。凡花开时节,无须细想,只要于繁花丛中必能觅得放翁多情的身影。不仅如此,他的狂态还表现在对美的事物的怜惜与呵护上,因爱花而生愁。海棠喜阴好湿,开时既忌烈日也忌寒风。诗人深谙花性,特别担心海棠的娇美不堪风日的侵损,便连夜以绿章上奏玉皇大帝的通明殿,请求多借些阴天,好让海棠得其所宜,长开不衰。这种由狂爱而转发的怜惜促成的痴情祈祷,不也是"狂"的一种表现?

"花阴扫地置清樽"一绝,写诗人醉眼看花的印象。诗人在花下酣饮,半夜时分归来,醉眼蒙眬,兴奋异常,久久不能入眠,眼前浮动跳荡的依然是"枝枝似染腥腥血"的海棠倩影,岂非心念所致?

这两首绝句从不同的侧面,刻画了诗人"为爱名花抵死狂"的自我形象。正是在这一双纯净如水、痴情如斯的眼神中,我们才得以一睹"花中神仙"海棠旷世独具、娇艳绝伦的芳姿。

海　棠

蜀地名花擅古今,一枝气可压千林。

讥弹更到无香处,常恨人言太刻深①。

[注释]

①刻深:即刻薄不够厚道。

[点评]

这首海棠绝句别有寓意,诗人借花翻案,尤称精妙。

宋人言事列五种遗憾:"一恨鲥鱼多骨,二恨金橘太酸,三恨莼菜性冷,四恨海棠无香,五恨曾子固不能诗。"(惠洪《冷斋夜话》引彭继材言)这本为文人茶后谈资,戏言名物名人的美中不足,不料诗人竟以海棠为由,大做翻案文章。

陆游客居成都时,特别钟情于海棠花,对这种"蜀地名花"表现出十二分的倾心和赏爱。并写有许多海棠诗,赞美海棠花"名擅古今","一枝气可压千林"的芳姿。以海棠之艳丽绝伦,尚有人随意讥弹指点艳而无香,难怪诗人为之愤愤不平,深深感触到人言之"刻深"可畏了。

陆游在四川期间,一方面报国之志甚为炽热,一方面有感于北伐无望,内心苦闷,不免寄情于诗酒名花,借以排遣内心深处的寂寞不满,没想到这竟成为投降派横加指责的口实。他们深文周纳,年前以"燕饮颓放"罪弹劾论罢,真是欲加之罪,何患无辞。海棠之美尚有无香之嫌,人言浇薄如此,诗人积愤难平,于是借题发挥,寄慨于海棠,一吐心中的不平之气。这首海棠诗意在言外,感慨良多,实非仅仅为海棠抱屈而已。

梅花绝句

幽谷那堪更北枝,年年自分著花迟[1]。

高标逸韵君知否,正在层冰积雪时。

[注释]

①自分:自己料定的意思。

[点评]

　　与悦目醉心于海棠娇美的天然风韵不同,陆游对梅花的歌咏,并没有停留在对它花姿风韵的吟咏上,而是更注意挖掘花的内在精神气质和品格。这首梅花绝句,就是梅花精神的写照。

　　诗中所写的梅花正处于十分艰苦特殊的环境之中:它生长在幽深的山谷之中,又是最北面背阳的地方,阳和不浴,春风迟到,简直是一方被人冷落的天地。“那堪”意思说,这是一般花不堪忍受、不能接受的现实。这株寒梅总是年年落后于春天的步伐,枝头开花比一般的花都要晚。这两句客观陈述梅花承受的不同寻常的险恶环境,接着两句则极力歌咏在这恶劣条件下,梅花显示的高尚气节和俊逸的风度。梅花与冰雪自有不解之缘,正是在层冰积雪、历尽劫难的环境中方显示出梅花坚忍耐寒、傲霜斗雪的坚贞品质和不屈不挠、孤标独树的个性风采。梅花的高标逸韵以冰雪写就,这就是诗人独特的审美目光。

　　梅花香自苦寒来。经历了艰苦环境的磨砺,才有了梅花超尘拔俗的精神,雪魄冰魂方可陶砺情志。诗中赞扬在层冰深谷中的梅花,其实是对所有身处逆境但始终坚持崇高气节志士的礼赞,当然也包括诗人对自身精神的积极砥砺。这首咏梅诗含义隽永,具有明显的象征意义。

荷　花

风露青冥水面凉①,旋移野艇受清香。

犹嫌翠盖红妆句②,何况人言似六郎③。

南浦清秋露冷时④,凋红片片已堪悲。

若教具眼高人看,风折霜枯似更奇。

[注释]

①青冥:青色的天空。
②翠盖红妆:指荷花,苏轼《横湖》诗有"贪看翠盖拥红妆"之句。
③似六郎:《旧唐书·杨再思传》载,张宗昌以姿貌见宠幸,杨再思阿谀道:"人言六郎面似莲花,再思以为莲花似六郎,非六郎似莲花也。"
④南浦:泛指送别之地。

[点评]

这两首小诗作于陆游晚年归居山阴镜湖期间。

镜湖一带水域宽广,荷花繁盛。陆游筑室水边,赏荷实是近水楼台。然而,这二首绝句所咏的荷花,既非初夏时节才露尖尖之角的新荷,也非盛夏之际碧绿田田、映日飘香的出水芙蓉,而是已经受到寒露霜风侵袭摧折的秋荷。诗人着眼于此,自有一番深意。

第一首"风露清冥水面凉"暗示已经入秋,诗人驾着一叶扁舟来到荷塘,久久地沐浴在荷的清香之中,感到惬意和欣慰。"旋移"即马上靠近的意思,表达了作者赏荷之心的迫切。既然诗人爱荷之心如此殷切,那为什么不于青圆如盘、光灿如鲜的盛夏移舟相亲?后面二句则道出缘由,原来诗人认为"翠盖红妆"的比喻过于俗艳,更何况有人把盛妆姣好的荷花,比作靠姿色佞幸的谄臣。

第二首仍以片片凋谢的秋荷为吟咏物象,但在体物的同时,笔触转深,由形及神,逐层展开。秋天的荷花毕竟不如夏日那么娇艳动人,她在西风寒露的威逼下,香消玉殒,正一步一步地走向衰败。在一般人眼里,"留得枯荷听雨声"(李商隐)是令人伤感的,"菡萏香消翠叶残"(李璟)是触目惊心的。而诗人却唱出了"风折霜枯似更奇"的惊人之歌,认为经历了狂风吹折严霜侵蚀的枯枝残叶,清香犹存,似乎更奇崛不凡耐人寻味。诗人的枯荷诗比白居易"无人解爱萧条境,更绕衰丛一匝看"(《衰荷》)之意又进了一层,寓意也深入了许多。

在自然界中,盛与衰、美与丑,本来就是辩证统一不断地相互转换的。光鲜夺目的盛景固然令人瞩目，而萧瑟残败的枯荷又何尝不无令人关注的机趣？诗人犹嫌"翠盖红妆"，而独爱"风折霜枯"之景，已不是泛泛地咏物，其中包含着深沉的生活体验。

诗人秉性耿直，一向直言无忌，讨厌阿谀献媚之人，而朝中像杨再思式的佞臣却大有人在。他们一方面邀宠媚上，另一方面排挤直臣，打击像陆游一样犯颜敢谏的志士。陆游写这两首荷花绝句时已数遭弹劾，心中自有无数块垒。"风折霜枯"但清香依然的秋荷，当然是诗人自身精神风貌的写照。

咏物之作，最重托意，成功的咏物诗应是神与形、意与象的高度统一。就其所咏的对象而言，须包含诗人深邃的寓意；就其所咏之物本身的形象，也须给读者以鲜明生动的印象。这二首荷花诗差近得之。

落　梅

雪虐风饕愈凛然①，花中气节最高坚。

过时自合飘零去，耻向东君更乞怜②。

醉折残梅一两枝，不妨桃李自逢时。

向来冰雪凝严地，力斡春回竟是谁③？

[注释]

①雪虐风饕(tāo 滔)：形容雪和风都十分凶猛。

②东君：春神。

③斡(wò 握)：挽回，扭转。

[点评]

　　这两首小诗作于绍熙三年(1192)的岁末。这一年是闰岁,立春在十二月。春事提前,所以作者在岁末即在为凋落的梅花咏叹了。

　　诗吟咏的虽然是凋谢飘落的梅花,但字里行间却没有一丝一毫的凄戚和悲哀。相反,给人的强烈印象是落梅那种崇高的气节和光明磊落的操持。诗人塑造的梅花形象是令人敬慕的:在严寒的冬天面对雪虐风饕,她凛然挺立,不屈服于恶环境恶势力,表现出坚贞的意志、崇高的气节;当大地回春时,她又悄然离去,功成而身退,不恋春光,更耻向东君乞怜,体现出高洁品质和卓然操持;对于自然人类,她只知默默无言地奉献,在冰雪凝集的季节里"力斡春回",给大地带来春的消息,努力为冰封的大地装点春色,决不像桃李一样"盗和天气作年芳"(韩偓《梅花》),去逢迎时势,取悦于人。这种种优秀的品格使得人们对落梅刮目相看。诗人不慕桃李,宁愿"醉折残梅",包含着他鲜明的感情倾向和对梅花完美品格的一力推赏。

　　陆游的这首落梅诗,已不自觉地把落梅之物象纳入社会学、伦理美学的范畴。在梅花身上,我们感觉得到诗人寄寓的理想人格。落梅在这里也不是单纯的自然之物,她是一种精神的象征,也是作者气节品格的自况。这与陆游当年在《饮张功父园,戏题扇上》一诗中"梅花自避新桃李,不为高楼一笛风"的寄意是相通的。

泛舟观桃花

花泾二月桃花发①,霞照波心锦裹山。

说与东风直须惜,莫吹一片落人间。

桃源只在镜湖中,影落清波十里红②。

自别西川海棠后,初将烂醉答春风。

[注释]

①花泾:花泾山,在山阴镜湖边,桃花最盛。
②十里红:作者自注云,自梅仙坞至花泾恰十里。

[点评]

　　德国诗人歌德曾风趣地说,艺术家对于自然,既是奴隶,又是主宰。所谓奴隶,是说艺术作品必须忠实于自然,必然真实;所谓主宰,就是指艺术家在描写景物时,可以服从他较高的意旨,表现出自己的见解。歌德的这一番话,风趣之余不乏艺术辩证法的启迪。

　　陆游在一些咏梅咏菊之作中,为了向读者传达某种思想和感情的倾向,总是把桃花作为所咏之物的陪衬或者反衬加以贬损的。桃花开于阳和之春,与梅菊斗雪傲霜相比,她的处境显得过于平顺;在百花盛开的时节吐艳,似乎又缺乏点个性,过于随和遂有逐波之嫌。因此,陆游一些有寄意的咏梅咏菊诗中,对此常有微词。或指斥其轻薄,或讥讽其趋势,不一而足,寄寓了诗人生不逢时的愤世之情。这种描写,可以看出是为了服从诗人"较高的意旨",是出于艺术创作需要"主宰"自然的行为,也别具一格之新。然而,一切美的自然物,其魅力毕竟是客观存在的,她不以诗人的意志为转移。当陆游暂时忘却人生烦恼仕途险恶以天然之心面对桃花时,他实在不得不为桃花的"夭夭"之色和"灼灼"之华所动心,陶醉在"影落清波十里红"的世界里。从这个角度看,诗人在泛舟观桃花时,完全沉醉在春风十里的桃源之中,显然又成了自然至真至美的"奴隶"。

　　诗人晚年结庐在山阴镜湖边,出行常常以舟楫代步,对桃花的赞赏,自然离不开水乡船的特殊视角。早春二月正是江南桃花吐艳的时候,诗人故居不远处的花泾山和梅仙坞,是盛产桃花的好地方。每年春发,远远望去一片霞光"如锦绣包络山谷"(《嘉泰会稽志》)。陆游这二首桃花绝句,咏吟的就是这一派醉人的景象。

诗有两点特别值得注意。其一,诗人是泛舟观赏桃花,诗中水光与桃红是相映相生、辉映成趣的。前一绝中的"霞照波心锦裹山"和后一绝中"影落清波十里红"都紧扣"泛舟"的特点,写所见的特殊视角印象。人在舟中远看花泾山桃花影落镜湖之中,花光水色上下交辉,真有一种透明、荡漾的美感令人神迷心醉。其二,诗人咏桃花是从大处落笔,花泾等处的桃花之盛,只能用宏观的笔触进行动感的散点扫视,不可能像崔护那样对"人面桃花"作微格特写。诗人写十里桃花,十里水色,非常大气。在诗人笔下,镜湖简直就是桃花的天地,人间的桃源。

诗人晚年在镜湖居住,对周围的景色很有感情,诗中"自别西川海棠后,初将烂醉答春风",是说自从东归后,已将怜爱海棠的一番心情转移到关注故乡的花事中来。"桃源只在镜湖中",是此时作者心境的一种反映。山阴道上,山川自然映发,本来就美不胜收。而陆游的桃花诗,则使镜湖的春天平添许多绚丽的色彩和迷人的风姿。人在镜中荡舟漫游,水色花光上下交映,这一份悠闲与自得,将更令人目醉神迷流连忘返了。

忆天彭牡丹之盛有感①

常记彭州送牡丹,祥云径尺照金盘。

岂知身老农桑野,一朵妖红梦里看。

[注释]

①天彭:指蜀之彭州,今四川彭州市。

[点评]

陆游在成都时曾写过《天彭牡丹谱》,详细记载了彭州种植牡丹的盛况,称蜀地培植的牡丹"有京洛之遗风",有钱的大户人家养花多达千株。每当花开时节,"夜宴西楼下,烛焰与花相映发,影摇酒中,繁丽动人。"当时的范成大,就是一个酷爱牡丹花的人。他不惜重金,从当地花户中购得带露牡丹数百株,星夜飞送成都,大摆宴席,也邀请诗人品花饮酒。诗人面对如此豪华的场面,不仅感慨系之矣。彭州的牡丹花想来是无法与洛阳的牡丹相比的,但已繁丽如此,等有朝一日收复了两京,再亲自去看看洛阳、开封的牡丹,该有多么激动人心!这首牡丹诗即从追忆成都赏花生活为切入口,"祥云径尺照金盘"正面描写彭州牡丹"祥云"的富艳动人。"祥云"是牡丹花精品,花色浅红,花朵硕大径尺,妖艳多姿,形状有如天上五色祥云一样光艳夺目,人们趋之若鹜,奉为珍品。这一切给诗人曾留下过非常深刻的印象。"岂知"两句,从当年的繁丽转入到眼前的凄凉,当时诗人虽有幸见到彭州的牡丹,心里总希望能再看一看中原牡丹之魁——洛阳的名花。而今北伐无望,志士收身老向农桑,不但无望看到两京的牡丹,连彭州的牡丹也只能"一朵妖红梦里看"了。这份感慨显然要比当年作《天彭牡丹谱》时深沉悲戚得多。梦里看花,既表达了诗人对蜀中生活的深深怀念,同时也寄寓了两京沦陷收复无望的政治牢骚。牡丹花本是中州的名花,诗人一提起牡丹花,总无法抑制他强烈的故国之思和对恢复事业的渴望:"周汉故都亦岂远,安得尺箠驱群胡!"(《赏山园牡丹有感》)诗人的牡丹情结,实是他爱国情思的又一种婉曲的表现。

梅花绝句

闻道梅花坼晓风①,雪堆遍满四山中。

何方可化身千亿②?一树梅花一放翁。

[注释]

①坼:开放。
②何方:什么办法。

[点评]

　　江南多梅,陆游的故乡山阴也盛产梅花。每至早春,道旁路边、林间溪畔、山麓闲庭,树树飘香,处处斗奇。陆游耳濡目染于此,爱梅成癖,与梅花神交数十年,一生留下了数百首的咏梅诗篇。几乎每到春天,诗人都会去拜访他的花间密友并写诗赞美。或视梅花如隐士高人:"神全形枯近有道,意庄色正知无邪。"(《梅花》)或视梅花如志士:"雪虐风饕愈凛然,花中气节最高坚。"(《落梅》)或自诉:"自古情钟在吾辈,尊前莫怪泪沾衣。"(《别梅》)面对梅花如对人生知音,诗人总是一洒感时之泪。纵观陆游的咏梅诗,绝大多数都以寄意取胜。诗人从梅花身上看到了美的人格和崇高的精神,所以每每咏及,总有感而发寄托遥深。惟有这首诗人七十八岁开春作的《梅花绝句》写得天真烂漫,诗意盎然。虽无寄托,却写得别出心裁,不失诗人风趣。

　　开头两句写得很平实朴素:听说梅花冲破早春的严寒在清晨寒风中开放,诗人闻讯后自然欣喜万分,于是马上出游寻访。结果,他看到的景象远远超过了他的预想:晓风中开放的梅花,不是唐代诗人齐己笔下的"一枝",也非宋代诗人林逋所吟的"疏影",而是树树枝头如瑞雪普降,漫山遍野竞相开放。诗人面对四围花海,竟一下子不知欣赏哪一处为好。

　　紧接的两句,突发奇思:"何方可化身千亿? 一树梅花一放翁。"意思是说,用什么办法能变出千万个放翁,使每一株梅花下面都有自己在那里分身欣赏。身化千亿,设想可谓奇妙之至。梅花与诗人面面对应,是梅耶? 是人耶? 一时实难清分,这又是诗人命笔奇特之处。这两句虽是点化柳宗元"若为化得身千亿,散上峰头尽望乡"的诗意而来,但用在"雪堆遍满四山"的梅花世界中,不惟妥帖自然,而且情景相生极富有意趣。陆游年事虽高但童心未泯,平时常有"梅花重压帽檐偏,曳杖行歌意欲仙"的"出格"举动惹人注目。此时他突发奇思,想学仙人的分身法,亦是童心使然,很合乎心理:如今面对千万树盛开的梅花,诗人自负当然不甘心以一身仰视,须化身千亿才能与之匹敌相称,方不辜负对梅花的一番感情。

此诗虽小,然意趣甚丰。诗人爱梅入微,曾断言"后五百年君记取,断无人似放翁癫"。读了此诗,可知此言不虚。

梨　花

纷淡香清自一家,未容桃李占年华。

常思南郑清明路,醉袖迎风雪一枝。

[点评]

梨花皎洁如雪,素淡冷艳,也算是深受文人雅士喜爱的花卉之一。宋代诗人赵福元对她的评价最高:"玉作精神雪作肤,雨中娇韵越清癯。"冰清玉洁的梨花在春雨的衬托下,更能显示出清新脱俗的风韵。陆游的梨花诗,也从赞美花品入手,先把"纷淡香清"的梨花与"桃李"相区别。梨花淡雅清香,她的冷艳素雅使她在春天的百花园中独领风骚,令桃李失色黯然无华,作者竭力称誉的是梨花自成一家的精神气质。诗前两句用对比映衬的手法,刻画梨花不同于桃李的感官形象,突出她的清雅忘俗,这仅属于比较平面的物态描写。下面两句则异峰突起,引入了一段关于梨花的往事,使所咏之物的内涵一下子变得丰富起来,画面也显得有纵深感。今昔意象的叠合,增加了物象的立体效果和情感密度。诗人由眼前的梨花,进而回忆起中年入幕南郑的生活,脑海里突然浮现出南郑途中"醉袖迎风雪一枝"的美好形象。清明时分,正是诗人初到南郑时的节候,诗人满怀信心投入军务,奔走于南郑道上。戎马倥偬之间,偶尔瞥见路边那一树迎风飘香、皎洁如雪的梨花,她是多么的亮丽醒目,这一情景给陆游留下了强烈的视觉印象。

唐代诗人吴融曾这样称誉蜀地的梨花："蜀地从来胜,棠梨第一花。"(《追咏棠梨花十韵》)川陕一带的梨花确实很美、很负盛名,但这并不是陆游想要重复吟咏的话题。诗人在这首咏物诗中想要转达给读者的是:正是这一树迎风摇曳的梨花,照亮了诗人尘封的记忆,牵动了他对中年戎马壮快生活的真切回忆。物因事而有情,事因物而牵心。梨花这一物象,在诗人眼里已是美好记忆的一部分,她承载着诗人意气风发、终生难忘的军旅生活,寄寓着当年守边塞、定中原的美好愿望。如今,只要一看到梨花,诗人就会有别样的感觉,就会自然而然地想起南郑前线难以释怀的壮快生活,想起中年赴边时曾经怀抱的人生理想。诗中的梨花有如记忆的红线,一下子把今天的落寞与往日的壮举维系在一起。诗人对梨花的珍视和由此引发的人生感慨,尽在物象时空立体的包涵之中了。

卜算子

咏梅

驿外断桥边,寂寞开无主。已是黄昏独自愁,更著风和雨①。

无意苦争春,一任群芳妒。零落成泥碾作尘②,只有香如故。

[注释]

①著:值,遇。
②碾(niǎn 辇):被轮轧碎。

[点评]

宋代文人的爱梅之心和赏梅之情趣尤胜于前人。他们非常注意把梅的"韵"和"格"融合在一起,使梅花外在的姿质之美与内在品格之高有机地融为一体,从而达到形神俱佳的境界。范成大在《梅谱·后序》中竭力标举梅"以韵胜,以格高",咏梅者亦穷形极思,言前人未言,在众多咏梅之作中卓然独树,创造了梅花史上最负盛名的篇章。前者当以林逋《山园小梅》"疏影横斜水清浅,暗香浮动月黄昏"为标志,极具梅花风韵姿质意象之美;后者当推陆游的这首《卜算子·咏梅》,对梅花的内在品质精神摹写无遗。词人赋予梅以神和意,使这种物类富有了生命的意识和人格的魅力。

　　写貌重神,是陆游这首词作成功的关键。上片只对梅所处的环境作充分的渲染:这是一株驿站之外、断桥之畔、荒僻无主的野梅,环境的幽僻使她注定无人欣赏,无人理会并将寂寞终身。当词人在薄暮时分与她偶然相遇时,这"无主"的梅花正独自含愁,备受狂风骤雨的侵袭和摧残!梅花的所居非地和所遇非时,引起了作者极大的同情和关注。下片词人以解者自居,用近肖梅花的口吻,对置身逆境后的"心理"和表现,进行了一番鞭辟入里的描述与体察,托物以言志,从而歌咏了梅花崇高的品格与操持。梅花冲寒而放,是春天的使者,却无意争春。"苦争春"的是继来的"群芳",她们以小人之心度梅花坦白之襟怀,而梅花却依然坦荡,"一任"群芳嫉妒,表现出与生俱来的自然秉性和高风亮节。草木花卉本是无情之物,而词人喻以人事,赋梅以孤标独树的人格,斥"群芳"之"妒"和"争"的本性。而且,群芳之妒本身不亦证明梅花姿质修美吗?词最后两句,承过片处的风雨侵凌,继写梅花在逆境中坚贞不屈的姿态和品格。遭尽蹂躏、零落委地、粉身碎骨,但芳香依然如故,这种品格简直就是《离骚》九死未悔的精神移植,是屈原"余独好修以为常"、"虽体解吾犹未悔"之人格的再现。至此,梅花的精神境界全出。

　　词中梅花身上体现的生命意识和人格魅力,是这首咏梅词广为流布、备受赞赏的原因所在。宋人论诗讲究离形得势,写物偏重精神风貌,这首咏梅词深得其中奥妙。词人结合身世感慨托物起兴,重点摹写梅的气质与品格,与词人之心丝丝入扣,正好体现了咏物入神的典型笔法和士大夫文人普遍崇尚的人格境界。

晚 菊

蒲柳如懦夫^①,望秋已凋黄。

菊花如志士,过时有余香。

眷言东篱下,数株弄秋光。

粲粲滋夕露^②,英英傲晨霜^③。

高人寄幽情,采以泛酒觞。

投分真耐久^④,岁晚归枕囊。

[注释]

①蒲柳:水杨。
②粲粲:鲜明,美好。
③英英:轻盈明亮。
④投分:意气相投。

[点评]

　　陆游视菊花为"投分真耐久"的朋友,并对菊花始终抱有一种别样的亲近之感。

　　在古典诗歌的画廊里,菊花常用来写意。菊花的品位极高,发于暮秋,耐寒傲霜,抱香枝头,不与群芳争艳。所以一提到菊花,人们会很自然地把她与一种高洁傲岸的品性相维系。而此种品性,正是士大夫文人心慕的一种人格。

　　在陆游的诗集中,咏菊之作虽然不多,但对秋菊的感情却是独特的、深厚的。

诗先把晚菊比作志士,用《世说新语·言语》"蒲柳之姿,望秋而苍;松柏之质,经霜弥茂"之意,在与蒲柳的对比描写中,使人联想到晚菊有如"松柏"一样傲霜的风采。即便花会过时凋谢,却也留得清香在人间。

诗又把晚菊比作高人。"眷言东篱下"以下四句,刻画晚菊在秋日阳光的照拂下粲然轻盈、傲霜滋露的美好形象。自从陶潜采菊东篱以后,菊花总是与隐士高人形影相随。这种饮露迎霜的高洁操持,正是高人情志的最好象征。

诗最后又进一层,由赞赏菊花到采集余香缝入枕囊,与菊朝夕相伴,沐浴在清香之中。诗人爱菊之情表现得如此亲近自然,实在是前人诗中不曾有过的。

陆游从小就爱菊,二十岁新婚燕尔之际还与唐氏采菊缝作枕囊,菊成了他们闺房吟唱的题材之一。以后虽然历尽了人世间的离合悲欢,但诗人爱菊之心不变。他对于菊的赞誉固然已交融在博大丰厚的历史积淀之中,然而他对于菊最亲切的情感体验,不能不说是年年岁岁枕边堪称耐久的一缕氤氲。

海棠歌

我初入蜀鬓未苍,南充樊亭看海棠①。

当时已谓目未睹,岂知更有碧鸡坊。

碧鸡海棠天下绝,枝枝似染猩猩血。

蜀姬艳妆肯让人？花前顿觉无颜色。

扁舟东下八千里,桃李真成奴仆尔。

若使海棠根可移,扬州芍药应羞死②。

风雨春残杜鹃哭,夜夜寒衾梦还蜀。

何从乞得不死方,更看千年未为足。

[注释]

①南充:古县名,位于嘉陵江中游,今属四川省。樊亭:南充园馆名。
②扬州芍药:孔仲武《芍药谱》云,"扬州芍药,名于天下,非特以多为夸也。其敷腴盛大而纤丽巧密,皆他州之所不及。"

[点评]

　　写这首诗时,陆游已是垂垂老矣八十四岁高龄的诗翁。一提起曾为之倾心动容的名花,诗人显然难以抑制激动的神情,对自己一生的海棠情缘,作了最后一次深情而热烈的回眸和歌咏。

　　海棠是蜀中名花,为江浙一带所无,所以诗人与海棠结缘,即从入蜀写起。第一层四句,写樊亭初见海棠,诗人的"青鬓"与海棠的"红颜"相对,颇有惊艳之叹。《剑南诗稿》卷三有两首南充樊亭赏花的绝句,可能是他初见海棠的最早歌咏。"岂知"句自然转入第二层,在前面铺垫的基础上,推出成都碧鸡坊海棠冠绝天下的主体形象。有樊亭海棠作为陪衬,更光彩夺目。诗人摹写海棠之"绝",则集中笔墨刻画其最富特征的色泽形态:"枝枝似染猩猩血。"海棠以色泽娇艳著称,故历来咏海棠花的诗家,总是不惜浓墨重彩渲染其娇艳动人的容姿。陆游曾以"天地眩转"、"庆云堕空"来形容海棠之色目不能熟视。此处又以猩猩胭脂血来摹写海棠妖娆妩媚之色。猩猩血色是写初绽时的风姿,王象晋《群芳谱·花谱》形容海棠时说:"其花甚丰,其叶甚茂,其枝甚柔,望之绰绰如处子。"难怪"蜀姬艳妆"在此花面前顿觉无光,黯然失色。诗人对蜀中海棠的赞颂,也到了无以复加的地步。下面笔触一转,"扁舟东下"四句为第三层,引入了另一个参照系统。在众多花卉的对比中,突出海棠花在诗人心目中的崇高地位:江南之桃红李白,现在看来似乎很浅薄,连名扬天下的扬州芍药花,在海棠面前也相形见绌。诗人设想:海棠若可移植于芍药栏边,芍药之色定为所掩。诗人当不是刻意想羞辱众卉,其夸张笔墨只不过是想说明自己对此花的极爱,以至于有"曾经沧海难为水,除却巫山不是云"的感叹。诗最后四句,以蜀地望帝所化的杜鹃鸟自比,表达了他对蜀中名花和生活的深深眷恋。

　　入蜀是陆游一生中最值得回味的事业。这九年生活,丰富了诗人的阅历,开阔了诗人的眼界。他在蜀中体验到了从未有过的激情与豪壮,诗风也为之一变。所以陆游东归后,一直怀念蜀中生活。他儿子说他,虽然身在江南"然心固然未尝一日忘蜀也"(《剑南诗稿跋》)。海棠是他蜀中结识的密友,曾为之爱得发狂,倾注了多少的生活热情和诗意。海棠花已作为蜀中生活的有机部分,深深地烙在诗人的心中。

全诗一共十六句,四句一层环环相扣,一层深似一层。诗为了突出主体形象的风采,不惜以蜀姬、桃李、芍药相反衬,敷足底色。正面描摹与侧面烘托双管齐下,达到了较好的艺术效果。最后又是以情语作结,表示要与海棠千年相随,相看不厌,使人想见诗人当年的狂态不但丝毫未减,这份感情反而随着时间的流逝更为执著深沉了。

军中足迹

远游无处不销魂

泛瑞安江,风涛贴然^①

俯仰两青空,舟行明镜中。

蓬莱定不远^②,正要一帆风。

[注释]

①瑞安:浙江东南的县名。贴然:平静宁帖。
②蓬莱:古时传说中的海上三座神山之一。

[点评]

　　绍兴二十八年(1158)的秋天,陆游以恩荫出任福建宁德县主簿,获得了他初涉仕途的第一个职位。主簿的职责是辅佐县令管理簿书等事,虽然不太理想,但对于三十四岁的陆游来说,毕竟是第一次步入仕途。以后的路还很长,相信能施展抱负,所以诗人还是把它当做一次露试锋芒机会。入冬以后,诗人从会稽出发,取道永嘉、瑞安、平阳赴任所。这首小诗即是途经瑞安时写下的。诗极短,而兴致盎然,意趣灵动欲飞。

　　诗境完全从题意中化出。冬天的瑞安江风平浪静,诗人站在船上仰望苍穹,空阔无垠;俯视江面,又见一个碧落明净的宇宙。刹那间,天地空间仿佛扩展了一倍,水天空阔,上下一色,澄明清澈。"俯仰两青空"是实写"舟行明镜中"的具体感受,一连串的景色都是紧扣"风涛贴然"描写。江水如镜,才能看到水中倒影的景色;只有诗人在船头的特定视角,才会有镜中行的感觉。镜能使物体空间拓展整整一倍,所以此时诗人置身于瑞安江上,当有一种无比空阔的视觉和心理感受。这十个字既是写沿江泛舟之景,亦是心境的一种昭示。"出门即有碍,谁谓天地宽?"(孟郊)同样道理,"每愁悔吝生,如觉天地窄。"(杜甫)诗人此时此景恰好与古人形成强烈的对比,这一切当都缘于特定的心境。

瑞安江上风平浪静使诗人心旷神怡,浮想联翩。"蓬莱定不远"一句语意双关,对题旨进行进一步的延伸发挥。"蓬莱"既可喻指此行的目的地福建任所,意思是说想来也不太远了,恨不得驾一帆东风瞬息就到,表现了他跃跃欲试的心情。"蓬莱"同时也喻代人们心目中美好的理想所在,诗人此番出仕,对前途充满信心。言景的同时巧妙地寄寓了自己的抱负,希望能借"一帆风"顺利地到达理想的彼岸。

诗不惟写景熨帖形象,而且诗意新颖,神思飞动。读者在赏景的同时也可分享诗人的愉悦之情,并得到丰富的启示。

湖　山

逐鹿心虽壮①,乘骓势已穷②。

终全盖世气,绝意走江东。

[注释]

①逐鹿:争夺帝位。鹿:喻帝位。
②骓(zhuī 追):骏马名,此指项羽的坐骑。

[点评]

《湖山》是作者晚年在山阴出游时写下的写景感时组诗,此是第一首。诗后自注:"项羽庙。"项羽庙在山阴县南十五里的项里溪上,传说是项羽曾经住过的地方,后人为纪念他建有祠庙。

嘉定元年(1208)冬,开禧北伐失败,南宋又向金屈膝求和。诗人内心万分愤慨,前有《书感》《古意》抒愤:"宁为雁奴死,不作鹤媒生。"同年冬天游项里,有感于项羽不肯过江东事,又写下了这首类似李清照《夏日绝句》的小诗。通过咏史,表现了对投降苟安的不满。

诗中的项羽无疑是个失败的历史人物,但作者对他的盖世气节还是充满了深深的敬意。"终全盖世气,绝意走江东。"后者正是作者立意所在,与李清照"至今思项羽,不肯过江东"具有同样深沉的政治感慨。

宿枫桥①

七年不到枫桥寺,客枕依然半夜钟。

风月未须轻感慨,巴山此去尚千重②。

[注释]

①枫桥:在今江苏省苏州城西,有枫桥寺。
②巴山:山名,在川陕两省境内。这里泛指蜀地。

[点评]

唐代诗人张继的一首《枫桥夜泊》,曾牵动过多少游子的心。这夜半传来的钟声,简直成了夜泊之人心中最温存、美妙的声音。可较真的宋人对张继后二句诗却颇有议论:"句则佳矣,其如三更不是打钟时。"(欧阳修《六一诗话》)一时间,钟声问题成了公案,有人诘难,必有人置辩。而对诗构成的意境却未置一词,这不免沦为皮相。其实,要深切体会唐人诗中的意境,还须有类似的心境,陆游的这首枫桥诗,庶几得之。

诗人是在乾道六年(1170)重游枫桥时写下的。《入蜀记》记录他到枫桥寺的时间是六月十日晚:"宿枫桥寺前,唐人所谓'夜半钟声到客船'者。十一日五更发枫桥。"诗人这次在枫桥寺仅逗留一个晚上,而类似的客愁、离乡的惆怅,和着这悠悠浑厚的钟声依然敲打在诗人心头,刚好使他最切身地重温"夜半钟声到客船"的滋味。诗人在镇江任上时,曾到过这个著名的地方,距今刚好七年。诗说"七年不到枫桥寺"蕴含着人事变化,而"客枕依然半夜钟"句,字面上说钟声依旧客枕依然,实质上这七年间的变化,是不可能用同样的心态来感受面对的。下面两句老气横秋的诗"风月未须轻感慨,巴山此去尚千重",意思是说对客中的风物不必轻发感叹,前面到夔州的路尚有关山千叠还很遥远呢!细细体会,就可掂出"客愁"和"风月"在诗人心目中的分量。岁月沧桑磨耗着多愁的心,诗人在七年之中两度徙职外贬,期间的坎坷与辛酸,可谓"识尽愁滋味"。这次重新起用,诗人也不见得有多少欣慰激动,与当年初入仕途赴福建时的"蓬莱定不远,正要一帆风"完全是两副心情,显得特别低调悲观。"巴山此去尚千重",是诗人对前途的预测,前路漫漫吉凶未卜,要愁的事还很多。陆游并不是一个心惮远役的人,他的感伤源于怀抱志向的无由实现。面对枫桥的夜半钟声,诗人客舟难眠的已不再是张继笔下空灵蕴藉的客子之愁,而是有着非常深沉、强烈、现实的羁旅情怀。诗人黯尽滋味,欲说还休,所以说对风物不必多加感慨。其实,诗人此时复杂的感慨岂能是一个愁字了得!

　　这首诗善于点化前人诗境,表现了诗人脱胎换骨的本领。诗在写景的同时,还用了许多语气宛转的虚词,以此来加强表现主题的感情色彩。在唐人的基础上,重新构建自己的意境,使其更有宋代写景绝句的风味。

剑门道中遇微雨①

衣上征尘杂酒痕②,远游无处不销魂③。

此身合是诗人未④? 细雨骑驴入剑门。

[注释]

①剑门:剑门关,在今四川剑阁县东北的大小剑门山之间。

②征尘:旅途的尘土。

③销魂:令人心神陶醉。

④合:应该。未:同"否"。

[点评]

"渭水岐山不出兵,却携琴剑锦官城。"(《即事》)陆游是带着深深的遗憾与失望离开南郑前线的。乾道八年(1172)十一月,诗人赴成都途经剑门关,留下了这首著名的小诗。

深秋时分的剑门关,下着阴冷的细雨。在崎岖的小道上,一个风尘仆仆的行旅之人,正骑着毛驴翩然入关。衣上的征尘和酒痕,写出了远游之人神情放达、不拘形迹的随意和潇洒。驴背上行吟的感觉,细雨朦胧的意境,还有蜀道两旁绝壁危峰、峥嵘崔嵬的自然风光,都使人浮想联翩、诗情激荡、为之销魂。而驴背上神情萧散、落拓不羁的诗人,恰恰成为整首诗优美意境的一个亮点而引人瞩目。

古人有不少骑驴与吟诗的佳话,而春风得意的跨马观花与落拓不遇的驴背行吟当然不可同日而语。但在封建社会中"糟糠养贤才"的事实,反倒使布衣蹇驴成为诗人身份的一种标志。李白骑驴过华阴,杜甫骑驴十三载,李贺驴背上觅句呕心沥血,孟郊、贾岛驴背上"两句三年得,一吟双泪流",诗人郑綮(qǐ 企)灞桥风雪驴子背上的诗思……所有这一些都使驴与诗人结下了不解之缘。陆游此行细雨骑驴入关,俨然是诗人风度。至于"此身合是诗人未"一句设问,很逗人意兴,使小诗机趣横生饶有诗味。

剑门关是蜀中著名的胜景,其地势有"一夫当关,万夫莫开"之险,杜甫曾有"剑门天下壮"的赞叹。蜀地山川险阻奇秀,有助于激发才思。唐宋以来,诗人竟以入蜀为诗艺大进的一种契机。南郑前线的军旅生活,曾使他诗风渐趋宏肆。然而陆游并不是一个以诗人自限的人,他志在恢复中原,效力军前,做一名冲锋在前的战士。这种理想眼看就要成为现实,又顷刻化为乌有。驰骋沙场的英雄突然间变成了"细雨骑驴入剑门"的风雅诗人。梦想破灭了,一种壮士角色的错位使诗人心情从高亢激越骤然跌落至低迷寂寞。驴背上诗酒行吟,表面上看起来自得其乐,豁达洒脱,其实隐含着一份惆怅与遗憾。"此身合是诗人未?"诗人在自矜自负的同时,也不无"后世但作诗人看"的忧虑与怨愤。

楚　城①

江上荒城猿鸟悲,隔江便是屈原祠。
一千五百年间事②,只有滩声似旧时。

[注释]

①楚城:在归州(湖北秭归县)东,古代楚国的都城。
②一千五百年:从屈原死时,到陆游写诗时约一千四百七十多年,此举其成数。

[点评]

这是陆游东归路过归州时写下的一首咏史小诗。诗淡淡叙来,却蕴藏着深沉的感慨。

楚王城在归州境长江南岸。陆游《入蜀记》载："（归州）城中无尺寸平土，滩声常如暴风雨至。隔江有楚王城，亦山谷间。"范成大《吴船录》也说："峡路州郡固皆荒凉，未有若之甚者。满目皆茅茨……逼仄无平地。"可见楚王城在宋的确已衰败荒凉不堪。诗人写景先言楚城荒芜凄哀，在凄厉之景中推出屈原祠，进而联想到一千五百年来的风雨沧桑、世事变迁。昔日繁华的都城，已变为满目疮痍的荒野谷地，惟有江上的涛声还是和从前一样，昼夜不息，声声不止。还有这猿鸟的悲鸣，似乎都在诉说着历史的幽愤与不平。

这首诗把荒芜之景、江涛之声、猿鸟悲鸣三者交汇在一起渲染，以衬托屈原祠特殊的地理环境，间接地暗示屈原一生的悲愤与不幸。诗追昔叹世，心潮起伏，无限感慨尽诉诸于这声声不息的滩声之中。

小雨极凉舟中熟睡至夕

舟中一雨扫飞蝇，半脱纶巾卧翠藤①。

清梦初回窗日晚，数声柔橹下巴陵②。

[注释]

①纶（guān 关）巾：头巾。翠藤：指藤榻。
②巴陵：地名，今湖南岳阳。

[点评]

这首江上舟行的绝句，写得特别优美恬静、富有意趣。

诗人截取了东归途中水上长途行役的一个轻松片断：夏日的某天午间，舟行在长江之上,一阵小雨突然降临,扫尽了空中飞蝇。雨后的空气清新凉爽,暑气尽退,连日来难得有这样的清凉。诗人半脱纶巾和衣倒在藤榻之上,并和着这优雅轻柔的橹声酣然入眠,做了一个清新而惬意的梦。等一觉醒来,江上晚风习习、红日西斜,欸乃声中"轻舟已过万重山",不知不觉间已到了洞庭湖畔的湖南地界。这样的行旅该有多么轻松愉快!

诗中小雨、翠藤、清梦、窗日、柔橹等意象清丽可人,所构成的意境饶有趣味。特别是清梦初回之时,窗日西斜,余霞成绮,江波粼粼,橹声柔柔。一切都显得那么清馨惬怀,仿佛尚在清梦的余韵之中,使人回味不尽。诗着笔细腻,手法轻灵蕴藉,转达出诗人东归时顺流而下愉快欢畅的心情。

陆游自乾道六年(1170)离乡入蜀,到淳熙五年(1178)奉诏东归,前后在蜀客居近十年,诗名远播,流传都下。孝宗念其在外日久,趣召东归。诗人四月放船出峡,五月抵湖北荆州。此诗可直视为此间的生活剪影和插曲。

过灵石三峰^①

　　　　　奇峰迎马骇衰翁,蜀岭吴山一洗空^②。

　　　　　拔地青苍五千仞,劳渠蟠屈小诗中^③。

[注释]

①灵石三峰:灵石山,又称江郎山,简称江山,在今浙江江山市南。上有三峰,各有巨石,高数十丈。

②蜀岭吴山:泛指蜀、吴两地的山峰。

③渠:指灵石山。蟠屈:委屈。

[点评]

　　这首小诗是淳熙五年(1178)十月陆游自山阴赴福建建安任取道江山时写的。题下原有二绝,此其一。

　　古人写山,总不甘用寻常的笔法,常常把原本静止不动的客体,写成灵气飞动的有生命、能运动的主体,以表现山的精神气势。如果说苏轼"众峰来自天目山,势若骏马奔平川"尚嫌有斧痕之迹的话,那么辛弃疾的"叠嶂西驰,万马回旋,众山欲东",则完全是浑化无痕,山势与奔马融为一体凌厉欲飞了。陆游的这首小诗,也深得灵变之妙。写灵石三峰之"奇"在于"骇衰翁",拔地高耸的迎马之势想把诗人吓倒。这样写倍觉活泼风趣,其奇特的造型极富有动态感,给人以深刻的印象。所谓山不在高,奇险有特色则能负名。难怪诗人高眼相许,亦叹服其奇姿异貌,以至于"蜀岭吴山一洗空"。陆游是个见过世面的人,这样说足见灵石三峰之奇异骇人、非同寻常了。

　　诗的后二句写山又作惊人语。据载:江山之峰高不过数百米,而诗人下笔,便是"拔地青苍五千仞",像当年李白描写天姥山"势拔五岳掩赤城,天台一万八千丈,对此欲倒东南倾"的笔法一样极尽夸张之能事,强化灵石三峰的主体形象,以伸足首句"奇峰迎马骇衰翁"的诗意。如此这般奇特不凡、震慑游人的山势,在片刻之间却被诗人移入小诗,尽供读者尺牍案头随意地欣赏了。

　　读了这首诗,不得不佩服诗人驾驭语言的能力和诗歌语言固有的巨大魅力。灵石山的雄伟奇特,可能画家用许多笔墨都无法尽其雄伟气象。而诗人只短短二十八个字,便能把万千之势牢笼于小诗之中,既见笔力,更见胸次。

度浮桥至南台①

客中多病废登临,闻说南台试一寻。

九轨徐行怒涛上②,千艘横系大江心。

寺楼钟鼓催昏晓,墟落云烟自古今③。

白发未除豪气在,醉吹横笛坐榕阴④。

[注释]

①浮桥:以船做桥墩,上铺木板架设的水上通道。南台:岛名,在福州城南闽江中,称"南台山"。

②九轨:许多车辆。九:表示多数,轨:车辙。

③墟落:村落。

④榕阴:福建多榕树,故说榕阴。

[点评]

绍兴二十九年(1159)秋,陆游调任福州决曹(掌管刑罚)。南台是福州外闽江中的一个岛屿,因地理环境特殊,游南台须经过浮桥。浮桥舳舻相连的壮观和桥下汹涌的江涛,本身已构成非常壮观的画面,更兼南台岛上诸多胜景,使它成为当地一绝。对这样一处绝胜之地,陆游自然不会放过登临的机会。这首七律就是他在福州任上寻访南台山时写下的记游之作,诗以气势取胜。

首联只是铺垫,说自己因病之故长久不登山临水了,听到南台非同一般才特地去寻访的。淡淡写来,很不经意,目的是为推出颔联的意外惊喜。三、四两句

写浮桥,"九轨徐行怒涛上,千艘横系大江心"一联气势雄阔,横空奇绝,堪称一
大壮观。汹涌的江面上无数只浮动的船相连,成为连接陆地与南台岛的水上通
道,舳舻千艘横跨大江两岸,浮桥下惊涛奔触,波浪千层;浮桥之上,许多渡桥的
车辆缓缓行进在"怒涛"之上,宛如闲庭信步。江涛水势之急与船行其上之缓两
相映衬,更有千艘船只横系大江的壮观,委实是诗人平生罕见,所以这一联描写
显得特有气魄。

　　颈联两句正面刻画至南台所见的景象。与写浮桥不同,在经历了渡桥的惊
心动魄后,南台之景反而呈现出一片宁静和平。"寺楼钟鼓"和"墟落云烟",日
日夜夜、年年岁岁地循环往复,悠悠如斯。自然变化总是从容不迫,不以人的感
觉为转移。"人世几回伤往事,山形依旧枕寒流。"(刘禹锡诗)诗人从寺楼的钟
鼓声中和村落袅袅上升的云烟中,忽然悟得人生的意义在于自在自得。尾联两
句以抒情作结,说自己虽早生华发,但一腔豪情壮气依然,醉后横吹的笛声就是
诗人心怀的最好表征。

　　诗人早年从江西诗派入,吸取了江西诗派炼字炼句功夫。这首诗的中间两
联很见笔力,颔联的雄肆横放与颈联的悠闲宁静形成了鲜明的对照。江山胜景,
各有奇趣,而把它们一一揽入诗中,却是诗人的本领。

望江道中①

吾道非邪来旷野②,江涛如此去何之?

起随乌鹊初翻后③,宿及牛羊欲下时④。

风力渐添帆力健,橹声常杂雁声悲。

晚来又入淮南路⑤,红树青山合有诗。

①望江:在淮水以南长江以北,今属安徽省。

②吾道非邪:典出《史记·孔子世家》,孔子困厄绝粮时对子路说,诗云:"匪兕匪虎,率彼旷野。吾道非邪,吾为何于此?"意谓不是野兽,却到旷野来,是我错了吗?

③翾:飞。

④牛羊欲下:指黄昏时分。

⑤淮南:淮水以南,此指望江。

[点评]

　　陆游在临安做修史官不久,因直言忤上开罪于孝宗,引起孝宗的不满和厌恶,被调降外官。先是通判镇江,旋又调充隆兴(今江西南昌)。乾道元年(1165)秋,诗人自镇江溯长江西去南昌。因为第一次行江,冒余暑抗风涛,走得非常辛苦,这首诗就是途中写下的。

　　诗首联起得直接而突兀,既是道途即景,又是旅中感喟。当年孔子由于仁政思想得不到推行而与弟子们穷途奔走,困厄于荒野时曾仰天长叹:难道是我错了吗?为什么落魄到这种程度?今天,诗人正逆水行舟,面对同样的是困惑,喊出了类似天问的质疑:这凶险江涛究竟要把我带向何方?诗人忠直遭贬,无辜被遣使他愤愤不平。从陆游内心讲,他实是出于对朝政的关切和爱护,然而事与愿违。自从符离败役后,朝中的主和派气焰嚣张,主战派则相继遭劾,处境岌岌可危。正于此时,他还不合时宜地直言时弊,孝宗心里光火,正好找个机会把他打发得远远的,以清耳根。表面上是外任,实质是贬斥放逐。诗人心存块垒,即景抒怀,良多感慨。

　　颔、颈两联,一言道途辛苦,一言舟行困难。前者说日夜兼程早起早睡穷于赶路,后者说逆水行舟风力增加,帆力也须加大。一路上桨橹声、雁鸣声,伴随着诗人单调寂寞的舟旅倍添凄凉。这两联句式整饬,对仗工整,缺少变化,写江上行舟实景,让人在板滞平稳的节奏中,体会诗人旅途的单调乏味和无聊。逆水行舟的困难和雁声的悲鸣,都昭示着环境的凶险和前途的叵测。诗人此时心情沉重郁闷,所以对周围沿江景物,只在尾联用"红树青山"一笔带过,没有表现出更大的兴趣,况且"合有诗"之意,本是极勉强的。

黄 州①

局促常悲类楚囚②,迁流还叹学齐优③。

江声不尽英雄恨,天意无私草木秋。

万里羁愁添白发,一帆寒日过黄州。

君听赤壁终陈迹④,生子何须似仲谋⑤!

[注释]

①黄州:地名,故址在今湖北黄冈。

②楚囚:春秋时楚人钟仪被晋人所俘,称为"楚囚",此指处境局促之人。

③齐优:指齐国以乐舞戏谑为业的艺人,地位很低。孔子在鲁国做官时,齐人送乐女给鲁国。孔子认为优人来,政治清明无望,于是辞官离去。诗人在这里以齐优自比,暗慨处境尴尬,不受欢迎。

④赤壁:三国时吴蜀联军大破曹操的地方,故址在湖北省赤壁市。苏轼有《赤壁赋》,以黄州赤鼻矶为古战场,陆游从其说。

⑤仲谋:即孙权。

[点评]

　　黄州赤鼻矶原不是三国时赤壁大战的地方,但历代诗人总喜欢把它与赤壁大战的古战场联系在一起。杜牧在黄州做刺史时写过《赤壁》诗,咏史抒怀:"东风不与周郎便,铜雀春深锁二乔。"冷静客观的笔调表现了杜牧的史识。苏轼在贬官黄州时,除了《念奴娇·赤壁怀古》词外,还写过前、后赤壁赋,诗情激荡文采斐然,抒发了对壮丽江山和风流人物的仰慕之情。陆游这次入蜀途经黄州,缅怀历史,放眼现实,心情显得异常激愤。于是借题发挥,通过对赤壁陈迹的议论,坦陈怀才不遇的政治牢骚。

与杜牧、苏轼不同,陆游这首诗没有把更多的笔墨放在对三国历史和江山人物的吟咏上。甚至对三国赤壁大战中的风云人物,如曹操、周瑜诸辈都不作任何正面描写。诗人只是从自己的处境写起,以自身遭遇观照历史。诗人自叹身如"楚囚"、"齐优",处境局促狼狈,行事拘束动辄得咎。诗人以"楚囚"自比,自有满腔的怨恨,因为自隆兴任上被撤职回乡后,投闲已达五年之久。乾道五年,朝廷再次起用时,他已"贫不自支,食粥已逾数月"(《通判夔州谢政府启》),这种处境与"楚囚"又有何异! 至于"齐优",也是地位低微不受欢迎的人。陆游此次为谋生计,携儿带女到夔州去赴一个可有可无的闲职,感觉也好像齐优到鲁国去卖笑献艺一样,根本不可能有所作为! 滔滔长江之水,流不尽的是古今英雄失意的遗恨。天地无私草木又秋,寄托的是岁月蹉跎、人生虚老的感慨。诗人在"万里羁愁"的气氛中迎着秋日的寒风,孤只一帆黯然路过黄州。回看赤壁陈迹,不由兴感万分大声喟叹:"生子何须似仲谋!"赤壁是群英逐鹿、豪杰竞雄的战场,曹操当年在巡视江东的军阵时,见东吴舟船器杖井然,军营整肃威武,不禁叹赏道:"生子当如孙仲谋!"这是对孙权才干由衷的赞服。孙权在曹操眼里不仅是个雄才大略的人,也是他拥兵南下最为顾忌的强劲对手。当曹操号称八十万大军兵临东吴时,在东吴阵营中亦有主和、主战两派。是孙权最后斩几决断,力排众议决定抗曹,才有了周瑜赤壁之战以弱胜强的辉煌战果。如今,南宋朝廷亦面临着同样的挑战。朝廷上下一片主和之声,投降派当道,北伐无望,志士虚老受挫。在这个和戎已成定势的年代里,已不再需要孙权式的英雄豪杰! 陆游典故反用,既有对朝廷投降政策的抨击讽刺,也有爱国志士报国无门的深沉悲慨,诗人愤世嫉俗,牢骚之中却包含着忧世伤时的一片衷情。与前人的赤壁诗相比,更富有浓烈的时代气息。

哀　郢^①

远接商周祚最长^②,北盟齐晋势争强^③。

章华歌舞终萧瑟^④,云梦风烟旧莽苍^⑤。

草合故宫惟雁起,盗穿荒冢有狐藏。

《离骚》未尽灵均恨^⑥,志士千秋泪满裳。

[注释]

①哀郢(yǐng 影):屈原《九章》中的篇名之一,作者袭用其题。郢:楚国的都城,故址在今湖北江陵。

②商周:上古朝代名。传说楚为其后裔。祚(zuò 做):皇位。

③齐晋:战国时北方的两大强国,与楚相互结盟争霸。

④章华:指章华台,春秋时楚灵王所筑,故址在今湖北监利西北。

⑤云梦:指云楚泽,春秋战国时楚国君王的游猎场所。故址在今湖南、湖北长江南北两岸一带。旧莽苍:依旧苍茫一片。

⑥离骚:屈原的代表作。

[点评]

　　情动于中而形于言,千秋而下志士的心总是相通的。

　　在陆游心目之中,道德文章可彪炳千秋的先贤是屈原、诸葛亮和杜甫三人,这三位先哲的思想曾深深地感动过诗人的心。这首《哀郢》诗就是依屈原楚辞《九章》之一的《哀郢》为诗题创作的。题下原有二首,此为第一首,表达了他对屈原忧国伤时思想的深切理解和伟大人格的无限崇敬。

据《入蜀记》记载,诗人于乾道六年(1170)九月八日抵达江陵地界。江陵是战国时楚国的旧都。诗人对楚国旧都的凭吊哀悼,主要分三个层次。第一联为第一层次,先言国势由盛转衰的哀痛。楚国历史悠久,在战国前期就是一个幅员辽阔、国力强大、北盟齐晋、可与强秦争霸的诸侯国,最后却被秦国所灭。其中的教训难道不值得感叹吗?中间两联集中描述今日郢都的荒芜凄凉,是为第二层次。岁月无情,一切的历史遗迹终被雨打风吹去,昔日歌舞宛转的章华台已湮没无闻,只有云梦古泽依旧浩渺苍茫一片。被野草黄茅淹没了的故宫和被盗贼洞穿的荒冢,早已成了大雁栖息、狐兔藏身的地方。面对凄清,有谁能想象这就是当年楚国最繁华的都城!这就是屈原寤寐不忘的故国!诗人寓情于景,包含了多少不堪回首的兴亡之感。诗人并不仅仅为一个王朝的灭亡而伤感,他是为一代志士遭到无情的毁灭而痛心。这是第三个层次,也是诗人最终表达的主题。

屈原一直主张联齐抗秦,富国强兵,一生赤诚地眷爱着他的楚国。然而,他"信而见疑,忠而被谤",屡遭迫害,最终落得被驱逐流放的下场。他作《离骚》抒愤,自沉汨罗江。陆游认为,即便《离骚》等诗也未必能写尽屈原平生的心事和悲愤。屈原的遭遇是不幸的,令千秋的志士为之潸然涕下。屈原的精神却是伟大的、永存的,他的崇高理想和与恶势力斗争的精神,将激励着千秋万代的志士为之奋斗献身。

晚晴闻角有感

暑雨初收白帝城①,小荷新竹夕阳明。

十年尘土青衫色②,万里江山画角声③。

零落亲朋劳远梦,凄凉乡社负归耕④。

议郎博士多新奏⑤,谁致当时鲁二生⑥。

[注释]

①白帝城:在今四川奉节东。传说后汉公孙述见城中有白龙入井,以为有帝气,因而得名。
②青衫:古代低级文官的服饰。
③画角声:号角声,意谓不太平。
④乡社:古时农村有春社、秋社的节日。
⑤议郎博士:官名。议郎掌顾问应对,博士掌儒家经典传授。
⑥致:招来。鲁二生:鲁国的二位儒生。

[点评]

　　陆游在夔州任上殊多感怀之作,这首诗即是由白帝城周遭景物而引发的浩叹。

　　暑雨初收,尖尖的新荷与青翠的新竹在夕照的映衬之下显得分外剔透晶莹。这清新悦目的景色,本来可以给诗人带来一时的好心情,但黄昏时分的画角之声却打破了这份宁静安泰。时局未稳,中原沦落,想到自己长途奔波却一事无成,眼下又背井离乡,到夔州试院做一个闲职冷官,不禁感慨万千。诗最后一联切中时弊,使自己壮志赋空、中原国土沦丧、时局不稳等事实,均找到了症结:“议郎博士多新奏,谁致当时鲁二生。”这两句诗借用了这样一个典故:据《史记·叔孙通列传》记载,汉高祖刘邦称帝后,儒生叔孙通投其所好,为高祖制定朝仪。他征召在山东的弟子三十人参加,惟有二位儒生看不惯叔孙通迎合奉承谋取官位的手段,不应召。他们认为天下初定,民生未安,先定朝仪,为时过早,所以拒绝参加。后礼乐排演成功,高祖封叔孙通为博士,其他儒生封为郎,这些人都得其所宜,皆大欢喜。陆游用这个史实,旨在讽刺南宋朝廷上下多的是像叔孙通那样善于逢迎谋身的阿谀之徒,缺少敢于拒绝应召的像二位儒生那样有骨气的直士。诸公均善于谋身图一己之利,苟且偷安不思恢复,没有人肯以国事为重,故北伐无望,志士虚老。颔联“十年尘土青衫色,万里江山画角声”对仗工整,浓缩了诗人多年来忧时爱国,为之奔走呼号却悲苦莫诉的凄凉心境,以景衬情,倍觉惨淡。

南郑马上作

南郑春残信马行①,通都气象尚峥嵘②。

迷空游絮凭陵去③,曳线飞鸢跋扈鸣④。

落日断云唐阙废⑤,淡烟芳草汉坛平⑥。

犹嫌未豁胸中气,目断南山天际横。

[注释]

①信马行:任凭马随意行走。

②通都:四通八达的大都市。峥嵘:不寻常。

③凭陵:气势很盛的样子。

④曳线:牵拉着线。飞鸢:纸鸢,即风筝。跋扈(bá hù 拔户):骄横,这里形容纸鸢的鸣声。

⑤唐阙:陆游自注为"德宗诏山南比两京"。此指南郑唐德宗行宫。

⑥汉坛:陆游自注"近郊有韩信拜大将坛"。

[点评]

陆游长在以舟楫代步的江南水乡,他却视跨鞍塞上为人生快事。这首律诗即是他抵达南郑后外出巡游时写下的。

诗以"信马行"为线索,描绘了南郑一带开阔壮观的山川风貌、通都气象,字里行间都洋溢着诗人对军幕生活的忘情和挚爱。颔颈两联写景很有特色,"迷空"一联紧扣"春残"时令,写汉中暮春时节柳絮满空飞舞,蒙蒙扑人;风筝借势放飞,在空中呼呼作响。笔触不离暮春光景,却没有丝毫伤感情绪。万物于斯自由自在,各得其所,正如诗人信马而行野兴悠悠一样,充满着融时乐道的天然情趣。"落日"一联则写景怀古双管齐下,具有丰厚的历史内涵。汉中历来就是兵家必争之地,汉代在此留有韩信拜将时的封将坛,唐时也是行宫所在。而今,汉唐的历史遗迹早已湮没在落日淡烟、断云芳草之中,但这种氛围仍激发着诗人北望中原的一腔豪情。诗最后一联,纵目展望横在天边的终南山,仿佛看到中原河山就在眼前。诗以景写怀,尽豁胸中之气。

　　诗重点摹写的是信马出行时的沿途景色。因是马背上即兴吟就的七言律诗,走马赏景的特殊视角,使景物之空间转换的手法灵活多变,意象组合形式活泼而有动感。另外,马背上的诗人,也将是这首诗中最令人瞩目的形象之一。

归次汉中境上①

云栈屏山阅月游②,马蹄初喜蹋梁州③。

地连秦雍川原壮④,水下荆扬日夜流⑤。

遗虏屡屡宁远略⑥,孤臣耿耿独私忧。

良时恐作他年恨⑦,大散关头又一秋。

[注释]

①归次:归途中停息。汉中:地名,今属陕西。

②云栈:连云栈道。阅月:经过了一个月。

③蹋：同踏。

④秦雍：陕西本为秦地，秦时称雍州。

⑤荆扬：荆州和扬州。

⑥屪屪(chán 缠)：怯懦的样子。

⑦良时：大好时机。

[点评]

　　陆游在南郑军幕从事的是外勤工作，经常到各处考察执行军务，每次外出总是行色匆匆、获益匪浅。这首诗即写于他外出返回汉中的途中。诗由景生情，既有对汉中一带古梁州山川形势的热情赞颂，又有对北伐事态的关切与忧虑。写景时笔势豪迈开阔，抒情时感情由衷投入。无论是写景抑或抒怀，都表示了一个入世者特殊的视角与眼光。

　　诗的颔联景中含情，大有深意。川陕一带地势开阔，有关中作为依托，形势十分重要。陆游写景，也正是从战略的高度去审视描述这一特殊的山川形势和地理风光。以南郑为本，进略中原的军事思想，就是诗人在实地考察中形成的："大散关头北望秦，自期谈笑扫胡尘。"（《追忆征西幕中旧事》）又是在实际的工作中对北伐中原的决策者表示失望与忧虑的："良时恐作他年恨，大散关头又一秋。"眼看反攻最有利的时机又将过去了，坐失良机，恐怕将来后悔莫及。诗中"马蹄初喜蹋梁州"之"喜"与"良时恐作他年恨"之"恨"，一喜一忧均情系战事，反映了诗人对北伐之举的殷切关怀。

登荔枝楼①

平羌江水接天流②,凉入帘栊已似秋。

唤作主人元是客,知非吾土强登楼③。

闲凭曲槛常忘去,欲下危梯更小留。

公事无多厨酿美④,此身不负负嘉州⑤。

[注释]

①荔枝楼:在嘉州州治附近,宋建。

②平羌江:一名青衣水,在四川西部,是岷江的支流。

③知非吾土:语出王粲《登楼赋》:"虽信美而非吾土兮,曾何足以少留!"
强(qiǎng抢):勉强。

④厨酿:指酒菜。

⑤陆游自注:薛能诗"不负嘉州只负身"。此反其意而用之,说物质生活都很知
足,只是对不起这个好地方。

[点评]

　　这首登楼七律有特殊的含义,诗中所抒之情曲折抽象,以议论见长。

　　嘉州是盛唐诗人岑参曾经为官寓居的地方,陆游年轻时就绝好岑嘉州(参)
诗。这次能到嘉州任职,心里当然特别亲切。在摄知期间,绘岑参之画像于斋
壁,又广取博搜岑参传世的作品刻为集并题诗吟咏:"诵公天山篇,流涕思一
遇。"陆游在嘉州任上的心情是复杂的。他既以能在"嘉州山水邦,岑公昔所寓"

之地任职为荣,又为"公事无多"无所作为、"看镜功名空自许"(《晚登望云》)壮志未酬而感到深深的遗憾。所以在公事之暇,诗人常登荔枝楼,并频频行吟其上,写有《荔枝楼小酌》、《登荔枝楼》、《再登荔枝楼》等诗作,这首七律即是其中的代表作品。

因同是职事之暇的登楼兴感之作,可与黄庭坚《登快阁》一律相参看:"痴儿了却公家事,快阁东西倚晚晴。落木千山天远大,澄江一道月分明。朱弦已为佳人绝,青眼聊因美酒横。万里归船弄长笛,此心吾与白鸥盟。"这两首诗题材相类,但表现手法和题旨都有所不同。黄庭坚诗登楼兴感多景语,情蕴其中,比较含蕴形象;陆游的登楼诗以情驭景,多感喟议论,抒情直接,却吞吐有致。这大概与诗人所要表达的题旨有关。黄庭坚的诗境界开阔,旨在体现胸襟涵养,转达追求个性放达的隐逸情趣,故用笔淡远,以景物清华著称;陆游登楼诗兴感剀切,旨在表达功业无望壮志未酬的苦闷。以我观景,故写景抒怀多主观激愤之辞,带着强烈的感情色彩。"此身不负负嘉州"是这首诗旨的关枢所在,表述的是一个入世者的政治苦闷。"负嘉州"是指辜负心中对岑参(嘉州)敬慕而产生的一番自我期望。作为一个地方官,陆游无疑是深受爱戴的。而诗人志存高远,自我期望能做出像岑参那样的事业,故深致遗憾。

这首登楼诗,其情虽曲,但不难窥见爱国诗人深广的内心世界和执著的人生追求。

秋晚登城北门

幅巾藜杖北城头①,卷地西风满眼愁。
一点烽传散关信,两行雁带杜陵秋②。

山河兴废供搔首，身世安危入倚楼。

横槊赋诗非复昔③，梦魂犹绕古梁州。

[注释]

①幅巾：束头的丝巾。藜杖：用藜茎所做的手杖。

②杜陵：在长安（今陕西西安）南，本称杜县，又因汉宣帝在此筑陵墓，故称杜陵。

③横槊赋诗：指军中作诗，语出苏轼《前赤壁赋》，原是形容曹操武略文才的话。

[点评]

唐人登楼言愁的诗很多。陈子昂写《登幽州台歌》时内心寂寞感慨，生不逢时的感伤使他"独怆然而涕下"；崔颢写《登黄鹤楼》时"日暮乡关何处是，烟波江上使人愁"之句时，抒发的是人去楼空、缭乱渺茫的乡愁；李白在谢朓楼上"举杯消愁愁更愁"的无奈和杜甫在夔州"万里悲秋常作客，百年多病独登台"的感叹；柳宗元被贬柳州登柳州城楼，感受到的是"海天愁思"；许浑也说"一上高城万里愁"（《咸阳城东楼》）；李商隐登安定城楼抒发的则是党争中的压抑和忧愤。这一切，都让人感觉到登楼文学作品中浓浓的伤感情结。

淳熙三年（1176）秋，陆游因"恃酒颓放"之劾被免官落职，自嘲"名姓已甘黄纸外"（《和范待制秋兴》）并自号"放翁"。诗人登楼之时正值深秋：西风卷地，一片萧瑟，诗人"幅巾藜杖"，一身布衣装束。独上城楼，入眼的风景依然是割不断、抛不开的边关之情和中原之思。"一点烽火"与"两行秋雁"可能是登楼目击之景，而"散关"、"杜陵"则非诗人视野所能企及，当是诗人心意所系。一实一虚两种意象交织在一起，才逼出了"山河兴废"和身世安危的浩叹。诗的后半部分，由登楼所见引发忧国悲慨，并对再不能"横槊赋诗"表示了深深的遗憾。整首诗围绕"愁"字着笔，触目之景、所感之事、所言之怀，都似在献愁供恨。而这愁不仅限于个人的得失荣辱，而是国仇未报、山河未复、壮志落空的苦闷忧愤。中原山河让他魂牵梦绕，即使是被迫离开前线，罢职免官后也不改初衷。"白头散吏元无事，却为兴亡一怆情。"（《夏日过摩诃池》）身为布衣原已无责，眼见景色却总关情。"幅巾藜杖"之人登楼，想的却是"横槊赋诗"的豪壮。这不同时空的形象对比，以及"梦魂犹绕古梁州"的一份执著，都让人深深地感动。

这首七律,诗承题意而起,颔联切地写景,颈联由景入情,尾联寓壮怀于愁思,托豪情于梦境,余音袅袅,使满眼之"愁"富有深刻的内涵和含蕴不尽的韵味。

登拟岘台^①

层台缥缈压城闉^②,倚杖来观浩荡春。

放尽樽前千里目,洗空衣上十年尘。

萦回水抱中和气^③,平远山如酝藉人^④。

更喜机心无复在,沙边鸥鹭亦相亲。

[注释]

①拟岘(xiàn 现)台:在今江西临川县。

②城闉(yīn 音):城门。

③中和气:雍容和平气象。

④酝藉人:有涵养的人。

[点评]

拟岘台坐落在风景如画的抚州城东,是北宋仁宗嘉祐二年(1057)裴材任抚州太守时所建。因为抚州城东一带的山川形势有似湖北襄阳的岘山,所以命名为拟岘台。陆游在抚州提举江南西路常平茶盐公事任上,经常登台览景。在不到一年的任期内,竟留下了八首登拟岘台的诗,春夏秋冬、阴晴雨雪四季景色一应俱全。这首七律写于淳熙七年(1180)正月初到抚州不久的早春时节。

诗人登上高耸的拟岘台,放眼展望无边的春光:这广阔的天宇涤荡心胸尽洗尘虑,仿佛把十年来堆积在他身上的风尘劳顿和旅居愁绪一气解除了。首句以"缥缈"状写楼台之高,可穷千里之目;颔联点"十年尘",概指从乾道六年入蜀到东归后继调外任至今恰好十年身如转蓬的仕途生活,言语之间,流露出诗人不得志的怅然与厌倦。正惟如此,诗人对登拟岘台所领略到的清纯拔尘之气之景,才表现出由衷的欣慰和激赏。在诗人眼里,远山如黛、明秀清华,一如含蕴有修养的人。山水如镜,折射出诗人此时向往宁静和平的淡泊心境。所以看到江边沙洲上无忧无虑、自由自在的鸥鹭,表现出特别亲近的感情,似乎与山水有约、与鸥鹭有盟。"更喜机心无复在",是对眼前生活的一种庆幸。机心,本指机谋诡诈之心。"海人有机心,鸥鸟舞而不下。"(《庄子》)鸥鸟对渔人抱有戒意,人与物之间居然也包藏着祸害之心,这是多么令人震惊!这十年的坎坷与挫折,使他更渴望远离"机心"、与鸥鹭相从相亲的生活。

然而,这种向往仅仅只是一种虚幻的理想和心境罢了。不久,诗人笔下的平和之景、蕴藉之气马上受到了现实的无情冲击。抚州大雨连日,汝水暴溢,泛滥成灾,流民失所。诗人"奏拨义仓赈济",不及等朝廷复命就打开仓库,赈济灾民,使挣扎在死亡线上的流民得到了及时的抚慰。可是,就是因为此事,他被朝廷召回,又被赵汝愚参了一本,由此而罢职归乡了。

诗人登台所抱的善良愿望,终于又被接踵而来的事实击得粉碎。这首七律却成了诗人人生旅程中又一个鲜明的足迹。

夜登千峰榭①

夷甫诸人骨作尘②,至今黄屋尚东巡③。
度兵大岘非无策④,收泣新亭要有人。

薄酿不浇胸垒块，壮图空负胆轮囷。

危楼插斗山衔月⑤，徙倚长歌一怆神⑥。

[注释]

①千峰榭：在严州(治所在今建德)北，位于子城之上，又称北榭。

②夷甫：西晋王衍，字夷甫，好清谈。他任宰相时，专谋自保，后世将他视为清谈误国的代表。

③黄屋：皇帝的住处，指代皇帝。

④大岘：山名，在山东临朐县东南。南朝刘裕曾度兵大岘山，灭南燕慕容超，此借指北伐。

⑤危楼插斗：夸张喻指，高楼直插北斗星座，极言其高。

⑥徙倚：流连徘徊。

[点评]

淳熙十四年(1187)，陆游在严州夜游千峰榭，写下了这首情绪激愤的七言律诗。

诗的前半首议论朝政，诗人认为北伐不是没有可能的事，只是朝中特多像王衍那样清谈误国的权臣，缺少像王导那样志在克复神州的中坚。所以至今偏安一隅，一事无成。后半首抒发壮志落空的孤愤。陆游在奉命权知严州事前，曾赴都城临安上书孝宗，请求积极备战，北伐中原以收复失土。孝宗对此避而不答，却对陆游说："严陵山水胜处，职事之暇，可以赋咏自适。"完全把陆游看做是个附庸风雅的清客文人，这使陆游十分失望悒郁。这岂是陆游所期望的名声？诗人胸中块垒又岂是薄酒所能浇平的？诗的后半首表现的就是壮志难伸、不被理解的痛苦。

《剑南诗稿》中严州任上留下的吟咏，多系伤时忧国的感慨，很少单纯的模山范水的作品。正如这首《夜登千峰榭》，着重写前史兴亡的往事，并非一般的登临之作，只将景物描绘得栩栩如生、历历可观。连诗中惟一的一句景语"危楼插斗山衔月"也是为点登台主题，衬托"长歌怆神"的自我形象而设置，了无吟风弄月登山临水的闲适之意。这也许是诗人对当道者误解他人生意义的一种无声抗议。

兰 亭①

兰亭绝境擅吾州,病起身闲得纵游。

曲水流觞千古胜②,小山丛桂一年秋。

酒酣起舞风前袖,兴尽回桡月下舟③。

江左诸贤嗟未远④,感今怀昔使人愁。

[注释]

①兰亭:为古代驿亭,在绍兴市西南二十五里处。东晋永和九年,王羲之等四十一人在此修禊,王羲之曾书《兰亭集序》记之。

②曲水流觞:在婉曲的水流上漂浮酒杯,是永和诗人修禊的一种仪式。觞:酒杯。

③桡(ráo 饶):船桨。

④江左诸贤:指东晋永和年间的诗人。

[点评]

　　兰亭因东晋永和年间王羲之、谢安等人在此曲水流觞、赋诗雅集而名闻天下。一篇《兰亭集序》情景宛现,文采斐然,诗情荡漾。兰亭由此名声遐迩,成为士大夫文人的晋圣之地。

　　陆游对兰亭,怀抱着比一般人更亲切的感情,并曾于中年结庐镜湖之滨的三山。三山处山阴的西面,兰亭处山阴的西南,同处山阴道上,一水相连。诗人平素闲居在家,夜深人静之际即可听到从兰亭天章寺方向传来的悠扬钟声。对于这么一处"近水楼台",诗人怎能不流连光顾?

诗写的是病后的一次纵游。颔联写兰亭之景:"曲觞流水千古盛。"使人联想起王羲之等永和诗人的风流雅事。三月阳春惠风和畅,诗人们列坐在曲水之畔,流觞赋诗,俯仰天地之间畅叙幽情。这千古盛会,流风永泽,使兰亭在后世文人心中具有永久的魅力。"小山丛桂"句,在点明出游季节是丹桂飘香的秋天的同时,暗用淮南小山《招隐士》"桂树丛生兮山之幽"的辞意,表现一种隐逸情趣。颈联两句状写游兴之浓:风前舞袖醉态可掬,月下归舟雅兴非浅。这联对句形象鲜明,颇具宛转流动之美。前者与李白、苏轼诗词意境有关,显示了诗人点化前人成句的功夫,后者则使人想起《世说新语》中王子猷雪夜访戴的典故,意味深长。颔颈两联字面上似乎都在写景叙游兴,意象豁朗可感,毫无诘屈难解之处,其实四句都隐含典实,包蕴机趣。只是因为诗人点化融合的本领深厚,所以浑然无迹,使昔人风流闲适的种种情趣尽囊括于笔端,为下文感今怀昔作丰厚的铺垫。尾联回归题旨,说晋宋风流好像并不遥远,但今昔的情形毕竟大不相同。一想起江左诸贤,只能使人惆怅不已。

诗人写此诗时已六十七岁,记的又是病后的一次出游,到兰亭仰圣不免会有"后之视今,亦犹今之视昔"的感慨。另外,感今怀昔的一个重要心理症结,是陆游六十五岁时的罢职,罪名是"嘲咏风月"。试想连"清风明月"也能成为台官弹劾诗人的口实,难怪诗人每每感慨眼前的局促处境而愁怀难遣了。

水调歌头

多景楼①

江左占形胜②,最数古徐州③。连山如画佳处,缥缈著危楼。鼓角临风悲壮,烽火连空明灭④,往事忆孙刘⑤。千里曜戈甲⑥,万灶宿貔貅⑦。　　　露霭草，风落木，岁方秋。使君宏放⑧，谈笑洗尽古今愁。不见襄阳登览⑨，磨灭游人无数，遗恨黯难收。叔子独千载，名与汉江流⑩。

[注释]

①多景楼：在镇江北固山甘露寺内。宋时修成。

②江左：江东。

③古徐州：指镇江。徐州，古代九州之一。东晋南渡曾以徐州寄治镇江，称为南徐州。

④明灭：忽明忽暗。

⑤孙刘：三国时的孙权和刘备，他们曾合兵破曹操。

⑥曜（yào 耀）：照耀。

⑦灶：军中的炊灶，此指营垒。貔貅（pí xiū 皮休）：古籍中的猛兽名，此喻战士。

⑧使君：古时称州郡长官为使君，方滋时知镇江府事，故称。宏放：豪放。

⑨"襄阳登览"三句：晋羊祜常登襄阳（今襄樊市）岘山，感慨无数登山贤士皆湮没无闻，使人感伤，说自己死后"魂魄应登此山"。羊祜，字叔子，晋武帝时都督荆州诸军事镇襄阳，甚得民心。

⑩汉江：汉水。

[点评]

　　孝宗隆兴二年（1164），陆游因触怒孝宗出为京口（镇江）通判。二月到任时，抗战主将张浚正准备对金继续用兵，往来镇江。陆游以通家子的资格拜谒张浚并积极支持张浚北伐，因而为张浚所赏识。不久，张浚被罢。是年八月，方滋知镇江府事；秋天，方滋招邀陆游同游北固山登多景楼，陆游赋《水调歌头》词记之。词气势恢宏，笔力雄放，慷慨沉郁。据说张孝祥还亲自书写一遍，刻在崖石之上，供后人瞻仰。

　　词的上片写景，突出京口形势的险要。江左形胜，最数京口，而京口绝胜之处，要算高耸云天的多景楼。滚滚长江巍峨群山尽收眼底，眼前的"鼓角"和"烽火"，引发词人对三国英雄人物和历史风云的追忆。过片处以耀眼的戈甲武器和强大的军队阵容,渲染当年孙刘大军合破曹操时的声势。甲光向日,豪情万丈,诗人仿佛又看到了张浚都督江淮军马时招募壮士、操兵练马的情形。过片处历史画面和现实人事交错迭出,发人深省。

下片转写登临的感慨。时值秋天,霜露霑草,落木萧萧,已是一派肃杀的秋景。虽有太守方滋的豪情纵谈令人快慰,但不见"襄阳登临"总让人黯然伤怀。在此,词人把张浚看做是当年镇守襄阳的西晋大将羊祜,可能陆游也曾陪同张浚登高临远。而此时张浚已含恨而死,再也不能亲临前线指挥兵马北上抗金,这使词人惆怅不已。词结尾处,既是对张浚一生功业的歌颂,说他的英名将像滚滚不息的汉水一样万古长流;同时也是对同游的太守方滋的期望,希望豪放的方滋也能像西晋大将羊祜一样,做出惊人的事业来,不辜负这江山胜景、历史旧地。

这首记游词,写景气势恢宏,笔力横放;怀古感情悲壮,激越沉郁。词以孙刘、羊祜等历史人物的业绩为依托呼唤时代英雄,暗示在宋金对峙的形势下,只有张浚的功业,才可与古人匹敌。诗人盛赞羊祜,实际上正是对投降势力的无情鞭挞,其中也有自己怀抱利器被投闲置散的"遗恨"。这首登临怀古之作,词境壮阔,由景及史,由史及人,江山和历史融为一体。在对史的回顾和对人的歌咏之中,鲜明地表现了自己的感情倾向。

陆游的《水调歌头·多景楼》与辛弃疾的《永遇乐·京口北固亭怀古》,都是在镇江北固山登临时写下的怀古抚今的优秀篇章。但这两首词都没有给两位词人带来光明和希望,反而连遭厄运,受到南宋投降势力的忌恨和排挤。辛弃疾在写词后半年就在京口被就地降职,又三月被免官,旋即奉祠归铅山闲居终老。陆游也于第二年七月被贬遣到更远的隆兴府(今江西南昌)任通判,又被投降派以"交结台谏,鼓唱是非,力说张浚用兵"(《宋史·本传》)的罪名被弹劾撤职回乡。一代爱国志士寸心如丹,却落得如此下场,不能不让人感叹。而他们的词,却是不朽的丰碑,也如万古长流的汉江之水,将生生不息,光照汗青。

水龙吟

春日游摩诃池①

　　摩诃池上追游路,红绿参差春晚。韶光妍媚,海棠如醉,桃花欲暖。挑菜初闲②,禁烟将近③,一城丝管。看金鞍争道,香车飞盖,争先占,新亭馆。　　惆怅年华暗换,黯销魂、雨收云散。镜奁掩月④,钗梁拆凤⑤,秦筝斜雁⑥。身在天涯,乱山孤垒,危楼飞观。叹春来只有,杨花和恨,向东风满。

[注释]

①摩诃池:四川成都城内的游览胜地。
②挑菜:宋人以二月二日为挑菜节。
③禁烟:指寒食节。
④镜奁掩月:镜匣形圆,掩镜亦称掩月。
⑤钗梁拆凤:古人以金银做凤头缀于钗梁之上。金凤垂梁下,故称拆凤。
⑥秦筝斜雁:古代秦人所制的弦乐器叫秦筝。筝有十三弦,弦下有柱,作斜行一字形,形同雁阵斜飞。

[点评]

　　这首纪游词作于成都。《渭南文集》未收,仅见于《放翁逸稿》。陆游自乾道八年至成都,以后七年虽匆匆宦游于蜀州、嘉州、荣州等地,但期间四赴成都,大多数时间还是在成都度过的。从词意看,这首词似乎不像初到成都时所作,该是此后几年中在成都的某一个春日写就的纪游词。

　　春日的锦官城繁华如锦,春光明媚。海棠彤红如醉,桃花艳丽欲燃,一派迷人的风光。歌楼舞榭,丝竹悠扬,到处回响着悦耳动听的音乐。通往摩诃池的道上,达官显贵的高头大马与仕女游春的华丽车盖飞驰而过,争先恐后地去欣赏那新落成的池台楼馆。上片极尽铺叙之能事,运用赋的手法,渲染成都的繁丽豪奢。

　　下片以"惆怅年华暗换"起拍,以"杨花和恨"作结,诉说了在繁华地做闲人的内心痛苦。在抑郁苦闷的闲官生涯中,词人也曾有过裘马轻狂的生活。"镜奁掩月"三句,写词人成都冶游,在红巾翠袖、轻歌曼舞之间放浪形骸,以排遣政治苦闷。"身在天涯"三句,以景来抒写身心孤单的政治寂寞。身在天涯,如乱山丛中的孤垒和危楼,在一片歌舞升平的锦官城中显得特别格格不入。试问闲愁都几许? 只有春日满城飞絮,才理解词人的孤愤和悲凉。有东风处便有杨花,有杨花处就有词人绵绵不绝的怅恨。词以景结情,用婉约的手法把失志的悲慨传达了出来,使上片之景亦蒙上不谐的色彩。这首纪游词可谓别具怀抱,别有韵味,别含深意。

南乡子

　　归梦寄吴樯①。水驿江程去路长。想见芳洲初系缆②,斜阳。烟树参差认武昌③。　　愁鬓点新霜。曾是朝衣染御香④。重到故乡交旧少,凄凉。却恐他乡胜故乡。

[注释]

①吴樯:来往江南的船只。

②芳洲:指鹦鹉洲,在湖北武昌东北的长江中。

③武昌:今湖北省鄂城县。

④朝衣:上朝时穿的礼服。御香:皇帝临朝时待御执香炉所熏的香。

[点评]

　　割不断的总是乡情,忘不掉的也是乡音。回乡永远是游子枕边的好梦,何况对于陆游这样一个远涉重山、万里入蜀、离乡背井已近十年的游子。

　　淳熙五年(1187),诗人圆了回乡之梦。放船出峡之初心里十分兴奋,但随着离家日近,却忐忑不安起来。这首写于东归途中的词,很有层次地刻画了词人想归却又怕归的矛盾心情。

　　词的上片设想到武昌时的情形。"想见"勾勒出意想中武昌城典型的山川风貌:鹦鹉洲上依然芳草萋萋,武昌城内烟树参差、晴川历历。在黄昏落日的斜照中,词人船抵武昌,解缆停靠在鹦鹉洲边,重寻八年前留下的踪迹。此情此景恍若梦中又异常真切。上片写景十分出色,"想见"两字更非闲笔:一则切合船近武昌时心中自然浮现的前游印象,二则为下片设想回乡作铺垫,成为思乡曲的前奏部分,以引出更深沉的感慨。武昌旧地所唤起的心理感觉是美好的,对山川景物的辨认重温,可以带来种种温馨亲切的感受。然而,重到故乡所引起的心理波澜,却夹杂着种种苦涩复杂的人生况味,这已不是设想武昌时那么轻松。

　　词的下片亦用设想之辞,"却恐"两字分量极重。词人强调的已不再是风景,而是一种心情。词人曾经是都下朝臣,现在去朝既远,岁月又使他愁鬓斑白。再次回到行在,将是怎样的一番滋味?前程如何,亦是一个未知数。另外,久别故乡,心里总不免有类似刘禹锡归京时"烂柯人"的感触,怕交旧零落,朋侪隔世,这一切都将助人凄凉。再者,词人久居蜀地,日长生情,蜀中的一山一水也深深地烙在词人心间——这近十年的生活毕竟是值得留恋的。词人对东归抱着美好的愿望,但愿回乡后能有所作为,不至于有"他乡胜故乡"的遗憾……"近乡情更怯,不敢问来人"(宋之问《渡汉江》)、"怀旧空吟闻笛赋,到乡翻似烂柯人"(刘禹锡《酬乐天扬州初逢席上见赠》)、"乱后谁归得?他乡胜故乡"(杜甫《得舍弟消息》)等,有关回乡心理的许多诗句的意境,把诗人怀乡的热切和心中复杂的思绪交织在一起写,更觉得深挚动人。

鹅湖夜坐书怀^①

士生始堕地^②,弧矢志四方。

岂若彼妇女,龊龊藏闺房。

我行环万里,险阻真备尝。

昔者戍南郑,秦山郁苍苍。

铁衣卧枕戈,睡觉身满霜。

官虽备幕府^③,气实先颜行^④。

拥马涉沮水^⑤,飞鹰上中梁^⑥。

劲酒举数斗,壮士不能当。

马鞍挂狐兔,燔炙百步香^⑦。

拔剑切大肉,哆然如饿狼^⑧。

时时登高望,指顾无咸阳^⑨。

一朝去军中,十载客道旁。

看花身落魄,对酒色凄凉。

去年忝号召^⑩,五月触瞿塘。

青衫暗欲尽,入对衰涕滂。

今年复诏下,鸿雁初南翔^⑪。

俯仰未阅岁⑫,上恩实非常。

夜宿鹅湖寺,槁叶投客床。

寒灯照不寐,抚枕慨以慷。

李靖闻征辽⑬,病愈更激昂。

裴度请讨蔡,奏事犹衷创⑭。

我亦思报国,梦绕古战场。

[注释]

①鹅湖:山名,在江西上饶,山上有鹅湖寺。

②"士生"二句:见《对酒叹》注。踉踉:局限的形状。

③备幕府:陆游曾在王炎幕中任四川宣抚使司干办公事。

④先颜行(háng 杭):排在行列的最前面。颜:额角,额角在前,因此排在前列称颜行。

⑤沮水:水名,源出陕西留坝西,至勉县与汉水南源会合。

⑥中梁:山名,在陕西南郑附近。

⑦燔炙(fán zhì 烦至):用火烤烧。

⑧哆(chǐ 齿)然:张口的样子。

⑨指顾:一指一顾之间,表示时间极短。

⑩忝(tiǎn 填):惭愧,有愧于,谦辞。

⑪鸿雁初南翔:指在衢州,得旨改任提举江南西路常平茶盐公事赴抚州任事。

⑫阅岁:经岁,一年。

⑬李靖:唐太宗时名将,病愈仍不忘征辽,先后击败东突厥、吐谷浑等。

⑭裴度:唐宪宗时丞相。吴元济占据蔡州,裴度请讨伐蔡,受到刺客袭击,头部中伤。衷创:裹着。

[点评]

    诗人心潮起伏,旅夜难眠,独坐在鹅湖寺内,对自己从四川南郑一直到鹅湖之夜八年间的人生经历,作了一次全面的回顾和反思:这八年是他生命旅程中空间跨度最大、生活最充实丰富的一段时期。期间,他行程万里,从川陕到闽赣,关山险阻,仕途风波,一一亲历。既有南郑军旅露营、痛饮野猎、拔剑切肉、登高临远的一番壮浪豪迈,又有蜀中看花、落魄对酒的颓唐凄凉;既有对朝廷趣召东归委以新任的感激,也有壮志未伸、英雄徒老的悲慨。各种生活场景纷至沓来,走马灯似的呈现在诗人眼前。诗虽按时间的先后顺序一一叙说,但并不是蜻蜓点水、平分秋色。而是有详有略、有主有次,有叙述、有抒情,有重点描写、有一笔带过。往往是情随事移,起伏有致。特别是对南郑前线一段军旅生活的回眸,诗人笔墨含情,有大量生动细致的场景、行动、心理描写。诗不惜以长长的篇幅进行反复渲染,因而形象生气勃勃,语言灵动欲飞。诗以壮志开篇,又以豪举结尾。鹅湖夜坐部分的抒情也真切动人,诗人说自己现在虽然已像秋天的槁叶一样衰老了,但壮怀不减当年,仍要像李靖、裴度一样为国杀敌。

陆游从南郑回来,已隔多年,鹅湖和南郑又相距万水千山。但时间和空间的距离,并不能隔断诗人心系战场的情思。

瞿塘行①

四月欲尽五月来,峡中水涨何雄哉!

浪花高飞暑路雪,滩石怒转晴天雷。

千艘万舸不敢过,篙工舵师心胆破②。

人人阴拱待势衰③,谁敢轻行犯奇祸。

一朝时去不自由④,山腹空有沙痕留。

君不见陆子岁暮来夔州,瞿塘峡水平如油。

①瞿塘:瞿塘峡,又名夔峡,西起夔州,东至巫山大溪,是三峡之门,以险峻著称。
②篙工舵师:指船工。
③阴拱:私下里抱着双手祈祷。
④"一朝"句:是说一旦水季过去就不能由水做主了。

[点评]

　　四、五月份正是长江水势漫涨的季节。此时的瞿塘峡浪花高飞,惊涛拍壁,白浪崩天如暑天飞雪,景象煞是壮观。汹涌急湍的江水呼啸而来,砑崖转石,声如晴天震耳欲聋的响雷,令人心惊色变。诗人在绘形摹声穷形极相后,再转入侧面烘托,从艄公舵师胆破色变、惊魂未定的神情中,我们再次形象地感受到瞿塘水的凶险叵测。千艘万舸不敢贸然闯滩,人们面对大自然的惊涛骇浪一筹莫展,有谁敢贸然而行拿自己的性命作赌注轻越雷池一步? 长江三峡中,瞿塘峡素以险峻著称,诗人在《入蜀记》中曾有这样的描写"(瞿塘峡)两壁对耸,上入霄汉,其平如削成,仰视天如疋(pǐ 匹)练。然水已落,峡中平如油盎……"诗人一向仰慕三峡的奇诡景象,遗憾的是他到达时徒见两边陡峭的崖壁,不见峡中水浪惊心动魄的一幕,未免兴致索然。这首诗凭空落笔虚景实写,前八句从正、侧两面极力渲染瞿塘峡雄奇骇人的景象,足以弥补不能眼见的遗憾。后四句写过峡时的实景,十月的瞿塘峡已不复有往日的声势,显得出奇地平静安然,只有山腰上斑驳的沙痕尚刻着水势雄壮时奔腾攀升的痕迹。诗人在煞尾处特别强调"瞿塘峡水平如油"的眼见之景,与臆想中的"何雄哉"形成反差,在表现瞿塘水形象多棱的同时,不无深深的遗憾。

　　陆游个性好奇,喜欢刺激,他对奇人奇士、奇山奇水一直怀有特别的兴趣。他早年初仕福建宁德时,曾见过大海,对大海的兴奋与刺激一直难忘。现在身入瞿塘峡,惟见水平如油全无想象中的波澜,似乎不够尽兴刺激。于是大笔如椽,开始泼洒他胸中应有的惊心动魄的瞿塘形象。

　　这首歌行体诗意象雄肆、虚实相间、横空构杰。声韵平仄互转,铿锵有力,表现了陆游的一腔豪情,也展示了陆游的胸中江山。

饭三折铺①,铺在乱山中

平生爱山每自叹,举世但觉山可玩。

皇天怜之足其愿,著在荒山更何怨。

南穷闽粤西蜀汉②,马蹄几历天下半。

山横水掩路欲断,崔嵬可陟流可乱③。

春风桃李方漫漫,飞栈凌空又奇观。

但令身健能强饭④,万里只作游山看。

[注释]

①三折铺:地名,当在夔州至梁山道中。
②闽粤(yuè 月):即闽越,指今福建省一带。
③乱:横渡。
④强饭:努力加餐,强制自己多进食。

[点评]

　　这是陆游奉四川宣抚使王炎之召,离开夔州赶赴南郑军幕的第一首纪行诗,乾道八年(1172)正月作于梁山道中一个叫三折铺的地方。

　　陆游在夔州任上的情绪是十分低落的。他郁郁不得志,自嘲"减尽腰围白尽头"(《九月三十日登城门东望凄然有感》),特多思乡嗟愁的感叹。正当他接到王炎军幕之召后,情绪一下子有了很大改变。在未来希望的召唤下,诗人对自己充满了信心。因此奔赴新任,途中所见草木含情、山川有意。即使身处乱山野岭,也不无情调,别具亲和的魅力。

　　川陕一带的道路本来就十分偏僻艰险,杜甫当年流落两川时的一些纪行诗大都写得危苦险恶。陆游的情形恰好相反:他以从军为乐,道途之苦,多为豪情所冲淡,在诗歌中化为审美中的快感,所以他的纪行诗显得潇洒而轻松。诗人自言平生爱山,认为山的个性最值得玩味。是老天有眼,才满足了他看山的心愿,让他奔走在崎岖的川陕之路上,体验与山朝夕相处的感情。在这首诗中,诗人对于旅行的艰难困苦未置一词,对山的感情却溢于言表。这可能与诗人特殊的个性与经历有关——陆游生性好强,从来不向环境低头。从东南的闽越到西陲蜀汉,"马蹄几历天下半",尽管途中"山横水掩路欲断"。但经行之处,从来没有不能逾越的山川险阻。眼前乱山飞栈凌空的景象,又给诗人带来了新的挑战与刺激。这位"生长江湖狎钓船"(《书事》)的江南游子,怀着一腔北望中原、气势如山的豪气,终于走上了他梦寐以求的南郑前线,去实践他跨鞍塞上的伟大理想。从这个意义上讲,这首纪行诗实在是他生命旅程中实现新的转变所跨出的最初一步。

游锦屏山谒少陵祠堂①

城中飞阁连危亭,处处轩窗临锦屏。

涉江亲到锦屏上,却望城郭如丹青②。

虚堂奉祠子杜子③,眉宇高寒照江水④。

古来磨灭知几人,此老至今元不死⑤。

山川寂寞客子迷,草木摇落壮士悲。

文章垂世自一事,忠义凛凛令人思⑥。

夜归沙头雨如注,北风吹船横半渡。

亦知此老愤未平,万窍争号泄悲怒⑦。

[注释]

①锦屏山:在四川省阆中县南,山峰如屏,上有杜甫祠堂。谒(yè夜):拜访。

②丹青:图画。

③子杜子:对杜甫的特别尊称。子,古代对师长或有德行人的尊称。杜子,对杜甫的尊称。

④眉宇:此借指祠中杜甫塑像的面容神态。高寒:高古清癯。江:指嘉陵江。

⑤此老:指杜甫。元:原来。

⑥凛凛:可敬畏的样子。

⑦万窍争号:数不清的空谷竞相呼号,形容风大。

[点评]

　　陆游对唐代诗人杜甫极为崇敬,一生写过不少仰慕杜甫、歌颂杜甫的诗,对这位伟大的诗人怀有特殊的感情。陆游早年从江西诗人学诗,与杜甫当有诗学上的渊源。入蜀后,又遍吊杜甫在四川的遗踪,初到夔州时即写《夜登白帝城怀少陵先生》一诗,赞美其"歌诗遍两川"的文学成就。后来奉王炎之招到南郑前线,担任军政方面的外勤工作,路过阆中,游锦屏山,拜访杜甫祠堂。在离开南郑回成都时,又有《草堂拜少陵遗像》诗,东归途中路过四川忠州,赋《龙兴寺吊少陵先生寓居》诗:"我思杜陵叟,处处有遗踪。"对杜甫晚年流落两川、壮志未酬的不幸遭遇有十分真切的体会和感受。千古才人"萧条异代不同时"的感喟,使陆游对杜甫的思想和创作有了更深一层的理解和共鸣。

　　锦屏山又名阆中山,位于四川阆中县城外嘉陵江南岸。杜甫当年曾两次来阆中,前后居住五、六个月,在此写下了许多诗。后人遂在锦屏山上建杜甫祠堂,以纪念这位伟大的诗人。陆游来游锦屏山时,正值乾道八年(1172)的深秋时分。草木摇落,山川寂寞,诗人涉江亲到锦屏山上,面对"眉宇高寒照江水"的杜甫塑像,崇敬仰慕之情油然而生。诗很有层次地表现了这种感情。

　　锦屏山势险峻形似彩屏,山外嘉陵江水三面环绕,在山上回望阆中城朗秀如画。杜甫的祠堂就处在这么一个美丽的环境之中。在江山胜景的簇拥之下,杜甫的祠堂和"子杜子"的形象就更崇高鲜明,光彩照人。诗人在描绘锦屏山外景后即转入对杜甫形象的精彩描述。祠堂正中奉祀的少陵遗像清癯高大,神情肃穆,眉宇间凝聚的崇高神情,永远映对着清碧的嘉陵江水,将与山川共存。诗人从杜甫身上感受到强大的精神力量和人格魅力。诗从锦屏山的高峻写到杜少陵的忠义凛凛,对杜甫的人品和文学业绩作了热情的赞颂。笔端饱含深情,感情由表入里,从外景的描写到内情的刻画过渡十分自然。这种感情愈积愈厚,愈转愈深,最终酿成一种强大声势,如狂风入谷,如暴雨倾盆。自然界风雨的怒不可遏,好像在替杜甫发泄着满腔的悲愤。山谷齐鸣又仿佛是诗人在高喊在怒吼!诗最后几句,情绪轩昂,笔力千钧,感情也在酝酿中达到物我一体的高潮。夜归时的场景描写以及暴风骤雨"万窍争号"的渲染,既是写杜甫不遇于世的愤怒,也是诗人自身不平之气的淋漓发泄。诗四句一转韵,情景交融,顿挫悲壮,其意足以撼世感人。

故土小园

柳暗花明又一村

小 园

小园烟草接邻家,桑柘阴阴一径斜①。

卧读陶诗未终卷②,又乘微雨去锄瓜。

村南村北鹁鸪声③,水刺新秧漫漫平④。

行遍天涯千万里,却从邻父学春耕⑤。

[注释]

①桑柘(zhè 浙):桑树和柘树,均为落叶灌木,叶子可喂蚕。

②陶诗:东晋田园诗人陶渊明的诗。

③鹁鸪:即水鹁鸪,天阴将雨时,鸣声甚急。

④水刺新秧:出水如刺的新秧。

⑤邻父(fǔ 府):邻居父老。

[点评]

　　淳熙七年(1180),陆游被给事中赵汝愚弹劾后,又一次回到了山阴故庐,开始了他第二次漫长的村居生活。小园组诗写于归田后的第二年春天。题下共有四首,此其一、三。诗描绘了田园景色和劳作其间的情状,写得清新自然而不失诗人风度。

　　前一首很有陶诗恬淡、自然、浑朴的风味。四月的小园已是烟草浓密,绿树成荫,邻里之间绿径相接,阡陌相连。诗人趁着农闲的空当,歪在藤榻上有滋有味地翻阅陶渊明的田园诗。一会儿下起了滋润的细雨,诗人又放下没有读完的诗卷,趁着微雨到小园去锄瓜去了。这首绝句妙在诗境与田园生活融合无间,悠然兴会。读诗锄瓜的诗人已成为田园自然风光的一部分,闲淡而有情致,令人把玩不已。

后一首诗则更具放翁田园诗的个性。后两句有自嘲之意,不甘和忧愤之情溢于言表。五十七岁的诗人,立功立业已是无望。"行遍天涯千万里",到头来"无才屏朝迹,有罪宜野处"(《中夜起出门月露浩然归坐灯下有赋》),重新向父老乡亲学习灌园、种地、锄瓜,言词之间不得志的情绪清晰可感。看来诗人并非一味地恬淡,他的田园诗中亦有"二分梁父一分骚"。

绝　句①

扁舟又向镜中行,小草清诗取次成②。

放逐尚非余子比,清风明月入台评③。

[注释]

①本诗原题为:《予十年间两坐斥,罪虽擢发莫数,而诗为首,谓之"嘲咏风月"。既还山,遂以"风月"名小轩,且作绝句》。坐斥:因罪而被斥革职位。擢(zhuó浊)发莫数:指罪状多得数不清。

②取次:次第,依次。

③台评:指御史台的弹劾。台:台官。此指御史台,掌弹劾。

[点评]

陆游从淳熙七年(1180)到淳熙十六年(1189),前后十年间两次被罢职。每次落职后,总是回到山阴农村闲住,是家乡的山水默默地为他抚平心灵的创痛。这首诗是第二次罢职后(1190)写下的,诗人在小序中以调侃的口吻诉说了十年间因诗得祸的特殊遭遇,此次又因谏议大夫何澹斥为"嘲咏风月"而再次被斥逐。回乡后的诗人"积习"难改,索性以"风月"名小轩,依然吟咏于稽山镜水之间,以示对当权者的不屑。

诗题下原有两绝,这是第一首。诗与题契合无间,诗题陈述客观、冷峻、沉着,诗则个性鲜明,形象生动,两者相得益彰。冷嘲之中不乏幽默机趣的牢骚,肝肠俱愤而色笑如花。"扁舟又向镜中行,小草清诗取次成。"这个"又"字有诸多仕途的感慨,虽没有刘禹锡"前度刘郎今又来"的辛辣尖刻、锋芒毕现,但也柔中有刚,绵里藏针。在闲淡的农村生活中偶露机锋,在行言记事、小草清诗中好好回敬了"台评"的弹劾者,寓不平于旷达闲散的山水歌咏之间,别有韵致,别有寄意。

秋日郊居

儿童冬学闹比邻①,据案愚儒却自珍。

授罢村书闭门睡,终年不著面看人②。

[注释]

①冬学:陆游自注,农家十月乃遣子入学,谓之冬学。所读《杂字》、《百家姓》之类,谓之村书。

②著面:露面。

这首绝句刻画了一个迂腐可笑的村塾教书先生形象,也可看作农村风情中的一景。

先生头脑冬烘,除了教几句《杂字》、《百家姓》之类的村书外万事不关心。就在他的眼皮底下,孩童们闹得天翻地覆不可开交,他也据案不惊,不闻不问,只管自己好好休息调养身体。平时一上完课,就闭门大睡,一年到头很少露面见人。

陆游是一个充满爱心和童趣的诗人。他看到村上冬学中有这么一个缺少爱心又麻木不仁的教书先生,既感到可笑又为孩童们感到惋惜。诗中儿童活泼好动的天性与腐儒冷漠的神情,恰好形成鲜明的对比。这位可笑之至、充满酸气的冬烘先生居然还在村学教书,简直令人不可思议!在陆游看来,这位先生自己即是朽木一块,不可雕也!

秋 晚

新筑场如镜面平,家家欢喜贺秋成。

老来懒惰惭丁壮,美睡中闻打稻声。

[点评]

读这首诗,一定得看一下范成大在此之前的同类作品。

范成大晚年退居苏州石湖时,曾写过一组《四时田园杂兴》的农村诗,反映江南地区一年四季的田园景色和农民劳作其间的喜怒哀乐。其中有一首诗和放翁的《秋晚》诗十分逼近。诗是这样写的:"新筑场泥镜面平,家家打稻趁霜晴。

笑歌声里轻雷动,一夜连枷响到明。"诗描写农村秋获时欢歌达旦的打稻之声,
情景刻画、环境渲染都很成功。有范诗在前,陆游的这首诗不免有重合之嫌了。
陆游写这首诗的时候(1194),范成大已去世一年。陆游对范诗是否有所借鉴,
也不得而知。这两首诗在题材和句式上确实有明显的类似之处,但仔细体会还
是各有特色的。范成大晚年在石湖隐居养病,并无生计之虞。看到农村的丰收,
他感受到的是发自内心的与民同乐的怡然之情,所以他能用比较生动客观的笔
触来反映这种丰收景象。在范的笔下,农民的欢愉和通宵达旦的连枷之声代表
着他对民生的关注。而陆游写这首诗时已亲自灌园多年,所以诗中比较突出身
为老农的主观感受。诗人说自己年老体弱,已不堪与年轻丁壮相比,在打稻声中
犯困睡去。这"一夜响到明"的连枷之声,在陆游笔下变成了催人美睡的田园小
夜曲,它伴送着诗人心满意足地进入梦乡。"我"的心态和平,酣然美睡,正道出
了秋成给农民带来的心理满足和太平气象。"家家欢喜"之中,无疑也包含着诗
人对丰收的最切身的体会。

小舟游近村,舍舟步归

数家茅屋自成村,地碓声中昼掩门①。

寒日欲沉苍雾合,人间随处有桃源②。

借得渔船溯小溪,系船浦口却扶藜③。

莫言村落萧条甚,也胜京尘没马蹄④。

不识如何唤作愁，东阡西陌且闲游。

儿童共道先生醉，折得黄花插满头。

斜阳古柳赵家庄，负鼓盲翁正作场⑤。

死后是非谁管得，满村听说蔡中郎⑥。

[注释]

①地碓(duì 对)：地上捣米的石舂。
②桃源：桃花源，陶渊明诗文里的理想世界。
③藜：藜杖。
④京尘：此指临安喧嚣的风尘。
⑤作场：敲起开场鼓。
⑥蔡中郎：东汉蔡邕，字伯喈，做过中郎官。

[点评]

这是诗人七十一岁那年秋天写下的一组村行小诗。

陆游是个闲不住的人。他晚年僻居山阴的一个小山村，日复一日地过着近乎单调清贫的生活，读书和出游成了他晚年养生的两大乐趣，常常"读书才倦即游山"（《自喜》）。诗人乘着渔舟沿溪赏游，来到近村后，舍舟登岸，扶杖步行回家。一路上，兴致悠悠，游目骋怀，脱口成吟。这四首诗前后连贯，犹如一幅幅富有动态感的农村风情画。

第一、二两绝，写舍舟登岸后游访的第一个村落只是数间茅屋连片而成的一个小村庄。这里自成一统，家家白昼虚掩柴门，茅舍中高高低低的舂米声，更衬托出村庄的静寂。寒日欲沉，暮云合碧，诗人步行于此，仿佛走进了陶渊明构筑的世外桃源。这个山村虽小，甚至有些凄清萧条，但与京都的紫陌红尘相比，诗人显然更愿意接受眼前的这份清幽和宁静。

第三首是过渡。诗人出小村后行于田园小路，喜见山野菊花盛开，不禁雅兴大发，折取几枝横七竖八地插在发髻上，引得一群儿童簇拥观看，以为放翁真的醉了。而诗人也似乎浑然不觉,自得其乐,在柳暗花明之间踱进了又一村——赵家庄。

第四首诗"斜阳古柳赵家庄",一开始就点明到赵家庄的时间和周围环境。从刚才无名小村的"寒日欲沉"到"落日斜阳",时间在慢慢推移。斜晖中村前古老的柳树,刻着这个村庄悠久的历史。因为与京城比较近,文化也传播得特别快,这些在陆游的《春社》诗里有反映:"太平处处是优场,社日儿童喜欲狂。且看参军唤苍鹘,京都新禁舞者郎。"说明山阴农村,社日常有参军戏的演出,主角(参军)和配角(苍鹘)滑稽的表演,常引得儿童们开怀大笑。这不,赵家庄村头古柳下负鼓的说书盲艺人又在作场表演,开场的锣鼓和精彩的故事正吸引着全村人围观。盲人说的是蔡中郎的故事:"死后是非谁管得?满村听说蔡中郎。"从诗人的笔调中显然证明:艺人口中的蔡邕,身后已是非惹身,被说成是一个背亲弃妇不仁不义的反面角色。东汉时的名宦、诗人的乡贤,曾为曹娥碑题写"黄绢幼妇"绝妙好辞的大文学家蔡邕,身后居然被编派成这个样子,遭艺人村夫口诛唾弃,当是古人做梦也没有料到的吧?对这一段公案是非,诗人虽有感慨兴寄,却表达得十分含蓄通达,只一言遣之一笑了之。

这四首诗连在一起是一个整体,分而视之也各有各的场景。许多选本往往只选其四,一些赏析文章把前三首所写的不同场景都看成是对赵家庄一村一落的环境描写,显然没有体察到山阴农村村落之间的风貌差别和诗人在动态游程中移步换景的妙处。绍兴镜湖一带水网阡陌纵横,自然村落之间相距都不远,一会儿的工夫就可以饱览"柳暗花明又一村"的景色。诗人由彼及此,徜徉其间,心旷神怡。有凄清有热闹,所到之处风景如画,诗人打心里感受到"人间随处有桃源"的愉悦。特别是最后一绝,简直就是南宋民间文化活动的风俗写生。

阿 姥

城南倒社下湖忙，阿姥龙钟七十强。

犹有尘埃嫁时镜，东涂西抹不成妆。

[点评]

　　这首诗完全采用白描手法，只寥寥数笔，就勾勒出诗人乡里农村老太太的生动形象。这位龙钟老态、爱赶热闹的阿姥，一到春天就忙着赶场，又是"倒社"又是"下湖"。年纪虽大但兴致很高。

　　镜湖农村有许多古老的文化习俗。每逢春秋及年关，大都要赛神祭社，往往是倾村而动。这里的"倒社"当指春社，"下湖"也指当地的一种祭祀风俗。农历三月初五是禹的生日，乡民总要乘画舫、具酒食、设歌舞到禹庙拜祭，称之为"下湖（镜湖）"。这两种风俗，对长年面对土地的乡民来说，既是祈神保佑的必要仪式，又是淳朴难得的文化娱乐方式，在当地称得上是隆重的节日。所以，这位年过古稀的乡村老妇，也不想错过这个出门的机会，还特别拿出陪嫁时的镜子，又是涂脂又是抹粉，化好了妆，穿戴整齐颤颤巍巍地赶热闹去了。作者用"不成妆"来形容阿姥的样子，该是出于一种善意的取笑——毕竟这位老太太上了年纪，再涂再抹也无济于事，但老太太这份爱时髦的心情是很可爱的。诗人只用几句话就把这位农村老太太的神态、形象刻画得栩栩如生。

　　宋诗宋词都擅长写日常生活中的平素题材，许多小人物遂成了文学画廊中生动活泼的形象。陆游笔下的"阿姥"和苏轼笔下"旋抹红妆看使君"（《浣溪沙》）、踏破罗裙看热闹的村妇，以及辛弃疾笔下"醉里吴音相媚好"（《清平乐》）的白头翁婆，写的都是清一色的农村妇女形象。她们情态各异，却让人过目不忘,都能给人留下十分深刻的印象。

秋　怀

园丁傍架摘黄瓜,村女沿篱采碧花。

城市尚余三伏热,秋光先到野人家。

[点评]

　　春光固然明丽,秋景也别有风姿。诗人八十一岁时写的这首秋景诗照样入画,且毫无迟暮之气、衰飒之象:园丁在棚架上采摘黄瓜,村姑在篱边采摘碧花,充满生机和活力的农居生活和淳朴无华的水乡风物给人以安恬的感受。油绿丰盈的瓜棚和篱笆撑出的一片清绿凉荫,已把诗人内心充满诗意的感觉调动了起来。诗人的艺术触觉十分锐敏:"诗情也似并刀快,剪得秋光入卷来。"(《秋思》)于是,诗人之笔犹如一把并州快剪,一齐把秋景剪裁入诗,构成了自然清新的画景。

　　诗后两句借景点化主题,说城市入秋尚余三伏炎热,倒不如在田园野居、清凉爽快自在惬意,"秋光先到野人家",写景兼发议论,意味深长,与辛弃疾的"城中桃李愁风雨,春在溪头荠菜花"(《鹧鸪天》)有同工之妙。

山村经行因施药

耕佣蚕妇共欣然,得见先生定有年。

扫洒门庭拂床几,瓦盆盛酒荐豚肩。

驴肩每带药囊行,村巷欢欣夹道迎。

共说向来曾活我,生儿多以陆为名。

[点评]

　　陆游年轻时曾整理过祖传《陆氏集验方》一书,深谙摄卫养生之道,对普通的病痛都能自诊自治。他晚年长住山阴农村,看到许多乡民为疾病所困,就经常免费为他们诊病送药,因而受到了当地农民的尊敬爱戴和殷勤款待。

　　这两首农村记事诗描摹农夫蚕妇口吻行状,惟妙惟肖,生动自然。特别是乡民那种朴素自然的感情和倾村夹道热烈欢迎的场面,均体现出农村特有的人情味。

春日杂兴

夜夜燃薪暖絮衾①,禺中一饭直千金②。

身为野老已无责,路有流民终动心③。

[注释]

①衾(qīn 钦):棉被。
②禺(yū 虞)中:将近正午时候。直:通值。
③流民:流亡的难民。

[点评]

嘉定二年(1209)春,是陆游生命旅程中的最后一个春天。诗人身为野老,但诗中流露出来的思想精神还是那么执著炽热,让人怦然心动。

开禧嘉定年间,长江淮河一带发生严重的旱灾、蝗灾,再加上兵灾人祸,使那一带的老百姓无法生存,流离失所,纷纷外出向城市逃亡。当时的临安山阴一带,到处可见饥寒交迫的流民。而正在此时,陆游的生活也面临着严峻的危机。开禧北伐失败,南宋杀韩侂胄求和,陆游因赞成韩北伐又曾为韩写过《南园》、《阅古泉》两记而遭到弹劾。春天,被罢免宝谟阁待制,生活陷于困顿,有时断炊,有时喝粥度日。贫穷和饥馑使他最真切地体会到流民的疾苦和不幸。所以,有时常想"安得粟满囷,作粥馈行路",让流亡的饥民有一口饱饭吃。古人云,达则兼济天下,穷则独善其身。诗人这时已是一介布衣、十足的"野老",但他还是关心民生疾苦,情同身受。

刘克庄在《后村诗话续集》卷二曾有这样的评价:"韦苏州(应物)诗云:'身

多疾病思田里,邑有流亡愧俸钱。'太守能为此言者鲜矣。若放翁云:'身为野老已无责,路见流民终动心。'退士能为此言,尤未之见也。"的确,陆游在此诗中表达的自觉意识和责任心,远非一般士大夫文人所能望其项背的,实在是他一生忧国爱民言行发自内心、毫无矫饰的真切披露。

夜泛蜻蜓浦①

四顾水无际,三更月未生。

偶成摇楫去②,不减御风行③。

烟浦渔歌断④,芦洲鬼火明⑤。

还家人已睡,小立叩柴荆⑥。

[注释]

①蜻蜓浦:湖名,在山阴,属镜湖水系。

②偶成:偶尔。

③御风行:乘风飞行,语出《庄子·逍遥游》。

④烟浦:烟水蒙蒙的水边。

⑤芦洲:生芦苇的小洲。

⑥柴荆:柴门。

[点评]

淳熙十三年(1186),陆游再次被朝廷起用,知严州军事,本诗即赴任之前返里一行时所作。时值仲夏,诗人夜泛镜湖,来到了水面开阔的蜻蜓浦上。御风而行,飘飘然有一种遗世独立的感觉。

　　诗的前三联集中写夜泛江湖时的景色和心理感受。景色浩瀚广阔,但不乏凄清冷寂之感,与诗人此时孤寂落寞的心境十分契合。陆游在闲置六年后,虽又得一职将赴任严州,但他内心并不得志。殿辞时孝宗嘱他享受严陵风光,这很挫伤诗人的拳拳之心。诗人回乡在没有月色的深夜独自泛舟,似乎要与六年江湖生涯告别,但又好像不能忘情于故乡的山水。所以三更时分,还盘桓于蜻蜓浦上,久久地不忍离去。诗最后一联描述夜泛归来小立柴门的身影,意境清冷,形象生动含蕴,十分耐看。

游山西村①

莫笑农家腊酒浑②,丰年留客足鸡豚③。

山重水复疑无路,柳暗花明又一村。

箫鼓追随春社近④,衣冠简朴古风存。

从今若许闲乘月,拄杖无时夜叩门⑤。

[注释]

①山西村:即西村,在山阴镜湖畔陆游别业附近。

②腊酒:腊月酿造的酒。

③足鸡豚:指菜肴丰盛。足:充足,充盈。

④春社:古代以立春后的第五个戊日为春社。据《宋会要·运历二》:乾道三年正月初八立春,春社是农历二月十九。

⑤无时:随时,时时。

[点评]

陆游真称得上是一位绝妙的"导游"：只短短六十个字的一首七言律诗，就能把读者带进山清水秀、风光旖旎的江南小山村，让你饱览明媚秀丽的山乡景色，呼吸淳朴清新的田园空气，领略敦厚朴实的乡情乡俗。这天然古朴的农村风情画卷和着诗人充满诗意的动情描述，使诗更富有引人入胜的艺术魅力。

诗人在镇江任上时，曾用所得的薪俸，在山阴镜湖畔三山置宅一所。乾道二年(1167)罢职归乡，始卜择镜湖新居。这首诗是次年早春出游邻村时写下的，从"闲乘月"、"无时"等语看，诗中描写的当是三山别业不远处的山乡景色。

首联叙农村客情之浓。"莫笑农家腊酒浑"，这腊酒是镜湖农村世代承袭的家酿酒，用糯米为原料制成的。酒熟后分酒液和酒酿两部分：滤出的酒呈米白色，滤后的酒酿也甜醉可食。诗中所说的"腊酒浑"，指的就是这种没有经过滤处理的土制米酒，以其原汁原味敬献给客人，色泽上虽稍逊清亮，但味道还是挺纯正的。如果碰上年成好，农家还会杀鸡屠猪置办丰盛的菜肴款待客人。这二句于寻常的叙说中，透露出农家敦厚朴实的乡情，令人顿生亲近之感。

颔联写沿途景色之美。"山重水复"和"柳暗花明"本身是绝妙的当句对子，又间以"疑"、"又"等关联词，突出了对山水美景的主观感受，又准确地表达了客观景物层次的变化、境界的丰富多彩和置身其间的欣喜愉悦。山重水复和柳暗花明，确实可代表镜湖一带的地貌和景色。陆游在描写三山村居中，曾不止一次地唱道："湖山胜处放翁家，槐柳阴中野径斜。"(《幽居初夏》)"水复山重客到稀，文房四宝独相依。"(《闲居无客，所与度日笔砚纸墨而已，戏作长句》)但这两句诗又不仅仅是对该处景色单纯客观的描写，而是集合了诗人对江南一带山环水绕、曲折幽深、千岩万壑、境界多变的主观印象后脱口而出的佳章。状难写之景于目前，含不尽之意于言外，"山重水复"固非一隅之景，"柳暗花明"也非早春风光。这一联妙就妙在"疑"和"又"两个流转关联的字眼上，突出主观印象，对举成文，不但情景婉见、自然流利，而且从意象本身还可以衍生出许多人生哲理的思考。

颈联描述民风民俗之淳朴。春社是农民自娱娱神的一个隆重节日，节前乡民们吹箫打鼓早就在着手演习了。祭社也是农民们最具实用价值的文化娱乐方式，代表着世代与田地打交道的乡民对风调雨顺的祈望。他们日出而作，勤劳俭朴,知足而乐;无名利之争,无宠辱之忧。与朝市中奢侈浮华、势利浇薄的风气正好形成对比,才会使诗人产生出无限的向往和热爱。既有前面的乡情美景的铺叙,再有这淳厚风俗的吸引,诗人内心油然萌生出一种羁鸟返林、池鱼归渊的由衷愉悦。尾联水到渠成,吐露出由出游产生的心愿,表示今后将常来常往,保持更密切的联系。诗以期望之辞收笔,而且还设笔描绘了这样的一幅月下夜游的图景,不惜秉烛而行,足见诗人对时光、美景、乡情的无限怜惜。

　　读这首《游山西村》诗,常会令人联想到唐代孟浩然的《过故人庄》:"故人具鸡黍,邀我至田家。绿树村边合,青山郭外斜。开轩面场圃,把酒话桑麻。待到重阳日,还来就菊花。"两首诗都是写农村风光和与农民的亲切交往,章法结构上也有相近之处,但风味毕竟有别。孟浩然的诗境与王维相较好像是活泼不定的,但与陆游一比较,无论是写景抒情,却又显得淡泊圆润、客观宁静得多。我们只要把两首诗用于写景的颔联作一对比,就不难体会两位诗人不同的个性特点,从中亦可悟得唐、宋诗不同的艺术风味。

观村童戏溪上

雨余溪水掠堤平,闲看村童戏晚晴。

竹马踉蹡冲淖去[①],纸鸢跋扈挟风鸣[②]。

三冬暂就儒生学[③],千耦还从父老耕[④]。

识字粗堪供赋役[⑤],不须辛苦慕公卿[⑥]。

[注释]

①踉蹡(qiàng 呛):即踉跄,跌跌撞撞走路不稳的样子。淖(nào 闹):烂泥坑。

②纸鸢跋扈：见《南郑马上作》注。

③"三冬"句：古时农村只在冬季的三个月中让儿童入学读书。

④千耦(ǒu 偶)：农忙季节。耦：两人各执农具并肩劳耕。

⑤粗堪：勉强能够。

⑥公卿：原指三公九卿，此泛指朝中高官。

[点评]

这首诗与《游山西村》几乎写于同时，但描摹的却是另一种景象。诗人已把新奇有趣的目光投注到农村中活泼好动、调皮可爱的小孩子身上，用生动传神的语言为农村儿童写生画像。

诗前两联撷取的是日常生活中饶有兴味的一个片断：一场春雨过后，在刚放晴的傍晚时分，一群农村的孩子们迫不及待地奔向门前空旷的场圃，自玩各种游戏。有的孩子胯下骑着竹马，跌跌撞撞地向泥沼冲去，口中肯定还不停地大呼小叫，俨然是一个勇往直前的骑士；有的孩子一边牵引着风筝一边奔跑，任凭纸鸢在空中横冲直撞，兜着风发出呼呼的声音。这两幅画面都极有动态感，刻画出山野孩童生性好动、健康活泼的可爱形态，充满了童稚之趣。后半首写农村世代耕读、劳动传家、朴实无华的田父家风。这一幅幅充满童稚情趣、天伦之乐的生活场面，深深地吸引着诗人。他拄杖闲看，完全沉醉在这怡和知足的乡土情韵之中。诗最后二句，借父老之口表述了朴素的观念，说孩子们读书只要粗通文墨，能应付赋税服役的事就够了，不必为了羡慕做官而辛苦一生。

诗人对这种生活方式的欣赏与认同，其实反映了他在特定生活背景下的生活感慨。在罢官归乡的最初日子里，是农村生活给了他莫大的精神安慰，抚复着他的心灵创伤。但陆游毕竟志存高远，从小就熟读兵书文典，意不在阡陌之间。他说这番话当包含着对仕途凶险叵测的感叹，又有怀才不遇的愤世之情。

九月三日泛舟湖中作

儿童随笑放翁狂,又向湖边上野航^①。

鱼市人家满斜日,菊花天气近新霜。

重重红树秋山晚,猎猎青帘社酒香^②。

邻曲莫辞同一醉,十年客里过重阳^③。

[注释]

①野航:指随意泛舟。

②猎猎:旗在风中飘飞的声音。青帘:酒家青色的酒旗。

③陆游原注:予自庚寅至辛丑(1170—1181),始见九日于故山。

[点评]

　　"十年客里过重阳",是这首七言律诗抒情的起点。诗人自乾道六年离乡入蜀,十年羁旅异乡客地。至这次罢归回乡,重新回到阔别的三山故园,家乡的一山一水,使他倍感温馨亲切。诗人投身其间,与儿童相嬉,与父老相酌,尽情地欣赏湖光山色,感受社日风情,呼吸田园自由清新的空气,驾着一叶小舟,陶醉在这天然无饰的风土乡韵之中。

　　诗写重阳节前的一次出游,看似十分信手随意,其实针线细密,颇具匠心。首联写出航,点"狂"字状写诗人迷恋痴顽之态。颔颈两联对仗工巧,意象却错落有致:鱼市人家水上营生,村落酒肆青帘招客;菊花天气天高气爽,新霜乍起层林尽染,好一幅秋日的图景!红树青帘,鱼市社酒,夕照波光,句句不脱水上感觉,又紧扣重阳节令,写尽节候风光。承首联"野航"而起,铺叙景色风情伸足题意。尾联点"狂"之缘由,情景兼备,顺理成章。

整首诗意象生动,色彩明丽,浑然天成。正如这水乡田园的风景和人情一样,纯是天籁,让人抒怀。

秋晚闲步,邻曲以予近尝
卧病^①,皆欣然迎劳

放翁病起出门行,绩女窥篱牧竖迎^②。

酒似粥酽知社到,饼如盘大喜秋成。

归来早觉人情好,对此弥将世事轻。

红树青山只如昨,长安拜免几公卿^③。

[注释]

①邻曲:邻居。
②牧竖:牧童。
③拜免:指封官和免职。

[点评]

诗是陆游六十九岁那年秋天病愈后写下的,"人情好"是这首农村诗吟咏的主题。

陆游晚年归园田居,虽奉祠半禄,但家境并不宽裕。为了生计,陆游与子孙们常一起躬耕陇亩,向田父野老学习稼穑之道。也参加一些力所能及的劳作,并

自称"行年七十尚携锄"。平素灌园浇地,种豆锄瓜,使他有更多的机会接触村民。"东邻稻上场,劳之以一壶。西邻女受聘,贺之以一襦。"(《秋晚农家》)诗人真诚的祝福,往往会得到乡民们十分的敬意和加倍的回报。这首诗叙说诗人卧病时普通村民对诗人的关切和照顾,情真意切,令人过目不忘。

俗话说,远亲不如近邻。绩女和牧童看到诗人病起出门,就关心地迎了上来,问长问短,又是送酒又是送饼。这种朴素而真诚的问候,给病后的诗人以莫大的精神慰藉。诗人从官场走向农村,农民的淳朴常使他感动万分。在陆游晚年,表现"人情好"的诗很多,如《东村》二绝:"野人知我出门稀,男辍锄耰(yōu优)女下机。掘得茯菇炊正熟,一杯苦劝护寒归。""野人喜我偶闲游,取酒匆匆劝小留。舍后携篮挑菜甲,门前唤担买梨头。"山野之人对诗人是多么热情,这份真情厚意,委实令人心动。

"归来但觉人情好,对此弥将世事轻"一联,包含着两层意思:一层是说民间淳朴温暖、官场凶险奸诈,另一层则表达了诗人对山野之民深深的敬意。诗人回乡以后,"几年羸疾卧家山,牧竖樵夫日往还。"随着与村民野老相处日深,使他真切地感受到乡里间的一股正气。"至论本求编简上,忠言乃在里闾间。"(《识愧》)基于这样的感慨,使他更加鄙视官场的庸俗和冷酷。最后说,镜湖的风光依旧旖旎怡人,不知京城中又拜免了几位公卿大臣,有几人得志、几人失意? 这里"红树青山"斑驳亮丽,是诗人笔下典型的镜湖秋色。诗人病后拄杖眺望,眼前风景如画,回味人生,更觉风光这边独好。

这首七言律诗明白如话,通俗易诵。然浅显中有真情,平淡中有卓识,运用对比手法,褒贬春秋。诗非仅仅赞美乡间真情而已,实也包含着对仕途朝政的嘲讽。

农家叹

有山皆种麦,有水皆种粳^①。

牛领疮见骨,叱叱犹夜耕。

竭力事本业^②,所愿乐太平。

门前谁剥啄^③,县吏征租声。

一身入县庭,日夜穷笞搒^④。

人孰不惮死? 自计无由生。

还家欲具说,恐伤父母情。

老人倘得食,妻子鸿毛轻。

[注释]

①粳(jīng 京):粳米,水稻的一种。

②本业:古时称农业为本业。

③剥啄:叩门声。

④笞搒(chī péng 吃朋):鞭打。

[点评]

　　这是一首悯农诗,作于庆元元年(1195)春。题材风格近似白居易《新乐府》
和《秦中吟》,是对农民悲惨遭遇的真实披露和深切同情。

　　诗中的主人公是一个吃苦耐劳、忠厚本分的农民。他起早摸黑,不分昼夜地劳作,竭尽全力经营农事。长期以来连轴不停地劳动,连牲口都劳累得瘦骨嶙峋抵挡不住了,更何况于人!然而,这位本分守业的农夫,尽管付出了最大的辛劳,却连最起码的愿望——求太平,也无法如愿,灾难正一步一步地向他走来。县吏"剥啄"的敲门声犹如催命符,把这位交不起田租的农夫推进了苦难绝望的深渊。先是威逼,后是严刑拷打,折磨得农夫终于失去了对生存的信心。

从官府里出来,他万般郁愤无奈。本欲把在官府中所受的屈辱和酷打如实地诉诸家人,但又怕年迈的双亲为此伤情痛苦。家中一贫如洗,心中想着老人的生计,妻子儿女就兼顾不得了。满腹的心酸,暗示着一个悲惨的结局。

就是这么一个勤劳本分、心地善良的农民,在封建官府的威逼之下却陷入了求生不得、求死不能的绝望境地。诗人在此以严肃的写实精神,用形象再现了苛政对农民的压迫和掠夺。此后的《书叹》"有司或苛取,兼并亦豪夺。正如横江网,一举孰得脱",则以政论式的议论,控诉了封建剥削的吃人本质。

稽山行

稽山何巍巍,浙江水汤汤[①]。

千里亘大野[②],勾践之所荒[③]。

春雨桑柘绿,秋风粳稻香。

村村作蟹椴[④],处处起鱼梁[⑤]。

陂放万头鸭[⑥],园覆千畦姜[⑦]。

春碓声如雷[⑧],私债逾官仓[⑨]。

禹庙争奉牲[⑩],兰亭共流觞。

空巷看竞渡⑪,倒社观戏场⑫。

项里杨梅熟⑬,采摘日夜忙。

翠篮满山路,不数荔枝筐。

星驰入侯家,那惜黄金偿?

湘湖莼菜出⑭,卖者环三乡。

何以共烹煮? 鲈鱼三尺长。

芳鲜初上市,羊酪何足当⑮?

镜湖溜众水⑯,自汉无旱蝗。

重楼与曲槛,潋滟浮湖光⑰。

舟行以当车,小伞遮新妆。

浅坊小陌间⑱,深夜理丝簧⑲。

我老述此诗,妄继古乐章⑳。

恨无季札听㉑,大国风泱泱㉒。

[注释]

①汤(shāng 商)汤:水势盛大。

②亘(gèn 艮):横贯。

③勾践:春秋末越国的君主。荒:开辟。

④蟹椴(duàn 段):插在溪流中拦捕鱼蟹的竹栅。

⑤鱼梁:捕鱼时所筑的拦鱼之坝。

⑥陂(bēi 碑):池塘。

⑦畦(qí 其):菜园中分成的长行小区。

⑧舂(chōng 冲)碓(duì 对):农村捣米去壳的设备。这里作动词用。

⑨私债:当是"私积"之误,指私家的储藏。

⑩禹庙:会稽东南纪念大禹的祠庙。

⑪竞渡:赛龙船。

⑫倒社:与"空巷"对举,都是全村出动的意思。

⑬项里:地名,在镜湖三山一带。

⑭湘湖:地名,在今浙江省杭州市。莼(chún 纯)菜:一种水生植物,多生长在江南湖泊之中,味鲜美。

⑮羊酪(lào 涝):羊奶所炼制的食品。

⑯潊(xù 旭):水停聚在一起。

⑰潋滟(liàn yàn 炼厌):水满波连的样子。

⑱浅坊小陌:指短短的里巷小街。

⑲丝簧:泛指乐器。

⑳古乐章:指《诗经》。

㉑季札:春秋时吴国的公子,他到鲁国去观乐,听到乐工歌唱《齐风》时,赞道:"美哉!泱泱乎大风也哉!"

㉒泱泱:指气魄宏大。

[点评]

这是一曲歌唱家乡的颂歌。

陆游一生有三分之二强的时间是在故乡山阴度过的。特别是晚年,筑室镜湖之畔,有近二十年的漫长岁月优游于稽山镜水之间,并写下了占他一生创作数量四分之三、达七千多首的诗作。他对家乡风物的熟悉程度简直到了耳熟能详的地步。王士祯说陆游"写村林茅舍,农田耕渔,花石琴酒事,每遂月日,记寒暑,读其诗如读其年谱也"(《带经堂诗话》)。梁清远也认为"陆放翁诗,山居景况,一一写尽,可为山林史"(《雕丘杂录》卷一)。读陆游的农村诗,犹如浏览一本有关南宋山阴农村生活的百科全书,诗人对稽山镜水农村生活进行了全景式的透视,能使读者从中获得更多更美的真实信息。

民以食为天,诗人首先把动情的诗笔对准鱼米之乡丰收景象的敷写上。春天有桑柘蚕事,秋天粳稻飘香,随处可见的蟹椴和鱼梁都能打捞起意外的惊喜。还有池塘中的麻鸭、菜园中的姜芽,都包含着富足的愉悦。在如雷的春碓声中,有谁不为这诱人的景象所陶醉呢?

这首五言古诗,洋洋洒洒四十句,采用了总——分——总的结构形式。总起四句,从历史切入,奠定物华天宝的基础;中间三十二句分别从农事、风俗、特产和环境四个方面赞美山阴农村的富饶美丽和人民勤劳安乐的生活；最后总述写诗动机。整首诗以铺陈为主，笔法详略有致，叙述、描写、点染，使画面色彩绚丽优美。诗人走笔绘景饱蘸激情，分述家乡风物景色，滔滔不绝如数家珍；读者开卷览阅，也如行走在山阴道上，神游目接美不胜收。诗中的农村生活画面虽有理想化的倾向，但作为文学作品是允许更集中更高地反映生活。诗人对生活进行充分提炼，营造一种美的气氛，传达艺术的感受，不也正说明诗人爱乡之心的殷切？

岳池农家①

春深农家耕未足②，原头叱叱两黄犊③。

泥融无块水初浑，雨细有痕秧正绿。

绿秧分时风日美，时平未有差科起④。

买花西舍喜成婚，持酒东邻贺生子。

谁言农家不入时？小姑画得城中眉。

一双素手无人识，空村相唤看缲丝⑤。

农家农家乐复乐，不比市朝争夺恶⑥。

宦游所得真几何？我已三年废东作⑦。

[注释]

①岳池：在今四川岳池县。
②耕未足：还没有耕完田。

③原头:田地里。叱叱:赶牛吆喝声。黄犊(dú 独):小黄牛。

④差科:官府所派的劳役差遣。

⑤缲丝:抽茧的丝。

⑥市朝:公众汇集的地方,此指官场。市:市肆。朝:官场。

⑦废东作:此指离开农村。东作:指春耕。

[点评]

　　这首诗描绘了四川农村的劳动生活场景,作于夔州赴汉中的旅行途中。

　　诗前四句勾勒岳池农村的田野景色。春深雨足,农民依然在田头辛苦地劳作,黄牛叱叱,细雨绵绵,水田中的秧苗远远望去已是一片油绿。黄犊、原头、细雨、绿秧构成的春耕图景,让人清心悦目,倍感亲切。中间八句继而转入对岳池农家风土习俗的细致描写,和平年月,无需差科服役,农民们安居乐业,结婚生子,买花持酒,相互庆喜祝贺。岳池的年轻姑娘们,漂亮姿色不逊都市风采,但入时的眉妆、洁白的素手倒无人欣赏,村里人最看重的是她拿手的纺丝本领,所以彼此相唤争相去观赏她灵巧的缲丝手艺。农民的喜悦和美感,总是很朴实生活化的,他们的欢愉和审美趣味是和恬静安宁的劳动生活融为一体的,均来自于劳动和生活本身。诗人长期生活在农村农民中间,所以才会有如此真切的体会。诗最后四句,以农家快乐与市朝官场丑恶作对比,表现自己鲜明的爱憎观念和对农村生活的深深眷恋。

　　作此诗时,陆游已"三年流落巴山道,破尽青衫尘满帽"(《木兰花》),在夔州孤城做了头尾三年的闲职冷官,尝够了官场冷漠世态炎凉的滋味。在异乡他地看到生机盎然的春耕春作,其乐融融的农家风俗,不禁回忆起赴蜀前的田居生活,一种返璞归真的感情油然而生。诗人以朴实无华的文笔记录了岳池乡村之行的所见所闻,真诚地表达了自己对这种毫无"机心"田园生活的赞美与向往。

思故山

千金不须买画图,听我长歌歌镜湖[①]。

湖山奇丽说不尽,且复为子陈吾庐。

柳姑庙前鱼作市[②],道士庄畔菱为租[③]。

一弯画桥出林薄[④],两岸红蓼连菰蒲[⑤]。

陂南陂北鸦阵黑[⑥],舍西舍东枫叶赤。

正当九月十月时,放翁艇子无时出[⑦]。

船头一束书,船后一壶酒。

新钓紫鳜鱼[⑧],旋洗白莲藕。

从渠贵人食万钱,放翁痴腹常便便[⑨]。

暮归稚子迎我笑,遥指一抹西村烟。

[注释]

①镜湖:即镜湖,因水平如镜,故称。

②柳姑庙:在镜湖三山陆游别业西侧。

③道士庄:原为唐代诗人贺知章镜湖一曲所在,地处陆游屋庐的东侧,今已废。
菱为租:以菱角代缴租税。

④画桥:在城西镜湖中,陆游故居的东南面。林薄:草木丛生之处。

⑤红蓼:即水蓼,生在水边的草生植物,色红可入药。菰蒲(gū pú 孤蒲):生在水

边低洼处的野茭白。

⑥陂(bēi 杯)：山坡。

⑦艇子：即乌篷船。

⑧鳜(guì 桂)鱼：大口细鳞的鱼，生长在淡水之中。

⑨便便(pián 骈)：肥胖的样子。

[点评]

　　想象中的事物总是美好的，何况诗人怀思的故山本身即处于风景如画、声名远播的山阴道上，湖山之绮丽和风光之宜人更让人回味不尽。诗人这首作于建安任上的歌行体诗，用动情的语言讴歌了他深爱的家乡和充满诗意的村居生活。

　　苏轼在《东坡志林》中说读诗人王维的诗"诗中有画"，观王维的画"画中有诗"。后世的诗人遂把诗画一体看作山水田园诗崇高的美学境界。陆游这首诗，直以诗笔作画，又以画手写诗，用浓烈的语言泼就了一幅色彩斑斓、境界优美、充满水乡田园情趣的镜湖秋居图。家乡美景清晰如斯，早已烙在诗人的心目中，以至于诗人无须寻章摘句，即能出口成诵，一一胪述之：东边是唐代诗人贺知章赐封镜湖一曲的道士庄，眼下秋菱丰收，乡民们正可以菱代租过秤纳税；西侧柳姑庙是水乡鱼市，紧靠镜湖是渔舟泊岸的好地方，人来舟往好不热闹；东南方向掩映在丛林草木之间的一弯画桥，是放翁进城的必经之路，画桥两岸，水蓼菰蒲繁盛茂密夹岸而生。三山南北山坡上鸦雀盘旋，舍前屋后枫叶如丹，一片彤红……诗人笔下有山有水，有茅庐屋舍、庙前鱼市、水乡物产，还有小桥流水、水草菰蒲、枫叶鸦阵，自然的、生态的、人事的景色一应俱全，风物展示给人以《清明上河图》式的全息感受。"柳姑庙"以下的六句诗，不惟致力于描绘吾庐所处的湖光山色，还特别注意渲染水乡秋日的丰收景象。人物自然和谐相间的融洽气氛，为下面诗人多情的追忆提供了美的前提。"正当九月十月时"一句直到最后，是陆游赴任前回故乡小住月余的一幅生活剪影。诗人万里东归，本以为会在京城担任朝官，却遭到权臣曾觌的反对。一直等到八月底，陆游才得了个提举福建路常平茶事的差事，不免大失所望，九月即归山阴小住。一来洗去九年来的旅途风尘，二来尽情地享受重归故土的乐趣，以排遣仕途的阴霾。这段时间里，诗人驾着他的小篷船四处出游，乐而忘返。"船头一束书，船后一壶酒。"是何等的自得惬意！镜湖水域入秋后鳜鱼、莲藕亦随处可得，使诗人大饱口福。最动人的当是诗结尾处的特写："暮归稚子迎我笑，遥指一抹西村烟。"美景和亲情交相辉映，令人陶醉。特别是稚子迎人的灿烂笑脸，读之可解人颐。此景此情，纵然是蓬莱有约，也会眷此而不顾的。

　　和陆游年前在山阴小住时留下的山水田园诗相比，这首诗别具空灵蕴藉的韵味，有一种由于空间距离间隔而产生的美感。追忆能过滤平时纷乱无章的生活，能更集中、更艺术地表现美好的感觉和印象。杜甫的《月夜》和陆游的这首句式参差、诗意隽永的歌行体诗，均得益于此。

赛神曲①

击鼓坎坎②，吹笙呜呜。

绿袍槐简立老巫③，红衫绣裙舞小姑。

乌臼烛明蜡不如④，鲤鱼糁美出神厨⑤。

老巫前致词，小姑抱酒壶。

愿神来享常欢娱，使我嘉谷收连车。

牛羊暮归塞门间，鸡鹜一母生百雏⑥。

岁岁赐粟，年年蠲租⑦。

蒲鞭不施⑧，圜土空虚⑨。

束草作官但形模，刻木为吏无文书；

淳风复还羲皇初⑩，绳亦不结况其余⑪。

神归人散醉相扶，夜深歌舞官道隅。

[注释]

①赛神:祭神。

②坎坎:鼓声。

③槐简:槐木做的笏,巫祭神时手里执持的木板。

④乌白烛:用乌白树的种子制成的蜡烛。

⑤糁(shēn 身):细磨的米。

⑥鸡鹜(wù 务):鸡鸭。

⑦蠲(juān 捐)租:免除租税。

⑧蒲鞭:用蒲草做的鞭子,鞭之不痛,但受其辱。

⑨圜(huán 环)土:指牢狱。

⑩羲皇:伏羲氏,我国古代传说中的古帝王之一。

⑪绳亦不结:古代以结绳记事,后代之以文书,此指无为而治。

[点评]

　　赛神即祭神,也叫赛社,是上古流传下来十二腊祭的遗俗。一年农事完毕后,农民们往往相聚以酒食祭田神,击鼓吹笙相与饮酒作乐。南宋江南一带,赛神风俗之盛,陆游《剑南诗稿》均有反映。陆游描写赛神的诗很多,据粗略统计,仅直接描写山阴一带民间赛社的诗就有七十余首,记录的赛事多在春、秋、冬三季。赛神场面之热闹,仪式之隆重,祭品之丰盛,只要读读这首《赛神曲》便可知一斑。

　　诗先描写祭神场面。在一片开阔的场圃前,隆重的祭祀仪式开始了,只听得鼓声坎坎、笙声呜呜。穿着绿色祭服的老巫手执槐板神色庄重站在前面领场,穿着红色漂亮裙衫的小巫在旁翩翩起舞。四周乌白蜡烛一片通明,烘托着庄重而神秘的气氛,丰盛的供品端端正正地摆放在祭台上。老巫上前代表乡民敬神致辞,小巫手执酒壶斟酒司供。诗既有对赛神场面气氛的渲染,又有对主祭人物老巫、小姑神情的具体描述,画面清晰可感,形象生动,基本能勾勒出赛神场面的大致轮廓。至于祭祀的地点,陆游的《秋赛》诗说是在柳姑庙前,看来一般置于庙前舍后开阔空旷的场地上。司祭参与的人很多:"小巫屡舞大巫歌,士女拜祝肩相摩。芳茶绿酒进杂逻(tà 踏),长鱼大藏(zì 恣)高嵯峨。"祭品中多次提到鱼和酒,可见这是少不了的,象征着年年有余、岁岁安泰。其他如"社日淋漓酒满衣,黄鸡正嫩白鹅肥"(《代邻家子作》)中的黄鸡白鹅和猪豚,则是三牲福物,也常作为祭神的物品供神享用。这些美味佳酿从何而来?恐怕还得看看陆游的另一些诗:"半醉半醒村老子,家家门口掠社钱。"(《秋日郊居》)"邻僧每欲分斋钵,庙吏犹来催社钱。"(《晚秋出门戏咏》)可见赛神、祭神的钱资来自于各家各户,所以每到祭祀这一天必然是倾村而动。乡民们各自怀着对神的众多期望,祈求神灵降福保佑。

诗的下半首由老巫代表村民向神致意并表达心愿。农民的渴望是很朴素的,无非是六畜兴旺、五谷丰登、免租免税、不受官府欺压凌辱,能过安泰和平的生活。然而这一切仅仅是祈望而已,作为一种求神的心愿,诗委婉地暗示当时农民的物质贫困和官府暴政对他们的精神压迫。最后两句写祭神结束后,村民欢宴相庆、自娱自乐的欢乐场面,直到夜深还热闹非凡,歌舞阵阵。诗从娱神写到自娱,整个过程气氛热烈,活灵活现。吟咏一遍,有如同身临的感受。

诗题《赛神曲》,在这里是指古体诗中的一种,大抵模拟乐府诗的风格笔法而作。语言通俗浅近,文辞铺陈舒展,句式自由多变,四言、五言、七言参差交错,且以叙事为主,其中不乏观风俗、察民情、讽上观下的新乐府精神。

夏日六言

溪涨清风拂面,月落繁星满天。

数只船横浦口,一声笛起山前。

[点评]

这首六言小诗是诗人八十五岁那年夏天留下的。诗人用淡远闲适之笔,描摹了江南水乡夏夜的迷人景色。

小溪、清风、明月、繁星,浦口舟横,山前笛起。诗中点的勾画和面的渲染相得相形,意象也并非平板罗列,而是有内在联络的。"溪涨",故船横浦口;"月落",才能使笛声风送悠远。这如画之景伴着一声清脆悠扬的笛声所构成的诗境,令人味之不尽,能引发许多丰富的遐想。

这首六言诗每一句写一种意象,风调近似宋词中的六言对句。如"明月别枝惊鹊,清风半夜鸣蝉"(辛弃疾《西江月》);又似元人小令句式,如"枯藤老树昏鸦,小桥流水人家,古道西风瘦马"(马致远《天净沙·秋思》),对仗工整流利,语言整饬和谐,意象生动优美,不愧是陆游垂暮之年得江山之助、妙手偶得的精彩篇章。

柳桥晚眺

小浦闻鱼跃,横林待鹤归。

闲云不成雨,故傍碧山飞。

[点评]

陆游诗中咏及"柳桥"的诗很多。柳桥在哪儿?后人一般认为是城东南二里处通向若耶溪的柳桥。在那儿赏景,风光确实也不错。但从陆游诗稿中咏柳桥的诗看,柳桥似乎应在城西镜湖之中陆游三山的别业不远处。这首小诗,当也是诗人晚年村居时信步扶杖上柳桥晚眺所作。诗中小浦、横林、碧山等风光与山重水复的镜湖景色自然吻合。在柳桥之上隔水远眺对面的梅里尖山,云白山青,风景如画。行云和碧山相映成趣,与上面"小浦闻鱼"、"横林待鹤"的心态相对应,更觉悠闲超脱,逸趣横生。诗很短,但每个句子都有一个中心意象,小浦、横林、闲云、碧山,其间动词穿插连缀,构成恬淡适意之景,后人称"有手挥目送之趣"(《唐宋诗醇》)。看来连诗人也已成为"独立小桥风满袖"(冯延巳《鹊踏枝》)的画中一景供人品赏了。

月 下

月白庭空树影稀,鹊栖不稳绕枝飞。

老翁也学痴儿女,扑得流萤露湿衣。

[点评]

　　陆游有一些闲适诗颇有唐人风韵。这首淳熙十年(1183)九月写于山阴的小诗,就很有生活意趣。

　　秋月当空,树影扶疏,绕枝而飞的乌鹊因月光皎洁而栖止不稳。此时诗人童心勃发,竟也像儿女们一样赶到庭园中去捉萤火虫,即使露水打湿了衣服也在所不顾。正是这些似乎不经意的闲笔,才更生动地勾勒出一个血肉丰满的诗人形象。五十九岁的老翁童心犹在,痴顽起来竟和孩子一样。

　　诗人在垂暮之年,一直还保持着孩提时的童心,这殊为难得。"老翁垂七十,其实似童儿。山果啼呼觅,乡傩喜笑随。群嬉累瓦塔,独立照盆池。更挟残书读,浑如上学时。"(《书适》)这些诗,都真切地展示了诗人平居生活之丰富多彩和他性格中纯真天然的一面。

燕

初见梁燕牖户新^①,衔泥已复哺雏频^②。

只愁去远归来晚,不怕飞低打着人。

[注释]

①牖(yǒu 有)户:窗户。此指燕巢。
②雏(chú 除):此指小燕子。

[点评]

　　陆游晚年的五、七言近体诗,有很多是写身边细事。这一类闲适诗笔触细致工巧,匠心独具,可与王安石的"半山体"媲美。这首咏燕的七绝,不惟体物精细贴切,而且诗人的眼光总是带着关切和爱怜去体察描摹物象,因而生动传神,特别逗人情思。

　　诗抓住燕子筑巢、哺雏、低飞急归三步进行动态描写,一连串动作都写得生动入微。不辞辛苦衔泥筑巢,是燕子勤劳的物性使然,哺育雏小也是生物的本能,这两点似不足为奇。动人的则是后面两句,诗人写燕子为觅食远飞,又怕归来迟了,饿坏嗷嗷待哺的小燕子。所以冒着生命危险,贴地而飞急急归巢,都顾不得打着行人。这一笔写尽了燕子的神态和性情,在此,燕子那种奋不顾身的舐雏之爱,特别让人感动。

　　诗人晚年长期赋闲,过着比较清静的生活,平时闲来无事,常于南堂之上静观万物,吟诗赋词,打发平淡的日子。然而,这种"静观"并非冷眼旁观,从这首诗中,我们可以看到诗人并非完全静穆、陶然忘世,即便是对身边的细小事物,他都充满着一片天然的爱心。

晓　雪

绕湖谁琢玉为屏，换却南堂万叠青。

老子醉狂还自笑，持竿画字满中庭。

[点评]

　　清晨的一场大雪，给大地披上了亮丽的银妆。诗人早上起来推门赏雪，惟见堂前绿枝素裹，晶莹剔透，镜湖四围群山亦如玉琢画屏分外妖娆。诗前两句开门见山，直书一场晓雪后，天地山色给人以耳目一新的感受。下面两句雪中写人，境界簌新，令人击掌。诗人因雪而醉、为雪而狂，八十老翁竟手持一根竹竿，兴致勃发，满庭画字，狂态毕现。他以大地为背景，运"竿"疾书，气魄之大，豪兴之盛，实非一般笔墨所能取代。诗人雪中的豪兴伟举，以常人相看，有此奇思醉狂之态已属不易。何况诗人是耄耋之翁，拥有这份"憨态"，着实让人惊叹不已。

书 室①

美睡宜人胜按摩,江南十月气犹和。

重帘不卷留香久,古砚微凹聚墨多。

月上忽看梅影出,风高时送雁声过。

一杯太淡君休笑,牛背吾方扣角歌②。

[注释]

①本诗原题为:《书室明暖,终日婆娑其间,倦则扶杖至小园,戏作长句》。婆娑:安坐。

②牛背句:春秋时奇士戚宁欲见齐桓公,初不能如愿,后碰巧遇到齐桓公时,就扣牛角作悲歌,终被桓公赏识录用。

[点评]

这是陆游绍熙五年(1194)初冬在山阴家居时写下的一首闲适诗,诗题点明这份悠闲恬静的心境是来自于自得其乐的书斋生活。诗人终日安坐于书斋之中,游息于浩繁书卷之间,偶觉疲倦,就扶杖到庭中小园散步骋目。诗中的读书、美睡、泼墨、品茗以及月下探梅、风高闻雁,均缘于自适。生活张弛有节,怡然自乐,充满了悠闲的情味。诗人在状写这一切生活时,笔调细致尔雅,非常注意整首诗意境的谐和宁静。首联说阳秋十月天气颐和,在书斋中午睡一会儿非常舒服。颔联以工细见长,状写书室的翰墨清香洋溢着浓浓的书卷气,尤为清人推重。至颈联开始由白昼转入夜晚:新月初上时,则扶杖探梅目送秋雁。尾联说不要以为这种生活过于平淡,终有一天也会像春秋时的戚宁一样最终实现自己心愿的。言辞之间,自然地流露出书生的自爱与自信。

这首七律以闲淡著称。无论是作者心境还是所处的外部环境,都给人一种恬静悠闲的感觉。诗人着笔细腻,写景工致,特别是三、四两句,营造书室气氛清馨而古雅。难怪诗人终日婆娑其间,感到无比惬意舒心。

养 生

西游曾受养生书,晚爱烟波结草庐。

两眦神光穿夜户①,一头胎发入晨梳。

邀云作伴还忘返,与鹤分巢宽有余。

占尽世间闲事业,任渠千载笑迂疏②。

[注释]

①两眦(zì 字):指两眼。眦:眼角。
②渠:他。迂疏:迂阔疏放。

[点评]

陆游是一个高龄的诗人,他一向十分注意养生之道。《剑南诗稿》中有关养生的诗有不少:一是与他的家庭不无关系,据他自己说,陆家四代都有学仙修道的传说,他的高祖陆轸号朝隐子,还曾练过炼丹辟谷之术,很有这方面的涵养;二是与陆游生性豁达比较注意情志调适有关,在坎坷的仕途生涯中,诗人屡遭排挤打击,常以道家思想来平衡自己的内心。理解认识了这一点,才能比较客观地评价他的养生诗作。

　　这首诗描述了他晚年野鹤闲云般的生活,并向人们诉说了他的养生秘诀和萧散自得的心境。

　　诗人晚年卜居镜湖三山,有近二十年的生活基本上退居野处,是在山阴农村度过的。虽时时有爱国的思想火花闪烁,但漫长的岁月终以平淡为主。一个曾经心怀大志的人,一下子要他平淡下来过田父野老的生活,没有一种精神支点恐怕是很难转型的。在这个时候,道家的超然和萧散便成了诗人调整心理的一帖良药。他取《黄庭经》"闲暇无事心太平"之意,命名自己的屋庐为"心太平庵",说自己"学道逍遥心太平,幽窗鼻息撼床声"(《晚起》)。又名一室为"渔隐堂",别署"笠泽渔隐",还名道室为"还婴室",还婴即返老还童的意思,是养生的方术之一。陆游年轻时体弱多病,三十出头时头发已白,且多衰病之叹。而后,由于他十分注意养生,不但自己身老愈健,连一门六个儿子(除一个因病早夭外)全是皓首童颜。学道养生出入烟波,养气吐纳梳发按摩,心情淡远与闲云野鹤为伍,这就是陆游这首《养生》诗前三联描写的晚年生活。尽管诗人"心在天山"有诸多不甘,但命运之神安排他"身老沧洲",这也是一种无奈的接受,诗也是对这种生活的真实写照。

　　诗的尾联有点化之功,说自己"占尽世间闲事业",这一番疏散迂阔行为,可能会被千载而下的人所嘲笑误解。但也无奈,只能任凭他人去理论了。事实表明诗人的这种担心不是多余的。诗人自视为"闲事业"的创作,后人有赞美其"飘逸高妙"的,或等同于张志和、朱敦儒,也有比之为陶潜、王维之类的,纯粹地把这些追慕老庄、旷达疏放的作品,看作是"道家之词",那么就有负于诗人的一番初衷了。

初夏闲步村落间

薄云韬日不成晴①,野水通池渐欲平。

绿叶忽低知鸟立,青萍微动觉鱼行。

醉游放荡初何适②,睡起逍遥未易名③。

忽遇湖边隐君子,相携一笑慰余生。

[注释]

①韬(tāo 滔):藏,遮住。

②何适:即何往。

③未易名:难以用语言表达。名:名状。

[点评]

诗前四句写初夏闲步所见。天气长久不晴,湖塘漫涨,掠岸欲平。荷塘绿叶田田,小鸟栖息其上,水面青萍微动。偶见小鱼游息其间,万物各得其宜。诗抒闲适之情,着笔细腻入微,连最细微的动态景色都没有滑过诗人关注的目光。颔联十四个字清新可人,常被后人称道。后四句抒怀,说睡后漫无目的的闲游竟欲何至自己也不清楚。那份闲适,那份自在逍遥却是无法言传的。更有湖边幽隐之人与他携手同行,会心而笑,使自己大感快慰。诗人一次偶然的出游竟能觅得如此清新的诗境,体会到如此和平恬然的心境,实属不易。诗前半首对水乡初夏风物的细微体验和后半首逍遥超然的领悟,都给人以一种与自然融合无间悠然兴会的感觉,很值得回味。

这首律诗以细致工巧见长,颔颈两联对仗整饬,但句式变化错落有致。特别是颔联"绿叶忽低知鸟立,青萍微动觉鱼行",琢语尖新轻灵。诗人运用了技巧,但又使人不觉其求巧,写景如画,很有层次。先言"绿叶忽低"、"青萍微动",后言鸟立于上,鱼行其间,迂回写生,重在表现诗人对景物的主观感受。这联诗脱胎于南朝诗人谢朓的"鱼戏新荷动,鸟散余花落",但与谢朓诗的平叙顺绘相比,陆诗的倒转叙景更富有诗意。

鹧鸪天

家住苍烟落照间,丝毫尘事不相关。斟残玉瀣行穿竹①,卷罢黄庭卧看山②。　　贪啸傲,任衰残。不妨随处一开颜。元知造物心肠别,老却英雄似等闲。

[注释]

①玉瀣(xiè 谢):酒名,相传为隋炀帝所造。
②黄庭:道经名,是道家养生之书。

[点评]

这首词当作于从隆兴通判任上罢归镜湖三山不久。诗人因竭力支持爱国将领张浚北伐,遭到投降派的嫉恨排挤后,被迫蜗居落职。"元知造物心肠别,老却英雄似等闲"是全词之眼。读这一类作品须探求疏狂背后深层的感发因素,方可体会到诗人积极用世之念挫伤后的逆反心态和请缨无路后的悲愤。

词营造的气氛很独特。主人公超凡出世,啸傲不群,疏放中带点佯狂颓废。

他寄身江湖,饮酒、看山、倚竹、读经,行为如野鹤孤飞无所拘束,颓唐清狂,似乎真是一个出世者的形象。这表面的闲谈和嬉笑强颜背后,投闲置散的痛苦是同在的! 所以词人怨老天心肠有别,不从人意。表面看来,投老英雄还满不在乎! 但是这种南宋朝政现实之下的那种政局,只能让英雄感到沮丧愤恨。

这首词看似洒脱不羁,其实遣怀多于逍遥,疏狂中自有不平。山水之乐,老庄之道,看来并不能磨平诗人个性的棱角,所以结尾处头角峥嵘,仍不失英豪之气。

鹧鸪天

懒向青门学种瓜①,只将渔钓送年华。双双新燕飞春岸,片片轻鸥落晚沙。　　歌缥缈,橹呕哑②。酒如清露鲊如花③。逢人问道归何处?笑指船儿此是家。

[注释]

①青门:长安城东出南头第一门。广陵人邵平为秦时东陵侯,秦亡后在青门外隐居种瓜。

②呕哑(yā 呀):船橹声。

③鲊(zhǎ 眨):腌制的鱼。

[点评]

这首词也作于罢归田居后。与上一首萧散中有明显的愤世之意不同,这一首写得比较隐约,主人公俨然是一个陶然忘机的快乐渔翁形象。

上片说自己无意于为生计而劳形,只想远离嚣市孤舟垂钓,与镜湖的新燕、轻鸥相伴,自由自在地打发年华。下片则进一步状写飘然一叶的生活情趣和返璞归真的淡泊心境。

　　词中对镜湖风物的描写,往往与"我"的心境相和谐。燕飞春岸、鸥落晚沙的翩然自在之景,与词人怡然自得的神情融为一体,让读者在飘逸闲淡的境界中去理解词人,解读词人,从而认识作者面对挫折的旷达情怀和补偿生活平衡身心的超人能力。词意放逸旷达,与李白"人生在世不称意,明朝散发弄扁舟"(《宣州谢朓楼饯别校书叔云》)之句,有相同的意思。

鹊桥仙

　　一竿风月,一蓑烟雨,家在钓台西住①。卖鱼生怕近城门,况肯到红尘深处。　　潮生理棹②,潮平系缆,潮落浩歌归去。时人错把比严光,我自是无名渔父③。

[注释]

①钓台:在桐庐县境内,富春江上,相传是汉代隐士严光钓鱼之处。
②棹(zhào 赵):船桨。
③渔父(fǔ 府):渔翁。

[点评]

　　富春江畔的严子陵钓台,是汉代隐士严光隐居的地方。这儿环境清幽,远离尘嚣,是山水胜处。陆游在淳熙十三至十四年间(1186—1187)曾写过好几首隐逸词。这首《鹊桥仙》有"家在钓台西住"之句,可能也作于严州任上。

这首隐逸词很具个性特色。词中"一竿风月,一蓑烟雨"的无名渔父,形象可感,性格鲜明,气度超然。词先用环境烘托渔父超尘拔俗的隐者形象,再点渔父不慕红尘、不趋时世的高洁志趣。最后连用"潮生理棹,潮平系缆,潮落浩歌归去"三个排比句式,摹写渔父与潮汐规律相谐、顺应自然的天性。浩歌归去不求闻达,体现了这位隐士不慕名利、清高豁达的风采。而词人笔下精心塑造的艺术形象,也就是自己人生观念的一种侧面披露。

就世界观而言,陆游无疑是一个积极坚定的入世者。他有崇高的政治理想,执著的人生目标,又具备坚忍不拔的意志和斗争精神。但在南宋这么一个和戎的环境之中,陆游显然是一个悖势者。他的作为注定不会见容于世,必然会屡遭当道者的排斥和挫伤。陆游的任真与放达是他壮志未酬后的一种情绪反激,也是他孤标独树、不与当道者同流合污的心迹表白。这种政治上的不合作态度,便演绎为词作中的超然,既不同于陶潜、王维之恬淡,也不同于张志和、朱敦儒的清真绝俗。他是迫于情势,身闲心不闲,由怨愤化解为无可奈何的旷达。所以这一类隐逸词中总不时地流露出幽愤之情:"时人错把比严光,我自是无名渔父。"与这一首作于同时的另一首联章之作圭角更露,兹录于下云:"华灯纵博,雕鞍驰射,谁记当年豪举。酒徒一半取封侯,独去作江边渔父。轻舟八尺,低篷三扇,占断萍洲烟雨。镜湖元自属闲人,又何必官家赐与!"同是渔父形象,后者的不甘已溢于言表,议论的成分也大大增加。从总体感觉上看,总不如"一竿风月"的渔父形象更接近于隐逸主题的原型。词人虽则超旷,然总不耐含婉沉潜,急于披心剖胆,留下些许水迹沙痕,让人想见当时汹涌的情感浪花——这就是陆游的隐逸词。

长相思

　　桥如虹，水如空。一叶飘然烟雨中。天教称放翁。　　　　侧船篷，使江风。蟹舍参差渔市东。到时闻暮钟。

[点评]

　　《长相思》一组五首，系淳熙十五年(1188)严州任满回山阴时作。词写放情山水之乐，纵一叶扁舟，游息于万顷碧波之上，看到石桥如卧虹，烟水迷蒙，蟹舍参差。词人飘飘然侧篷御风而行于暮色苍茫中，耳边不时地传来悠扬浑厚的山寺钟声……"天教称放翁"一语道破天机：是老天安排我到这做一名放浪形骸的烟波钓徒。是"天教"，非人愿，其中包含着"元知造物心肠别，老却英雄似等闲"的一份遗憾。

　　陆游在严州任上，曾学张志和渔歌作《渔父》词五首。他笔下的渔翁虽过着"潮落舟横醉不知"的生活，但词人写这一类词时，总是把朝中与野处对举描写。因为看透了官场的矫情和虚伪，故而对故乡的清风明月别寄一番真挚的向往之情。

听雨忆人

小楼一夜听春雨

夜归偶怀故人独孤景略

买醉村场半夜归,西山落月照柴扉。

刘琨死后无奇士,独听荒鸡泪满衣。

[点评]

　　独孤景略即独孤策,是陆游在四川时交结的一个好朋友。诗人说他工文章,善骑射,好击剑,是个当世的奇士。淳熙四年(1177)九月,诗人于汉州(今四川广汉一带)初识独孤策,与他"呼鹰小猎新霜后"、"一樽共讲平戎策"(《猎罢夜饮示独孤生》)。此后,又有许多推举赞美的诗。淳熙八年(1181)独孤策死于峡中后,陆游又有诗追悼他:"投笔急装须快士,令人绝忆独孤生。"对独孤生的文韬武略和盖世英气可谓推许备至。这首《偶怀故人独孤策》作于绍熙元年(1190),即诗人以"嘲咏风月"罪被斥归故里的第二年秋天。

　　农村在麦熟收割时节,村民们往往怀着丰收的喜悦相聚饮酒祭社,自娱娱神。当时陆游故乡的山阴农村,已伴有丰富的民间演出,称为"村场"、"戏场"。诗人半夜时分从热闹的村场醉归,小立庭院,惟见西山一轮斜月冷冷地挂在天边,投照在柴门之上。四周一片寂静,诗人骤然间感到一种狂欢过后灯火阑珊的寂寞凄清。在万籁俱静的半夜时分,他自然地想到了蜀中奇士独孤生。诗人把自己与独孤策的交情看得很重,比之于晋代祖逖与刘琨的友谊。祖逖与刘琨是一对有名的志士,他们意气相投,同床而睡,半夜闻鸡起舞刻苦自励。不幸的是刘琨先死,祖逖十分哀痛。诗人用祖逖失去挚友刘琨的悲痛来形容自己对独孤策的哀悼,说独孤生死后,再也没有像他那样的奇士能够与自己论交,惟有一个人独对长夜泪湿衣裳了。

陆游对独孤生的怀念是真挚的。并与他有许多地方能达成惊人的共识："关河可使成南北,豪杰谁堪共死生。"(《猎罢夜饮示独孤生》)他们哀伤国土分裂,痛感世间志士太少,感情上的共鸣使他对独孤生怀有特别的期望。而今,"奇士久埋巴峡骨,灯前慷慨与谁同?"(《感旧》)豪杰英逝,自己困守荒村,人生一筹莫展的悲哀尽在半夜小立柴扉、独听荒鸡的涕泪之中。

这首小诗辞短情长,意境独特,在凄凉的落月、寂寂的柴扉这种氛围中,借用祖逖和刘琨闻鸡起舞的典实,既信手又贴切,直有点睛之妙。

送七兄赴扬州帅幕①

初报边烽照石头,旋闻胡马集瓜洲。

诸公谁听刍荛策②,吾辈空怀畎亩忧③。

急雪打窗心共碎,危楼望远涕俱流。

岂知今日淮南路④,乱絮飞花送客舟。

[注释]

①七兄:陆游仲兄陆濬,字子清,行七。扬州:今属江苏。帅幕:帅司辖下的幕府,帅司是宋代掌握一路军事、政务的机关。

②刍荛(chú ráo 除饶)策:老百姓的意见。刍荛:割草打柴的人。

③畎(quǎn 犬)亩忧:在野之人的忧虑。畎亩:民间,田间。

④淮南路:宋代行政区域名,指淮河以南地区。

[点评]

绍兴三十二年(1162)年春天,诗人在临安任修编国史的编类圣政所检讨官。正逢从兄陆濬将赴当时的抗金前沿扬州担任幕府,诗人写诗为之送行。通过追忆往事,既叙说了兄弟的忧国之心和报国之情,又道出了今日为七兄送别时的惜别之感。

诗前三联是一个整体,追怀往事。绍兴三十一年(1167)十一月,金兵大举南侵,兵临长江瓜洲一带,想立马渡江,气势十分嚣张。南宋统治者畏敌如虎,并不准备全力抗敌。那些执掌朝廷大权的人只知苟且偷安,视主战派为异己分子,哪里听得进像自己这样的普通人的政见?"刍荛"在此当指包括陆游和从兄陆濬在内的爱国志士,与"吾辈"相应,与"善谋生"的"诸公"相对,形成了面对外敌的两种态度、两类阵营。一边是"诸公"不恤国计苟且营生;一边是"吾辈"报国无门空怀忧国之心。面对南宋统治者的不抵抗政策,诗人感到无比愤恨。"急雪打窗"、"危楼望远"状写彼时心急如焚、请缨无路的焦虑状,借景抒怀。"心共碎"、"涕俱流",意顾兄弟双方,可以想见当时兄弟俩为国事忧心牵念、慷慨悲叹的情形。"共"与"俱"两字,特别点出兄弟相同相通的爱国之心。正是这一份共同的意愿,才把他们的心紧紧地维系在一起,才有今天深情的相勉相送。尾联二句正面点题:一是点明时局的变化出乎意料:今日时局的平复,完全出于一种偶然侥幸,金人临阵内讧,部下哗变,金主完颜亮在乱中为部下所杀,金兵不战自退,时局戏剧性地出现了转机。二是说明人事的发展也使人颇感凑巧:当时"七兄"与自己为局势而担忧万分,今天"七兄"奔赴的恰是当初危楼远望之地——淮河以南的宋金前线扬州。但是,偶然的侥幸不可能带来真正的和平与安宁。诗人今日为兄长送行时,最关心的并不是离愁别恨,而是兄长此去未卜的前途和将要面对的现实。这一份深厚的手足之情是建立在相互理解、拥有共同志向的基础上的。不必明言也不用点破,其心曲情谊尽包含在"乱絮飞花送客舟"的景语之中了。

追怀曾文清公呈赵教授①，赵近尝示诗

忆在茶山听说诗，亲从夜半得玄机。

常忧老死无人付，不料穷荒见此奇。

律令合时方帖妥②，工夫深处却平夷③。

人间可恨知多少，不及同君叩老师。

[注释]

①曾文清公：曾幾，号茶山，卒谥文清。赵教授：何人未详。教授：南宋州郡学馆文职教官。

②律令：指格律。

③平夷：浅近平易。

[点评]

　　陆游十八岁左右开始，从江西诗人曾幾学诗。曾幾是当时江西诗派中比较有影响的人物，其诗法传自韩驹，并直接问途于江西诗人吕本中。

　　曾幾为人耿直，笃学力行，尤其喜欢奖掖后辈，是第一个独具慧眼、赏识青年陆游的人。曾、陆师生情谊之深，实非泛泛言语所能形容。写这首诗时，曾幾谢世已五年有余。诗人不禁想起了往日追随老师学诗的情景，和他夜半亲传的"玄机"——作诗的奥妙。诗就是从最个人最切身的感受切入的，所以写得自然而亲切。

　　"律令合时方帖妥，工夫深处却平夷。"可能就是当年茶山传给诗人的诗法要旨。这一点,与江西诗人"活法"不谋而合。吕本中和曾幾都倡导"活法",即"规矩备具,而能出规矩之外,变化不测,而又不背于规矩。"主张在不悖法的前提下变化不测自成格调。陆游早年学江西,主要是从曾幾那儿接受了吕本中"活法"的影响。陆游在诗稿中与其他人论诗时,也屡屡提及从曾幾那里学诗的心得:"我得茶山一转语,文章切忌参死句。"(《赠应秀才》)"六十余年妄学诗,工夫深处独心知。夜来一笑寒灯下,始是金丹换骨时。"(《夜吟》)可见诗人诗学江西,并不像他后来所说"我昔学诗未有得"似乎毫无裨益。从陆游入蜀前的创作影响和曾幾对陆游的评价看,陆游年轻时学江西是有所得的。这种合乎规矩又能深入变化终造平淡的境界,其实是诗人一生努力的方向。

这首追怀曾幾的诗,是陆游早年诗歌创作的一个阶段性的总结,也是《诗稿》中论诗的滥觞。《诗稿》中还把《别曾学士》置于开卷第一首,当有饮水思源不忘师长教诲的深意。

陆游早年的诗法得茶山衣钵相传,每念及此自然充满了对往日与恩师挑灯夜读一语相传的感激。"人间可恨知多少,不及同君叩老师。"从陆游口中体会,赵教授当也是江西门下之人,所以最后两人都为不能再次亲聆茶山说诗而深感遗憾。诗中的师生情谊因诗一线相牵,即便不思量,也终身难忘。

陈阜卿先生为两浙转运司考试官①

冀北当年浩莫分②,斯人一顾每空群。

国家科第与风汉③,天下英雄惟使君④。

后进何人知大老⑤? 横流无地寄斯文⑥。

自怜衰钝辜真赏,犹窃虚名海内闻。

[注释]

①本诗原题为:《陈阜卿先生为两浙转运司考试官,时秦丞相孙以左文殿修撰来就试,直欲首选。阜卿得予文卷,擢置第一,秦氏大怒。予明年既显黜,先生亦几蹈危机。偶秦公薨,遂已。予晚岁料理故书,得先生手帖。追感平昔,作长句以识其事,不知衰涕之集也》。陈阜卿:陈子茂,字阜卿,官至吏部侍郎兼中书舍人、直学士院。秦丞相孙:指秦桧的孙子秦埙。

②"冀北"一联:用韩愈《送温处士赴河阳序》"伯乐一顾冀北之野而马群遂空"之典故,称赞陈子茂是善识英才的伯乐。

③风汉:意即疯汉。

④使君:曹操曾对刘备说:"今天下英雄惟使君与操耳。"此借指推尊陈子茂。

⑤大老:孟子曾称赞伯夷与姜尚为天下之大,老此指德高望重的人。

⑥横流:沧海横流,比喻文道的衰微。斯文:本指有操持的文人儒生,这里作者自指。

[点评]

　　这首写于庆元五年(1199)秋的怀人诗,诗题特别长,像一篇小记,详细记录了四十六年前诗人赴锁厅试时的前后遭遇。对主持考试的陈子茂先生公正不阿、不畏权势的行为记忆犹新,对陈的知遇之恩亦永铭在心。

　　宋代的锁厅试是专为现任官吏和恩荫子弟而设的,是考核他们才干的一种方式。成绩好的,只迁官而不与科第,不及格者则落职停官。当时陆游以恩荫补登仕郎,赴临安参加两浙转运司锁厅考试,适逢当朝权相秦桧之孙秦埙也来应试。秦氏权焰嚣张,志在必得,结果主持考试的陈之茂并未按秦桧的意图行事,只按优劣,把陆游录取为第一名,秦埙只取第二。秦桧为此大怒,迁怒于主考官。第二年,陆游即在礼部考试中被秦桧公然黜落报复,主考官陈子茂也几遭迫害。好在秦氏不久下世,才避免了一场奇祸。但台谏仍据此对他进行了弹劾,竟至罢官,这未免有些冤屈。这一连串事给陆游的触动很大,陆游虽然最终没有及第,并受到了沉重的打击,但陈之茂的为人却给他留下了深刻的印象。直到晚年,他都珍藏着陈的手帖。每每念及陈子茂的刚正无私与对自己的赏识厚爱,就感动得热泪盈眶。这首七言律诗,深情地表达了诗人对这位前辈主司的推重和感激。

诗先把陈子茂比作慧眼识英才的伯乐,善于从"冀北"广阔的天地里,从纷乱的马群中一眼就相中良骥。首联是对陈善于选拔人才的称誉,同时也暗点自己当年力挫群雄,独占鳌头的事实。颔联出句"国家科举与风汉"是用唐代刘蕡(fén 坟)的典事。刘蕡是杨嗣复的门生,生性秉直,不畏权势。在对策时亦敢于直言冲撞权臣仇士良,仇士良就责问杨嗣复:"奈何以国家科第放此疯汉耶?"意思是说当初你们是怎么把的关,竟让这个"疯汉"步入科场?"疯汉"是仇士良对刘蕡的污称。陆游在此乐以直言不讳的刘蕡自比,把秦桧等同于仇士良之流,揭露了秦氏诸人排斥异己的阴暗勾当。对句则直视陈子茂为刘备一样的天下英雄。陈子茂是个正直的人,在当时要坚持原则,确实需要勇气和胆略,所以陆游比之于"天下英雄"也非过誉。颈联则又对陈以"大老"相称,把他看作伯夷和姜尚一类德高望重的人物,而自己则是沧海横流无地寄身立足的一介书生。前者道德人品世人不知,后者空有雄心抱负却难以立足,在这个社会中都是属于不得意、不得志的人。这一联是个转折,把前面对陈先生慧眼胆识、道德人品的由衷赞叹与不遇于世、不逢于时的外部境遇相映衬,写出了陈先生虽能识人但却不被人识的客观现实,从先生身上,诗人也真切地感受到了才人的寂寞。尾联说自己这一生没有做出什么惊世的业绩,只博取了一个风雅的诗名,有负先生当年的赏识与错爱。这一番话绝非客套。当初,陆游参加锁厅试和礼部试,均以一腔热血、万丈豪情、敢有作为的文辞打动了主考官才擢为第一,所谓"名动高皇,语触秦桧",代表的是南宋主战派的共同心声。现在半个世纪将要过去了,自己也由一个初生牛犊变成古稀之翁,而"少年志欲扫胡尘"的心愿却无由实现,愧对先生的一片厚望,所以"追感平昔",百感交集,涕泪俱下。

　　这首诗直抒胸臆,情真而意切,字字从肺腑中流淌而出。典故的运用使诗的内涵大大丰富,有助于准确地表达感遇和愤世两种复杂而强烈的思想感情。

渔家傲

寄仲高①

东望山阴何处是,往来一万三千里。写得家书空满纸。流清泪,书回已是明年事。　　寄语红桥桥下水②,扁舟何日寻兄弟?行遍天涯真老矣。愁无寐,鬓丝几缕茶烟里③。

[注释]

①仲高:陆升之,字仲高,陆游堂兄,年长陆游十二岁,善文,词翰俱妙。
②红桥:又作虹桥,在山阴城西,镜湖三山别业东侧。
③"鬓丝"句:借用杜牧"今日鬓丝禅榻畔,茶烟轻飏落花风"(《题禅院》)诗意。鬓丝:指鬓发斑白稀疏。茶烟:煮茶时冒出的水汽。

[点评]

在陆游同辈的兄弟中,堂兄仲高是与陆游相从甚密且有文字之交的一位。早年,这位堂兄曾和陆游等人一起赴临安参加科场考试,飞扬翰墨,结为莫逆之交。步入仕途后,因政见不同曾一度出现分歧,仲高阿附权臣秦桧,并以不光彩的手段被擢升大宗正丞。陆游对此深为不满,曾奉劝堂兄及早抽身,以为获此职位并非美事。以后发生的事正不出陆游所料,秦桧死后仲高受累被远贬雷州。陆游虽怒其不争,但毕竟血浓于水,难割亲情。七年后仲高历尽沧桑后回到山阴老家,适逢陆游罢枢密院编修回乡待缺,两人再次重逢感慨万千尽释前嫌,兄弟之谊便弥足珍视了。陆游为仲高作《复斋记》,赞许仲高"落尽浮华,以返本根",

对他的文章人品称誉甚高。陆游入蜀后,在信息传递困难的日子里,兄弟之间也常有诗书往来。乾道八年(1172)秋,诗人在阆州收到"山阴万里书",这首回寄词当作于此后不久淳熙元年(1174)仲高离世前。

　　词由堂兄家书引发,语调如泣如诉,感情浓烈。上片写乡思,"一万三千里"极言乡关的遥远难及。日暮乡关何处是?词人翘首东望,惟见云山万重阻隔,路途迢递渺茫。在这种情况下,能够得到来自家乡的信息,不啻有万金之珍!词人打开堂兄的书信如见至宝,这份心情是我们今天信息高度发达、只消一个电话就解决问题的时代所无法想象的。词人既激动又兴奋更伤情,急欲写信回复,但落笔时想到堂兄收到这封信时当是明年的事,不禁又伤感起来,泪是和着墨一起流淌在纸上的。词人恨关山阻隔,恨感情不能及时传递沟通。一封普通的家书要在路上走一年半载,这份沉甸甸的乡情,此时此刻却无人能解,故清泪越发难收。上片重在刻画写信时的心情,点思乡。下片转入对题意的阐发,是怀人。红桥想必是当年兄弟经常一起吟赏的地方。词人身寄异乡他地,是多么怀念与仲高驾一叶扁舟在红桥游赏聚首的日子,多么渴望好梦重圆,兄弟团聚重温旧情。此处不直言寄语堂兄,而说寄语桥下之水,托情于小桥流水,笔法婉曲多姿。想必这位"词翰俱妙"的堂兄一定能体会到陆游言情的这番深意,必然更能唤起许多美好遐想与回味——这是词人在下片想让堂兄明白的第一层意思,叙兄弟旧情。第二层意思是自己在寂寞之中华年虚度、壮怀落空的苦闷。词人离乡背井万里客游,是为了实现平生的志愿。现在报国无门,投闲置散,鬓发虚白,伴随自己的依然是茶烟禅榻,过的是烹茶参禅清闲无聊的生活。"志士凄凉闲处老"(《病起》),这当是人生最大的悲哀。这份心情是陆游从南郑前线内调成都后,体会到的最强烈最典型的政治感受。在这首词中虽只是委婉的流露,但这里的叹老嗟愁是与所志不遂紧紧相联的。词人这样写,一是想让家人了解他目前的生活状况、政治境遇,二是借此向亲人诉说岁月催人的精神苦闷。情见乎辞,酸楚之意见于言外。整首词情辞俱佳,含意深邃,不惟在陆游众多抒情词作中翘楚卓立,就是在二宋词坛抒发思乡和亲情的同类题材领域内,也算得上是一首立意新颖极为出色的作品。

送曾学士赴行在^①

二月侍燕觞^②,红杏寒未拆^③。

四月送入都,杏子已可摘。

流年不贷人,俯仰遂成昔。

事贤要及时,感此我心恻。

欲书加餐字^④,寄之西飞翮^⑤。

念公为民起,我得怨乖隔^⑥?

摇摇跋前旌^⑦,去去望车轭^⑧。

亭障郁将暮,落日澹陂泽^⑨。

敢忘国士风^⑩,涕泣效臧获^⑪。

敬输千一虑^⑫,或取二三策。

公归对延英^⑬,清问方侧席^⑭。

民瘼公所知,愿言写肝膈^⑮。

向来酷吏横,至今有遗螫^⑯。

织罗士破胆^⑰,白著民碎魄^⑱。

诏书已屡下,宿蠹或未革^⑲。

期公作医和^⑳,汤剂穷络脉。

士生恨不用,得位忍辞责?

并乞谢诸贤,努力光竹帛。

[注释]

①曾学士:曾幾,学士,官名。曾幾做过博士校书郎、集英殿修撰等官,故称曾学士。行在:天子所在的地方,此指临安。

②侍燕筋:侍候酒宴。燕:同宴。

③拆:开放。

④加餐字:古人送别或写信常用"加餐"一词,叮嘱亲友保重身体。

⑤西飞翮(hē 核):西飞的鸟,代指将由浙东西去临安的曾幾。

⑥乖隔:离别。

⑦跋:跟着。

⑧去去:越去越远。车轭(è 厄):套在牛马颈上的曲木,此代指车。

⑨澹陂泽:池塘边黄昏景象。澹:同淡。陂泽:池塘。

⑩国士:国中杰出的人物。

⑪臧(zāng 脏)获:奴仆,这里指庸俗的人。

⑫输:贡献。千一虑:愚见。

⑬延英:唐宫殿名,借指曾幾将赴的朝廷。

⑭清问:虚心求教。侧席:不正坐以示天子重贤。

⑮愿言:即愿,言,语助词。写肝膈:倾吐真心话。写:通泻。肝膈:发自肺腑的话。

⑯遗螫(shì 式):余毒。

⑰织罗:即罗织。

⑱白著:规定税收外的横征暴敛。

⑲宿蠹:积弊。革:除。

⑳医和:春秋时秦国良医名和。

[点评]

诗共十八韵,前九韵渲染师生之谊送别之情,写得情景交融、自然真挚。陆游从曾幾学诗文,对老师的道德文章都很敬佩,尤其是先生的一腔爱国之心,深深地感染了诗人。师生两人在政治立场上,都与秦桧为首的投降派势不两立。曾幾因反对议和而罢职江西,陆游也因喜论恢复而被秦桧黜落回乡。现在秦桧去世,曾幾被再次起用,是一个很好的政治兆头。陆游为老师感到高兴,自己也深受鼓舞。然而师生久别重逢以后,又将面临着分离,诗流露出对老师深深的依恋和不舍。但诗没有流于一味的感伤之中,临别以国士之风自励,才自然转入后半首对国事民情的关注。从"敬输千一虑"以下,全是诗人对老师的临别寄言,期望自己的老师能像良医一样,根治社会的弊端。最后还请曾幾代为问候在朝的许多官员,勉励他们努力作为,在青史上留下光辉的业绩。

写这首诗时,诗人显然是看到了主战势力复出的政治曙光。从这首送曾幾的诗中,我们可以感受到诗人关注时事、积极参政的意识。"士生恨不用,得位忍辞责?"诗人此时还没有步入仕途,但跃跃欲试的政治欲望已表现得非常强烈。因为此诗是送别敬仰的老师,所以诗人在抒怀寄言时畅所欲言,毫无保留。既表现了他对师长深挚真诚的感情,又坦率地表达了他对世事的批判和怀抱的崇高的政治理想。此诗境界高远,送别兼顾议政,开诗人以诗论奏的先声。

五更闻雨思季长

幽丛鸣姑恶,高树号杜宇。

惊回千里梦,听此五更雨。

展转窗未明,更觉心独苦。

天涯怀故人,安得插两羽!

这首风味近似唐五代小令歌词的五古诗,很注意用环境渲染烘托感情:格调低回,情致凄迷,多用苦语,正所谓情到深处更转悲。诗又是在特定时期写下的,彼时年老体弱,回首往事,故交零落。今天的寂寞冷落与往日的豪壮风发相形,好梦难成,难免不伤感心苦。诗采用五古形式,笔法朴拙,手法单纯,但却和感情上的厚重同在。

送辛幼安殿撰造朝^①

稼轩落笔凌鲍谢^②,退避声名称学稼。

十年高卧不出门,参透南宗牧牛话^③。

功名固是券内事^④,且葺园庐了婚嫁^⑤。

千篇昌谷诗满囊^⑥,万卷邺侯书插架^⑦。

忽然起冠东诸侯^⑧,黄旗皂纛从天下^⑨。

圣朝仄席意未快^⑩,尺一东来烦促驾^⑪。

大材小用古所叹,管仲萧何实流亚^⑫。

天山挂旆或少须^⑬,先挽银河洗嵩华^⑭。

中原麟凤争自奋^⑮,残虏犬羊何足吓!

但今小试出绪余^⑯,青史英豪可雄跨。

古来立事戒轻发,往往谗夫出乘罅^⑰。

深仇积愤在逆胡,不用追思灞亭夜⑱。

[注释]

①辛幼安:辛弃疾字幼安,号稼轩,山东历城人,嘉泰三年(1203)以朝请大夫、集英殿修撰知绍兴府兼浙东安抚使。

②鲍谢:南朝宋时诗人鲍照和谢灵运。

③南宗牧牛话:指佛教禅宗主张修心之语,佛教比喻修行为牧牛。

④券内事:有把握的事。

⑤葺(qì弃):修补。

⑥昌谷:唐诗人李贺,住河南昌谷。

⑦邺侯:唐李泌,德宗时宰相,封邺侯,家有藏书。

⑧"忽然"句:指辛弃疾起知绍兴府兼浙东安抚使事。东诸侯:做浙东诸州的长官。

⑨黄旗皂纛(dào道):形容安抚使的仪仗。皂纛:黑色的大旗。

⑩仄席:即侧席,不正坐,表示尊重贤者。

⑪尺一:指诏书。诏书长一尺一寸。

⑫管仲萧何:均为古代贤相。管仲:齐桓公相,使齐国富强。萧何:汉初名相,辅助刘邦战胜项羽,成就帝业。流亚:同一类的人。

⑬天山挂斾(pèi配):指立功边疆。少须:稍待,稍等。

⑭嵩华:指嵩山和华山,泛指沦陷的中原地区。

⑮麟凤:豪杰之士。

⑯绪余:余力。

⑰乘罅(xià下):钻空子。

⑱灞亭夜:指李广失意时在灞亭受辱,后杀灞亭尉以报私仇之事。

[点评]

　　陆游和辛弃疾同是南宋初年著名的爱国志士,他们两人间的深厚友谊,也是南宋文坛的一段佳话。

　　宁宗朝权臣韩侂胄用事,为了消除庆元党禁的不利影响,巩固已经取得的权位以便政治上再图进取,倡导北伐,恢复中原。嘉泰三年(1203)起用著名抗金将领辛弃疾为绍兴府兼浙东安抚使。次年,辛弃疾应诏入都,商讨国事。看到朝廷克复中原的决心和对抗金志士的再次倚重,陆游感到十分兴奋,并为朋友感到高兴,于是充满激情地写了这首诗为辛弃疾送行。

诗先盛赞了辛弃疾的文学才华和个人涵养。辛弃疾是个著名的才人,但他的一生也和陆游一样,不但未受重视,反而屡遭排斥十年之久。人生有几个十年?诗人对这种失意苦衷极有同感,说辛弃疾家居十年,以翰墨、稼穑为事,参透禅机,退只能著文养性,蓄势自珍;进才能材尽其用,青史雄跨。"忽然起冠东诸侯"以下十二句,有"忽然起冠"的惊喜,也有才比管仲、萧何的赞许,更有青史雄跨的勉励期望。各种感情交织在一起,表现了作者对友人相知之深,相勉之切。最后四句的叮咛,堪称知交间最亲密无间的贴心话,语重而心长:大敌在前,应胸怀天下,不必计较个人恩怨私仇,以共同完成一统河山的伟大事业。最后四句于当时复杂的时局很有针对性,至少表现出诗人两方面的胆识。首先是很有政治远见:诗人虽对北伐充满必胜的信念,但他也清醒地认识到敌我相持形势的严峻,所以特别提出"立事戒轻发"。在这一点上,正与辛弃疾战略上藐视敌人、战术上重视敌人的策略不谋而合。但这种严肃谨慎的态度,与韩侂胄的实际目的却是相左的。所以辛弃疾被任命为江淮前线的镇江知府不到一年即被降职免官,开禧北伐也以仓促行事而败北。其次,他以国事为重、不计个人私仇、一致对外的忠告,在当时党争余波未息的情况下,也很有现实意义。意气用事,斤斤计较,在北伐的事业中只能使亲者痛、仇者快。陆游这些话,国事与私谊两见殷勤,表现了一个爱国者磊落坦荡的襟怀。

春 雨

拥被听春雨,残灯一点青。

吾儿归渐近,何处宿长亭?

　　子布是陆游的第六子,出生于四川荣州任上。淳熙五年(1178)陆游举家东归时,子布还只是一个五岁的幼童。不知什么原因,子布当年未与父兄同行却留在了蜀地。直至庆元六年(1200)陆游才得到子布即将东归与父兄团聚的消息。

　　这首《春雨》诗写于子布抵绍兴前,从"归渐近"等语看,归期当指日可数。儿子归期愈近,老父心潮愈难平静。入春以来,诗人写过许多思子念子的诗篇,频频诉说自己对儿子的牵肠挂肚,唠叨子布远途跋涉而来的艰辛。惟独这首春夜听雨诗写得最自然亲切、细腻动人。诗把窗外绵绵的春雨与诗人内心无尽的父爱相交融,出语淡淡,情意深深。仿佛这二十年因父子睽违而失落的深情,都已浓缩到这短短的二十字之中。

秋旱方甚,七月二十八夜忽雨,喜而有作

嘉谷如焚稗草青①,沉忧耿耿欲忘生。

钧天九奏箫韶乐②,未抵虚檐泻雨声③。

[注释]

①稗(bài 拜)草:杂草。

②钧天:上天。九奏:演奏多遍。箫韶:相传为古代帝王虞舜的音乐。

③虚檐:屋檐。

[点评]

　　陆游敬仰的前辈诗人吕本中,非常欣赏李商隐"一春梦雨常飘瓦"(《重过圣

女祠》)的意境,认为大有不尽之意。模棱的语境和朦胧飘忽的语言,会让人感到有一种麻姑搔痒的趣味,似所谓"梦雨含情俱有托"。也许是精神气质的差异,陆游诗中却很少给人以这样的感觉。同样是写雨的诗句,此雨却非彼雨也。李商隐喜欢借雨来表现一种心灵世界飘忽不定的感觉、微妙的律动,让人不可捉摸。而陆游则更多地表现出对现实生活人事的关怀,感情非常透明,喜怒哀乐尽在物态之中。这首淳熙七年(1180)作于抚州任上的喜雨诗,即是一首很有实感的咏雨之作。一忧一喜之间,都流露出一个入世者关注生活的精神。

陆游在抚州任所的主要职责,是主管钱粮仓库和茶盐专卖等事,是一个直接与老百姓打交道的差使。这一年江西抚州一带多灾多难,仲夏小旱不久,大雨泛滥成灾。水灾过后,干旱相接。入秋以来,稻田枯焦,农民心急如焚,诗人也为此忧心忡忡。七月二十八日夜忽降大雨,诗人大喜过望。久旱逢甘雨,这屋檐泻雨声,简直比天上最美妙的仙乐还要动听。当年孔子听了箫韶之乐后,三月不知肉味,今天诗人听了屋檐间哗哗作响的雨声,当感动得三月不闻仙乐。这种发自内心强烈的审美感受,是他内在的心理逻辑基础的。

陆游的《渭南文集》中就有一段关于云和雨的文字,很值得一读:"山泽之气为云,降而为雨,勾者伸,秀者实,此云之见于用者也。子尝见旱岁之云乎?嵯峨突兀,起为奇峰,足以悦人之目而不见于用,此云之不幸也。"(《跋吴梦予诗编》)以致用为本,是这段文字给人的突出印象,其观点口吻与这首喜雨诗的审美标准如出一辙。在这种独特的审美心理支持之下,才会有这样不同于人最个性化的抒情方式和文学形象。

雨 夜

庭院萧条秋意深,铜炉一炷海南沉。

幽人听尽芭蕉雨,独与青灯话此心。

[点评]

这首《雨夜》诗,也是诗人在抚州任上时写下的。虽与前一首喜雨诗几乎作于同时稍后,但表达的却是另一番心情。

七月二十八日的那首小诗,是在特定时间"秋旱方甚"、特定心境"喜而有作"时促成的,所谓久旱逢甘霖,是排得上狂喜的排行榜的,所以雨声会胜于"九天箫韶"。然而,人的感情总是随感遇而发生变化的。久旱闻雨的感情是真切的,狂喜过后却是平淡的日子;而平淡日子的滋味,也是需要用心去体会的。这首诗写的就是感情平息之后,在芭蕉秋雨中面对萧条庭院、香雾青灯感受到的些许惆怅。诗的后二句"幽人听尽芭蕉雨,独与青灯话此心"特别耐人寻味。幽人,隐者也。一个刚刚还在为好雨而欢呼雀跃的诗人,怎么几天之间即变成了独对青灯欲诉衷肠的幽人?诗人并非故作深沉。试想,在摆脱秋旱之虞后,从心态上说,一时的激动兴奋过后,映入诗人眼帘的将依然是淅淅沥沥助人愁思的秋雨秋风。幽人"听尽",说明已谙尽雨打芭蕉的况味,"独"字写雨中内心的孤寂无人可诉才面对青灯。诗人没有坐实幽独莫诉的内涵,只以"此心"两字点到即止,乃不言之言。诗中致力营造的是一种雨打芭蕉的心理氛围,以转达日常生活中一份最细腻、最诗意的心理感觉。如一意点破,就索然无味了。

诗人八十三岁时还写过一首《夏日杂题》的雨境诗:"午梦初回理旧琴,竹炉重炷海南沉。茅檐三日萧萧雨,又展芭蕉数尺阴。"诗写夏日雨打芭蕉的情景,清丽悦目饶有韵味,同样富有意境。与抚州任上的《雨夜》诗相比较,似乎恬淡闲适多于幽独惆怅。这当是诗人晚年生活平和、情随境迁的又一写照。

十月十七日①

我生急雨暗淮天,出没蛟鼍浪入船②。

白首功名无尺寸,茅檐还听雨声眠。

[注释]

①本诗原题为:《十月十七日,予生日也。孤村风雨萧然,偶得二绝句。予生于淮上,是日平旦,大风雨骇人,及予堕地,雨乃止》。
②鼍(tuó 驼):鼍龙,又称扬子鳄。

[点评]

　　陆游一生应该说与风雨十分有缘,他的出生很带点传奇色彩。从他这首七十一岁生日小诗的题目中可知,他是经历了急雨骇人、惊涛拍岸、白浪入船、漫漫长夜的拼争后,直到清晨才来到这个世界的。狂风暴雨伴随着诗人堕地,这可能只是一种偶然的巧合。但诗人一生与自然风雨的情缘,不能不说是带有一点与生俱来的神秘色彩。

　　诗人一生有近五百首以"雨"命题的诗,其他连类而及的更不胜数。这个数字无论对拥有近万首诗的陆游,还是对其他诗人来说,都不仅仅是一个简单的数字概念,它是诗人对自然物的一种透彻的身心感受。在陆游的诗中,既有非常细腻清丽的关于雨的描写,也有相当粗犷壮浪的对雨的挥洒;有欢快如闻仙乐的飘然沉醉,也有痛如锥心般的不堪面对,更有对漫漫一生凄风苦雨人生况味的咀嚼和吞咽。雨在诗人笔下已不是无情之物,它已紧紧地和诗人的政治生活、精神生活、个性气质、喜怒哀乐紧紧维系在一起。可以毫不夸张地说,凡是陆游生命曾经出现过的绚丽色彩(爱情而外),我们都能从他的咏雨诗中得到某种侧面印证。从这个意义上讲,陆游的雨诗,堪称是他生命意识的一面多棱镜。各个不同的光面,都能折射出丰富的生活色彩。这一首诗,便是古稀老人因"雨"触动身世回顾人生时对白首无成的慨叹。听雨而眠,这茅檐雨声着着实实地都打在他痛苦而无奈的心上。这种人生失意孤寂的景况,非本人不能领略。所以其中滋味,都是诗人咬着牙根独自和雨吞咽的。

湖上急雨

溪烟一缕起前滩,急雨俄吞四面山。

造化等闲成壮观,月明却送钓船还。

[点评]

宋代写暴雨的名篇佳章很多。像苏轼《望湖楼醉书》、《有美堂暴雨》,一绝一律写杭州西湖夏日的雷雨景象,其中"黑云翻墨未遮山,白雨跳珠乱入船"、"天外黑风吹海立,浙东飞雨过江来"等,都是善于捕捉瞬间形象脍炙人口的名篇名句。

诗人写的是镜湖月夜的一场急雨:远远望去,刚才溪滩上还只是丝丝雨烟,没想到顷刻之间大雨就吞没了四周的湖山——大自然的变化真是无穷奇妙。就在诗人为这一随意的挥洒而感叹不已时,却已雨过天晴,明月在空,一切都恢复了以往的宁静和安闲。这四句诗承得紧,转得快,笔法灵捷与雨势相应,写足题意。急雨是大自然不经意间的一幕奇观,而这首急雨诗,则是大诗人信手拈得的一则小品。

闻　雨

慷慨心犹壮,蹉跎鬓已秋。

百年殊鼎鼎^①,万事只悠悠。

不悟鱼千里^②,终归貉一丘^③。

夜阑闻急雨,起坐涕交流。

[注释]

①鼎鼎:借用陶潜《饮酒》"鼎鼎百年内,持此欲何成"之意,谓人生光阴极为短促。

②鱼千里:陶朱公以为凡鱼远行则肥,此借喻人生当勤劳自强。

③貉一丘:本言同类,此处有贵贱贤愚同归于尽的意思。

[点评]

　　风雨之声可以催发诗情,唤起诗人的慷慨壮心。

　　此诗写于乾道四年(1168)陆游因主战而被罢闲居山阴时,这是诗人政治苦闷、感到无望无助的一段日子。诗人僵卧荒村,夜半的急雨使他陷入了对现实境遇和坎坷人生的种种思考。他想到了人生的短促,作为的不易,屈志的无奈。他又想到古人的养生之理:陶朱公认为"鱼远行则肥"。物尚有远行求壮之意,人岂能安于一隅? 大丈夫生当发奋图强,怀四方之志,行四方之事。人无远虑,必然会消磨意志,最后落得贤愚无别的下场。这些雨中引发的思虑都催人发奋,而现实却让人沮丧不已。夜深时分的急雨,唤起了诗人强烈的用世欲望,却又无法解决志向与现实境遇之间的矛盾,平衡内心的波澜。故而起坐慨叹,涕泪交流。这是志士抱有远大志向却又无从实现的悲慨怅恨。在此,雨声是情感的媒介,也是醒世惊俗、鞭策诗人的警世乐章。

雨

映空初作茧丝微,掠地俄成箭镞飞^①。

纸帐光迟饶晓梦^②,铜炉香润覆春衣。

池鱼鲅鲅随沟出^③,梁燕翩翩接翅归。

惟有落花吹不去,数枝红湿自相依^④。

[注释]

①箭镞(zú 族):箭头。

②饶:多。

③鲅鲅:鱼儿跳跃之声。

④红湿:著雨的花瓣。红:花,此指海棠。

[点评]

　　唐代诗人杜甫,在留寓成都期间有一首著名的咏雨诗章《春夜喜雨》。那"随风潜入夜,润物细无声"的"好雨"以及"晓看红湿处,花重锦官城"的雨中画景,给人留下了十分清丽美好的印象。无独有偶,陆游似乎对成都的春雨也情有所钟。他在范成大幕中做参议官期间(1176)也欣然写下一首《雨》诗,从另一个角度,描述了诗人对于锦官城之雨细腻入微的感受。

首联先从描摹物态入手,生动地再现了春雨由映空而飘的"茧丝"化为掠地而飞的"箭镞"的瞬息变化过程。这是一般人不经意之处,却也是诗人对春雨观察痴迷入神的地方。颔联写人在春雨中的感受:春雨春阴使"春眠不觉晓",这种天气特别缱绻缠绵留人好梦,湿润的空气到处弥漫着袭人的薰香。处于这样一种"薄雾浓云"的温柔环境之中,会让人感觉到一份闲适和雅致。颈联则把视线由室内移向室外:野外的沟渠之中,鱼儿趁雨欣喜出游,而燕子却归巢避雨,诗人在此不仅细致地描述了雨中不同的物候现象,还随意点化融合了"细雨鱼儿出,微风燕子斜"(杜甫)、"微雨燕双飞"(晏几道)、"双燕归来细雨中"(欧阳修)等唐宋诗词中关于春雨的优美意境,使雨的形象、氛围更丰厚,更富有诗情画意。结尾处,诗人把赏爱的目光投注到著雨的海棠花上:"数枝红湿自相依。"写雨中海棠红湿可怜之态,使人联想到老杜春雨诗的意境。人说杜甫没有海棠诗,但"晓看红湿处,花重锦官城"不就是雨中海棠?海棠是蜀中名花,也是装点成都春景的花中之魁。陆游在写这首《雨》诗的同时,还写有《花时遍游诸家园》,极言成都海棠的繁丽富艳。海棠喜阴,雨中红湿数枝相依,更现其楚楚动人之态,因此成为锦官城雨中一道充满地域特色的亮丽风景。

如果说杜甫的《春夜喜雨》侧重于对"好雨"应时而至、滋润万物的欣喜之情的描写,那么陆游的这首《雨》诗更关注雨景以及雨中人情物态的细致写摹。杜甫的诗偏重于主观写意,陆游诗则是工笔写生。这两首诗均得灵感于春日成都,堪称描写锦官城春雨的姐妹诗篇。

南桥遇大风雨①

叹息谁如造物雄,故将意气压衰翁。

千群铁马云屯野,百尺金蛇电掣空②。

身羡渔蓑鸣急雨,心怜鸦阵困狂风。

世间变态谁能测,归路斜阳十里红。

[注释]

①南椮:山阴一带的地名,方志失载。
②掣:闪耀。

[点评]

　　这首诗作于淳熙十二年(1185)春陆游六十一岁闲居山阴时。一次偶然的出游,不期遭遇了一场大风雨。诗人雨中有所感触,便写了这首七律。

　　春天的天气似乎也像孩童的脸,说变就变。诗人刚刚写完一首"细细湿春光,霏霏破夕阳"的《小雨》诗,就碰上了一场雷电交加的狂风暴雨。颔颈两联正面赋写雷雨天气的雄奇声势:"千群铁马"摹写雨前乌云密聚、随风奔移的突兀天象,百尺金蛇形容天上闪电劈空而下的场面。这是大雨倾盆的前奏,虽没有正面写大雨,但山雨欲来的声势已足以摄人心神,使人闻之色变了。颈联两句写风雨中即景感受,显得过于直白,句式圆熟勉强,转得贫弱无力。好在尾联重新振起,以两句简洁有力的语言,一笔扫尽风雨,才稳压阵脚总束全篇,使整首诗神完气足,给人以无穷的爽意。

　　这首诗的语境与苏轼《定风波》黄州沙湖道中遇雨的词境十分相近。面对突如其来的风雨,作者没有惊慌失措,而是表现出一份泰然和自持。苏轼说自己"一蓑烟雨任平生"处变不惊,在逆境中始终保持怡然自得的精神状态。陆游则把风雨看作是与自己意志的较量:他一方面极力渲染风雨的声势,惊叹于自然造化的神奇威力;一方面又不露声色地把它摄取入诗,来显示他的胸襟涵养。尾联"归路斜阳十里红"一句,写风雨后天气放晴的景色,景语之中也透露出诗人自信开朗的个性,与苏轼词"山头斜照却相迎。回首向来萧瑟处,归去,也无风雨也无晴"同一归旨,重在表现一种不随物悲喜、通达乐观的人生态度。

临安春雨初霁①

世味年来薄似纱,谁令骑马客京华?

小楼一夜听春雨,深巷明朝卖杏花。

矮纸斜行闲作草,晴窗细乳戏分茶②。

素衣莫起风尘叹③,犹及清明可到家。

[注释]

①临安:南宋都城,今浙江杭州。
②细乳:沏茶时水面浮起的泡沫。分茶:品茶。
③"素衣"句:化用晋陆机"京洛多风尘,素衣化为缁"诗意,说京城的风尘会把白色的衣服染黑。

[点评]

陆游的七言律诗中,名联俊句常常层出叠见,美不胜收。这首诗中,"小楼"一联便是最亮丽的一笔,也是陆游写春雨最动人的句子之一。

诗人六十二岁那年,终于被重新起用为严州(浙江建德)知州。接到任命通知后,他赶赴临安朝见,暂住在西湖边的客舍里。时值春天,一夜绵绵细雨,诗人辗转难眠,临明时小雨初霁,小巷深处不时地传来一声声的卖花声。杏花带来春的消息,给客中的诗人以些许的诗意慰藉。这一联十四字一气呵成,自然流动,虽得来全不费工夫,却有许多令人咀嚼回味的地方:江南的春天通常烟雨蒙蒙,经过一夜春雨洗礼,临明天气放晴,小楼外深巷中,空气滋润而清新。卖花姑娘那一声声轻软的吴语俚音,和着她挽携中的杏花清香,在清晨的小巷深处扩散弥漫。这声音显得格外清脆悦耳,这空气似乎也飘着湿润的清香。这便是陆游笔下江南小巷的春晨,这一幅未经任何雕饰的天籁画境,既有小巷小楼的幽深清丽之美,更有画卷无法传达的诗意——画外之声。如细加寻绎,再深入探究一下诗人小楼一夜听雨的心态和对明朝小巷卖杏花的欣赏,则更能深入到诗人的内心世界,从而发掘出其中的寓意。小楼一夜听雨,暗示诗人客居一夜未眠。到底是什么使诗人辗转反侧? 关注一下律诗的其他三联,就能找到答案。首联告诉读者,诗人被谗退之后,饱谙世味,对此次进京求职不抱多大希望。颈联写客居日长无事,徒以写字品茶打发光阴。尾联说京城风尘令人生厌,希望及早回家。从这些诗句中,流露出诗人被重新起用后掩盖不住的失望与苦闷。表面上学书品茶淡泊清新,内心深处却牢骚满腹很不得志,所以客中光阴难挨难度。这二句与尾联希望及早返家的命意是一致的,都含有对自然淳朴生活的向往。

"小楼"一联,堪称整首律诗的眉目。不但刻画了江南小巷之春的典型场景气氛,同时又表现了诗人客居时的苦闷情绪,意关其他数联。既是动人所在,也是灵光所聚,一联生色,光耀全篇。

十二月二十八日,风雨大作

风怒欲拔木,雨暴欲掀屋。

风声翻海涛,雨点堕车轴①。

挂门那敢开,吹火不得烛。

岂惟涨沟溪,势已卷平陆②。

辛勤蓺宿麦③,所望明年熟。

一饱正自艰,五穷故相逐④。

南邻更可念,布被冬未赎。

明朝甑复空⑤,母子相持哭。

[注释]

①堕车轴:形容雨点粗大如车轴。

②卷平陆:席卷平地。

③蓺:播种。宿:隔年。小麦秋冬种植,次年成熟,故称宿麦。

④五穷:韩愈《送穷文》中称五穷是:智穷,学穷,文穷,命穷,交穷。相逐:紧紧跟随。

⑤甑(zèng 赠):做饭的瓦器。

[点评]

　　陆游写暴雨的诗很多,总的说来大致有两类:一类是以风雨写豪情,表现诗人英雄气概、英雄本色,如《十一月四日风雨大作》的"夜阑卧听风吹雨,铁马冰河入梦来",托意很明;而《冒雨登拟岘台观江涨》诗,则借雨势写蜀中壮举。这一类诗往往取象奇诡而壮浪,以气取胜,笔法淋漓酣畅,充满激情。另一类暴雨诗则从悯农的角度入手偏于写实,客观反映这种异常的气候现象给农事带来的灾难,如《大风雨中作》:"风如拔山怒,雨如决河倾。屋漏不可支,窗户俱有声。"诗人对雨的感受是从眼前的生活境遇出发,关心的是"三年稼如云,一旦败垂成"的结果。

　　这首七十六岁初冬之夜写下的暴雨诗,质朴形象,真切生动,反映了诗人晚年从事稼穑后最切肤实在的见闻感受。诗从风雨中落笔,先渲染暴雨狂风"拔木"、"掀屋"、翻江倒海的凶猛来势。在这种声势的威逼下,诗人自己一筹莫展,心里可怜田里的庄稼,还牵念着"南邻"饥寒交迫的孤儿寡妇,想象他们明天将面临的困境。诗人对自己窘迫遭遇虽有入木生动的刻画,但最感人的还是诗的最后八句对南邻母子的描写。他们只是广大无衣无食普通百姓中的一分子,一遭天灾,明天就揭不开锅,今后的日子将如何度过? 诗结尾语犹未尽,呈开放式结构,发人深省。这场风雨,给人们带来的遭遇是悲惨的,给读者留下的印象也是触目惊心的。

五月十四日^①

黑云塞空万马屯^②,转盼白雨如倾盆^③。

狂风疾雷撼乾坤,壮哉涧壑相吐吞。

老龙腾拏下天阍^④,鳞间火作电脚奔。

巨松拔起千年根,浮槎断梗何足论^⑤。

我诗欲成醉墨翻,安得此雨洗中原。

长河衮衮来昆仑^⑥,鹳鹊下看黄流浑^⑦。

[注释]

①本诗原题为:《五月十四日,夜梦一僧持诗编过予。有暴雨诗,语颇壮,予欣然和之,联巨轴欲书。未落笔而觉,追作此篇》。

②屯:堆积。

③转盼:转眼。

④腾拏(ná 拿):腾移牵掣。天阍(hūn 昏):天门。

⑤浮槎断梗:被水冲折的断树残枝。

⑥衮衮:同滚滚。

⑦鹳(guàn 惯)鹊:鸟类名,形似鹤。此指鹳鹊楼,在山西省永济市黄河东岸。以王之涣"黄河入海流"诗句而闻名。

[点评]

这首暴雨诗完全出以想象。诗题告诉我们,诗人是梦见一个和尚写了一首

"颇壮"的暴雨诗相示,诗人欣然和之,并借暴雨诗使气逞才,颇有压倒原唱的气势。

　　诗前八句写风雨骤然而至,雷电交作,大雨倾盆,好像要把整个天地都撼动似的,山涧溪谷水势奔涌,千年巨松被连根拔起,树枝残梗到处都是。暴雨从形成到倾泻直至奔流横扫大地,诗人着力渲染的是它所向披靡的气势和声威。这种无往不胜征服天地的力量,正是诗人一直渴望得到的。在梦里,他借助于暴雨声威,来实现理想。后四句则引发收复中原的强烈意愿:"安得此雨洗中原"是诗人托意所在,与杜甫"安得鞭雷公,滂沱洗吴越"(《喜雨》)一样,都表现了一片济世的苦心,即所谓言雨意轻,而言兵意重。前面八句的大肆宣扬,无非是为了推出收复中原的强烈欲望。在这里,暴雨成了他清扫胡尘的强大武器。诗人每每于雷雨交加之时,突发驱逐金人的豪情壮志。这之前他写过一首《中夜闻大雷雨》诗,直言其事:"雷车驾雨龙尽起,电行半空如狂矢。中原腥膻五十年,上帝震怒初一洗。"诗人在半夜听到大雷雨,怦然心动,联想到借大自然的神奇威力冲洗中原的腥膻。诗中的夸张和想象,像一只放飞的风筝,无论飘得多远,总是与忧国济世之心紧紧维系一线相连的。

喜雨歌

不雨珠,不雨玉①,六月得雨真雨粟。

十年水旱食半菽②,民伐桑柘卖黄犊。

去年小稔已食足③,今年当得厌酒肉④。

斯民醉饱定复哭,几人不见今年熟!

[注释]

①雨(yù 育):作动词"落下"解。

②食半菽(shū 叔):农作物只有一半的收成。菽:豆类植物,此泛指农作物。

③小稔(rěn 忍):稍好的收成。稔:庄稼成熟。

④厌:吃饱。

[点评]

　　陆游所居的镜湖,本是一处旱涝保收的鱼米之乡。镜湖以它庞大的拦洪蓄水能力,使当地人民安居乐业,免受洪涝的灾害。然而,自从北宋神宗以来,一些急功近利的人看到湖区淤泥肥膏,有利可图,便动了围湖造田的念头。此风一起,一发而不可收,到南宋初年,湖区竟一下子垦出二千多顷良田。其收益当然是极其丰厚的,但由此造成镜湖湖堤的毁坍和蓄水拦洪能力的低下,使当地农业失去了以往的水利保障,完全陷入靠天吃饭的尴尬之中。

　　因为从事农稼,陆游晚年的诗对天时的变化表现得异常敏感。久涝苦雨,久旱喜雨,忧喜之间都事关生计。这首作于庆元五年(1199)夏天的喜雨诗,诗人掩盖不住久旱后对雨的渴望,开篇竟一连下四个"雨"字,并以粟、珠玉来形容六月雨的珍贵,突出久旱逢甘霖后的激动欢欣。然而,这狂喜背后却隐含着农民十年水旱交迫、食不果腹、为求生存割肉补疮的种种辛酸。

　　诗人由今天的及时雨,进而想到今岁可以免受饥馑之苦,甚至可望丰收饱餐酒肉。这些多年来被灾害饥饿折磨得筋疲力尽的农民,他们对于生活质量的生存要求竟是那么微薄低下。想想连年来灾荒饿死的人们,这些幸存的人们怎能不涕泪涟涟?诗以悲情写喜悦,有十年灾害悲苦作反衬铺垫,才更能体会喜雨和展望丰年的难能不易,诗人就在这样苦乐的对比中渗透感情,强化了喜雨的主题。

甲申雨^①

老农十口传为古^②,春遇甲申常畏雨。

风来东北云行西,雨势已成那得御。

山阴泆湖二百岁^③,坐使膏腴成瘠卤^④。

陂塘遗迹今悉存^⑤,叹息当官谁可语。

甲申畏雨古亦然,湖之未废常丰年。

小人那知古来事^⑥,不怨豪家惟怨天。

[注释]

①甲申:古时用天干地支相配记日,甲申指甲申相遇的那天。

②十口:众口。古:古老的经验。

③泆(yì 益)湖:湖水泛滥成灾。泆:通溢。

④膏腴:指肥沃的土地。瘠卤(jí lǔ 吉鲁):贫瘠的盐碱地。

⑤陂塘:湖边堤岸。

⑥小人:小百姓。

[点评]

　　镜湖是浙东地区一个了不起的古代水利工程,始成于汉代,湮没于南宋。陆游生活的时代,正是这个人工蓄水湖遭到大规模围垦并一步一步走向毁坏的时期。这首诗从一次甲申暴雨引出话题,揭露了当时豪家占湖为田、造成灾难的现实。

古代的山阴原是会稽山北临海的一片低洼沼泽地，长期以来水洪下泻，海潮倒灌，经常发生类似洪涝的自然灾害。汉代马臻围堤筑塘后，不但拦蓄了会稽山三十六源的水资源，而且还抵御了潮汐咸碱的侵蚀，对镜湖庞大的排蓄系统起着蓄淡拦洪的作用，给当地的农业生产带来了极大的便利。南宋状元王十朋曾说："杭之有西湖，犹人之有眉目；越之有镜湖，犹人之有肠胃。"(《镜湖说》)然而，这个有效的"肠胃系统"，自北宋真宗时，便变得紊乱起来。到南宋初年，围垦之风进入全盛，他们放出湖水，人为地坍决塘堤。由于许多人占湖为地，再加上湖底淤泥日厚，镜湖的蓄水能力不断降低，因而导致雨天湖水泛滥成灾、潮汐海水倒灌的现象。陆游生活的年间，水灾频频，农民不胜其苦，怨声载道。这首诗就是这类惨痛现实的写照。

诗前四句从老农有关甲申雨的凶兆说起，说看来今春可怕的雨灾已是不可避免，点明天灾。次四句回顾了有宋以来镜湖屡遭侵占、水利被毁，致使膏腴之地变成贫瘠盐碱的现实。最后四句，诗人以史为鉴，列举历史上曾出现过甲申雨而仍获丰收的事实，尖锐地指出：可怕的甲申雨实非天灾，而是人祸。结尾处，诗人以曲笔反语，讽刺统治者不顾民生，怂恿豪家占湖为田、遗祸于人的事实。这首雨诗立意明确，理脉清晰，诗人以事实为依据，一反关于甲申雨的传统论调，不仅有认识意义，更具史料价值。

父德子贤

家祭无忘告乃翁

喜小儿病愈

喜见吾家玉雪儿，今朝竹马绕廊嬉。

也知笠泽家风在，十岁能吟病起诗。

[点评]

　　子遹又名子聿，是陆游五十四岁时生的一个儿子。诗人晚年得子，自然十分高兴，加上孩子乖巧伶俐，承欢膝下，无疑给诗人的晚景带来了许多新的气息。在众多子女中，陆游对子遹尤为爱怜。他一生所作二三百首示儿诗中，有将近一半是写给子遹的。子遹聪慧可人，又善解人意，深得陆游怜爱，所以称之为"吾家玉雪儿"。写这首诗时，子遹病后初愈，在廊下骑竹马戏嬉，并出人意料地"忽作《病起》诗一首"（陆游自注），让老父亲欣喜万分，感动于"笠泽家风"终于又在小儿身上得到了体现。

　　山阴陆氏诗书传家，高祖陆轸相传七岁能作诗，曾祖陆珪、祖父陆佃、父亲陆宰均长于诗文。特别是祖父陆佃，著述甚丰，经学诗文均擅长。陆游以此为自豪，并把对诗文的爱好看成为陆氏一门的优良家风，对子孙也有类似杜甫"诗是吾家事"的期望。陆游自称"笠泽"，是想绍承晚唐诗人陆龟蒙的衣钵，自称有"笠泽家风"，其中应该包含着对自己及子孙诗书相传的自豪。

　　写这首诗时，正值《剑南诗稿》二十卷在严州任上刻就。这是陆游一生创作的首次结集，当世著名诗人张镃、杨万里、韩淲等都题诗称许，陆游心里自然十分自得。十岁的幼子在大病初愈后，居然脱口吟诗，这想必更令诗人欣慰不已。事情就那么凑巧：一百四十年前，陆游的高祖陆轸曾守新定（严州），严州建有陆轸的祠堂。淳熙十五年（1186）诗人自己又在严州做官，并在此地次年刻就《剑南诗稿》。谁料四十年后,本诗中十岁能吟《病起》诗的"玉雪儿"子遹又知严州。这可真是"笠泽家风"世代相传的又一例佳话了。

与儿辈论李杜韩柳文章偶成

吏部仪曹体不同①,拾遗供奉各家风②。

未言看到无同处,看到同时已有功。

[注释]

①吏部仪曹:指韩愈与柳宗元。韩愈,字退之,官至吏部侍郎。柳宗元,字子厚,曾任礼部员外郎,故称仪曹。
②拾遗供奉:指杜甫与李白。杜甫,字子美,肃宗时任左拾遗。李白,字太白,曾任供奉翰林。

[点评]

在儿辈们面前,陆游既是一位慈祥可亲的父亲,又是一位学识渊博的长者,同时更是一位平易近人、谈锋甚健的良师益友。他常常很随意地和儿孙们纵谈前人创作成就和特色,其中有许多观点,都是从自身的创作甘苦中悟得的真知卓识。这对儿辈们步入文学评论的堂奥,起到了很好的导引作用。在寂寞的晚景中,与儿辈们切磋文学上的诸多问题,成了诗人生活中不可或缺的一个部分。儿辈们也在父亲即兴言谈中领悟到不少读书的方法和乐趣,所以常常乐此而不疲。

这首诗成于绍熙四年(1193)一个寒冷的冬夜。年近古稀的诗人与儿孙们围炉而坐,各自畅谈诵读前代文学巨擘李白、杜甫、韩愈、柳宗元四家文章后的体会,可能儿辈们多从异处着眼分谈了四家各自不同的风格特色。前二句概述的就是父亲的对儿辈们谈资的肯定,说李杜韩柳四家的确存在着体式和风格的差异,异是客观存在的。后一句则是提出更高的标准,从高屋建瓴的角度,要求儿辈们异中求同。"未言"一联是说只看到异还没有看到他们之所以成为名家的共性。如果能从相异的风格中求得共同的成功奥妙,那么识见就非同一般了,这是更深的理解与感悟。诗人总是那么循循善诱,从儿辈现有的水平出发,作一些必要的提示与点拨,为他们铺设更上一层楼的台阶,所以听了以后常常令人心悦诚服。

诗犹如讨论过程中主持人最后的总结发言,既有对各位见解的热情肯定与鼓励,又指出了进一步攀登的目标与要求。一切从实际出发,循序渐进,言之有理,行之有效,很有启发式教育的特色。

冬夜读书示子聿

古人学问无遗力①,少壮工夫老始成。

纸上得来终觉浅,绝知此事要躬行②。

[注释]

①无遗力:不遗余力。
②绝知:深知。

[点评]

陆游在示子诗中有许多精彩的议论,有的在今天看来,也是字字珠玑很有价值的。这首写于庆元五年(1199)冬夜的示子诗,谈论的话题即是他六十余年文学创作的成功经验和结晶。

诗人晚年常与子聿诗书相伴:"父子更兼师友分,夜深常共短檠灯。"(《示子聿》)奇文共欣赏,疑义相与析。这首诗主要从两方面对子聿进行启发教育:一是勉励治学要刻苦努力,从少壮到年老都不能放松,坚持不懈,才会有所成就。在这一方面,诗人少时既耽学,读书废寝忘食,白首归居田园,也是勤学不辍。二是要重视躬行,"纸上得来终觉浅,绝知此事要躬行"两句,即说明读书与创作均不能闭门造车——纸上得来的东西,须经过一番实践才能真正成为自己所有;创作的得失,只有经过生活的检验才全部表现出来。因此,陆游十分重视创作过程中生活体验对诗歌感发的作用:"挥毫当得江山助,不到潇湘岂有诗。"(《予使江西时以诗投政府丐湖一麾会召不果偶读旧稿有感》),在评诗时也强调生活对创作的影响:"君诗妙处吾能识,正在山程水驿中。"(《题庐陵萧彦毓秀才诗卷后》)陆游主张把创作的视野从书本引向广阔丰富的生活中去,并说:"大抵此业在道途则愈工,虽前辈负大名者往往如此。愿舟楫鞍马间,加意勿辍。他日绝尘迈往之作,必得之此时为多。"(《与杜思恭书》)主张直接感受生活,抒写生活,掌握真正的创作法则。"饱以五车书,劳以万里行。"(《感兴》)学问与躬行并重,才能有所建树有所成就。这两方面的学习精神,是陆游留给后人的宝贵经验,对我们今天的学习仍有极大的借鉴意义,很有倡导的必要。

示子孙(二首)

为贫出仕退为农,二百年来世世同。

富贵苟求终近祸,汝曹切勿坠家风。

吾家世守农桑业,一挂朝衣即力耕。

汝但从师勤学问,不须念我叱牛声。

[点评]

　　陆氏世家确实有值得称道处:"孝悌行于家,仁义修于身。""世世守之,不以显晦易也。"(《渭南文集》卷三十二、《右朝散大夫陆公墓志铭》)高祖陆轸少时家贫未能求学,但刻苦不息,七岁即能自作诗。出仕后,为官清廉在朝四十余年,终身未尝添置家产,只以余俸买书,以此留给子孙。曾祖陆珪也清贫自守,不尚华丽。祖父陆佃少时尤其清苦贫寒,晚上没有油烛,就到月光下读书,虽暑天寒冬犹苦学不辍。后官至尚书左丞,为官正直有节,不骄不阿,晚年在陶山"结楼著书",以书传人。父亲陆宰官至直秘阁、京西路转运副使,是个有名的爱国志士,也是浙东著名的藏书家,一生心血全付于藏书,留给陆游的是丰富的文化遗产和一片炽热的爱国心肠。陆游祖上不尚豪奢、清廉自守的家风深深影响了陆游的一生。他不但身体力行,而且时时告诫子孙,用陆氏一门二百年来的优良作风教育儿辈,要求他们清贫自励,重农务本,不要忘记自己是陆家子孙,应好好继承这种清正勤勉的作风报效国家。这两首绝句集中体现的就是这一思想。

　　第一首是教育子孙为农为官的道理,要他们做一个正直勤劳、品行端正的人,无论是出仕还是退守田园,都应该保持一颗平常心。做官时切莫贪恋富贵,为农时努力耕作,切勿懈怠。在此,陆游特别强调出仕不求富贵的道理。他的祖上是如此,他自己亦以此为鉴,并要求子孙不坠家风。这种家风,显得何等崇高先进,可谓是陆氏一门优秀的品德所在!第二首则告诫子孙要刻苦努力,在稼穑的同时,不忘学业是立身之本。陆游可以不要功名富贵,但他决不舍弃视之为生命的学问之道。陆氏一门诗书传家,生活虽极其清贫,但藏书丰富。子孙在家庭的熏陶下,谨守家学,嗜书成风。陆游中年入蜀寓居近十年,东归时不载一物,尽买蜀书以归。他一生留给子孙的除了弥留之际"但悲不见九州同"的遗恨外,就是满屋"色色已具"的平生藏书。他至死都还牵念着建立一个藏书阁的事,要求子孙极力了之。

　　陆游对子女的教育,倾注了他巨大的热情,不但言传,而且颇重以身垂范。他教育子孙不图富贵,自己即清贫自守;他教子孙读书,自己即苦读不倦。他倡导的克勤克俭的家风,不仅在当时具有进步意义,就是今天对教育子女也不无启发。

示　儿

死去元知万事空,但悲不见九州同①。

王师北定中原日,家祭无忘告乃翁②。

[注释]

①九州同:指统一中国。
②乃翁:作者自指。乃:你。

[点评]

　　正如陈祖美先生在《陆游等三家"示子"诗述评》一文中所评价的:"历代与
'示子'内容有关的诗歌尽管难以数计,但真正在文学史上占一席地位的却为数
不多,至于能够占重要地位的可以说只有陆游一家。"(《陆游论集》吉林文史出
版社1987年版)示子这类诗,陶渊明、杜甫、白居易、韩愈、苏轼等诗坛大家都有
涉笔。他们之中有的表现亲子之爱、舐犊之情,有的则借题发挥,寄寓不遇于世
的愤慨之情。其中虽亦不乏内心的真情流露,但大都围绕着血浓于水的人伦之
情表现父子天性和私爱亲情。所谓"怜子如何不丈夫",情之所钟不外乎以上几
个方面。

　　陆游是个多子且又高寿的诗人,创作周期特别长,为儿孙留下的诗亦最多。
其中既有表现拳拳之爱的如《喜小儿病愈》、《喜小辈到行在》,也有表达愤世之
情的如《书叹》,还有表现"父子更兼师友份"的论诗谈文之作,教育儿孙清廉自
守、重农务本的如《示儿孙》、《送子龙赴吉州掾》等。然而,最终使陆游享有巨大
声誉并能使这一类题材跻身于文学殿堂的,却是他临终前的这首《示儿》诗。这

首临终绝笔,既是他一生爱国忧时思想最精彩的总结,也是他留给儿孙后代最宝贵的精神遗产,已非一般意义上的临终嘱托。它可以一字不改地留给千秋万代,留给普天之下所有爱国的子孙后代,去完成前辈们未竟的事业。

在这首绝句中,诗人对国家的爱和对民族命运的关注,已经超越了生与死的界限。一位八十五岁的老人,在临终易篑之际,仍悬望着祖国的命运。绝笔诗中无一字言及私事,说人至死什么都可以丢开,惟独未能见到祖国统一则是终生遗恨。陆游生前看到的只是失败与屈辱,但他至死也没有失去对北伐的信心,希望理想能在儿孙们身上得以实现。所以特地告诫子孙:在祭祀时别忘了以王师北定中原的好消息相告慰。临终的肺腑之言,正是他一生志愿的有力的总结,大有"三呼渡河之意"。这种至死不渝的爱国思想不惟对儿孙很有教育意义,也令千年而下的人们深深感动。

历史上曾有多少人少年豪壮激烈,而一旦受挫后便悲慨不已,而像陆游那样"寸心至死如丹"、此情至死未已的人却是寥寥无几。诗人弥留之际思想所放出的耀眼光芒,将永远激励着后来者为国家、民族的事业而奋斗不息。

与子虡、子坦坐龟堂后东窗偶书①

时鸟朝暮鸣,芳草日夜生。

春风舍我去,岁律俄峥嵘②。

缀簇茧白白,出陂稻青青。

鸣机织苎葛③,暑服亦已成。

小儿结山房,窗户颇疏明。

万事不挂眼,朱黄浩纵横④。

佳哉东北风,吹下读书声。

功名讵敢望⑤,且复慰父兄。

[注释]

①龟堂:陆游晚年的居室名,在三山别业。

②"岁律"句:指岁月短促、荏苒不平凡。

③苎(zhù 住)葛:用苎麻织成的丝织物。

④朱黄:古人校点书籍的两种颜色。

⑤讵:岂,表示反问。

[点评]

　　陆游自六十五岁被斥回故里后,一直在山阴农村生活。乡居生活本身是单调缺少色彩的,父子相依,一边从事稼穑,一边苦学不辍,除了时时关注国事、怀念蜀中生活外,更多的日子是在平平常常中打发的。春去秋来,花开花落,岁月匆匆而过,而诗人却能于这最朴素的生活中发现诗情。这首写于庆元四年(1198)夏天的诗,只是撷取了诗人漫长平淡岁月中一组最寻常的家居镜头,读来自觉亲切自然,淡中有味。

　　蚕茧白白,秧稻青青,芳草萋萋。转眼春天已逝,夏日就在眼前。诗人家居无事,午间与长子子虡、四子子坦在龟堂临窗小坐。一阵微风吹来,传来了小儿子聿在山房琅琅的读书声。诗人听到后,心里感到无比的快慰。"佳哉东北风,吹下读书声。"诗人自注:"是日午间子聿在山半读书,相与欣然。"陆游自己勤奋好学,他虽不指望儿子们都能博取功名,但却希望儿孙们能绍承好学的家风,做一个知书识礼的贤良之士,即使布衣也无愧公卿。宋人教学重文,读书是士大夫家庭兴盛的希望所在。陆游儿孙多如王谢,所以特别注意培养儿孙诗书传家的优良传统。父子在龟堂小坐,听得子聿山房上琅琅的读书之声,相与欣然,父亲的喜悦之情总是被这琅琅的读书声所感发。

　　诗前半首八句写耕,后半首八句写读。全诗语言平实,形象感强,如家居生活一样朴实无华,却让人时时感到平淡之中的淳厚诗意。

送子龙赴吉州掾^①

我老汝远行，知汝非得已。

驾言当送汝^②，挥涕不能止。

人谁乐离别？坐贫至于此^③。

汝行犯胥涛^④，次第过彭蠡^⑤。

波横吞舟鱼，林啸独脚鬼^⑥。

野饭何店炊？孤棹何岸舣^⑦？

判司比唐时^⑧，犹幸免笞箠^⑨。

庭参亦何辱^⑩，负职乃可耻^⑪！

汝为吉州吏，但饮吉州水。

一钱亦分明，谁能肆谗毁^⑫？

聚俸嫁阿惜^⑬，择士教元礼^⑭。

我食可自营^⑮，勿用念甘旨^⑯。

衣穿听露肘，履破从见指。

出门虽被嘲，归舍却睡美。

益公名位重^⑰，凛若乔岳峙^⑱。

汝以通家故^⑲，或许望燕几^⑳。

得见已足荣,切勿有所启㉑。

又若杨诚斋㉒,清介世莫比。

一闻俗人言,三日归洗耳㉓。

汝但问起居,余事勿挂齿。

希周有世好㉔,敬叔乃乡里㉕。

岂惟能文辞,实亦坚操履㉖。

相从勉讲学,事业在积累。

仁义本何常,蹈之则君子㉗。

汝去三年归,我倘未即死。

江中有鲤鱼㉘,频寄书一纸。

[注释]

①子龙:陆游次子。吉州:今江西省安吉县。掾:官府中助理人员的通称。子龙去吉州任司理参军,协助掌管司法工作。

②驾言:驾车。言:助词,无实义。

③坐贫:因为贫困。

④胥涛:指钱塘江的潮水。传说伍子胥自杀后化为潮神,每年涛涌钱塘江。

⑤彭蠡(lǐ礼):今江西境内的鄱阳湖。

⑥独脚鬼:即夔。古代传说中的独脚怪物,形状若牛。

⑦孤棹:孤舟。舣(yǐ蚁):靠岸停船。

⑧判司:参军之类职位低下的小官。

⑨笞箠(chī chuǐ吃垂):鞭打。这二句的意思是说宋朝小吏的政治遭遇比唐朝要好多了,不用再挨打了。

⑩庭参:属吏在公堂上拜谒长官的仪式。

⑪负职:渎职,不称职。

⑫肆逸毁:任意说坏话,诬蔑。

⑬阿惜:子龙之女。

⑭元礼:子龙长子。

⑮自营:自己安排。

⑯甘旨:此指子女奉敬父母的精美食物。

⑰益公:周必大,庐陵(安吉)人,曾官左丞相,封益国公,时退居在乡。

⑱乔岳:高山。

⑲通家:有世谊交情的家庭。

⑳望燕几:拜见的敬词。燕几:可供坐卧休息的用具。

㉑启:请求。

㉒杨诚斋:杨万里,号诚斋,吉州人,南宋著名诗人。

㉓洗耳:相传尧曾想把帝位让给许由。许由认为这话把他的耳朵污秽了,于是去水边洗耳。这里借指听俗人话后,要洗耳才能去秽。

㉔希周:即陈希周,陆游世交。

㉕敬叔:即杜敬叔,陆游同乡。

㉖坚操履:坚持正直的操守和行为。

㉗蹈:实践。

㉘鲤鱼:古代木刻成鲤鱼状的书信函,此指书信。

[点评]

　　嘉泰二年(1202),陆游已七十八岁高龄。他自六十五岁斥归故乡后,多年奉祠在家。七十四岁时祠禄停止后,家境显得特别困难窘迫,次子子龙因贫而不得不出仕,拖儿带女外出谋生,赴江西吉州做一个司理参军的小官。垂暮之年,父子、祖孙分离,诗人心中十分伤感。但他还是以前程为重为儿送行,挥泪写下了这首充满亲情的五言长诗。

　　诗确实很长,共有五十二句,二百六十言,似有千言万语需要叮嘱吩咐。诗从眼前道来,设想儿子在途中的艰辛和惶恐,又担心上任后可能遇到的人事关系。有牵念有宽解,有告诫有劝勉。语重心长,一一道来,细致入微,很有层次。

　　前十二句点明因贫出仕和对子龙此行途中行止饮食的担心挂念。子龙生于1150年,赴任时已是年过半百、子女满堂的人了,但在老父亲看来依然是稚气未脱、涉世未深的儿辈,这次突然离膝而去不免让老父牵肠挂肚。"野饭何店炊?孤棹何岸舣?"担心他途中的一切,事事关切备至,真可谓天下父母心肠!

从"判司比唐时"开始到"归舍却睡美"十六句为第二层。如果说前面是从生活起居上加以关心，那么从此则转入对儿子事业前途的期望。说司理参军的官职虽微，但与唐时相比待遇已是大有改善，不要因为位卑职微而有所怠慢，要忠于职守，知足安分，廉洁公正。在公，作为行事要对得起吉州父老；在私，要关心教育好子女，大可不必以父亲年迈为念。这一节话，宽慰中含期望，同时也表现了诗人正直胆荡的胸怀。

"益公名位重"至"蹈之则君子"二十句，是从另一个侧面提醒子龙要注意为人之道。周必大、杨万里都是吉州名重一时的先辈诗人元老，又是陆游的僚友交好。诗人告诫子龙到吉州后，要主动拜访长辈，要向同辈学习，勤勉做人。不断积累工作经验，勇于实践，做一个正直有操持的君子。在这里，值得一提的是陆游教子的独立精神。本来，周必大是当地很有影响的老臣，曾官至左丞相，陆游又与其有通家之好。如果按一般人的看法，子龙此次赴任，请他照顾提携一下也是人之常情。但陆游却告诫儿子"切勿有所启"，也就是说不要去拉关系，提什么请求。要凭自己脚踏实地的工作，做一个光明磊落的人。这一点精神，确实非常可贵。故周必大在《跋陆务观送其子子龙赴吉州司理诗》中由衷地说："吾友陆务观，得李杜之文章，居严徐之侍从。子孙众多如王谢，寿考康宁如乔松。诗能穷人之谤，一洗万古而空之。"（《平园续稿》卷十一）

诗最后四句与开篇依依不舍之情相呼应，希望子龙三年任满归来，父子能在有生之年团聚。并含蓄地暗示他多写家书，以慰老父悬念。结尾处又归结到割舍不断的亲情上来，这是一个年近八十的老人对儿子提出的唯一的私下要求。在诗人看来，家书何止万金，血浓于水，父子深情重于泰山。

这是一位慈爱、正直、善解人意的老父亲对因为贫困而不得不去异乡谋生的儿子所作的临别叮咛，字里行间充满了诗人深切的关爱和殷切的期望，舐犊之情纤细如发，读了使人感动。

诗是按事件线索一一道来，虽属平铺直叙，但感情的脉络异常清晰，叙事笔法也亲切感人。惟诗中典实掌故甚多，这可能与放翁诗书传家有关。儿孙从小受家庭氛围的熏陶，对父亲的言辞自能心领神会。而对我们今天的读者，可能须首先扫除文字障碍，才能更深切地体会诗人的一片衷情。

示子遹

我初学诗日，但欲工藻绘①。

中年始少悟，渐若窥宏大。

怪奇亦间出，如石漱湍濑②。

数仞李杜墙③，常恨欠领会。

元白才倚门④，温李真自郐⑤。

正令笔扛鼎⑥，亦未造三昧⑦。

诗为六艺一⑧，岂用资狡狯⑨？

汝果欲学诗，功夫在诗外。

[注释]

①藻绘：藻饰和绘画，指语言的华美。

②石漱湍濑：指水石相冲击而形成的险怪奇特的气势。漱：水冲荡貌。湍濑：山间流得很急的水。

③数仞李杜墙：用《论语》典。子贡说："夫子之墙数仞，不得其门而入。"这里借以赞扬李白杜甫诗歌的崇高境界。

④倚门：靠近大门，指尚未进入堂奥。

⑤自郐（kuài 快）：表示轻视，不屑的意思。郐：古国名。据《左传》记载，春秋时吴公子季札对鲁国乐工演唱的各国诗歌都有评论。"自郐以下无讥焉"，意思是说郐国等国的诗歌则不值得评论。

⑥正令:即使。扛鼎:有举鼎之力,指笔力雄健。

⑦造三昧:得到作诗的要诀。造:达到。三昧:佛家语,要诀之意。

⑧六艺一:即儒家的六经之一。

⑨资:作为。狡狯:指游戏。

[点评]

　　陆游晚年经常和儿辈们谈诗论道,一方面总结自己长期以来的创作体会,作现身说法,另一方面则指点评判前人创作得失,授业于子孙。所以在示子诗中,有相当一部分是有关诗歌创作、批评和鉴赏的,这些诗不惟对子孙们有指导作用,在整个诗论史上也是值得关注的。

　　这首写给幼子子遹的诗,作于嘉定元年(1208)秋末诗人八十四岁时。诗先简要地回顾了自己一生的创作道路,总结学诗的得与失。并提出要向李白、杜甫学习,取法乎上,以求得真谛。他反对以游戏的态度对待诗歌创作,并指出学诗的要诀在于“诗外功夫”。从这首诗表述的见解看,陆游的诗论最具特色处并非批评与鉴赏,而是他的创作理论。陆游对前人的批评鉴赏有他自得处,但也有明显的褊狭观点。惟有他的创作论,是他六十余年的创作甘苦凝结而成的经验之谈,颇发人深省。特别是“汝欲果学诗,功夫在诗外”的教诲,确实超越了时人谈诗的传统说法,于法度、学力之外提出了一个令人耳目一新的独到见解。

　　陆游的诗外功夫应包含两方面的意思:一是个人学养,二是生活实践。个人学养即养气,强调要做诗人,首先必须做一个正直的人。而他对生活实践和外境阅历的重视,则发时人未发,具有极为重要的意义。他向儿辈强调“诗外功夫”,并没有偏废学力和技巧法度的意思。之所以要强调书本之外的实践活动,是为了纠正时人片面讲究形式技巧、专从故纸堆中寻章摘句的毛病,主张直接从生活的土壤中获取创作素材。这个观点显然要比江西诗人以流为源的创作法则要高明得多。陆游从江西派入诗,而最后自成大家,与这份独立创新的理论意识是分不开的。他以此教导他的儿子,只有现实生活才是取之不尽、用之不竭的创作源泉。他的诗外功夫,不但接触到诗歌创作与社会生活之间的渊源关系,而且也涉及形象思维过程中某些本质方面的问题,在诗论史上也有十分重要的意义。

喜小儿辈到行在

阿纲学书蚓满幅①,阿绘学语莺哢木②。

截竹作马走不休,小车驾羊声陆续。

书窗涴壁谁忍嗔③,啼呼也复可怜人④。

却思胡马饮江水⑤,敢道春风无战尘⑥。

传闻贼弃两京走,列城争为朝廷守。

从今父子见太平,花前饮水勿饮酒。

[注释]

①阿纲:似为陆游第四子子坦的奶名。子坦,字文广,绍兴二十六年生,时年七岁,学写字满纸像蚯蚓。

②阿绘:陆游女儿,生于绍兴三十一年,此时还是牙牙学语的幼儿。

③涴(wò 卧):沾污。嗔(chēn 趁):发怒。

④可怜:可爱。

⑤胡马饮江水:指金兵侵犯长江一带。

⑥敢:岂敢,岂能。

[点评]

　　陆游从福建任满后,奉诏北上,此后一段时间基本上在京都临安任职。正当陆游感到失望时,前方传来了武巨收复西京(洛阳)的好消息。诗人大喜过望,以为时局稳定有望,遂在次年(1162)开春把家眷接到京都临安。父子团聚,这首诗就是在这种心境下写成的。诗中天伦之乐与胜利的喜悦是交织在一起的，笔调活泼而亲切。

此时，三十八岁的陆游已是五个孩子的父亲：长子子虚十五岁，次子子龙十三岁，三子子修十二岁，四子子坦七岁，还有一个不到一周岁牙牙学语的女儿阿绘。诗前半首六句，描述的就是最小的两个孩子活泼可爱的神态。诗人慈爱的目光一开始就落在两个小孩子身上。阿纲七岁出头，正是学文习字的启蒙阶段。他拿着毛笔学写字，满纸涂鸦，歪歪扭扭画得像蚯蚓似的，使人忍俊不禁。小女阿绘还是个牙牙学语的幼儿，张口学舌声音甜美得像黄莺在树上婉转的啼唱，她那充满稚气的童音在做父亲这里不啻是最美妙的声音。孩子们天生爱游戏，以竹代马不停地奔跑着，又学着驾驭羊车的声音不断吆喝，还拿着笔到处乱涂乱划，玷污了墙壁，弄脏了窗纸，把家里搅得乱糟糟的。诗人不但不以为怪，反而为孩子天真活泼、调皮玩耍的情绪所触动，诗情油然而生。诗只是随意地白描，而孩子们平居在家的神情笑貌却活灵活现跃然纸上。下半首交代时局背景，道出了心情舒畅的真正原因。

诗题曰"喜"，而诗中无一字直及，却处处洋溢着欢快喜悦的气氛，让人陶醉在对太平盛世的希冀和诗人的一番舐犊深情之中。

书　叹

夜深青灯耿窗扉，老翁稚子穷相依。

齑盐不给脱粟饭①，布褐仅有悬鹑衣②。

偶然得肉思共饱，吾儿苦让不忍违。

儿饥读书到鸡唱，意虽甚壮气力微。

可怜落笔渐健快，其奈瘦面无光辉！

布衣儒生例骨立③，纨绔市儿皆瓠肥④。

勿言学古徒自困，吾曹舍此将安归？

作诗自宽亦慰汝，吟罢抚几频歔欷⑤。

[注释]

①齑(jī 积)盐：碎盐。不给：不能供给。脱粟饭：指粗米粗饭。脱粟：不加精制的糙米。

②悬鹑衣：打满补丁的破烂衣服。

③骨立：形容人消瘦到极点。

④纨绔(wán kù 玩裤)市儿：指富家子弟。纨绔：原指用细绢做成的华美裤子，此处代指有钱人。瓠(hù 户)肥：指肥白如瓠瓜。瓠：葫芦。

⑤歔欷：叹气、抽泣的声音。

[点评]

　　这首诗生动地描绘出陆游晚年父子贫穷相依的生活境况，有两点写得特别感人：一是父子情深，二是笃学愤世。

　　绍熙四年(1193)是个丰年。但入秋不久，村民们依然典衣而食。入冬后，更是饥寒交迫。陆游一家也过着衣食不足的生活，贫寒中聊以自慰的，惟有这骨肉的亲情和儿孙孜孜不倦、忍饥苦读的精神。整首诗均从慈父眼中写出：寒冬的夜晚，诗人父子青灯相对，父亲看着儿子食不果腹、布裘百结的样子，心里感到深深的愧疚。儿子是孝顺懂事的，偶然仅有一点肉食，宁可自己忍饥挨饿，也要苦让孝敬给老父亲吃。这份亲情，一方面让诗人感到温暖，另一方面也感到沉重伤感。特别是看到小儿瘦面无光、因饥饿而骨立气微时，心里会感觉到一阵阵地刺痛。世道就是如此不公："纨绔不饿死，儒冠多误身。"(杜甫《奉赠韦左丞丈二十二韵》)当年杜甫的感叹悲愤，同样令诗人感慨万分、歔欷不已！读书人心怀兼济之志，自身却贫困潦倒至此。明知读书并不解困，但还是鼓励子孙要刻苦攻读，把读书看成是安身立命的所在。确实，在封建社会中，读书人除此也别无选择。"吾曹舍此将安归？"这句话，不无辛酸地道出了封建社会中知识分子处境的尴尬与无奈——这首诗的意旨与韩愈的《进学解》有某些相通之处。所不同的是,韩愈采用师生对话、寓庄于谐的形式发泄牢骚,而陆游则以穷困相依、体贴关切的亲情引发愤世嫉俗之恨。这两种手法,均植根于生活,发自内心。

陆游简明年谱

[宋徽宗(赵佶)宣和七年乙巳(1125)] 1岁

　　○十月十七日(公元1125年11月13日),风雨骇人。平旦,陆游生于淮上。祖父陆佃,著名经学家,官至尚书左丞。父陆宰,官至直秘阁、京西路转运副使。母唐氏。陆游为陆宰的第三子,出生后即随父奉诏朝京师,赶赴新任,寓居荥阳。是年女真大军南侵。徽宗传位于太子,是为钦宗。

[钦宗(赵桓)靖康元年丙午(1126)] 2岁

　　○金人攻陷开封,陆宰罢直秘阁转运副使,由荥阳南迁寿春。

[高宗(赵构)建炎元年丁未(1127)] 3岁

　　○金人掳徽、钦二帝北去,中原大乱。高宗在南京(今河南商丘)即位。陆宰举家南迁,渡江淮归山阴故庐。

[建炎二年戊申(1128)] 4岁

　　○在山阴故庐。时东京留守宗泽英勇抗金,三呼渡河而卒。

[建炎三年己酉(1129)] 5岁

　　○金人南下穷追赵构,赵构退至临安。此后由越州赴明州,乘船入海。

[建炎四年庚戌(1130)] 6岁

　　○金人北撤,高宗回越州,陆宰携家眷赴东阳山中避乱。陆游入乡校读书约在此时。

[绍兴元年辛亥(1131)] 7岁

　　○高宗在越州改元绍兴。八月秦桧为右相。陆游随家寓居东阳。

[绍兴二年壬子(1132)] 8岁

○正月,高宗复回临安。八月秦桧罢相,榜其罪于朝堂。陆游仍寓居东阳。

[绍兴三年癸丑(1133)] 9岁

○由东阳回故乡山阴。

[绍兴四年甲寅(1134)] 10岁

○入乡校,从韩有功及从父彦远读书。是年九月,赵鼎为相。十一月,张浚知枢密院事,誓师北上。

[绍兴五年乙卯(1135)] 11岁

○在山阴,自云儿时曾从毛德昭游,约在此年前后。是年二月,赵鼎、张浚为左、右相。

[绍兴六年丙辰(1136)] 12岁

○年十二,能诗文,以门荫补登仕郎。

[绍兴七年丁巳(1137)] 13岁

○随父居住城南小隐山园,偶见藤床上有陶渊明诗,读之废寝忘食。与胡杞游学云门山中,约在这一时期。

[绍兴八年戊午(1138)] 14岁

○始到禹祠、龙瑞宫等胜景游赏。是年秦桧复相,朝廷投降主和势力复炽。

[绍兴九年己未(1139)] 15岁

○二月李纲、张浚、赵鼎等主战派人士被贬出都。

[绍兴十年庚申(1140)] 16岁

○与从兄静之(伯山)、升之(仲高)等赴临安应试,不第。是年七月,岳飞率军大败女真军于朱仙镇。高宗用秦桧计,诏命班师。

[绍兴十一年辛酉(1141)] 17岁

○与许伯虎等同从鲍季和先生读书,熟读王维诗。是年十一月,宋金和议成,以淮水为界,宋向金称臣。十二月,岳飞被赐死于大理狱。

[绍兴十二年壬戌(1142)] 18 岁

○从江西诗人曾幾学诗。

[绍兴十三年癸亥(1143)] 19 岁

○秋天自山阴至临安应进士举。

[绍兴十四年甲子(1144)] 20 岁

○上元在临安,从舅光州通守唐仲俊招观灯。是年春,试礼部不中。初娶唐氏,赋《菊枕》诗盖在此时。

[绍兴十五年乙丑(1145)] 21 岁

○六月,朱敦儒任浙东提刑,陆游曾受知于朱氏。

[绍兴十六年丙寅(1146)] 22 岁

○迫于母命与唐氏仳离,继娶王氏当在此年前后。朝中秦桧弄权,张浚因忤秦桧,出贬连州。

[绍兴十七年丁卯(1147)] 23 岁

○在山阴。是年三月,秦桧毒杀岳飞部将牛皋,朝野叹恨。

[绍兴十八年戊辰(1148)] 24 岁

○三月,长子子虞生。六月,父陆宰卒,享年六十一岁。

[绍兴十九年己巳(1149)] 25 岁

○友人王明清自京江来访,以《彩选》相赠。金主完颜亮自立为帝,改元为天德。

[绍兴二十年庚午(1150)] 26 岁

○正月,次子子龙生。与陈鲁山(山)、王季史(崾)、从兄仲高(升之)相从,重九同游禹庙,有游观酬唱之乐。

[绍兴二十一年辛未(1151)] 27 岁

○十月,三子子修生。金迁都燕京。

[绍兴二十二年壬申(1152)] 28 岁

○在山阴。

[绍兴二十三年癸酉(1153)]　29岁

　　○赴临安锁厅试,考官两浙转运使陈子茂擢置第一,秦桧孙秦埙屈居其次,触怒秦桧。

[绍兴二十四年甲戌(1154)]　30岁

　　○赴礼部试,因论恢复遭秦桧黜落。

[绍兴二十五年乙亥(1155)]　31岁

　　○春日游禹迹寺南沈氏园,与出妻唐氏相遇。不能忘情,赋词题于园壁。秋作《夜读兵书》诗。十月秦桧去世。曾几复出,除提点浙东刑狱,与陆在山阴会晤。

[绍兴二十六年丙子(1156)]　32岁

　　○三月,曾几改知台州,陆游有《送曾学士赴行在》诗,流露出关心民瘼的思想。四子子坦生。

[绍兴二十七年丁丑(1157)]　33岁

　　○在山阴。是年六月,汤思退为相。

[绍兴二十八年戊寅(1158)]　34岁

　　○冬,始以恩荫出仕福州宁德县主簿,道经瑞安作《泛瑞安江风涛贴然》一诗,流露用世之心。

[绍兴二十九年己卯(1159)]　35岁

　　○秋天,改调福州决曹。期间与张维、朱孝闻交游。渡浮桥游南台山、洞宫山等胜景,有《渡浮桥至南台》记游。还乘兴航海,有醉题。

[绍兴三十年庚辰(1160)]　36岁

　　○正月,别福州北归,途中作《东阳观酴醾》诗。五月,除敕令所删定官。在行在交结奇士,与周必大、邹德章等友谊甚笃。

[绍兴三十一年辛巳(1161)]　37岁

　　○七月,迁大理司直,兼宗正簿。是年九月,金主完颜亮大举南侵,陆游"泪溅龙床请北征"。金兵屯兵瓜洲。十一月,完颜亮为部下所杀,金军不战而退。冬,陆游以敕令所罢,返里一行。往谒曾几于会稽禹迹寺,共叙忧国之情。再入都,在玉牒所任史官。女儿阿绘出生。

[绍兴三十二年壬午(1162)] 38岁

○春天,作《喜小儿辈到行在》、《送七兄赴扬州帅幕》诗。六月,孝宗即位。九月,除枢密院编修官,兼编类圣政所检讨官,修《高宗圣政》及《实录》,因史浩、黄祖舜推荐,十月赐进士出身。

[孝宗(赵昚)隆兴元年癸未(1163)] 39岁

○张浚督师北伐,军溃符离。陆游被排挤出朝,除左通直郎通判镇江府。赴任前返里一行,心情沉重。

[隆兴二年甲申(1164)] 40岁

○二月,到镇江通判任。张浚以右丞相督视江淮兵马,驻节镇江,陆游以世谊晋谒。四月,张浚奉命还朝,罢相。秋,应知镇府事方滋之邀游多景楼,赋《水调歌头·江左占形胜》词。张孝祥书而刻之崖石。八月,张浚病逝。十二月,"隆兴和议"成。

[乾道元年乙酉(1165)] 41岁

○用镇江所得薪俸,在山阴镜湖畔三山筑宅,有归隐打算。七月,改调隆兴府通判,自镇江乘船赴南昌。途中有《望江道中》诗纪行抒怀。

[乾道二年丙戌(1166)] 42岁

○正月,第五子子约生。三月,因"交结台谏,鼓唱是非,力说张浚用兵"之罪被免归,始卜居镜湖三山。赋《鹧鸪天》(家住苍烟落照间)、《鹧鸪天》(懒向青门学种瓜)词抒愤。是年五月,曾几卒于平江府(今江苏省苏州市),享年八十三岁。

[乾道三年丁亥(1167)] 43岁

○在山阴农村生活,春作《游山西村》、《观村童戏溪上》诗,自命书室为"可斋",对农村风土人物多有歌咏。

[乾道四年戊子(1168)] 44岁

○在山阴村居,作《闻雨》诗,悲叹壮志不遂。

[乾道五年己丑(1169)] 45岁

○八月,陈俊卿为左相,虞允文为右相。陆游上书求职,十二月,起为夔州通判。

[乾道六年庚寅(1170)] 46岁

○闰五月十八日,离山阴赴夔州通判任。临行写诗《投梁参政》表明心志。沿运河、长江西行,过姑苏有《宿枫桥》诗,沿途作《黄州》、《哀郢》、《重阳》、《瞿塘行》等诗。十月二十七到夔州,凡旅途经见,写成《入蜀记》六卷。

[乾道七年辛卯(1171)] 47岁

○在夔州主管学事兼管内劝农事。正月作《记梦》重提迁都事,初夏作《晚晴闻角有感》。八月,知州事王伯庠移牧永嘉,陆对通判一职即感厌倦,时有思归之作。九月,所作《追怀曾文清公呈赵教授,赵近尝示诗》是最早的论诗之作。

[乾道八年壬辰(1172)] 48岁

○枢密使王炎宣抚四川,辟陆游为幕宾,以左承议郎权四川宣抚使干办公事兼检法官,入幕南郑。正月启行,取道万州、梁山军、邻水、岳池、广安、利州,途中赋《饭三折铺,铺在乱山中》、《岳池农家》、《山南行》、《南郑马上作》。三月抵南郑,作《游锦屏山谒少陵祠堂》、《归次汉中境上》。军旅生活使陆游意气风发,对南郑前线的山川风俗,多有描写,诗歌境界为之一变。夏天赋《浣溪沙·南郑席上》,秋天登高兴亭赋《秋波媚》词展望胜利。为王炎作《静镇堂记》并陈"经略中原必自长安始,取长安必自陇右始"之策,未用。九月,王炎奉召东归,幕僚四散。陆游改除成都府安抚司参议官。十一月,携同家眷赴成都任,途经葭萌驿作《清商怨》,过剑门赋《剑门道中遇微雨》,岁暮到达。初抵成都,往游青城山。

[乾道九年癸巳(1173)] 49岁

○初至成都赋《汉宫春·羽箭雕弓》。春天多咏梅、海棠、牡丹之作,与蜀中名士谭季壬(德称)缔交。是春调任蜀州(即唐安,今四川崇州市)通判。不久,暂还成都,作《三月十七日夜醉中作》诗。夏,摄知嘉州州事,路经眉山,识隐士师浑甫(伯浑)。嘉州任上绘岑参像于壁,刻其遗诗八十余篇,作《登荔枝楼》、《九月十六日夜,梦驻河外,遣使招降诸城,觉而有作》《醉歌》等爱国诗篇。十一月,再游青城山。冬季作《宝剑吟》《观大散关图有感》《金错刀行》《胡无人》诸作。《夜游宫·宫词》《渔家傲·寄仲高》也当作于此年前后。

[淳熙元年甲午 (1174)]　50 岁

○春,离嘉州,返蜀州任,师伯浑送之青衣江上,后陆有《夜游宫·记梦寄师伯浑》词回寄。蜀州有东湖西湖胜景,为陆游赋诗游憩之所。此际作《对酒叹》《秋声》诸诗,抒发怀抱。九月,寓成都多福院,作《长歌行》《江上对酒作》,有国仇未报、壮士垂老之叹。冬,摄知荣州事,取道青城山,至荣州。第六子子布生。十二月,范成大除四川安抚制置使。除夕,陆得制置司檄,除朝奉郎成都府路安抚司参议官,兼四川制置使司参议官,催赴新任。

[淳熙二年乙未 (1175)]　51 岁

○正月十日,别荣州赴成都任,官舍在花行。得从兄升之讣。六月,敷文阁直学士范成大来知成都府,权四川制置使。宾主唱酬,为文字交。成都大阅,感慨赋诗,叹身为儒冠所误。《水龙吟·春日游摩诃池》为是年前后所作。

[淳熙三年丙申 (1176)]　52 岁

○春日,海棠盛开,赋《花时遍游诸家园》组诗,自称"海棠癫",常应范成大招邀游宴。春赋《雨》《题醉中所作草书卷后》。夏初,免官。移居城西南浣花村,作《病起书怀》《剑客行》,不忘国事。六月,得领祠禄,主管台州桐柏山崇道观。人讥其颓放,因自号放翁。

[淳熙四年丁酉 (1177)]　53 岁

○正月,赋《关山月》《出塞曲》《战城南》《楼上醉书》等诗。春日作《海棠》诗,感慨人言刻薄。六月,范成大还朝,陆游送行至眉州。八月,游邛州、白鹤山。九月到汉州,晤独孤策,小猎于新都。弥牟之间,回成都作《秋晚登城北门》。十月,得都下八月书报,差知叙州。作《江楼吹笛饮酒大醉中作》,多忧国忧时之思。

[淳熙五年戊戌 (1178)]　54 岁

○在蜀诗篇,流传都下,为孝宗所见。孝宗念其在外日久,趣诏东归。春间奉诏,别蜀放船出峡,途中赋《楚城》、《小雨极凉舟中熟睡至夕》、《南乡子》(归梦寄吴楫)。七月到临安,诏对,除提举福建路常平茶盐公事。九月暂归山阴故庐,书《怀成都十韵》,真迹至今犹存。冬,赴福建建州任所,途经江山作《过灵石三峰》诗。是年,幼子子遹生。

[淳熙六年己亥(1179)] 55岁

○建州任上宦情淡薄,生活寂寞。夏作《思故山》怀念镜湖故庐,又作《前有樽酒行》讽刺达官贵人不念国事的荒淫生活。入秋作《初秋梦故山觉而有作》。不久奉诏离建安任北归,在衢州皇华馆待命。得旨,改除朝请郎提举江南西路常平茶盐公事。赴任途中,赋《鹅湖夜坐书怀》、《弋阳道中遇大雪》。十二月,到抚州任。

[淳熙七年庚子(1180)] 56岁

○在抚州,正月有《登拟岘台》诗。入夏有《五月十一日夜梦从大驾亲征……》、《夏日昼寝……》二首著名梦诗。是年江西水灾,陆游奏拨义仓赈济灾民,并到崇仁、丰城、高安视察灾情。入秋大旱,忽雨,作《秋旱方甚,七月二十八日夜忽雨,喜而有作》诗,八月作《雨夜》诗,情系民生。作《放翁自赞》,以野鹤涧松自况。十一月被命诣行在,由弋阳取道衢州,至严州寿昌县界。得旨,许免入奏,仍除外官。行至桐庐,始泛江东归。旋为给事中赵汝愚弹劾,奉祠居山阴。冬,作《小园》二绝。

[淳熙八年辛丑(1181)] 57岁

○除提举淮南东路常平茶盐公事,三月,为臣僚以"不自检饬,所为多越于规矩"论罢。在山阴闲居以阳狂自许,赋诗多激愤。夏赋《夜坐独酌》,入秋作《九月三日泛舟湖中作》,冬作《灌园》。《诉衷情》(当年万里觅封侯)当作于此时或稍后。是岁浙东大饥,绍兴府境内遭受严重水灾。陆寄诗浙东提举朱熹,请他早来施赈。

[淳熙九年壬寅(1182)] 58岁

○五月除朝奉大夫,主管成都府玉局观,作《五月十四日夜,梦一僧持诗编过予,有暴雨……》,抒发爱国思想。秋作《草书歌》、《夜泊水村》。名书室为"书巢",并作记。此后几年基本上在山阴闲居。

[淳熙十年癸卯(1183)] 59岁

○五月赋《军中杂歌》二首,九月有《月下》绝句,表现闲情逸致,又有《记梦》(夜梦有客短褐袍)为论诗之作。

[淳熙十一年甲辰(1184)] 60 岁

[淳熙十二年乙巳(1185)] 61 岁

○春游作《南榇遇大风雨》诗。

[淳熙十三年丙午(1186)] 62 岁

○春,赋《书愤》自抒爱国情怀。正月,除朝请大夫(从六品),知严州军州事。二月,赴行在,作《临安春雨初霁》。陛辞时,孝宗谕曰:"严陵,山水胜处,职事之暇,可以赋咏自适。"三月还山阴一行,夏作《夜泛蜻蜓浦》。七月到严州任。秋作《频夜梦至南郑小益之间,慨然感怀》。本年生一女,次年即殇。

[淳熙十四年丁未(1187)] 63 岁

○在严州,春作《夜登千峰榭》。刻成《剑南诗稿》二十卷,凡二千五百余首。知建德县事眉山苏林编次,括苍郑师尹作序。入冬作《喜小儿病愈》、《余年二十时,尝作菊枕诗……》二绝,灯下和张志和《渔歌》,怀山阴故隐,追拟《渔夫》五首。《鹊桥仙》(一竿风月)等词亦作于严州任上。

[淳熙十五年戊申(1188)] 64 岁

○七月,严州任满,还抵山阴,秋作塞上曲《老矣犹思万里行》,自书《长相思》(桥如虹)等词。冬,除军器少监,到临安。

[淳熙十六年己酉(1189)] 65 岁

○二月,孝宗传位于光宗,陆游除朝议大夫(正六品)、礼部郎中。七月,兼实录院检讨官,修《高宗实录》。十二月,为谏议大夫何澹弹劾,以作诗"嘲咏风月"罪被斥归故里。此后常家居山阴农村赋诗自适。醉中作草,雪夜读书,仍不忘驰逐疆场,为国效力。本年,为自制长短句作序。

[光宗(赵惇)绍熙元年庚戌(1190)] 66 岁

○在山阴,以"风月"名小轩,且作绝句。夏,写《醉歌》指责视中原为异域的投降派。秋,写《夜归偶怀故人独孤景略》,追怀好友独孤策。冬,除中奉大夫(从五品),提举建宁府武夷山冲祐观,在山阴奉祠。

[绍熙二年辛亥(1191)]　67 岁

○取师旷"老而学如秉烛夜行"之语,为"老学庵"命名。秋作《兰亭》,冬作梅花绝句《幽谷那堪更北枝》,赞其高标逸韵。

[绍熙三年壬子(1192)]　68 岁

○封山阴县开国男(从五品),食邑三百户。是年游禹迹寺南沈氏亭园,怅然赋诗,感怀前妻唐氏。秋作《荷花》二绝、《秋夜将晓出篱门迎凉有感》、《秋日郊居》等诗。冬作《夜读范至能揽辔录……》、《十一月四日风雨大作》、《醉倒歌》、《醉卧松下短歌》、《落梅》等诗,抒愤明志。第五子子约,卒于本年。

[绍熙四年癸丑(1193)]　69 岁

○秋作《书叹》、《癸丑七月二十七夜梦游华岳庙》、《秋晚闲步,邻曲以予近尝卧病,皆欣然迎劳》等诗。九月五日,范成大卒,陆有挽词。冬作《赛神曲》、《与儿辈论李杜韩柳文章偶成》。

[绍熙五年甲寅(1194)]　70 岁

○春赴山阴花泾、梅仙坞观桃花,有《泛舟观桃花》二绝、《梦范参政》诗。六月,孝宗死,光宗称疾不出,七月宁宗即位。秋作《秋晚》组诗,十月作《书室明暖终日婆娑其间……》,表现书斋生活的闲适宁静。十一月,韩侂胄用事。《谢池春》(壮岁从戎)当作于是年前后。

[宁宗(赵扩)庆元元年乙卯(1195)]　71 岁

○在山阴领祠禄。春写《农家叹》。是年作《十月十七日予生日也……》,追叙淮上出生时的情形,冬作《小舟游近村舍舟步归》四绝,记农村风情。

[庆元二年丙辰(1196)]　72 岁

○在山阴,夏作《忆天彭牡丹之盛有感》,冬作《陇头水》表示爱国赤诚。是年祠禄秩满,复被命再领武夷祠禄。

[庆元三年丁巳(1197)]　73 岁

○五月,妻王氏卒,享年七十一岁,陆游赋《自伤》诗。次子子龙开始出仕武康尉。

[庆元四年戊午(1198)] 74岁

○夏作《与子虞子坦坐龟堂后东窗偶书》。十月,祠禄岁满,不复请,祠禄停止。

[庆元五年己未(1199)] 75岁

○在山阴,春天赋《沈园》二绝。六月久旱得雨作《喜雨歌》。秋,料理故书,得陈阜卿先生手帖有《陈阜卿先生……》诗追怀。入冬写《冬夜读书示子聿》,强调学问须躬行。为韩侂胄作《南园记》当在是年前后。

[庆元六年庚申(1200)] 76岁

○春,作乐府歌曲《长干行》。甲申日遇雨,作《甲申雨》指出甲申雨实非天灾,而是人祸。三月作《阿姥》诗勾勒农村老妪形象。夏,《咏燕》诗清丽工巧。岁尾又逢雨灾,作《十二月二十八日夜风雨大作》记之。得子布离蜀东归书报。是年朱熹卒于武夷山中,为文祭之。

[嘉泰元年辛酉(1201)] 77岁

○春有《追感往事》(诸公可叹善谋身),指斥投降派。《春雨》诗念子布将归,三月至柯桥迎子布东还。秋赋《柳桥晚眺》,有手挥目送之趣。冬作《示子孙》二首,告诫后辈谨持清正勤劳的家风。《剑南诗稿》卷四十九《小饮梅花下作》自言:"予自年十七八学作诗,今六十年,得万篇。"

[嘉泰二年壬戌(1202)] 78岁

○开春作《梅花绝句》(闻道梅花坼晓风)。次子子龙将赴吉州任,作《送子龙赴吉州掾》诗送行。五月,以孝宗、光宗两朝实录及三朝史未就,宁宗宣召以元官提举佑神观兼实录院同修撰,兼同修国史,免奉朝请,六月十四日到临安,十二月除秘书监(正四品)。

[嘉泰三年癸亥(1203)] 79岁

○正月,除宝谟阁待制。在临安作《春日绝句》,意关悼亡。四月为韩侂胄作《阅古泉记》。以孝宗、光宗《两朝实录》修成,上疏请守本官致仕,不允,除提举江州太平兴国宫。五月十四日,离开临安回山阴。夏作《湖上急雨》记暴雨奇观。冬赋《晓雪》、《养生》等诗。

[嘉泰四年甲子(1204)] 80岁

○在山阴。春,辛弃疾奉诏入对,陆游有《送辛幼安殿撰造朝》诗相送。陆《常州奔牛闸记》系衔称:太中大夫(四品)充宝谟阁待制、致仕、山阴县开国子、食邑五百户、赐紫金鱼袋。幼子子遹亦以致仕恩得官。三子子修始出仕闽县。四子子坦始出仕临安。周彦文令画工为陆游写真,自为赞云:"名动高皇,语触秦桧。身老空山,文传海外。"

[开禧元年乙丑(1205)]　　81 岁

○在山阴。初夏作《初夏闲步村落间》,秋天有《记梦》(少日飞扬翰墨场)(老来百事不关身)、《秋怀》等,冬作《稽山行》、《山村经行因施药》歌咏家乡风物,表现与农民的友谊。《十二月二日夜,梦游沈氏园》感怀唐氏。是年冬,子龙、子虞罢官归乡。

[开禧二年丙寅(1206)]　　82 岁

○开春作《二月一日夜梦》梦遇奇士,共襄大计。春有《梨花》诗回忆南郑生活。夏有《五更闻雨思季长》,思念南郑幕友张缜。五月,朝廷下诏北伐,陆游对出师积极拥护,赋《老马行》抒发许国壮志。秋作《城南》、《晚菊》以孤鹤自比,视菊为投分的耐久朋友。子遹编就《剑南诗续稿》四十八卷。

[开禧三年丁卯(1207)]　　83 岁

○正月,陆游晋封渭南伯(正四品)食邑八百户。是年辛弃疾卒于江西铅山,张缜卒于江原。冬十一月,史弥远谋杀韩侂胄向金议和。陆游作诗伤悼。

[嘉定元年戊辰(1208)]　　84 岁

○因支持韩侂胄北伐受打击,二月,半俸不复敢请。春,赋《春游》(沈家园里花如锦)怅触旧情,至老不忘。垂暮之年念蜀中名花,作《海棠歌》。夏,作《感事六言》再述爱国深情。冬,游项里作《湖山》咏项羽。《示子遹》为论诗之作。

[嘉定二年己巳(1209)]　　85 岁

○春季,被劾落宝谟阁待制,作《春日杂兴》、《夏日六言》。秋季,爱国诗篇极丰。入冬,病情转剧,诗作遽减。病中作《梦中行荷花万顷中》。十二月二十九日(公元 1210 年 1 月 26 日)逝世,葬会稽五云乡卢家岙。临终赋《示儿》诗。

河南文艺出版社部分诗词类图书

臧克家　主编

毛泽东诗词鉴赏·增订二版　大32开(精)　30.00元(已出)

季世昌　徐四海　主编

毛泽东诗词唱和　16开(精)　30.00元(已出)

陈祖美　主编

唐宋诗词名家精品类编(全套十种)

黄河之水天上来·李　白集　大16开(平)　46.00元(已出)

每依北斗望京华·杜　甫集　大16开(平)　42.00元(已出)

相见时难别亦难·李商隐集　大16开(平)　46.00元(已出)

烟笼寒水月笼沙·杜　牧集　大16开(平)　32.00元(已出)

万里归心对月明·唐代合集　大16开(平)　49.00元(已出)

一蓑烟雨任平生·苏　轼集　大16开(平)　46.00元(已出)

杨柳岸晓风残月·柳　永集　大16开(平)　39.00元(已出)

但悲不见九州同·陆　游集　大16开(平)　45.00元(已出)

壮岁旌旗拥万夫·辛弃疾集　大16开(平)　40.00元(已出)

云中谁寄锦书来·宋代合集　大16开(平)　46.00元(已出)

贺新辉　主编

元曲名家精品鉴赏(全套五种)

错勘贤愚枉作天·关汉卿集　(已出)

天边残照水边霞·白　朴集　(已出)

困煞中原一布衣·马致远集　(已出)

愿有情人都成眷属·王实甫集　(已出)

重冈已隔红尘断·元代合集　(已出)

广东中华诗词学会　编

中华新韵府·韵字袖珍版　128开(精)　6.00元(已出)

李中原　编

历代倡廉养操诗选　大32开(平)　18.00元(已出)

邓国光　曲奉先　编

中国历代咏月诗词全集　大32开(精)　50.00元(已出)

史焕先　主编

江水北上——"南水北调邓州情"诗歌作品选　16开(精)　38.00元(已出)